国家社科基金
GUOJIA SHEKE JIJIN HOUQI ZIZHU XIANGMU
后期资助项目

西方叙事学的中国本土化研究

杨洪敏　著

兰州大学出版社
LANZHOU UNIVERSITY PRESS

图书在版编目（CIP）数据

西方叙事学的中国本土化研究 / 杨洪敏著. -- 兰州 ：
兰州大学出版社，2025. 3. -- ISBN 978-7-311-06841-7

Ⅰ. I045

中国国家版本馆 CIP 数据核字第 2025N2T652 号

责任编辑　锁晓梅
封面设计　汪如祥

书　　名	西方叙事学的中国本土化研究	
作　　者	杨洪敏　著	
出版发行	兰州大学出版社　（地址：兰州市天水南路222号　730000）	
电　　话	0931-8912613(总编办公室)　0931-8617156(营销中心)	
网　　址	http://press.lzu.edu.cn	
电子信箱	press@lzu.edu.cn	
印　　刷	西安日报社印务中心	
开　　本	710 mm×1020 mm　1/16	
成品尺寸	165 mm×238 mm	
印　　张	19.75	
字　　数	359千	
版　　次	2025年3月第1版	
印　　次	2025年3月第1次印刷	
书　　号	ISBN 978-7-311-06841-7	
定　　价	75.00元	

国家社科基金后期资助项目
出版说明

后期资助项目是国家社科基金设立的一类重要项目，旨在鼓励广大社科研究者潜心治学，支持基础研究多出优秀成果。它是经过严格评审，从接近完成的科研成果中遴选立项的。为扩大后期资助项目的影响，更好地推动学术发展，促进成果转化，全国哲学社会科学工作办公室按照"统一设计、统一标识、统一版式、形成系列"的总体要求，组织出版国家社科基金后期资助项目成果。

全国哲学社会科学工作办公室

前　言

　　推动中国哲学社会科学走向世界，并借鉴吸收国际先进经验，是构建新时代中国特色哲学社会科学知识体系和话语体系的重要任务。习近平总书记强调："要按照立足中国、借鉴国外，挖掘历史、把握当代，关怀人类、面向未来的思路，着力构建中国特色哲学社会科学，在指导思想、学科体系、学术体系、话语体系等方面充分体现中国特色、中国风格、中国气派。"①特别是习近平文化思想提出"第二个结合"，为本书提供了重要的理论指引。在西方叙事学中国本土化的研究过程中，既要借鉴西方叙事学的理论和方法，又要注重将外来理论与中国文化传统、历史背景、叙事特点相结合。梳理取得的学术成就，把握当前的研究态势，发现研究中存在的问题，对于国内叙事学研究的方法和方向都有极为重要的意义。

　　本书所探讨的"本土化"问题既属于中西比较诗学中存在的共性问题，同时也涉及叙事学自身在中国语境中的发展与变革。西方叙事学作为一种具有广泛适用性的理论框架，进入中国学术语境后，经历了多层次、多领域的碰撞与融合。在此过程中，如何对西方叙事学理论进行创造性转化和创新性发展，以更好地解释和反映中国文化语境中的叙事现象，是当前中国学术界面临的重要课题之一。本书旨在通过对这些问题的梳理和反思，探讨叙事学在中国本土化进程中的理论创新与实践路径，为推动中国哲学社会科学走向世界贡献一份力量。本书从以下七章进行了论述：

　　第一章是对西方叙事学的基本思想与理论演进的梳理。叙事学作为一门关注故事结构、情节发展以及故事传达方式的学科，其发展历程自然而然地衍生出一系列的理论观点和思想流派。为此，本章回顾了叙事学思想的历史渊源，主要包括柏拉图（Plato）对模仿与叙事的区分以及亚里士多德（Aristotle）《诗学》中的相关思想；梳理了叙事学的直接思想来源即俄国形式主义和英美新批评；分析了法国结构主义到经典叙事学的具体过程；分析了后结构主义与解构主义，在此基础上对后经典叙

---

① 习近平：《在哲学社会科学工作座谈会上的讲话》，北京，人民出版社，2016，第15页。

事学的流派做了较为详尽的介绍。

第二章是对本土化视域下西方叙事学的汉语译介研究。主要是对西方叙事学中国本土化过程的文献学分析，整理了国内相关的著作和论文，用统计方法进行了细致的文献分析。包括四个阶段：第一阶段，20世纪80年代初的介绍引进；第二阶段，二十世纪八九十年代的译介热潮；第三阶段，21世纪初期的稳定持续发展；第四阶段，近十五年来的迅猛发展。首先从具体层面分析文献，然后从研究者、研究对象、研究趋势、研究方法等诸多方面做了细致的研究，总结了当前国内叙事学研究的问题，主要是现有研究存在不平衡性、研究方法需要不断拓展的问题。

第三章是本土化语境中西方叙事学的中国阐释研究。针对西方叙事学中术语翻译和使用的统一性问题，举例分析了叙事学翻译中存在的问题及原因，包括翻译的文化语境与已有知识的干扰、作者思想发展的矛盾性；对西方叙事学的理论误读问题的深入研究，以叙事视角和叙事结构的研究为例做了详细说明；选取大量英文文献有关西方叙事学范畴与相对应的译文，对相关理论范畴做了富有新意的范畴的语料归类、范畴体系研究等。

第四章是西方叙事学的中国式应用研究。主要分析了叙事学对中国文本创作实践在叙事视角、叙事结构等方面的影响，以双雪涛的作品为样本展开了具体分析。针对应用叙事学理论对中国文本进行批评时的得失问题，指出叙事学对当代中国文本批评理论的影响是不容置疑的，这为当代中国小说理论批评带来了诸多启发。在此基础上，以格雷马斯的符号矩阵理论的应用为例，揭示了在批评分析具体文本过程中存在的问题。

第五章是本土意识与中国叙事学的自觉建构研究。本章旨在探究西方叙事学激发下的中国叙事学相关问题，深入讨论中国叙事学的主要学者及其理论研究视角，对杨义、傅修延、董乃斌、张开焱、高小康以及古添洪、浦安迪（Andrew H. Plaks）等海内外汉学家的研究予以呈现；认为中国叙事学不但对西方叙事学基本思维框架有充分的应用并有所创新，而且有诸多基于中国诗学的叙事学的独特创造，此外，本章也指出了研究中需要注意的问题。

第六章是西方叙事学中国本土化的理论方法问题研究。从不同的文化思维分析了对话的可能性，回顾了中西文论比较中的原发性问题，归纳了当前中西文论对比研究的几种理论观点，包括历史学方法、逻辑解释方法、归纳法、对比参照法、迂回进入法等。研究了中西叙事理论融通的可能路径，认为要异中求同，在两种思维框架中寻求意义沟通；要同中求异，在相似思想线索中发现理论差异；要互通有无，从空白与裂缝中激发新对话空间。

第七章从更为宏观的层面探讨西方叙事学中国本土化的发展前景，围绕当前叙事学发展的三个问题展开论述：一是研究的日趋细化，主要体现在对新的叙事学交叉学科问题的研究；二是对后经典叙事学的研究日益增多。这是由于中国叙事学的特色与后经典叙事学的核心理念、研究内容相契合；跨学科发展走向多元化，涵盖了对教育学、心理学、哲学、电影学、音乐学、历史学等学科的比较、分析和应用。

值得指出的是，西方叙事学本土化研究涉及的内容极为繁杂，涉及的学者著作极为广泛，因此在勾勒出研究基本线条的同时，需突出重点，资料翔实，能够聚焦问题具备理论深度。因此本书十分重视选材、逻辑性及论述方法。研究方法主要有文献研究法、比较研究法和理论研究法。在研究过程中，不但对文献做了归纳整理，而且应用文献统计学的方法发现规律；对不同语言与文化系统下的叙事理论做了比较研究，除了引发研究者自己的理论观点外，还应用语义分析方法、逻辑推理方法对所涉及的学术语言予以语义分析。

本书具有鲜明的问题意识。在西方叙事学中国本土化的过程中，如何避免"误读"问题，已成为研究的核心之一。通过对这些"误读"现象的整理和讨论，本书尝试揭示中西叙事学理论在文化语境中的差异与共同点，提出相应的解决路径。在研究思路上，以范畴分析作为切入点，深入分析叙事学的核心范畴，彰显出理论的深度和严谨性。注重结合中国的具体叙事实例，这使研究更具现实意义与理论创新价值。

本书的研究目的是通过探索西方叙事学在中国语境中的本土化进程，推动中西叙事学之间的对话与交融，为中国叙事学研究提供新的理论支撑和方法论工具。本书旨在借鉴西方叙事学的框架与方法，发现其中可以与中国文化、历史、社会实践相结合的契合点，进而推动叙事学的创新发展，培育具有中国特色的叙事学理论成果。这不仅是促进文化交融与学术创新的积极尝试，也是构建新时代中国特色哲学社会科学的重要举措。

尽管本书在西方叙事学中国本土化的研究上做了一些初步探索与尝试，但作为一个复杂而宏大的课题，尚存在诸多不足之处，还有许多关键问题需要进一步深入探讨和拓展。本书在写作过程中广泛参考了诸多学者的研究成果，吸取了许多前辈的宝贵观点，在此一并表示衷心的感谢！由于水平有限，写作中难免有不尽完善或偏颇之处，敬请各位专家学者和读者批评指正。希望本书能够为未来的相关研究提供一些参考，为中国叙事学的研究贡献绵薄之力。

目　录

绪　论

本书主要探讨西方叙事学在中国语境中的本土化过程，重点研究如何在吸收西方叙事学理论的基础上，结合中国文化、历史与社会现实进行创新性发展，为中国叙事学的理论创新提供新的视角和实践路径，提升中国叙事学的自主性和话语权。本课题的研究背景可以追溯到中国近代以来中西文化不断碰撞、交融的历史进程。为阐明问题、交代研究的缘起与基本背景，下面从"本土化"的内涵演变、西方叙事学的本土化历程方面进行简要说明和文献梳理。

一、问题的提出和研究缘起

由于本书所探讨的"本土化"问题既属于中西比较诗学中存在的具有共性的问题，同时属于叙事学本身发展的问题，两者存在交叉之处，因此必须从中西比较诗学的角度思考问题的提出与研究的缘起。这是因为中西比较诗学从一开始就关注本土化问题，而且诗学和叙事学都是文学研究的重要分支，它们在研究方法、理论框架以及分析文本的方式上有一些共通之处。

（一）"本土化"的提出过程

可以说，"本土化"问题早在中西比较诗学之初就已经被意识到并提出。大体分为以下阶段：一是19世纪末20世纪初，一些中国知识分子开始关注西方文学，形成了新文学运动。鲁迅、胡适等尝试将西方文学的元素与中国的文化、语境相结合，反映了本土化问题的早期意识。二是二十世纪四五十年代，在中国社会主义建设时期出现了"社会主义现实主义文学"的倡导。然而一些作家仍然试图进行本土化创作，将个体和社会之间的关系、人性的探讨融入文学作品中，同时保留中国独特的文化特色。三是20世纪后半叶，随着对西方文化的更深入了解，学者开始在中西比较研究中更加关注本土化问题。在这一时期，跨文化研究逐渐兴起，成为中西比较研究的一个重要分支。跨文化研究关注文化之间的交流、影响和转化，其中本土化问题成为一个核心议题。

溯其根源，"本土化"应当与"文学自觉"内在关联，而中国现代最早关于"文学自觉"意识的提出者应该是鲁迅。20世纪初王国维等人就倡导中西对话的国学路线，强调了文化的开放性、创新性和多元性，为中西文化交流和融合创造了有益的理论基础。陈寅恪提出中西对比研究的"三证法"即语词证据、事实证据、思想证据，提供了一种系统化的研究方法。此外，同时代还有很多学者具有中西比较倾向，如梁启超、郭沫若、朱光潜、茅盾、成仿吾、梁实秋、冯雪峰、朱自清等的文学理论批评。如朱自清的文本研究受到了俄国形式主义、英美新批评的明显影响。

既然"本土化"问题在中西比较诗学之初就已经存在，那么这一问题在西学东渐与中西文论对话过程中如影随形。因为就传播与接受的规律而言，任何一种异域的思想与文化资源传入中国，都存在如何"本土化"的问题。如陈寅恪主张通过对传统和外来文化的学习，找到合适的方式将其本土化。乐黛云认为，"从理论上说，这些西方理论进入中国语境，受到中国文化框架的过滤和改造，又在中国的文艺实践中经过变形，已经中国化而不再是原封不动的原来的西方理论"[①]。为此，很多学者从"全球化""中国化""民族化"等不同角度分析了"本土化"的重要性。如有学者认为"中国化"最终是为了"化"中国，即解决中国的理论与现实问题。台湾地区早期倡导研究"中国化"的学者有杨国枢、黄光国、叶启政等，他们均将其改称为"本土化"。

对于"本土化"问题，值得关注的是曹顺庆、王一川、张进等学者的研究。张进从中国语境角度对"本土化"的分析与思考很有价值，本书就是从中国语境角度分析西方叙事学的中国本土化进程的。张进认为，汉语语境中的西方文论，是一种"多元对话"的解释学意义上的"域"，新时期的中国语境是由相互关联、彼此推动的四重背景构成的"复合语境"：一是全球化的历史进程所牵动的世界历史语境；二是中国社会现代转型的国内历史语境；三是丰富活跃、多元共生的当代文艺现实语境；四是由中国古典文论、西方文论、马克思主义文论和五四以来中国文论交织而成的文论资源语境。他还提出："所谓西方文论与中国语境，都不是既定的实体性要素，而是处在'建构性关联'之中，在这种内在关联中，西方文论与中国语境相互构成。"[②]张进还将"语境意识"分为"大语境"和"小语境"意识。"前者指西方文论所出现的源语境和目标语境……后者指理论的介绍应用者自身的具体处境和历史境遇"[③]。其实这

---

① 乐黛云：《后殖民主义时期的比较文学》，《社会科学战线》1997年第1期。
② 张进：《中国20世纪翻译文论史纲》，兰州，兰州大学出版社，2007，第186页。
③ 同上书，第188页。

里的"语境意识"就是"本土化意识",因为语境的差异性与特殊性必然造成话语构成的差异性与特殊性。

另外,"本土化"问题可以从语境化角度进行历时性研究。如果按照新时期的三个十年的语境变迁来看,"在第一个十年,我们的西方文论译介和研究存在比较严重的'西化'和'欧化'倾向……始而提出并讨论了中国古代文论的现代转换问题,继而又探索和讨论西方文论的'中国化'问题"①。可见第一个十年的语境主要是"一元化"的,"本土化"体现在西方文论选择地被引入和挪用改写。有学者认为这使得中国文学成为西方文论的"中国注脚本",为此,中国文艺理论界提出并讨论了"中国古代文论的现代转换"问题。而"新时期的第二个十年,中国的文论语境以'多元性'为其主要特色,与之相适应的西方文论进入中国,形成了中国的西方文论的多元化局面"②。如20世纪80年代后期,新批评、结构主义、精神分析学、接受美学、女权主义、解构主义、新历史主义等先后传入中国,这一阶段的"本土化"表现为在比照中阐释。此阶段国内就"本土化"问题召开了若干次学术研讨会,使之成为一个重要的研究命题。第三个十年则可以概括为"多元对话语境",由于"对话性"更为突出,"开启了文学创造的多样性和阅读阐释的无限可能性"③。由此可见,"本土化"问题的产生发展与中国语境的变迁形成了正向关系。同样,叙事学从20世纪80年代传入中国以来,其"本土化"也遵循上述的基本线索。

(二)"本土化"的基本内涵

因为"本土化"是一个极为宽泛的概念,所以出现了多角度理解其概念的学说。这从人们对西方文论中国化的不同途径④上可以看出,有"阐发法""中国眼光说""中国的学术规则和言说方式说"等学说。由于"本土化"是一个与中国语境相关的概念,因此不能脱离具体的中国语境谈论其内涵。如果按照新时期的三个十年来划分,可以看出"本土化"的内涵是不断深化和丰富的。

在第一个十年的"一元化"语境中,"本土化"实际上就是"中国化"。因为这一阶段的主要任务是翻译,此时的"中国化"也就被理解为中国式话语,这也是"中国化"的最初含义。不过从构词形态看,"中国

① 张进:《中国20世纪翻译文论史纲》,兰州,兰州大学出版社,2007,第221页。

② 同上书,第202页。

③ 金元浦:《"间性"的凸现》,北京,中国大百科全书出版社,2002,第3页。

④ 张进:《中国20世纪翻译文论史纲》,第4页。

化"这个表述有可能是论者模仿"马克思主义中国化"这一经典表述而成的。这里主要强调的是西方文论的影响作用，这样一来很容易把中国现代文学理论看成"西方文论中国化"的产物。这也就是"失语症"提出的重要原因，曹顺庆、李思屈、支宇、李夫生、代迅、童真等对此做了诸多探讨。

到了第二个十年的"多元化"语境，西方文论在翻译的基础上不断被鉴别阐释，因此这一语境的"本土化"不再是简单的表述上的"中国化"，而是有了建立在对西方文论精神领会基础上的"化中国"的新内涵。正是由于这一关于"中国化"的内涵变化，王一川在使用"西方文论中国化"这一术语时，曾讲到"这一标题曾引发一些学者的争议"[①]。他还为其下了定义，力求突出中国文论在中西对话中对于自主性的不懈追求。

到了第三个十年的"多元对话"语境，"本土化"不仅仅是西学东渐，而且是与全球化密切联系在一起了，两者联袂而行，文学本土化既是对全球化的抵御又是全球化的产物。与之相应，"本土化"具有两层含义：一是要在本土吸纳异质文化，二是在吸收异质文化的基础上创造出民族文化，只有这样才能参与对话。就此意义而言，"本土化"的目的就是"全球化"。

综上，在中国当前中西文论对话的背景下，"本土化"的内涵应包含上述丰富内容，即西方文论话语翻译的中国化、西方文论话语精神层面的中国化、西方话语在经典及经验阐释上的中国化、中西文论的自觉对话。[②]本书按照上述的基本线索，对叙事学"本土化"过程进行历史梳理，叙事学"本土化"应当包含以下层面：

一是西方叙事学的汉语译介。这其实是西方文论翻译的中国化问题，术语翻译是西方文论中国化过程中的一个重要问题，在翻译中如何选择民族性表述，本身就是"本土化"过程。在叙事学的翻译中，出现了术语的多种表述，需要和中文话语准确对接。所以本书在第一章专门研究这一问题，并大量列举西方叙事学的相关术语，进行细致区分鉴别。

二是西方叙事学的中国阐释。这其实是西方文论话语精神层面的中国化问题，因为西方文论原典研究必须深入其精神实质层面，进而从中寻求中西方文论之间在精神上的沟通与融合、差异与对话。在叙事学本

---

① 王一川：《西方文论中国化与中国文论建设》，北京，经济科学出版社，2012，第2页。

② 张进从翻译史纲的角度强调前面三点，见张进：《中国20世纪翻译文论史纲》，第225–230页。

土化的过程中，出现了诸多对西方叙事学理论的阐释，但同时也有诸多误读。因此本书在第二章专门研究这一问题，对主要的理论阐释如叙事视角、叙事结构等进行了深入分析。

三是西方叙事学的中国式应用。这其实是西方话语在经典及经验阐释上的中国化，即将西方文论与我国传统经典相结合，以强化其解释能力。虽然用西方叙事学理论进行文本创作和文本批评，成绩斐然，但是也出现了一些机械套用的问题。因此本书在第三章专门研究这一问题，分析了应用叙事学理论进行中国文本批评的得失，以及对中国文本创作实践的影响。

四是中国叙事学的自觉建构。这其实是西方文论激发下中国文论的对话诉求，是"本土化"的深层次要求。中西文论对话，必然会激发中国文论的现代转换，从而与西方文论取得平等的地位。因此本书第四章专门研究这一问题，旨在探究西方叙事学激发下的中国叙事学的理论研究视角，梳理中国叙事学取得的成就，分析中国叙事学研究中存在的问题。

二、研究现状分析

（一）中西比较诗学的"本土化"研究述评

中西比较诗学一开始就与"本土化"问题密切相关，或者说比较本身就蕴含着本土化的趋向。值得说明的是，曹顺庆主编的《中西比较诗学史》一书是涉及此方面极为重要的著作，该书贯穿着"化中国"与"中国化"等"本土化"主题，从中西比较诗学的萌芽期、前学科时期、创立期以及拓展期等方面进行了全面而详细的概括和整理，书中还提出了"文论失语症"等一系列问题。本书将其中涉及中西比较诗学中关于"本土化"分析的研究内容梳理如下：

在中西比较诗学的萌芽期，首先需要提到的是王国维。王国维的贡献在于比较意识的确立，其《曲录》《宋元戏曲考》《人间词话》等著作，具有中西文化交融的特点。此外，蔡元培的现代性诗学具有明显的中国视野。虽然他在中外文化融通方面没有深入探讨，但提出了一些涉及"本土化"的方法问题。他立足于中国现实问题的解决，从中国传统的文化模式出发，创造性地阐释了西方美学思想。最后，鲁迅早年的中西文化观也值得关注。他认为中西文化各有特色，在《摩罗诗力说》中展现了世界文学的视野和自觉的比较意识。这篇论文是中国第一篇较系统地介绍浪漫主义的论文。

在中西比较诗学的早期发展和实践中，学者们呈现出更为明显的中西互释的"本土化"意识和努力。在论文方面：胡适致力于用多种方法进行中西文化的相互介绍；吴宓在此领域有独特的见解；梁实秋的新人文主义立场和对中西文学发展的比较方法也值得关注；闻一多的《文学的历史动向》是中国现代早期具有比较诗学特点的论文；周作人在《人的文学》等文中广泛引用西方理论来阐释自己的观点；郭沫若在《批评与梦》等文章中，通过弗洛伊德（Freud）的精神分析方法对中国文学进行批评。随后，一系列著作陆续出版，如郭绍虞、陈钟凡、方孝岳、罗根泽、朱东润等有关"中国文学批评史"的著作，也呈现出中西观念形态的冲突，反映了"本土化"过程中的一些原发性问题。

在之后的中西比较诗学前学科时期，需要关注梁宗岱、朱光潜、钱钟书、王元化等人的中西比较研究。梁宗岱在其作品《诗与真》《诗与真二集》中力求在特定文化语境中寻找民族文化身份认同。钱钟书的《谈艺录》《管锥编》则主要探讨文论，书中涉及众多西方哲学、美学等观点，为中西文化交流提供了极有启发性的范例。王元化的《文心雕龙创作论》是一部纯粹的文论著作，他采用了中西文论附录的方式，将中西诗学理论和观点并列呈现。上述方法展现了西方文论"本土化"过程中的一些基本思路。

在中西比较诗学创立阶段的重要人物包括曹顺庆、黄药眠、童庆炳、乐黛云、饶芃子、狄兆俊、张法等，他们的研究为中西比较诗学领域的发展做出了重要贡献。曹顺庆的《中西比较诗学》对中西文论中的具体概念和术语进行了梳理和比较。黄药眠、童庆炳主编的《中西比较诗学体系》深入广泛地平行研究中西诗学的相关范畴。乐黛云的《世界诗学大辞典》首次对中国、日本、朝鲜、印度、阿拉伯、波斯、非洲、欧美等地区文化体系进行了整理和汇集。饶芃子的《比较诗学》以具体的中西诗学范畴比较为案例，呼吁建立中国自己的诗学体系。狄兆俊的《中英比较诗学》应用西方文艺理论来阐释中国文学现象。张法的《中西美学与文化精神》以文化精神为依托并贯穿中西美学的整体研究。这些方法在阐述中西美学和文化精神关系时具有创新性和实用性。

从一种作为比较研究的"方法和意识"逐渐升华为一个独立的"领域和问题"，中西比较诗学的发展呈现出更加丰富多彩的面貌。在这一发展过程中，一系列重要著作和论文深入地探讨了"本土化"问题，深刻地阐释了这一问题，进一步拓展了该领域的研究边界。其中，王一川、杨莉馨、罗杰鹦、江腊生、卢絮、叶立文、徐扬尚等为中西比较诗学的研究提供了丰富的思想资源和理论支持。曹顺庆主编的《中外文化与文论（第二十九辑）》，黄霖、梅新林和胡明主编的《中国文学古今演变研究论集四编》等著作，则从不同维度深入挖掘了"本土化"的话题。

此外，还有众多以"本土化"为主题的论文在该领域中蓬勃涌现，这些论文从多个视角出发，深入研究了中西文学相互交流中的本土化现象，凸显了中西比较诗学作为一个独立领域的重要性。在这个过程中，研究者们不仅在理论深度上取得了突破，而且在实践方法上展现了创新与多样性，为中西文化交流的"本土化"进程做出了贡献。

这些"本土化"研究的主要内容包括：第一，针对各种西方文学思潮的本土化分析。如2010年4月中国中外文艺理论学会第七届年会暨"文学理论前沿问题"国际学术研讨会上，研究了当代马克思主义文艺理论形态建构、文学理论"走出去"与"本土化"、文学本质与知识化、文学理论与当代文学实践、中国古代文论及西方文论研究的前沿问题等众多专题，对叙事学的本土化问题很有思考和启发意义。第二，针对不同理论家和相关作家的本土化研究。这方面的研究很多，研究也很细腻。如在理论家研究方面，有学者从本土化、内在化、跨文化传递的角度，对叶维廉比较诗学做了深入的研究①。在相关作家研究方面，有学者对沈从文、周立波的文学本土化意义的研究。还有学者对王尔德（Wilde）1900～1940年在中国的传播过程的研究②。

另外，近年来的研究比之前更为细致，研究对象也更加多元细化。研究方法体现出以下趋向：一是方法论上更有学科性。有学者③从比较诗学学科的构建角度提出了很多思路。如从语言学的角度，指出要认识到汉语语言发展变化对文学的影响。二是具体方法上更为多元化。如从文学翻译、文学典故本土化等多方面进行研究，有学者分析了文学翻译中陌生化和本土化的策略取向与冲突。在西方典故的本土化研究方面也有一些值得注意的成果。上述方法为叙事学的本土化研究提供了方法论指导，在本书中有很多体现。

（二）西方叙事学中国本土化状况

从20世纪80年代起，西方叙事学的本土化得到大力推动，遂成为一

---

① 刘鹏：《本土化·内在化·跨文化传递——叶维廉比较诗学研究一例》，《中国比较文学》2002年第3期。

② 陈静芳：《本土化与经典化——王尔德1900—1940年在中国的译介与接受研究》，硕士学位论文，上海外国语大学，2018。

③ 王先霈：《如何实现文学理论本土化》，《深圳大学学报》（人文社会科学版）2012年第1期。

个特殊的领域。当前，国内的叙事学研究者对西方叙事学在中国的本土化进行了广泛的总体性思考和深入分析。如唐伟胜、施定、王振军、刘小莉、尚必武、胡全生、陈桂琴、程光炜、刘亚律、王瑛、江守义等的梳理，适当参考上述文献，本书在后面做了较为翔实的整理，对西方叙事学的中国本土化状况进行了介绍。

20世纪80年代初期，最初进行译介的学者主要有李幼蒸、张隆溪、胡亚敏、徐贲、张寅德、赵毅衡等。1979年袁可嘉的《结构主义文学理论述评》是国内最早介绍叙事学的文章，1980年李幼蒸翻译的《结构主义》（J. M. 布洛克曼著）是首部介绍结构主义的著作。1984年之后，译介叙事学的论著逐渐增多，克洛德·列维-施特劳斯（Claude Lévi-Strauss）、托多罗夫、罗兰·巴特（Roland Barthes）、热拉尔·热奈特（Gerard Genette）等人的著作陆续得到翻译，其中本土化问题应运而生，更有学者明确提出了叙事学的本土化这一命题，"在西方文化圈衍生发展的叙事学能否本土化、如何本土化，是学者们孜孜以求的话题。叙事学本土化是一个必然的命题"[①]。

在传播译介的过程中，也产生了对西方叙事学的阐释理解。在理论介绍方面，国内的主要学者是申丹、赵毅衡、罗钢、谭君强、董小英、格非、龙迪勇、傅修延、董乃斌等。他们很多本身翻译了大量著作，并在此基础上形成了新的理解。1983年张隆溪的《故事下面的故事——论结构主义叙事学》首次以"叙事学"为名介绍该理论；1990年《外国文学评论》开设了"叙事学"专栏。之后介绍叙事学的著作大量出版，叙事学研究逐步深入。

上述研究不仅包括宏观层面的叙事学思想发展和流派研究，还涵盖了微观角度的研究，其中本土化问题贯穿始终。在宏观方面，研究不仅涵盖了叙事学思想的发展历程和不同流派的分析，还对叙事思想家及其思想做了深入剖析。在微观角度的研究中，对一些基本理论范畴进行了详细解读，涉及广泛领域，尤其着重于一些基本概念的诠释。在解读西方叙事学概念时，一些研究者进行了与中国文艺理论概念的比较研究。

重要的是，在上述研究中，学者们开始越来越关注叙事学的范畴研究，对叙事相关概念的辨析和解构，逐渐成为研究的一个重要方向。这些研究丰富了叙事学的理论体系，为深入理解叙事的本质提供了有益的思考。申丹和赵毅衡关于"叙事"与"叙述"的探论，为叙事学的范畴

---

① 王瑛:《论叙事学本土化的动力元》,《江西社会科学》2012年第5期。

研究提供了引人深思的视角。罗钢、张世君、张寅德、黄秋耘、金人健、殷企平、周宪、陈锡麟、王泰来、王诺、赵一凡等众多学者的研究成果也脱颖而出。他们从不同的角度，深入剖析了叙事学中的关键范畴，为我们理解叙事的内涵和特点提供了深刻的认识。

此外，学者们开始关注本土化方法论问题，着眼于将叙事学理论与中国历史文化的具体语境相结合来研究。早在20世纪80年代，赵毅衡就提出了在历史文化语境中研究叙事形式的观点。在《广义叙述学》（2010年）中，他进一步提出建构总体意义上的叙事学理论。申丹在文章《"整体细读"与深层意义：克莱恩"一个战争片段"的重新阐释》（2007年）中提出了"整体细读法"。谭君强在《叙事理论与审美文化》（2002年）中探讨了审美叙事学的设想，在《比较叙事学："中国叙事学"研究之一途》（2010年）一文中提出借鉴比较叙事学方法来推动中国叙事学研究的发展。此外，熊沐清、谢龙新、刘亚律、胡亚敏等学者也在叙事学本土化方面做出了重要贡献。

随着研究的不断深入，"中国叙事学"的概念崭露头角并引发广泛研究。"中国叙事学"的提出，体现了中国学者对本土化叙事研究的自觉追求。1997年，杨义在其《中国叙事学》中殷切地表达了构建中国叙事学的期望。也有学者[1]指出让中国叙事艺术在其中获得应有的位置，应属目前叙事学研究的当务之急。有学者[2]提出要避免以西解东，寻找中西叙事文学的路径。有学者[3]甚至指出要努力于超越东西方的新的具有普遍意义的叙事学理论体系。当前的研究取得了很大成效，主要学者是杨义、浦安迪、傅修延、谭君强、赵毅衡、高小康、丁乃通、张开焱等。这些学者在创立一套中国叙事学的学术术语和方法上做了很多努力。

在构建中国叙事学基本框架的过程中，很多学者对中西叙事学中的一些具体的理论问题进行了对比研究，中国古代文论的资源得到重视，如对"评点学"的研究[4]。同时，对中国传统叙事经验和叙事理论的整理挖掘工作愈发丰富起来。傅修延的研究著作对于揭示中国叙事传统的价值和特点有重要意义；赵炎秋主编的《中国古代叙事思想》系统地梳理

---

① 傅修延：《叙事学勃兴与中国叙事传统》，《江西社会科学》2007年第10期。

② 高红、艾春明：《文化视野下的叙事和叙事学功能》，《东北师大学报（哲学社会科学版）》2008年第4期。

③ 吴文薇：《寻求中西叙事理论的对话与沟通——关于建构中国当代叙事学的思考》，《安徽大学学报（哲学社会科学版）》2001年第2期。

④ 郑铁生：《明清小说评点对中国叙事学的意义》，《南开学报（哲学社会科学版）》1998年第1期。

了中国古代叙事思想的沿革和发展；董乃斌主编的《中国文学叙事传统研究》则深入探讨了中国文学叙事传统的不同层面，为叙事理论的本土化提供了丰富的资源。

最后，西方叙事学的本土化还体现在批评实践中。在理解西方叙事学基本理论的基础上，很多研究用西方叙事学的理论、框架、概念分析文学作品，这也大大激发了本土化问题。在这一领域，涌现了众多学者的论文和著作，他们的努力为中国叙事学的本土化注入了新的动力。如祖国颂的《叙事的诗学》（2003年）力图以小说文本为中心，对文本、文体、故事、叙述、话语、原型、语境等呈现出的叙事性，进行了较客观的阐述和论证。陈顺馨的《中国当代文学的叙事与性别》（1995年）应用叙事学理论分析了"十七年"小说的叙事话语与性别特点。王平的《中国古代小说叙事研究》（2001年）在探讨中国古代小说时，借鉴了西方叙事学理论。罗小东的《话本小说叙事研究》（2002年）应用叙事学理论研究了话本小说问题。王昕的《话本小说的历史与叙事》（2002年）分析了早期话本小说和后期的拟话本小说各自的叙事话语特征。陈平原的《中国小说叙事模式的转变》（2010年）借用西方的叙事理论，探讨古代小说如何完成到现代小说的过渡。这些研究涵盖了对中国古典文学叙事、中国现当代文学叙事和国外文学叙事的深入探讨。

在跨学科研究叙事学方面，潘万木、刘宁、何纯、李显杰等学者开展了跨学科的叙事学研究，涉及教育叙事学、新闻叙事学、电影叙事学等多个领域，为本土化的发展探索了多样性的途径。例如：从史官文化的角度研究《左传》，揭示历史文化背景对叙事的影响；从大众文化的角度研究中国小说的通俗化叙事和欲望叙事；从家族文化的角度研究家族小说，探讨小说中家族关系、价值观和传承的叙事表达；从少数民族文化的角度研究少数民族的民间叙事。这些发展反映了叙事学在本土化的过程中学者们所做的探索、创新和努力。

本书与既有研究成果相比，主要的学术创新性体现在以下几个方面：第一，研究内容聚焦于探讨西方叙事学在中国语境中的本土化问题，重点关注中国学者对西方叙事学理论的接受、应用和创新，从而更加深入地探讨了本土化问题的复杂性和实践意义。第二，更加科学的研究方法与深入分析案例的具体应用。应用知识考古学理论、统计学方法，借鉴叙事学之"图式""框架"方法，对译介的叙事学理论范畴和关键术语进行考据探究和论证纠偏，形成知识谱系表和认知结构图，纲举目张，一目了然。第三，更加深入地探讨了西方叙事学理论在中国的适用性和局限性，揭示其中的文化差异、语言障碍以及学科传统等方面的问题，为叙事学在中国的本土化进程提供了更具体的建议，更试图指出西方叙事学中国本土化以及中国叙事学建构的发展趋势。

总之，本书围绕西方叙事学的中国本土化这一核心问题，详细探讨了其引入、阐释和创新应用的历程。从新文学运动的兴起，到社会主义现实主义文学的发展，再到当代跨文化研究的深入，本土化问题始终贯穿其中。本书通过理论与实践相结合，力求在资料梳理、经验总结、问题揭示、理论创新方面提供新的研究路径。未来希望为这一领域的深入研究提供参考，促进中国叙事学的发展。

第一章　理论背景:西方叙事学的基本思想与理论演进

叙事学作为一门关注故事结构、情节发展以及故事传达方式的学科，其发展历程中衍生出一系列理论观点和思想流派。西方叙事学同样经历了自身的发展演变过程。在开展西方叙事学在中国本土化过程的探索之前，首要任务是对西方叙事学的基本演变过程进行梳理与理解，从中深刻把握其核心思想与理论脉络。

第一节　叙事学思想的历史渊源

西方叙事学虽然在20世纪才正式成为一个独立的学科，但叙事活动作为一种人类表达和交流的方式，源远流长。在叙事学的发展历程中，我们不难发现深远的历史渊源，例如柏拉图对模仿（mimesis）和叙事（diegesis）的区分，以及亚里士多德在《诗学》中对叙事的探讨，这些古代思想在很大程度上影响了后来叙事学的理论体系。值得注意的是，中国古代同样存在类似的思想，本书将在后文中国叙事学部分进行深入分析。

一、柏拉图对模仿与叙事的区分

柏拉图对模仿（mimesis）与叙事（diegesis）的区分，体现在《国家篇》中，他区分了《荷马史诗》的两种叙述形式：人物的声音、动作和诗人自己的声音，即"模仿"与"叙事"。柏拉图指出："若诗人处处出现，从不隐藏自己，那么他完成整个诗篇和叙述就用不着模仿了。"①这一区分意味着叙事与模仿不同。在此基础上，柏拉图区分了由之形成的不同文学体裁，如通过模仿形成悲剧与喜剧，通过叙事形成酒神赞美歌，兼用二者形成史诗等。这种区分意味着叙事和模仿并非故事本身，而是讲述故事的方式和形式。柏拉图进一步从这种区分中延伸出了不同的文学体裁，如悲剧和喜剧通过模仿产生，酒神赞美歌通过叙事形成，而史

①〔古希腊〕柏拉图:《国家篇》，载《柏拉图全集》第二卷，王晓朝译，北京，人民出版社，2003，第358页。

诗则兼具叙事和模仿。不过柏拉图的区分主要还是从"措辞"的角度加以讨论，因此只能说叙事学思想的端倪初见。无论如何，这一区分提供了不断开拓的空间，因为叙事与模仿的区分本身突出了对形式的关注，以及"讲述者的姿态"问题即后来的叙事视角。总之，柏拉图虽然仅仅在形式上探讨叙事，却对后来的叙事研究产生了很大影响：如"米勒（Miller）把柏拉图的叙事和模仿都称为叙述，称前者为'简单的叙述'，后者为'摹（模）仿性叙述'"[①]。

二、亚里士多德《诗学》中的相关思想

继柏拉图之后，亚里士多德的《诗学》进一步分析了"叙事"和"模仿"。与柏拉图不同，亚里士多德认为叙事也是模仿，不过他将叙事又区分为两种方式：一是"进入角色"以人物的身份出现，二是诗人以本人的口吻讲述，这两种叙事方式基本对应柏拉图的模仿和叙事。由此可见，柏拉图与亚里士多德在这一问题上既有共同点，也有不同之处，可用表1-1[②]简要表示：

表1-1　亚里士多德与柏拉图观点对比

亚里士多德					柏拉图		
	方式	体裁	身份	态度	态度	方式	体裁
模仿	叙事	史诗	1.以人物身份出现	赞扬	反对	模仿	戏剧
			2.以本人身份出现	反对	赞扬	叙事	抒情诗
	扮演	戏剧					

亚里士多德与柏拉图的观点分歧主要源于亚里士多德对于戏剧和史诗的深入区分。这种区分体现在他对戏剧和史诗所关注要素的细致分析，以及对叙事性的史诗与表演性的戏剧之间差异的敏锐洞察。他强调了戏剧的表演性和情感共鸣，以及史诗的叙事性和情节编排。这一细致区分为后来叙事学的发展提供了丰富的思想资源，推动了对不同叙事传达方式的深入研究，也为后来的文学批评和戏剧理论提供了有益的参考。

其次，亚里士多德在《诗学》第七章中的"有机整体"观念与叙事

---

① 谢龙新：《"叙事"溯源：柏拉图与亚里士多德》，载《叙事学研究：理论、阐释、跨学科——第二届国际叙事学会议暨第四届全国叙事学研讨会论文集》，北京，外语教学与研究出版社，2013，第31页。

② 同上书，第33页。

学重视"文本"的思想也有类似之处。"后世文本主义文论在作品中提取的种种内在'肌质''逻辑结构''符号和意义的多层次结构'等,可看作是对亚里士多德有机整体论的细化和丰富"①。此外,亚里士多德在其《诗学》中就已经把"人物"和"行动"认定为构成故事的关键元素,并且认为情节是悲剧中最重要的成分。②今天看来,这些都具有明显的叙事学开端意义。亚里士多德对"模仿"的思考,重视情节结构、强调形式、关注语言、注重文本分析,这些都为叙事学思想提供了丰富的资源:"亚里士多德的行动模仿论切中了叙事文学的要害,为西方叙事文学的发展定下了以行动为纲的基调。"③

总之,柏拉图和亚里士多德的影响在20世纪的叙事研究中都能看到。有学者总结道:"亨利·詹姆斯(Henry James)、布斯(Booth)、热奈特(Genette)、托多罗夫等人对展示(showing)和讲述(telling)的区分直接来源于柏拉图对模仿与叙事的区分;热奈特区分了叙事的三种含义——故事、话语、叙述,其理论基础则是柏拉图的叙事思想;经典叙事学对叙述者、叙事视角、叙事声音的研究与柏拉图对"诗人的声音"和"人物的声音"的区分有明显的联系;弗莱(Fry)把文学虚构作品划分为神话、传奇、高模仿、低模仿、反讽五种基本模式,其理论基础就是亚里士多德所提出的被模仿人物与普通人相比较的标准;经典叙事学多集中于虚构叙事性作品的研究也与亚里士多德的模仿叙事理论不无关系。"④

上面我们主要分析了柏拉图和亚里士多德对于叙事学的开端意义。在历史的长河中,还有许多值得关注的人物。例如1832年李斯特(Thomas Lister)提出的"叙述视点"分析方法,洛克哈特(John Gibson Lockhart)的"距离"理论在叙事学中的重要贡献。另外,19世纪意大利的德·桑克梯斯(Francesco de Sanctis)的形式观也为经典叙事学对"形式"重视起到了鸣锣开道的作用。他认为:"形式是一面镜子,诱使你直接进入镜中的形象而不感到你和形象之间隔着一层厚厚的玻璃"⑤,"当然,19世纪西方文论家中起鸣锣开道作用的不止桑克梯斯一人,英

---

① 傅修延:《文本学——文本主义文论系统研究》,北京,北京大学出版社,2004,第10页。

④ 〔古希腊〕亚里士多德:《诗学》,罗念生译,人民文学出版社,1997,第21页。

③ 傅修延:《文本学——文本主义文论系统研究》,第11页。

④ 谢龙新:《"叙事"溯源:柏拉图与亚里士多德》,载《叙事学研究:理论、阐释、跨学科——第二届国际叙事学会议暨第四届全国叙事学研讨会论文集》,北京,外语教学与研究出版社,2013,第35页。

⑤ 伍蠡甫:《欧洲文论简史》,北京,人民文学出版社,1986,第370页。

国的柯勒律治（Coleridge）、佩特（Pater）、王尔德（Wilde），意大利的克罗齐（Croce），法国的波德莱尔（Baudelaire）、柏格森（Bergson），德国的叔本华（Schopenhauer）、尼采（Nietzsche）等，都从不同的角度挥舞过反对模仿论的旗帜，他们的形式至上论形成了一股合力，共同将20世纪的文本主义文论托出了地平线"①。

第二节　叙事学的直接思想来源

本书之所以提出"叙事学的直接思想来源"，涉及叙事学发展阶段的界定。有学者认为：叙事学的发展历程可分为经典叙事学阶段和后经典叙事学阶段，然而这种划分容易忽略20世纪60年代之前的叙事学研究，即"传统叙事学阶段"——"统指20世纪60年代前的研究小说理论或小说艺术的阶段，这当中包括詹姆斯（James）、福斯特（Foster）、布斯（Booth）等，以及德国的叙事形态研究，英美的新批评，俄国的形式主义和布拉格结构主义"②。

本书认同这一观点，主张应单独探讨叙事学正式命名之前的发展阶段。然而，对于"传统叙事学阶段"这一术语，本书持谨慎态度，以免产生误解，故将之表述为"叙事学的直接思想来源"。本书将重点探讨俄国形式主义批评和英美新批评，因为它们对叙事学的影响是显而易见的。至于布拉格结构主义，则因其与法国结构主义密切相关，将在法国结构主义的讨论中加以探究。

一、俄国形式主义

高尔基（Gorky）曾经谈及的19世纪俄国文学飞速崛起，这使全世界都惊愕地注视着俄罗斯。俄国被视作西方文论思想的策源地，其中形式主义就是明证。俄国形式主义是1915年至1930年盛行的一股文学批评思潮，其组织形式有"莫斯科语言学学派"与"彼得堡诗歌语言研究会"，前者的代表是雅各布森（Jacobsen）、托马舍夫斯基（Toma-shevsky），后者包括什克洛夫斯基（Shklovsky）、艾亨鲍姆（Eichen-baum）、梯尼亚诺夫（Tynjanov）、日尔蒙斯基（Viktor Zhirmunskij）等。

理解俄国形式主义的主要思想要从关键词——"形式"——入手。所谓"形式"主要指文学作品的语言形式，形式主义者主要是语言学家。

---

① 傅修延：《文本学——文本主义文论系统研究》，第13页。

② 胡全生：《叙事学发展的轨迹及其带来的思考》，《复旦外国语言文学论丛》2008年第1期。

"诗学"本指文学理论，但形式主义者从狭义上使用，其提到的文本多属诗歌文本，使得他们所谓的诗学也成为语言学的分支。他们认为诗歌结构"决定于它被按韵律切分为诗节时所进行的句法（和意义主题的）成分的艺术调整"①，日尔蒙斯基说："一首诗的结构的最原始的要素，我们认为是韵律和句法"，"抒情诗歌的结构，要求对语音、句法和主题材料作有规律的切分。"②

不过俄国形式主义对小说乃至电影文本也有较为深入的研究，如什克洛夫斯基探索过小说的"情节分布构造程序"，提出"小说就是这种词语的扩展""许多故事都是双关语的扩展"③等论点；日尔蒙斯基把诗视为"一个扩展的复合句"；托马舍夫斯基从狭义诗学向小说诗学发生了转移，拓展了"小说诗学"。总之，这些重要的思想已经靠近于叙事学了，如日尔蒙斯基关于"许多故事都是双关语的扩展"的思想与普罗普（Vladimir Propp）的"叙事语法"有相通之处，只是形式主义尚未重视对叙事文本的整体性的深入研究。

从"形式"的角度，什克洛夫斯基提出了"艺术独立于生活"的观点。与俄国19世纪别林斯基（Belinsky）与车尔尼雪夫斯基（Chernyshevsky）等人的观点不同，什克洛夫斯基强调艺术的独立性，力图打破艺术与现实关系的传统观点。应当说，形式主义者对文本独立性以及文本中的结构的认识与俄罗斯民间文学中三叠式结构不无关系。日尔蒙斯基发现在俄国民间叙事中存在一波三折的情节，同时读出了某些俄罗斯小说中的韵律之美，"产生这种印象的根源，是词汇群的句法排偶以及与此相联系的首词重复（头语重叠）"④。什克洛夫斯基在小说文本中也发现了源于民间的种种排偶现象，将其称为"对称法"或"梯形结构"即"小说形成的特殊程序是对称法"。

从如何创造新"形式"的角度，形式主义提出了"陌生化"。陌生化的核心思想是通过使日常生活中的事物变得陌生和不寻常来引起人们的注意，旨在打破习惯性的认知模式和对事物的惯常看法，从而使人们能够更深刻地观察和思考生活中的细节。通过将事物呈现在不寻常的方式

---

① 〔俄〕日尔蒙斯基：《诗的旋律构造》，载《俄国形式主义文论选》，郑州，郑州大学出版社，2005，第330页。

② 同上书，第265-270页。

③ 〔俄〕日尔蒙斯基：《诗的旋律构造》，载《俄国形式主义文论选》，郑州，郑州大学出版社，2005，第225-230页。

④ 同上书，第254-263页。

或透过不同的视角,陌生化的技巧可以创造出新的、独特的艺术体验。陌生化的目的之一是增强人们对生活的感受。什克洛夫斯基认为这是为了取代已经丧失其艺术性的旧形式。"陌生化"是为了唤起人们的新奇感受。他说:"那种被称为艺术的东西的存在,正是为了人对生活的感受……增加了感受的难度和时延。"①

如前所述,形式主义主要讨论的是诗歌,"陌生化"主要体现在诗歌方面,主要指语言的使用:"诗是大幅度变形的语言。"②但形式主义者也注意到其他文体,因此从叙事学的角度应注意其关于小说的"陌生化"观点。在小说文本中,陌生化主要表现在情节上。"所谓情节的陌生化,指作家有意识地将事件素材变形为文本中的反常情节,赋予它们新颖独特的面貌"③。

在此基础上,什克洛夫斯基、艾亨鲍姆(Boris Mikhailovich Eikhenbaum)等人首先区分了"故事"和"情节"。前者指进入文本之前的事件素材,后者指文本中对事件的设计、挑选与组织。显而易见,这类似于故事与话语的区别。由此可见,形式主义对叙事学的贡献不仅体现在以形式观推动了对文本结构的重视,而且在具体叙事学范畴方面也有涉及。例如,托马舍夫斯基(Boris Tomashevsky)的《主题》涉及叙述者、叙述角度、叙述层次、叙述次序、叙述语调、故事结构、故事框架等多个范畴。他认为,内部相互联系的事件之总和叫作情节;相互组合,就形成作品的主题联系;情节不仅要有时间的特征,而且要有因果的特征。讲述方法有各种各样:或者是作者以普通报道的形式做客观叙述,对消息的来源不加解释(抽象地讲述),或者是讲述人以一个具体人物的名义讲述④。他还谈道:"'读者'是相当泛指的对象,就连作家本人对自己的读者也常不甚了了。"⑤这显然包含着"隐含的读者"的思想。显然,这些"无可置疑地成为后来叙事学研究的先导"⑥。休斯(Hughes)说过,《主题》出版五十年来仍然是小说诗学的一本入门必读书。即使巴赫

① 〔俄〕什克洛夫斯基:《作为手法的艺术》,载《俄国形式主义文论选》,郑州,郑州大学出版社,2005,第6-8页。

② 〔俄〕托马舍夫斯基:《主题》,载《俄国形式主义文论选》,郑州,郑州大学出版社,2005,第172页。

③ 傅修延:《文本学——文本主义文论系统研究》,第58页。

④ 〔俄〕托马舍夫斯基:《主题》,载《俄国形式主义文论选》,郑州,郑州大学出版社,2005,第107-108页。

⑤ 同上书,第107页。

⑥ 傅修延:《文本学——文本主义文论系统研究》,第70页。

金的"复调理论"也与托马舍夫斯基对"艺术语"与"实用语"、知情人物与不知情人物的论述有相近之处。

二、英美新批评

新批评与形式主义和叙事学之间存在着一脉相承的关系。正如罗伯特·休斯（Robert Hughes）所言："在小说形式这个问题上，目前英美批评界所关心的几乎所有议题都已经被形式主义者和他们的结构主义继承人讨论过。"①

"新批评"是一种文学批评方法和学派，得名于英国文学评论家艾萨克·兰色姆（John Crowe Ransom）的著作《新批评》（*The New Criticism*）。这一学派在20世纪20年代发端于英国，在30年代形成了初步的理论框架，然后在美国迅速发展，并在40年代和50年代达到顶峰。然后，新批评渐趋衰落，但其影响仍然在文学研究领域留下深远的痕迹，其观点和方法对叙事学的发展产生了深远的影响。新批评的主要成员和基本发展线索可以分为以下几个阶段：

二十世纪二三十年代英国"新批评"派：代表人物包括艾略特（T. S. Eliot）、瑞恰慈（I. A. Richards）、燕卜荪（William Empson）等。这一时期的新批评主要关注文本内部的分析，强调文学作品的自足性和独立性，强调诗歌的声音和形式的重要性。艾略特强调文学作品的内在结构和意义，其诗歌作品《荒地》就是一部具有深刻内涵和复杂结构的代表作品。瑞恰慈提出了"交际论"（The Theory of Communication）的概念，强调了文学作品与读者之间的沟通和互动。燕卜荪重视文学作品中多义性和暗示的分析，著作《七种类型的模棱两可性》探讨了文学作品中的不同层次的含糊和多义性。

三四十年代的"南方集团"：代表人物为兰色姆、克林斯·布鲁克斯（Cleanth Brooks）、艾伦·退特（Allen Tate）等。这一阶段的新批评强调文学作品的有机整体，尤其是内容和形式之间的关系，提出的"张力论"认为文学作品的内在矛盾是维持作品有机性的关键。兰色姆分析了文本中的语言、图像和象征，以揭示其中的内在张力和复杂性，强调文学作品的内部张力和矛盾，认为这些张力是作品的核心特征。

四五十年代的"耶鲁集团"：代表人物包括维姆萨特（W.K. Wimsatt）、沃伦（Robert Penn Warren）、韦勒克（René Wellek）等。这一时

---

① 〔美〕罗伯特·休斯：《文学结构主义》，上海，三联书店，1988，第120页。

期的新批评对文学批评的理论基础进行了深入的探讨，提出了诸如意图谬误、情感谬误等概念和"八层说"等更加细致的分析方法，深化了对文学作品结构和形式的理解。

新批评的核心理念包括对文学作品内部结构的重视、对作者意图和读者感受的置之不理，以及强调文本的自足性和有机整体性。新批评的主要观点是"把握住一首诗的现实存在的本质与意义"①，主张将文学研究拉回到文学本身，从而突出了文学的本体地位，即作品的独立自足性，诗歌研究不应在诗歌之外。因此关于作者意图和读者情感的研究均是"谬误"，即"意图谬误"和"感受谬误"。此外，新批评的观点还有"结构肌质"和"语境理论"等。显然，从对叙事学的影响而言，新批评的上述观点与形式主义有一定继承关系，特别是"结构肌质"说认为结构是诗的逻辑线索，肌质则是感性资料，这与"叙事结构"有相通之处。

在突出文本的形式方面，新批评提出了很多重要观点。艾略特提出了"诗无个性说"②，将文学批评从作者转向作品本身，认为艺术的功用就是"诱导出一种现实的秩序感"③。布鲁克斯和沃伦也说："人创造形式用来把握世界。"④韦勒克与沃伦在其《文学理论》中认为文学的"内部研究"对象是音律、文体、意象等形式因素，而心理、社会等则属于"外部研究"。瑞恰慈的"语义学批评"则具有符号分析的重要特点，为文本分析提供了重要的方法，他还认为文本的真实就是艺术的真实，而不是现实的真实，强调文本的自身规律。应当说，在文本独立性方面走得最远的是兰色姆，他否定从道德、逻辑与情感角度讨论诗的本质，"道德内容是一种内容，人提出说它是诗歌所特有的东西，这说不通"⑤。他还认为"诗歌的特点是一种本体的格的问题"⑥。

在突出诗歌作为文本的独立自存这一点上，新批评反对文本之外的作者意图和读者感受。在新批评的框架下，文学作品被看作独立自存的

———————

① 〔美〕沃伦：《什么是新批评》，载史亮：《新批评》，成都，四川文艺出版社，1989，第321－322页。

② 〔美〕艾略特：《传统与个人才能》，载《艾略特文学论文集》，南昌，百花洲文艺出版社，1994，第11页。

③ 〔美〕艾略特：《诗歌与戏剧》，伦敦，1951，第26页。

④ 〔美〕布鲁克斯、R．P．沃伦：《理解诗歌》，北京，外语教学与研究出版社，2004，第272页。

⑤ 〔美〕兰色姆：《征求本体论批评家》，载《"新批评"文集》，北京，中国社会科学出版社，1988，第74页。

⑥ 同上。

文本，有自己的内在结构、语言和形式，有自身的内在逻辑和美学特征。它的意义和价值主要存在于文本内部，而不受作者的意图和读者的感受影响，作者的意图可能会被误解或无法准确获取，而且文学作品通常具有多义性，可以被不同的读者以不同的方式解读。新批评也反对过度强调读者的感受和主观情感。他们认为，不同的读者可能会有不同的情感和反应，因此，依赖读者感受来解释作品会导致主观性和不确定性。

这一理念在桑克梯斯、维姆萨特与比尔兹利（Beardsley）的作品中得到了深刻的阐述和扩展。桑克梯斯坚信文学作品的真正意义在于文本本身，而不是作者的意图或读者的感受。他认为，作者的意图可能会被误解或忽略，而读者的感受受到主观因素的干扰，因此，唯一可靠的方法是将注意力集中在文本上，通过仔细分析文本的语言、结构和形式来揭示作品的内在价值。维姆萨特与比尔兹利的著作《意图谬见》和《感受谬见》进一步深化了新批评的理念。他们主张作者的意图和读者的感受都是不可靠的，因为它们容易受到误解或扭曲，提出了"解释即批评"的概念，强调作品的意义和价值只存在于文本之中。可以说，这些观点均强调文学作品本身的独立性和自足性。

新批评提出的"文学作品构成论"颇有结构主义的味道。韦勒克和沃伦在被称为新批评总结之作的《文学理论》中认为"文学作品是一个为一定审美目的服务的完整的符号体系或者符号结构，亦可称为'符号和意义的多层结构'"[①]。此观点认为文本中的符号和意义具有深层次的组织和互动。在这种理论下，文学作品不仅仅是一系列词语的排列，还是一个复杂的符号系统，其中每个元素都与其他元素相互关联，共同构成了文本的意义。这些符号和意义的多层结构可以深入地分析和解读，从而揭示出文学作品的内在复杂性。特别是在英伽登（Roman Ingarden）的"五层说"即声音、意义、世界、观点、形而上性质层面的基础上，提出了"八层说"。其中声音层面关注文本中的语言声音，包括韵律、音节、音调和语音特征；语法和句法层面涉及文本的语法结构和句法关系。它关注句子的结构、句子之间的关联以及修辞手法的应用。词汇和语义层面主要分析文本中的词汇选择、词义和语义关系；意义和象征层面关注文本中的意义和象征符号；世界观层面涉及文本中的文化、历史和社会背景，以及它们如何影响作品的理解；观点和叙述层面考察文本的叙述方式和视角，包括第一人称、第三人称、客观视角等；结构和组织层

---

① 傅修延：《文本学——文本主义文论系统研究》，第29页。

面关注文本的整体结构和组织方式，包括章节、段落、节奏和节拍；形而上层面涉及文学作品的深层次哲学或元哲学主题，如存在、意义、真理等。

在寻求文本有机体的形式和内容的统一方面，新批评还提出了"张力论"："新批评既然主张作品的内容和形式融合成一个，势必会寻找一种张力来维持这个有机体的内在矛盾平衡"①，"即我们在诗中所能发现的全部外延和内涵的有机整体"②。"张力"是指内容和形式之间的紧张关系，这种紧张关系是作品的生命力所在。如内容和形式之间的张力可以在作品的语言应用中表现出来。张力还可以在作品的结构和节奏中体现。最重要的是，张力有助于维持作品的复杂性和多义性。

最后，新批评还提出了针对具体作品分析的"细读法"。值得说明的是，结构主义对文本学的一大贡献在于丰富了叙事文本的"读法"，如列维-施特劳斯的纵横阅读法发现了神话的深层结构。新批评"细读法"的目的是通过细读发现作品的"意义含混、反讽、张力、隐喻"。新批评对文本的解读方式千姿百态，文森特（Vincent）曾对"细读法"进行了概括和说明，其中有一些观点与结构主义及叙事学思想相通，如"寻求一种完全平衡或统一的，由和谐文本组成的综合结构"；"把意义视为结构的一个因素"。细读法有很多，主要有燕卜荪的复义解读法，即通过发现"复义"研究诗歌的"丰富的内容与强烈的效果"；以及布鲁克斯的悖论解读法，即"诗的语言是悖论语言""诗人要表达的真理只能用悖论语言"③；还有瑞恰慈的语境解读法，即通过"语境"理解语义，"这个词前后的其他词确定了该词的意义"④。

与俄国形式主义相比较，二者都强调文本的独立性，但形式主义更注重文学表达技巧，而新批评则更强调文本的语义多重性和内在结构。形式主义认为文学的独立性主要来自形式，而新批评则认为文学的独立性来自文本本身的结构和语言的复杂性。此外，新批评还强调了文学作品的有机整体性，认为每个部分都与其他部分相互作用，共同构成了作品的整体意义。

---

① 傅修延：《文本学——文本主义文论系统研究》，第29页。

② 〔美〕艾伦·退特：《论诗的张力》，载《"新批评"文集》，北京，中国社会科学出版社，1988，第117页。

③ 〔美〕布鲁克斯：《悖论语言》，载《"新批评"文集》，北京，中国社会科学出版社，1988，第314页。

④ 〔英〕瑞恰慈：《论述的目的和语境的种类》，载《"新批评"文集》，北京，中国社会科学出版社，1988，第287-303页。

综上，不管是直接还是间接，新批评对叙事学产生了影响这一点是不可否认的。从学者的身份来看，捷克的韦勒克以布拉格学派的身份进入美国，后来成为新批评的总结者，而布拉格学派则是俄国形式主义向法国结构主义和叙事学过渡的重要环节。从思想观点来讲，除了前面的论述之外，"新批评的主要成就在于诗歌解读，但这并不意味着他们在小说研究上全无建树。诗歌研究中的象征、神话、原型等可以平移到小说，艾略特曾经研究过《哈克贝利·芬历险记》中的叙述角度与反讽语调，但真正在这方面取得出色成绩的是后起之秀韦恩·布斯（Wayne Clayson Booth）……对叙事角度、叙述者类型、隐含的作者等概念做了系统研究，他的工作为结构主义者的叙事学研究提供了一定基础"①。另外，鉴于布斯与20世纪后半叶的叙事研究有紧密关系，本书将在后面另行讨论。

第三节　从法国结构主义到经典叙事学

如前所述，由于偏向"诗歌诗学"，或者说"俄国形式主义与英美新批评在这一点上是相同的……俄罗斯与英美文本主义文论对叙事文本的失察，只有留待法国来弥补"②。换句话说，法国结构主义对叙事文本的高度关注为叙事学奠定了理论基础。因此，接下来我们将梳理法国结构主义到经典叙事学这一重要阶段。

一、法国结构主义

众所周知，法国结构主义之前的"布拉格学派"很重要。它是俄国形式主义与法国结构主义的中介，在继承了俄国形式主义形式观的基础上开启了对文学抽象结构的研究。在布拉格学派中，雅各布森成为把结构主义与文学批评联系起来的第一人。他发现任何失语症状均在组合轴或选择轴上发生故障，或者说在相似性和毗邻性上显示出个人风格、趣味和语言偏好。他称之为隐喻和转喻，发现在俄国抒情诗歌当中，占据优势地位的是隐喻结构，而在英雄史诗里则以转喻手法为主。雅各布森的这一方法成功使用了文学研究的结构主义武器，是对索绪尔（Ferdinand de Saussure）理论的创造性拓展。因为索绪尔曾将语言活动归结为组合轴（毗邻轴或句段轴）和选择轴（联想轴或相似轴）两个方向的运

---

① 傅修延:《文本学——文本主义文论系统研究》,第47页。

② 同上书,第70页。

行，前者按顺序集合成句，后者在垂直方向择取合适的词。此外，雅各布森在区分日常语言和文学语言的基础上，还进一步论述了日常语言的六种因素及相应功能：说话者、受话者、语境、信息、接触和代码及其对应的表达功能、意动功能、指涉功能、诗的功能、交流功能、元语言功能。总之，雅各布森虽然将结构主义引入了文学研究，但他始终以诗歌为研究对象，直到法国结构主义才真正重视对叙事文本的研究。

结构主义的奠基人是瑞士语言学家索绪尔，俄国形式主义者〔如什克洛夫斯基（Viktor Shklovsky）〕的一些结构思想来源于此。索绪尔区别了"言语"和"语言"，后者是前者的深层体系，通俗一点讲，"语言"是实际应用的"言语"的语法规则。索绪尔曾以国际象棋为喻：象棋规则超越于具体的棋赛之上；人的言语行为像具体的棋赛一样差异性很大，但它们体现了共同的内在结构（语言）。

另外，我们还得介绍一下虽不是严格的结构主义，也难归于俄国形式主义，但自觉地站在形式主义立场上思考问题的普罗普（Vladimir Propp），而且叙事学真正成为学者们关注的对象是从列维-施特劳斯在1960年评论普罗普开始的。普罗普总结出一套叙事语法体系，这就是其《民间故事形态学》提出的31种"功能"：即①家庭的一个成员离家出走；②主角得到禁令；③禁令被打破；④主角成婚，继承了王位……他理解的"功能"就是"根据人物在情节过程中的意义而规定的人物的行为"[1]，"功能的数目极小，而人物的数目极大"[2]。在不同的故事中，同一功能单位可能会以不同的形式出现，同一角色也可以由具有不同属性的人物扮演。普罗普还提出了七大"行动范围"，类似于角色，即恶棍、捐赠者、帮助者、公主（追求的目标）和他的父亲、分配者、主角和假主角。法国的厄·苏里奥（Er Sulio）与普罗普的分析方法类似，但与普罗普总结的功能不同，他归纳了戏剧故事的六种功能，命名为"狮子、战神、太阳、大地、仲裁者、月亮"。仔细分析，普罗普以及类似的研究方法是对叙事文本的表层结构的研究。

真正进行叙事文本的深层结构研究的当属法国结构主义者列维-施特劳斯，他将普罗普的方法介绍到西方，从而拉开了叙事学的序幕。"列维-施特劳斯对普罗普的著作评价很高，这样无疑刺激了一批人，起初是

---

① 〔俄〕普罗普：《民间故事形态学》，英译本，布卢明顿，印第安纳大学出版社，1968，第20页。

② 同上书，第21页。

格雷马斯、布雷蒙和托多罗夫等"①。他曾于二战后在美国结识雅各布森并接触结构主义思想。在雅各布森的基础上，列维-施特劳斯拉近了结构主义与文学理论的距离。他通过对神话的纵向阅读，即从垂直关系上找到联系，发现了神话中稳定不变的结构形式以及人类思维的基本结构。列维-施特劳斯的故事结构成为法国的格雷马斯（Algirdas Julien Grei-mas）、克洛德·布雷蒙（Claude Bremond）等人的理论出发点。总之，法国结构主义是结构主义思潮在法国文论中的具体表现，孕育了叙事学。"由于这段因缘，叙事学当时几乎成了法国结构主义的别名"②。

二、经典叙事学

下面我们说明"叙事学"正式诞生后的情况。1966年《交流》杂志第8期以"符号学研究——叙事作品结构分析"为标题发表的专号宣告了叙事学的正式诞生。"叙事学"一词则由托多罗夫于1969年正式提出，我们将这一时期在结构主义思潮影响下形成的叙事学称为经典叙事学，代表人物还有布雷蒙、罗兰·巴特（Roland Barthes）、格雷马斯、托多罗夫（Tzvetan Todorov）、热奈特等。

鉴于与普罗普的思想关系，首先说明一下布雷蒙的基本观点。布雷蒙认为普罗普的"功能"序列太复杂，他侧重功能与功能间因果联系的逻辑链环，由此提出了"叙事序列"的概念，每三个功能构成一个序列，序列又分为"基本序列"和"复合序列"。与普罗普31种功能的基本固定的发展顺序不同，"基本序列"提供了总是可能与不可能的两种选择，这种分叉式的功能链接具有更大的弹性。总是从潜在到现实不断选择，如采取还是不采取行动，采取行动后达到目的还是达不到目的。"复合序列"是在基本序列的基础上进行的各种变化组合，归纳为各种叙事类型。如连环式为："A1—A2—A3—B1—B2—B3"，其中序列A链接B，A3又构成B1的第一个功能。还如包容式，指在某一序列中插入另外序列，同样以序列A、B表示，可在A2中嵌入B。再如二位一体式，指序列A、B实为一体，但从不同视角看有不同"身份"，因此具有"平行"的特点，A1对应B1；A2对应B2；A3对应B3。类似"智取生辰纲"中吴用等人节节胜利，杨志则节节失败。按照故事发展这一思路，布雷蒙认为所有的故事基本上有逐步改善和逐步恶化两种可能，故叙事过程可按此分为两种类型。

---

① 〔法〕达维德·方丹：《诗学文学形式通论》，陈静译，天津，天津人民出版社，2003，第67页。

② 傅修延：《文本学——文本主义文论系统研究》，第75页。

值得注意的是，布雷蒙只是设计了描述表层叙述结构的一种手段，对叙事文本的构成方式做系统思考的则首推罗兰·巴特。罗兰·巴特一生经过了从20世纪50年代社会神学阶段、60年代结构主义阶段到70年代后结构主义阶段的过程。从早期提倡"零度的写作"开始，罗兰·巴特逐渐转向注重形式的符号学研究。到了60年代的结构主义阶段，他将索绪尔的方法系统应用到文学批评中，建立了自己的理论。按照叙事学发展的线索，这里主要介绍巴特这一时期的结构主义叙事学方法，将其70年代的后结构主义思想放在本书下一部分来谈。

罗兰·巴特的结构主义叙事学方法中重要的是"功能层、行为层、叙述层"三个叙事的描述层次的划分，他的这一划分充分借鉴和总结了普罗普、布雷蒙、格雷马斯、托多罗夫等人的思想。其中"功能层"是情节研究，类似于普罗普和布雷蒙的方法；"行为层"属于人物研究，类似于格雷马斯的行动元分析方法；"叙述层"属于叙事行为的研究，类似于托多罗夫的叙事话语。三个层次互相连接，功能只有当赋予行动元时才有意义，两者均在由叙述符号进入作品时才有意义。罗兰·巴特的三个层面的区分与语言的"音素、词语、句子"划分具有相似性。正如他所言："文学作品与语言存在着相通之处……作品中某一层次也只有在与其他层次及整部作品联系在一起的情况下才有意义。"①

在"功能"层面，罗兰·巴特做了更为严谨的描述。"功能"是最小的叙述单位，"功能"并不一定要通过动词表达，也不取决于其表达文字的长度，关键是看其在情节发展上所起的作用。巴特对功能层进行细化，他区分了两个下属层，即严格意义上的"功能"和"迹象"，前者涉及行动，是故事的主干，是真正的"功能"，其组合不仅要有时间性而且要遵循故事发展的逻辑性；后者涉及状态，如故事背景与气氛描写等，其组合相当自由。其中严格意义上的"功能"又细化为"核心功能"和"催化功能"，"核心功能"是主要功能，在情节上起关键作用，而"催化功能"属于次要功能，是有导向、促成主要情节的细节。"迹象"又细化为严格意义上的"迹象"和"信息"。若干功能组合构成序列，罗兰·巴特称之为"功能系列"。

从功能层必然讨论到第二层即"行动层"。结构主义的人物分析不再强调心理结构，而是人物的语言学分析，同样，巴特的"行动层"属于符号学意义上的人物结构。到了第三层即"叙述层"，叙事过程必然包括

① 王允道:《评罗兰·巴特的结构主义》,《当代国外文学》1996年第4期。

"传述者"和"听述者",以及使传达成为可能的符号,从而实现"叙述意义"。

如果说罗兰·巴特主要是用演绎法来分析故事,那么另一名法国结构主义者托多罗夫则用演绎和归纳相结合的方法进行分析。托多罗夫对结构主义诗学和叙事学的研究主要在1963～1977年,其诗学理论建立在"话语"的语言学分析基础之上。托多罗夫通过对《十日谈》的研究,认为叙事作品分析要在"故事"和"话语"不同层次上进行。在"话语"层面,每个故事都可简化为简单的句法结构,叙事不过是扩展了的句子,句子成分包括主体即施动者,以及谓语如动词和形容词。这些句子也就是"命题",命题构成了"序列"。因此托多罗夫的叙事语法理论可以简要地用图1-1表示①。

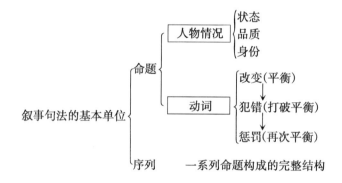

图1-1 多罗夫的叙事语法理论

此外,为了更深入地研究命题之间的关系,托多罗夫还引入了"transformation"(转换)这一概念,用以分析命题的变化。例如,他将"X惩罚Y"这一命题转换为"Y被X惩罚"。通过这种转换分析,他能够揭示命题之间的内在联系,以及它们在叙事结构中的作用和相互影响。这种方法不仅有助于深入剖析叙事的内在逻辑,还能够为叙事学的发展提供新的思路和工具。

除了在叙事结构方面提出叙事句法理论,托多罗夫还在叙事文本层面进行了分析,主要是对叙事视角和叙事时间的研究。在叙事视角上,托多罗夫最初做了如表1-2所示分类②。

---

① 李森:《托多罗夫叙事理论研究》,硕士学位论文,新疆大学,2006。
② 同上。

表1-2　托多罗夫最初对叙事视角的分类

叙事者不出现	内视角	只观察一个人物	如同叙事者陪同人物观看
		观察多个人物	涉及视角过渡问题
	外视角	只观察一个人物	仅对该人物的行为进行描写
		观察多个人物	近乎于场面描写
叙事者出现	内视角	近乎于一个无所不知的叙事者	
	外视角	叙事者不企图或不可能对其他人物的行为进行解释	

　　在叙事视角的研究中，他还详细研究了叙事人称的变化情况，可用表1-3简要表示[①]。

表1-3　托多罗夫对叙事人称变化情况的研究

条　件	"我""我"(第一人称)	"我""他"(第三人称)	备　注
同时间、同空间	○	○	●指不可能出现的情况
异时间、异空间	○	●	
异时间、同空间	○	○	○指可能出现的情况
同时间、异空间	●	○	

　　在此基础上，他进一步提出了三种情况：叙事者>人物、叙事者＝人物、叙事者<人物。总之，托多罗夫对叙事视角的研究十分重要，本书将在第三章第二节另行分析。

　　此外，托多罗夫还研究了叙事时间，包括"时间的歪曲"如倒叙，事件间的时间关系如连贯、插入、交替，写作时间和阅读时间等。托多罗夫1977年之后对结构主义进行反思甚至批判，在研究兴趣上也发生转变，主要从事象征与阐释理论的研究，从文学扩展到文化人类学领域。

　　如前所述，罗兰·巴特的"行为层"属于人物研究，类似于格雷马斯的行动元分析方法。下面再简单介绍格雷马斯的叙述结构和话语结构的研究，主要体现于其《结构语义学》（1966年）中。格雷马斯试图推演出文本的意义系统，即表层结构下内隐的深层结构。深层结构类似于句法结构，主语是"行动元"，谓语是"行为"，按"二元对立"关系分别建立起"行动元模式"与"语义方阵"，作为符号学的一种阐释方式，在文化及人类学领域有广泛应用。

---

　　① 李森：《托多罗夫叙事理论研究》，硕士学位论文，新疆大学，2006。

论述至此，我们有必要对上述几位人物做一简单归纳：布雷蒙的叙事理论考虑到了情节发展的可能性，他通过情节向相反发展的可能性，增加了叙事模式的弹性，由此可以解释更多的情形，其序列三分法也为托多罗夫的序列建构提供了基础，但二者的叙事模式研究往往集中在一个人物身上，难以体现人物关系。格雷马斯关注的则是人物关系以及作品的意义，其不足之处恰恰是难以说明情节变化。罗兰·巴特的贡献则是将叙述分为三个层次，并对其进行了清晰的界定。

最后，我们将介绍对叙事学一些重要范畴系统归纳的人物——热奈特。他被认为是继罗兰·巴特后的叙事学核心人物。"热奈特继承了柏拉图和亚里士多德的诗学以及古典修辞的传统并运用结构主义的方法论加以阐释"[①]。他在1972年发表的《叙事话语》是对叙事学研究的重大贡献，该书讨论了六大基本问题。

第一部分的标题为"情态"（mood），主要是关于"模仿"和"叙说"的区分问题。热奈特认为"模仿"就是"呈现"从而具有戏剧性，而"叙说"就是"转述"。

第二部分是关于"聚焦"的讨论，这是热奈特对叙事视角的研究。他分别用"聚焦"（focalization）、"视点"（viewpoint）、"透视"（perspective）等不同的概念进行表述。他对聚焦的分类基于仅描述人物的外部行为还是透视内心世界，从而分为"外部聚焦"和"内部聚焦"。

第三部分是关于叙事声音的研究，即谁在说故事。热奈特提出了"作者角色"（authorial persona）和"戏剧化"叙事者的区分，又将叙事者分为"外述型"（heterodiegetic）和"内述型"（homodiegetic）。他根据作者、叙述者、故事主人公的关系，归纳出不同情形：叙述者不在现场也非故事主人公、叙述者即主人公不在现场、叙述者在场却叙述别人、叙述者现场讲述自己。

第四部分是关于叙事时间的讨论，热奈特使用"次序"（order）一词，区别了叙述次序与事件实际次序的不同，并将叙述次序分为"回溯式"（analeptic）和"前跃式"（proleptic）。

第五部分是关于叙事结构的研究，热奈特称之为故事的整理和呈现。他使用"叙事框架"一词，"叙事框架"中可以"嵌入叙事"。按"嵌入叙事"的不同情形，"叙事框架"分为"双结局型（double-ended）"（嵌入的故事结束时回到叙事框架上）、"单结局型（single-ended）"（嵌入

---

① 孙彩霞等：《西方现当代文论要著研读》，上海，上海教育出版社，2013，第78页。

的故事结束时没有回到叙事框架上来）和"侵入型（intrusive）"（嵌入的故事有时候被打断并回到叙事框架上）。

第六部分是关于叙事词语（narrative of words）的研究。在该部分热奈特研究了"言语转移""言语叙述"和自由间接引语等问题。

总之，热奈特在《叙事话语》一书中从时间、语式、语态等诸多范畴系统地研究了叙事理论，取得了非凡的成就。他的研究深入剖析了叙事结构的各个要素，揭示了叙事在文本中的关键地位。之后，由于范·雷斯（Van Reeth）、朵丽特·高安、米克·巴尔（Mieke Bal）等学者的批评和反思，热奈特在1983年又撰写了《新叙事话语》一书，对前期的某些论点进行了修正和更加深入的阐释。通过这本新作，热奈特进一步强调了叙事的多样性和复杂性。

以上是从法国结构主义到叙事学这一段的发展线索所做的基本梳理。值得一提的是，鉴于英美新批评与叙事学的特殊关系，这里补充说明一下叙事学理论发展到英美时发生的变化。20世纪后半期英美叙事学的成果主要有布斯的《小说修辞学》、马丁（Martin）的《当代叙事学》、瓦特（Vatt）的《小说的兴起》等，他们的研究重点是叙事修辞研究。这里主要介绍布斯在《小说修辞学》中的主要观点。

在《小说修辞学》中，布斯分析了作者、叙述者、人物和读者之间的关系。他的研究方法具有英美文化的经验主义的特点，而不是像法国结构主义那样进行叙述语法的研究。布斯对"隐含作者"和"叙事声音"等的研究对叙事学发展具有重大意义，如"隐含的读者"被接受美学吸收而成为经典范畴。热奈特的《叙事话语》的"语式""语态"两章就对布斯的"场景""距离"思想多有继承，其中"距离"指的是作者、叙述者、人物与读者之间在价值判断等方面存在的差异。布斯还对"叙述"和"叙述者"进行分类（见表1-4）。另外，他对新批评提出的"反讽"进行了深入研究。

表1-4　布斯对"叙述"和叙述者的分类

叙述	受限的叙述	不受限的叙述
	可信的叙述	不可信的叙述
叙述者	可靠的叙述者	不可靠的叙述者
	旁观者	叙述代言人
	戏剧化的叙述者	非戏剧化的叙述者

需要指出的是，经典叙事学在经历了一段时间的快速发展后，开始出现了转向，这一转向体现在几位重要的叙事学家的研究方向上。例如，布雷蒙在《叙事逻辑》发表后便逐渐淡出学界的视野，格雷马斯在《结构语义学》之后转而研究社会语义学，托多罗夫在1970年的《幻想作品导论》中改变了原来的研究方式。这些变化标志着经典叙事学的研究焦点和方法论正在发生转变，后经典叙事学开始发展。

第四节　后结构主义与解构主义背景下的后经典叙事学

正如经典叙事学是在结构主义的基础上产生的，后经典叙事学则是在后结构主义与解构主义的影响下发展而来的，因此下面将简要梳理后结构主义和解构主义的基本观点，再阐述后经典叙事学（新叙事学）的情况。

一、后结构主义与解构主义

后结构主义兴起于20世纪60年代末，是从结构主义中生长出来并对之进行质疑的思潮。其代表人物罗兰·巴特是从结构主义转向后结构主义的，他自己明确承认，1970年出版的《S/Z》颠覆了之前在《叙事结构分析导论》中的叙事逻辑。该书名中的"S/Z"这一表述蕴含了"阉割"之意。这与他提出的"作者之死"相契合，也就是说，写作同时隐含着阉割情结。"作者之死"意味着"读者之生"，阅读就是一种充满想象力的、创造性的、无休止的换喻工作，阅读活动促进了意义的生成，这无疑强调了读者的主体地位。他所提出的阅读法称作五种代码分析法或互文阅读法，即通过读取文本中的五种代码（情节代码、阐释代码、文化代码、象征代码、意素或能指代码）来揭示文本的互文性。罗兰·巴特强调对文本的拆解，从而使其后结构主义具有相对主义的特点。

如果说后结构主义是对结构主义的质疑，那么解构主义则是在后结构主义发展链条中的进一步质疑。其实后结构主义与解构主义并不是两个完全等义的概念，后者外延更大。在前面的论述中可以看出，罗兰·巴特已经呈现出解构主义的端倪，但解构主义不仅对结构主义，甚至对整个西方理性主义传统展开了批评。解构主义的代表人物很多，除倡导者德里达（Derrida）、福柯（Foucault）外，还包括由保罗·德·曼（Paul de Man）、希利斯·米勒（J.Hillis Miller）、哈罗德·布鲁姆（Harold Bloom）、杰弗里·哈特曼（Geoffrey H. Hartman）组成的"耶鲁学派"。从人物的划分看，后结构主义与解构主义的区分也只是相对的。

这里有必要再简要说明一下结构主义与后结构主义两者的关系。虽然后者是对前者的异质声音，但不能将两者看作对立或断裂的关系。后者不是对前者的终结，而是继承、延续与超越，是从"一"到"多"的关系，即从一元的普遍结构到多元结构或者多元可能性。因此两者具有互补性，其本质都是为了挖掘文本的深层意义，均着眼于事物和现象潜在的深层结构。

德里达的思想我们可以从解读"延异""痕迹"等关键词入手。德里达创造了很多具有解构内涵和特色的新词，"延异"便是其中最有名的一个。"延异"（différance）是从法文旧词"差异"（différence）中创造而来的。德里达认为，"延异"是一种非本原的"本原"，是一种以缺席形式体现的"在场"，是延缓的存在。延缓即"延异化"和"间距化"，意味着另一个声音。文本只是一种"痕迹"，本原是缺席的，其意义需要从痕迹中召唤出来，也就是说，意义不是原发呈现而来，而是"撒播"于文本间。可见，德里达通过"异质性"展开了对"逻各斯"中心主义的颠覆。他认为文学活动是通过形式力量来构架虚幻世界，他否认结构主义的"正确的释义"，规则被不断消解。

福柯的解构主义思想在文学理论、哲学、历史学、知识社会学等领域都有很大的影响。其思想体系宏大，被视作继萨特（Sartre）之后最重要的法国思想家，其主体性、疯癫史、权力话语理论等具有重要的地位。鉴于本书研究的范围，这里只对其关于文本的观点做一简要说明。首先，福柯将关注点从"语言"转向"话语"，语言与知识都受制于同样的深层结构即知识型。其次，他认为文学呈现出"疯癫"的体验，在文字游戏中，话语的能指和所指没有必然联系，仅仅是一种"语词误用"。最后，他进一步消解文本的权威性，反对"正确的释义"，提出了"非个体化写作"的观点。与罗兰·巴特强调"作者死了"相仿，福柯提出"人死了"，从而拓展了文本的开放性，认为批评和阅读是一种意义建构和对话的过程。

下面简要说明"耶鲁学派"的观点。保罗·德·曼从修辞学的角度提出了"阅读的不可能性问题"，因为修辞具有幻觉相似性，词与物之间本身存在断裂，这成为隐喻之源。也就是说，在文本的主结构上必定会产生出具有颠覆性的亚结构，由此文本走向了自我解构。对文本所谓正确的解释从而变得荒诞不经，阅读仅仅是对修辞进行解码的行为。同样，米勒也反对单义的阐释，认为"阅读就是解读比喻"，他将语言看作"比喻游戏"：由于文本具有线状迷宫般的特质，故阐释不是遵循二元式逻辑规则，而是围绕迷宫"迂回"，是对修辞这一象征语言的阐释，其目的在于揭示意义的双重性，重要的是阐释的过程而不是结论。布鲁姆也从文本阅读角度提出"阅读总是误读"的思想，其观点包含"阅读不可能""影响即误读""文本的意义取决于文本间性"等内容。哈特曼也从"阅读"角度，认为文本的意义是不确定的，提出了"阅读揭示什么"的问题，并分析了"原始文本"与"次生文本"的关系。

此外，还有拉康（Lacan）、乔纳森·卡勒（Jonathan D. Culler）等其他学者，他们为叙事学提供了拓展和深化的方向，丰富了叙事理论的多元性。

二、后经典叙事学

如果说结构主义奠定了经典叙事学的基础，那么后结构主义与解构主义则激发了后经典叙事学，也可称之为"新叙事学"，即20世纪90年代以来的叙事理论。实际上，"20世纪后半期，各种各样的知识流派和体系……都与后结构主义结下了不解之缘"①。由于"不少研究小说的西方学者将注意力完全转向了意识形态研究，转向了文本外……"②这使得"叙事学"（narratology）已经演变成"复数的叙事学"（narratologies），不再专指结构主义文学理论的分支，而是借鉴了"女性主义、巴赫金对话理论、解构主义、读者—反应批评、精神分析学、历史主义、修辞学、电影理论、计算机科学、语篇分析以及（心理）语言学等众多方法论和视角"③。

那么如何对后经典叙事学进行分类呢？中外学者根据研究对象和研究方法等提出了不同的分类方法。同为以研究方法为基础的分类，安斯加尔·纽宁（Ansgar Nünning）、吕克·赫尔曼（Luc Herman）、巴特·凡瓦克（Bart Vervaeck）以及国内学者申丹等人的观点也并不完全一致。本书只能择取主要的后经典叙事学理论做一介绍（主要参考申丹的分类④）。

---

① 陈晓明：《有底的游戏——后结构主义在当代中国学术研究中的侧影》，《文艺争鸣》2000年第6期。

② 申丹：《新叙事理论译丛·总序》，北京，北京大学出版社，2001。

③ 赫尔曼主编《新叙事学》，北京，北京大学出版社，2001，第1-2页。

④ 同时参考了申丹对各派评述的一些观点，申丹：《西方叙事学：经典与后经典》，北京，北京大学出版社，2010，第170-270页。

第一是修辞性叙事学。修辞性叙事学关注的不是传统意义上的修辞技巧效果，而主要是文本、作者、读者之间的关系，其代表人物主要包括查特曼（Symour Chatman）与费伦。查特曼虽然在一定程度上表现出经典叙事学的倾向，比如其持有"美学修辞""隐含读者""隐含作者"等观点，但总体上具有明显的后经典特征，由此提出与前者相对应的"意识形态修辞""真实读者""真实作者"概念。具体而言，与"美学修辞"关注纯粹的美学效果不同，"意识形态修辞"强调的是关注社会历史语境的真实的意识形态"劝服"；"真实读者"和"真实作者"均强调读者或作者的多元的真实反应或体验，而非结构主义基础上抽象出来的"隐含"主体。费伦的修辞性叙事理论也十分关注人物、读者等，他的"三维度"人物观不仅考虑到"主题性"和"虚构性"，还涉及具有现实真实从而能引发读者情感反应的"模仿性"；其"四维度"的读者观包括"有血有肉的读者""作者的读者""叙述读者""理想的叙述读者"，其中"有血有肉的读者"凸显阅读作品的个人经验和社会历史文化环境，明显属于后经典叙事学。由此可见，他的理论十分关注叙事策略与读者阐释经验之间的关系，阐释必然因为读者的情感、智力等诸多因素成为一种动态的进程，叙事判断也必然是伦理性的，而布斯的修辞理论只是"向后经典叙事理论的有限迈进"[①]，故被放在前面经典叙事学部分予以介绍。

第二是女性主义叙事学。它是女性主义文学批评与结构主义叙事学相结合的产物，主要代表人物是苏珊·兰瑟（Susan Sniader Lanser）、沃霍尔（Warhol）、凯斯（Kathe）等。女性主义叙事学的主要成就在于阐释具体叙事方面。与经典叙事学不同，女性主义叙事学注重文本的性别意识和社会历史语境，强调叙事结构和叙事技巧中的性别政治。所谓注重文本的性别研究，就是在分析叙述者、叙事声音、叙事视角等方面时，要关注男女性别差异带来的不同叙事方式及其结果。如兰瑟十分重视叙述者的性别问题，即性别是如何"标识"的，是"隐蔽"的还是"明示"的。在叙事声音方面，兰瑟关注性别化的作者权威，如女作家的叙事方式如何进行自我建构，从而使叙事方式从形式技巧转变为政治工具，因此文本须置于历史语境中。

在叙事视角上，女性主义叙事学认为不同性别作家在特定历史时期所选择的视角，其实反映了具有性别政治的意识形态关系，如文本中男

---

① 申丹：《西方叙事学：经典与后经典》，第175页。

性对女性的身体器官的观察，是男权制下一种视觉权力的体现。这在沃霍尔的《眼光、身体与〈劝导〉中的女主人公》一文中有深入研究。另外，女性主义叙事学还关注了"自由间接引语"的意识形态意义，也就是男女在说话口吻即话语表述中的权威性和立场问题。

第三是认知叙事学。认知叙事学是20世纪90年代以来随着认知科学的兴起，将认知科学与叙事学相结合的交叉学科。戴维·赫尔曼（David Herman）无疑是领军人物之一，此外还有弗雷曼（Margaret H. Freeman）的"认知诗学"、实证研究学派如鲍特鲁西（Bortolussi）和迪克森（Dixon）的心理叙事学等。由于认知科学主要探究人脑或心智的工作机制，所以，认知叙事学主要研究叙事与人脑即思维或心理的关系。赫尔曼认为其旨在为叙事结构（包括叙事语法的规则系统）及叙事阐释等相关理论建构一个认知基础。为此使用了"图式""框架"（如"视角框架""文类与历史框架""行动框架"）"规约性""语境"等一系列概念，用以研究其在影响叙事认知、推断人物思想、理解并建构叙事中的作用。如曼弗雷德·雅恩（Manfred Jahn）认为，文本可能促使读者修改甚至改变其正在使用的理解模式，当出现图式矛盾，由文化决定的优先规则将起关键的控制作用；比约恩森（Bjornsson）还形象地用"认知地图""文本提示"等概念说明文学的认知过程。可见，认知叙事学与修辞叙事学不同的是，虽然两者都注重文本的阅读过程，但前者更侧重于对叙事认知特别是认知策略的研究，而不是后者的叙事阐释和阅读反应，如赫尔曼提出叙事就是一种"认知风格"。

认知叙事学还在寻求叙事的具体认知模式上进行了深入探索，如弗卢德尼克（Monika Fludernik）提出了一个以自然叙事即口头叙事为基础的认知模式，这一模式提出了"体验性""可讲述性"和"意旨"三个认知参数，认为叙事化就是将叙事性这一特定的宏观框架应用于阅读。认知叙事学的很多学者针对具体的叙事学概念展开分析，如赫尔曼对"视角"的讨论，由于是从读者认知提示的心理角度进行分析，因此补充了经典叙事学的一些空缺；还有很多学者对某一类叙事文本的认知策略进行研究，如阿尔贝（Alber）探讨了"反常"的虚构故事阅读中的"叙事化"问题。另外，一些学者如瑞安（Ryan）从特定的认知者角度进行研究，较好地揭示了读者的记忆、想象等对文本的填补作用。

第四是非文字媒介叙事。这一分类是按照媒介是文字还是非文字进行区分的，包括电影、戏剧、图像叙事等。电影叙事学的研究者如克里斯蒂安·麦茨（Christian Metz）和阿尔贝·拉费（Albert Laffay）等，主要研究影片表述元素和结构。虽然电影叙事与传统媒介相比只是叙事手段和方式的不同而已，但由于呈现方式不同，电影叙事的时间和空间、人称与视点等均与叙事文本有所区别，因此在电影的情节安排、人物性格和审美特性等方面具有自身的独特理论，如克·麦茨的八大组合段、爱·布拉尼根（Edward Branigan）的视点论、弗朗索瓦·若斯特（Franecois Jost）的"目视化"系统等，并形成了"电影聚焦"（cameral focalization）等概念。此外，戏剧叙事由于呈现叙事的综合性，其空间和时间等具有自身的独特性，因此不局限于对剧本的研究。图像叙事随着视觉文化时代的到来而引人注目，诸如漫画、卡通制品、电子游戏等。与传统的文本不同，它们具有特殊的美学和文学价值，因此图像叙事研究的是以图像符号为方式的叙事表达，并提出了专门的研究方法，如"视觉叙事性"（visual narrativity）等。

另外，与认知叙事学应用现代学科知识相类似，同时与新的媒介方式相关，对"电子文本"的研究也激发和丰富了叙事学的研究。很多学者如莱恩（Lehn）还将电脑世界中的诸如"虚拟""递归""窗口""变形"概念引入叙事学。确实，"至于叙事学的未来，变数太多，难以预测，我们不妨静观其变，在充满神秘的期待中，体验'未来的焦虑'"①。

最后，由于分类标准不同，除上述几类主要的后经典叙事学理论外，还有未归入的（在某种程度上更像是一种理论而不是一种分类），如以普林斯（Prince）为代表的后殖民主义叙事学、以海登·怀特（Hayden White）为代表的新历史主义叙事学等。另外，关于伦理叙事、叙事中的意识形态等的研究在上面的分类中无法详细论述，如费伦和玛汀（Martine）关于读者的伦理反应的研究观点；马克·柯里（Mark Currie）的后现代叙事理论主张整合形式主义和意识形态理论等；还有诸如"可然世界、自然叙事学"等不同提法，实际上已经在认知叙事学中论及（可然世界、叙事世界、现实世界是基于认知范围的区分）。无论如何，还有重要学者如特里·伊格尔顿（Terry Eagleton）无法全部囊括并详细介绍。我们的目的是通过上述梳理，从中把握后经典叙事学的主要观点②，即承认文本意义的不确定性、强调阅读的主动性、关注意识形态倾向；其基本走向表现为：走向现代科技、走向文本之外、走向意识形态。

① 尚必武、胡全生：《经典、后经典、后经典之后——试论叙事学的范畴与走向》，《当代外国文学》2007年第3期。

② 刘小莉：《后结构主义——解构主义语境中的新叙事学》，硕士学位论文，陕西师范大学，2005。

第二章 汉语译介:西方叙事学
中国本土化的文本引入

西方叙事学的中国本土化进程既是知识的传递,更是文化的交流与碰撞,这一进程首先是从汉语译介开始的。作为一门研究叙事结构、情节发展以及故事传达方式的学科,西方叙事学逐渐引起了中国学术界的广泛关注。为了准确把握西方叙事学中国本土化过程的情况,本书对叙事学自传入中国以来的几乎所有文献进行了整理,共统计著作710余部(在论文附录中列出),下面将根据这些著作以及重要论文进行详细的文献分析。

第一节 西方叙事学中国本土化的脉络和总体文献分析

西方叙事学于20世纪80年代传入中国,是西学东渐的必然结果。多元文化的社会背景为叙事学在中国传播提供了有利条件。在叙事学传播的过程中,与之密切相关的是20世纪初新批评理论的引入,这对中国文学批评的理论与方法产生了重大影响。

尽管国内叙事学起初的发展相对较缓,与国外的发展相比滞后了20年,60年代产生的经典叙事学直到80年代才传入中国;但经过几十年的发展,中国的叙事学研究已经成为一门显学,从最初的翻译和介绍西方叙事学,逐渐发展到了应用叙事学理论模式来阐释和分析文学作品。这种发展取得了丰富的成果,表现在多种研究模式上,包括资源型再现、追问型再现、整理型再现、对话型再现、比较型再现、论争型再现等。这些模式为中国叙事学的研究提供了多样的路径和方法,丰富了学科内涵。

研究的总体趋势(以五年为一个时间段)如下:1980年以前(1部),1980~1985年(2部),1986~1990年(16部),1991~1995年(19部),1996~2000年(39部),2001~2005年(88部),2006~2010年(212部),2011~2015年(234部),2016~2019年(196部),2020年(211部),共计1018部。明显可以看出,叙事学研究在国内持续升温,至今仍是一个研究热点,本书的研究意义不言而喻。上述趋势较为笼统，下面按照研究特点进行梳理，可以细分为四个阶段：

一、20世纪80年代初的介绍引进

西方叙事学的传播背景关联着20世纪初的中国小说叙事模式的转变。总体而言，80年代开始正式引进介绍西方叙事学，最初是一些零星的论文，后来逐渐有著作出现。在论文方面，张隆溪的《故事下面的故事：论结构主义叙事学》（1983年）是较早的介绍性文章。胡亚敏的《结构主义叙事学探讨》（1987年）和徐贲的《小说叙述学研究概观》（1988年）较早系统地概述了叙事学理论。在著作方面，张寅德编选的《叙述学研究》（1989年）收录了法国二十世纪六七十年代最有影响的叙事学研究专家的著作，其余著作大多具有研究和介绍的双重特点。这期间主要的著作有以下4部（见表2-1）：

表2-1　20世纪80年代我国叙事学研究的主要著作

序　号	著　作	作　者	出版者	出版时间(年)
1	《文学批评方法论基础》	傅修延	江西人民出版社	1986
2	《浪漫主义文艺思想研究》	罗　钢	陕西文艺出版社	1986
3	《形名学与叙事理论:结构主义的小说分析法》	高辛勇	联经出版事业公司	1987
4	《叙述学研究》	张寅德	中国社会科学出版社	1989

二、二十世纪八九十年代的译介热潮

值得说明的是，国内最早的叙事学翻译著作当属托多罗夫的《批评之批评》（1970年）。随着20世纪80年代的总体性推介，80年代出现了译介热潮，主要的译著有以下20部（见表2-2）。其中，有些著作难以严格界定为叙事学范畴，但是对国内叙事学的发展具有开拓性意义，因此一并纳入。有些是该领域的首部著作，如布斯的《小说修辞学》是修辞叙事学领域最早引进的著作（见表2-2）。

表2-2 20世纪80年代叙事学的主要译著

序　号	著　作	作　者	出版者	出版时间(年)
1	《批评之批评》	〔法〕茨维坦·托多罗夫著，王东亮译	三联书店	1970
2	《普通语言学教程》	〔瑞〕费尔迪南·德·索绪尔著，高名凯译	商务印书馆	1980
3	《马克思主义与文学批评》	〔英〕特里·伊格尔顿著，文宝译	人民出版社	1980
8	《中国民间故事类型索引》	〔美〕丁乃通	中国民间文艺出版社	1986
7	《后现代主义与文化理论　弗·杰姆逊教授讲演录》	〔美〕弗雷德里克·詹姆逊著，唐小兵译	陕西师范大学出版社	1986
11	《野性的思维》	〔法〕列维-施特劳斯著，李幼蒸译	商务印书馆	1987
12	《小说修辞学》	〔美〕韦恩·布斯著，付礼军译	广西人民出版社	1987
13	《文学原理引论》	〔英〕特里·伊格尔顿著，刘峰译	文化艺术出版社	1987
16	《批评的诸种概念》	〔维〕雷纳·韦勒克著，丁泓译	四川文艺出版社	1988
17	《结构人类学》	〔法〕列维-施特劳斯著，陆晓禾、黄锡光译	文化艺术出版社	1989
18	《艾略特诗学文集》	〔美〕托马斯·艾略特著，王恩衷编译	国际文化出版公司	1989
19	《文学思潮和文学运动的概念》	〔维〕雷纳·韦勒克著，刘象愚选编	中国社会科学出版社	1989
20	《叙事虚构作品》	〔以〕里蒙·凯南著，姚锦清等译	三联书店	1989

　　进入20世纪90年代，译介热潮继续保持，10年间主要有20多部翻译著作出版（见表2-3）。加上前面的20部著作，奠定了国内叙事学研究的基础。

表2-3　20世纪90年代叙事学的主要译著

序 号	著 作	作 者	出版者	出版时间(年)
1	《叙事话语、新叙事话语》	〔法〕热拉尔·热奈特著，王文融译	中国社会科学出版社	1990
2	《当代叙事学》	〔美〕华莱士·马丁著，伍晓明译	北京大学出版社	1990
3	《结构主义诗学》	〔美〕乔纳森·卡勒著，盛宁译	中国社会科学出版社	1991
4	《叙事虚构作品：当代诗学》	〔以〕里蒙·凯南、施洛米丝著，赖干坚译	厦门大学出版社	1991
5	《文艺学中的形式方法》	〔俄〕巴赫金著，邓勇、陈松岩译	中国文联出版公司	1992
6	《明代小说四大传奇》	〔美〕浦安迪著，沈亨寿译	中国和平出版社	1993
7	《符号帝国》	〔法〕罗兰·巴特著，孙乃修译	商务印书馆	1994
8	《中西叙事文学比较研究》	〔美〕丁乃通著，陈建宪等译	华中师范大学出版社	1994
9	《语言的牢笼》	〔美〕弗雷德里克·詹姆逊著，钱佼汝译	百花洲文艺出版社	1995
10	《叙述学:叙事理论导论》	〔荷〕米克·巴尔著，谭君强译	中国社会科学出版社	1995
11	《巴赫金文论选》	〔俄〕巴赫金著，佟景韩译	中国社会科学出版社	1996
12	《电影语言——电影符号学导论》	〔法〕克里斯蒂安·麦茨著，刘森尧译	远流出版有限公司	1996
13	《中国叙事学》	〔美〕浦安迪著，陈珏整理	北京大学出版社	1996
14	《散文理论》	〔苏〕维克托·什克洛夫斯基著，刘宗次译	百花洲文艺出版社	1997
15	《文学批评原理》	〔英〕艾·阿·瑞恰慈著，杨自伍译	百花洲文艺出版社	1997
16	《美学意识形态》	〔英〕特里·伊格尔顿著，王杰等译	广西师范大学出版社	1997
17	《巴赫金全集》	〔俄〕巴赫金著，钱中文译	河北教育出版社	1998

续表2-3

序号	著作	作者	出版者	出版时间(年)
18	《小说理论》	〔俄〕巴赫金著,白春仁、晓河译	河北教育出版社	1998
19	《迂回与进入》	〔法〕弗朗索瓦·于连著,杜小真译	三联书店	1998
20	《知识考古学》	〔法〕米歇尔·福柯著,谢强、马月译	三联书店	1998
21	《后现代主义或晚期资本主义的文化逻辑》	〔美〕弗雷德里克·詹姆逊著,陈清侨等译	时报文化出版企业公司	1998
22	《论解构》	〔美〕乔纳森·卡勒著,陆扬译	中国社会科学出版社	1998
23	《政治无意识:作为社会象征行为的叙事》	〔美〕弗雷德里克·詹姆逊著,王逢振、陈永国译	中国社会科学出版社	1999

在上述翻译的启发下,从80年代末开始,国内对叙事学的研究兴趣高涨,如1990年《外国文学评论》第4期组织专栏,发表了赵毅衡、申丹等撰写的论文。其间主要有以下研究性著作(见表2-4)。

表2-4　20世纪80年代末以来国内叙事学研究的主要著作

序号	著作	作者	出版者	出版时间(年)
1	《后现代主义文化研究》	王岳川	北京大学出版社	1992
2	《小说形态学》	徐岱	杭州大学出版社	1992
3	《讲故事的奥秘:文学叙述论》	傅修延	百花洲文艺出版社	1993
4	《人与故事:文学文化批判》	高小康	东方出版社	1993
5	《梅子涵儿童小说叙事式论》	梅子涵	湖北少年儿童出版社	1993
6	《学写叙事记人类记叙文》	周佳丽	知识出版社	1993
7	《叙事学》	胡亚敏	华中师范大学出版社	1994
8	《叙事学导论》	罗钢	云南人民出版社	1994
9	《苦恼的叙述者》	赵毅衡	北京十月文艺出版社	1994

序　号	著　作	作　者	出版者	出版时间(年)
10	《中国当代文学的叙事与性别》	陈顺馨	北京大学出版社	1995
11	《叙事文学感染力研究》	胡平	百花文艺出版社	1995
12	《叙事艺术逻辑引论》	董小英	社会科学文献出版社	1997
13	《叙事的建构》	高　波	厦门大学出版社	1997
14	《文化话语与意义踪迹》	王岳川	四川人民出版社	1997
15	《叙事的智慧》	张　柠	山东友谊出版社	1997

这一阶段从总体上看，以翻译为主，成果比例可用图2-1直观表示：

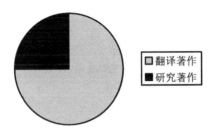

□ 翻译著作
■ 研究著作

图2-1　20世纪80年代末以来国内叙事学研究的成果比例

三、21世纪初期的稳定持续发展

这主要是指2000年至2006年的7年，这期间的发展保持较为稳定的状态，每年的著作数量不断上升，平均约18部，这比20世纪80年代每年约3部和90年代每年约4部的数量明显上升。按照年份的具体研究数量如表2-5所示。

表2-5　2000～2006年国内叙事学研究的具体著作数量

类型/数量	2000年	2001年	2002年	2003年	2004年	2005年	2006年	合计
翻译著作	3	3	4	2	4	4	8	28
研究著作	6	10	9	15	12	23	25	100
合计	9	13	13	17	16	27	33	128

很明显，这一时期研究性著作成为主流，成果比例可用图2-2直观表示：

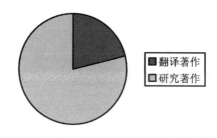

图2-2　2000～2006年国内叙事学研究的成果比例

这一阶段的研究重点依旧是经典叙事学，如对以下叙事学家的翻译著作如表2-6所示。

表2-6　21世纪初经典叙事学主要译著

序 号	著 作	作 者	出版者	出版时间(年)
1	《叙述与话语符号学》	〔英〕弗兰克·克默德著，刘建华译	辽宁教育出版社	2000
2	《热奈特论文集》	〔法〕热拉尔·热奈特著，史忠义译	中国发展出版社	2001
3	《结构语义学》	〔立〕格雷马斯著，蒋梓骅译	百花文艺出版社	2001
4	《图腾制度》	〔法〕列维-施特劳斯著，渠东译	上海人民出版社	2002
5	《象征理论》	〔法〕茨维坦·托多罗夫著，王国卿译	商务印书馆	2004
7	《理解小说》	〔美〕罗伯特·佩恩·沃伦	外语教学与研究出版社	2004
8	《理解诗歌》	〔美〕罗伯特·佩恩·沃伦、布鲁克斯	外语教学与研究出版社	2004

但另一方面，这一阶段国内开始引进后经典叙事学的著作，如2002年北京大学出版社推出的《未名译库：新叙事理论译丛》。此阶段翻译的后经典叙事学著作如表2-7所示。

表2-7　21世纪初后经典叙事学主要译著

序　号	著　作	作　者	出版者	出版时间(年)
1	《解读叙事》	〔美〕J.希利斯·米勒著,申丹译	北京大学出版社	2002
2	《虚构的权威:女性作家与叙述声音》	〔美〕苏珊·S.兰瑟著,黄必康译	北京大学出版社	2002
3	《新叙事学》	〔美〕赫尔曼主编著,马海良译	北京大学出版社	2002
4	《作为修辞的叙事:技巧、读者、伦理、意识形态》	〔美〕詹姆斯·费伦著,陈永国译	北京大学出版社	2002
5	《后现代叙事理论》	〔美〕马克·柯里著,宁一中译	北京大学出版社	2003
6	《形式的内容:叙事话语与历史再现》	〔美〕海登·怀特著,董立河译	文津出版社	2005
7	《现象学·阐释学·接受理论》	〔英〕特里·伊格尔顿著,王逢振译	江苏教育出版社	2006
8	《文化的观念》	〔英〕特里·伊格尔顿著,方杰译	南京大学出版社	2006

其间国内的主要学者及其代表性研究成果如表2-8所示。

表2-8　21世纪初国内叙事学研究的主要学者及其代表作

序　号	研究学者	代表作	出版者	出版时间(年)
1	陈平原	《中国小说叙事模式的转变》	北京大学出版社	2003
2	程文超(主编)	《中国当代小说叙事演变史》	中国社会科学出版社	2006
3	程正民	《巴赫金的文化诗学》	北京师范大学出版社	2001
4	丁琴海	《中国史传叙事研究》	国际文化出版公司	2002
5	董乃斌	《近世名家与古典文学研究》	上海大学出版社	2005
6	董小英	《叙述学》	社会科学文献出版社	2001

序 号	研究学者	代表作	出版者	出版时间(年)
7	董迎春	《后现代叙事》	贵州人民出版社	2006
8	傅修延	《文本学:文本主义文论系统研究》	北京大学出版社	2004
9	高小康	《市民、士人与故事:《中国近古文化中的叙事》	人民出版社	2001
10	高小康	《中国古代叙事观念与意识形态	北京大学出版社	2005
11	格 非	《小说叙事研究》	清华大学出版社	2002
12	耿占春	《叙事美学:探索一种百科全书式的小说》	郑州大学出版社	2002
13	耿占春	《叙事与抒情》	中国社会科学出版社	2005
14	贾 越	《中国小说叙事艺术论》	浙江大学出版社	2001
15	江 帆	《民间口承叙事论》	黑龙江人民出版社	2003
16	江守义	《唐传奇叙事》	安徽人民出版社	2006
17	康韵梅	《唐代小说承衍的叙事研究》	里仁书局	2005
18	李纪祥	《时间·历史·叙事》	兰州大学出版社	2004
19	刘守华(主编)	《民间叙事文学研究》	华中师范大学出版社	2005
20	罗小东	《话本小说叙事研究》	学苑出版社	2002
21	毛金霞	《史记叙事研究》	陕西人民教育出版社	2006
22	梅家玲	《世说新语的语言与叙事》	里仁书局	2004
23	秦 弓	《二十世纪三四十年代中国小说叙事》	秀威资讯科技股份有限公司	2004
24	邱江宁	《清初才子佳人小说叙事模式研究》	上海三联书店	2005
25	曲春景	《叙事与价值》	学林出版社	2005
26	申 丹(主编)	《新叙事理论译丛》	北京大学出版社	2003
27	申 丹	《叙述学与小说学文体研究》	北京大学出版社	2004

序 号	研究学者	代表作	出版者	出版时间(年)
28	申 丹	《英美小说叙事理论研究》	北京大学出版社	2005
29	谭君强	《文艺美学与文化》	云南大学出版社	2002
30	谭君强	《叙事理论与审美文化》	中国社会科学出版社	2002
31	王爱松	《当代作家的文化立场与叙事艺术》	南京大学出版社	2004
32	王宏图	《都市叙事与欲望书写》	广西师范大学出版社	2005
33	王建科	《元明家庭家族叙事文学研究》	中国社会科学出版社	2004
34	王 平	《中国古代小说叙事研究》	河北人民出版社	2001
35	王 荣	《中国现代叙事诗史》	中国社会科学出版社	2004
36	王 荣	《诗性叙事与叙事的诗:中国现代叙事诗史简编》	秀威资讯科技股份有限公司	2006
37	王 昕	《话本小说的历史与叙事》	《中华书局	2002
38	王 烨	《二十年代革命小说的叙事形式》	云南人民出版社	2005
39	王志敏	《理论与批评:影像传播中的身份政治与历史叙事》	中国电影出版社	2004
40	吴培显	《当代小说叙事话语范式初探》	湖南师范大学出版社	2003
41	夏忠宪	《巴赫金狂欢化诗学研究》	北京师范大学出版社	2000
42	徐 岱	《边缘叙事:20世纪中国女性小说个案批评》	学林出版社	2002
43	徐彦利	《先锋叙事新探》	山东大学出版社	2006
44	许 江	《非线性叙事:新媒体艺术与媒体文化》	中国美术学院出版社	2003
45	杨 静	《中国电视剧叙事文化研究》	云南大学出版社	2005
46	于 君	《电视剧叙事话语》	中国广播电视出版社	2006

续表2-8

序　号	研究学者	代表作	出版者	出版时间(年)
47	张康之	《社会治理的历史叙事》	北京大学出版社	2006
48	张文红	《伦理叙事与叙事伦理:90年代小说的文本实践》	社会科学文献出版社	2006
48	张　勇	《中国近世白话短篇小说叙事发展研究》	云南大学出版社	2006
50	郑铁生	《三国演义叙事艺术》	新华出版社	2000
51	郑铁生	《中国古典小说叙事研究》	甘肃人民出版社	2003
52	周靖波	《电视虚构叙事导论》	大众文艺出版社	2000
53	周志雄	《中国当代小说情爱叙事研究》	齐鲁书社	2006
54	朱德发	《现代中国文学英雄叙事论稿》	山东教育出版社	2006
55	祖国颂	《叙事的诗学》	安徽大学出版社	2003

四、十六年（2007～2022年）的迅猛发展

从下表可以看出，从2007年开始，叙事学的著作猛增，达到50部左右；2019年后势头更甚，每年出版著作逾百部，见表2-9。

表2-9　2007～2022年国内叙事学研究的著作数量

	2007(年)	2008(年)	2009(年)	2010(年)	2011(年)	2012(年)	2013(年)	2014(年)	2015(年)	2016(年)	2017(年)	2018(年)	2019(年)	2020(年)	2021(年)	2022(年)	合计(种)
翻译著作(种)	9	6	4	5	5	8	4	2	3	6	7	11	11	18	13	8	120
研究著作(种)	34	44	41	34	44	48	51	46	48	36	62	67	157	153	125	146	1136
合计(种)	43	50	45	39	49	56	55	48	51	42	69	78	168	171	138	154	1256

可以看出，翻译的著作较为稳定。除了一些经典理论家如希利斯·米勒（J. Hillis Miller）、詹姆斯·费伦（James Phelan）、巴赫金（Mikhail Bakhtin）等的著作外，一些新的交叉性的叙事学著作翻译也较多，如表2-10所示。

· 46 ·

表2-10　交叉性的叙事学著作翻译列举

序　号	著　作	研究学者	出版者	出版时间(年)
1	《荒野中的批评》	〔美〕杰弗里·哈特曼著，张德兴译	天津人民出版社	2007
2	《阅读的寓言》	〔美〕保尔·德·曼著，沈勇译	天津人民出版社	2008
3	《好莱坞的叙事方法：现代电影中的故事与风格》	〔美〕大卫·波德维尔著，白可译	南京大学出版社	2009
4	《小说的语言和叙事：从塞万提斯到卡尔维诺》	〔南非〕安德烈·布林克著，汪洪章等译	上海人民出版社	2010
5	《圣经叙事的艺术》	〔美〕奥尔特著，章智源译	商务印书馆	2010
6	《从文学到影片：叙事体系》	〔加〕戈德罗著，刘云舟译	商务印书馆	2010
7	《社会科学研究中的叙事》	〔波〕查尔尼娅维斯卡著，鞠玉翠译	北京师范大学出版社	2010
8	《叙事疗法实践地图》	〔澳〕怀特著，李明译	重庆大学出版社	2011
9	《散文诗学：叙事研究论文选》	〔法〕托多罗夫著，侯应花译	百花文艺出版社	2011
10	《科幻文学的批评与建构》	〔美〕罗伯特·斯科尔斯、〔美〕弗雷德里克·詹姆逊著，王逢振等译	安徽文艺出版社	2011
11	《书面叙事·电影叙事》	〔法〕瓦努瓦著，王文融译	北京大学出版社	2012
12	《叙事探究：焦点话题与应用领域》	〔美〕瑾·克兰迪宁著，鞠玉翠译	北京师范大学出版社	2012
13	《叙事探究：原理、技术与实例》	〔美〕瑾·克兰迪宁著，鞠玉翠译	北京师范大学出版社	2012
14	《从史实性到虚构性：中国叙事诗学》	〔美〕鲁晓鹏著，王玮译	北京大学出版社	2012
15	《故事与话语：小说和电影的叙事结构》	〔美〕西摩·查特曼著，徐强译	中国人民大学出版社	2013
16	《小说暴力：维多利亚小说的形义叙事学解读》	〔美〕盖斯勒·斯图尔特著，陈晞、杨春译	上海外语教育出版社	2013
17	《叙事和图画：欧洲和印度艺术中的情节展现》	〔德〕施林洛甫著，刘震、孟瑜译	兰州大学出版社	2013

续表2-10

序 号	著 作	研究学者	出版者	出版时间(年)
18	《叙事学:叙事的形式与功能》	〔美〕杰拉德·普林斯著,徐强译	中国人民大学出版社	2013
19	《学校里的叙事治疗》	〔英〕温斯雷德著,普立芳译	中国轻工业出版社	2014
20	《不懂色彩 不看电影:视觉化叙事中色彩的力量》	〔美〕帕蒂·贝兰托尼著,吴泽源译	世界图书出版公司	2014
21	《叙事的本质》	〔美〕罗伯特·斯科尔斯、詹姆斯·费伦、罗伯特·凯洛格著,于雷译	南京大学出版社	2015
22	《进行叙事探究》	〔美〕瑾·克兰迪宁著,徐泉、李易译	重庆大学出版社	2015
23	《叙述学:叙事理论导论》(第三版)	〔荷〕米克·巴尔著,谭君强译	北京师范大学出版社	2015
24	《术语评论:小说与电影的叙事修辞学》	〔美〕西摩·查特曼著,徐强译	中国人民大学出版社	2016
25	《国际政治中的知识 欲望与权力 中国崛起的西方叙事》	〔澳〕潘成鑫著,张旗译	社会科学文献出版社	2016
26	《叙事理论:核心概念与批评性辨析》	〔美〕戴维·赫尔曼著,谭君强译	北京师范大学出版社	2016
27	《电影中的复合叙事》	〔美〕彼得·F.帕沙尔著,李鲤译	世界图书出版公司	2017
28	《叙事疗法》	〔加〕斯蒂芬·麦迪根著,刘建鸿、王锦译	重庆大学出版社	2017
29	《跨媒介叙事》	〔美〕玛丽-劳尔·瑞安 张新军、林文娟译	四川大学出版社	2018
30	《故事的科学:叙事心理学导论》	〔匈〕雅诺什·拉斯洛著,郑剑虹、陈建文、何吴明译	北京师范大学出版社	2018
31	《虚构叙事中时间的塑形》	〔法〕保罗·利科著,王文融译	商务印书馆	2018
32	《符号战争:广告叙事与图像解读》	〔美〕罗伯特·戈德曼、〔美〕斯蒂芬·帕普森著,王柳润译	湖南美术出版社	2018
33	《当代叙事学》	〔美〕华莱士·马丁著,伍晓明译	中国人民大学出版社	2018

序 号	著 作	研究学者	出版者	出版时间(年)
34	《批评理论和叙事阐释》	〔美〕弗雷德里克·詹姆逊著,陈永国译	中国人民大学出版社	2018
35	《文化与国际关系:叙事、当地人和游客》	〔英〕朱莉·里夫斯著,朱振明译	华夏出版社	2019
36	《锚定叙事理论》	〔美〕威廉·瓦格纳、彼特·范柯本、汉斯·克劳姆巴格著,卢俐利译	中国政法大学出版社	2019
37	《电影叙事学》	〔荷〕彼得·沃斯特拉滕著,王浩译	北京师范大学出版社	2020
38	《叙事与心理治疗手册》	〔加〕琳恩·E.安格斯、〔挪威〕约翰·麦克劳德著,吴继霞译	北京师范大学出版社	2020
39	《叙事心理学》	〔美〕西奥多·R.罗宾著,李继波、何吴明、舒跃育译	北京师范大学出版社	2020
40	《抒情诗叙事学分析》	〔德〕彼得·霍恩著,谭君强译	北京师范大学出版社	2020
41	《叙事分析手册》	〔比〕吕克·赫尔曼、巴特·维瓦克著,徐强译	中国人民大学出版社	2020
42	《叙事的胜利:在大众文化时代讲故事》	〔加〕罗伯特·弗尔福德著,李磊译	南京大学出版社	2020
43	《中国叙事:批评与理论》	〔美〕浦安迪著,吴文权译	上海远东出版社	2021
44	《非自然叙事》	〔美〕布莱恩·理查森著,舒凌鸿译	北京师范大学出版社	2021
45	《叙事取向实践解析》	〔日〕森冈正芳著,吉沅洪等译	重庆出版社	2021
46	《交互叙事与跨媒介叙事》	〔爱〕凯丽·麦克莱恩著,孙斌等译	中国传媒大学出版社	2021
47	《西医诊断叙事与疗愈仪式》	〔美〕詹姆斯·P.梅扎著,王仲、王大亮译	清华大学出版社	2022
48	《什么是故事?给导演和编导的编剧与叙事指南》	〔英〕彼得·马翰著,董瑗珲译	人民邮电出版社	2022
49	《未来叙事:明日环境史》	〔美〕迈克尔·罗森著,宋广蓉译	中译出版社	2022

除了上述的翻译著作外，研究性著作2010年以后呈现多元化发展，主要研究有以下几类，如表2-11所示。

表2-11　2010年以来叙事学研究性著作的主要分类

研究大类	子类
1.理论研究:84部,占总23%	西方叙事学研究:62部,占该部分74%
	中国叙事学研究:7部,占该部分8%
	综合性理论研究:15部,占该部分18%
2.文本研究:181部,占总50%	外国文学作品分析:29部,占该部分16%
	中国古代叙事作品研究:70部,占该部39%
	中国现当代作品研究:82部,占该部分45%
3.对比研究:15部,占总4%（这是将明显具有对比方法的研究理论和文本研究单列为本类型）	理论对比研究:4部,占该部分3%
	文本对比研究:11部,占该部分97%
4.交叉研究:81部,占总23%	非文字媒介叙事:36部,占该部分44%
	教育叙事:20部,占该部分24%
	新闻叙事:10部,占该部分13%
	医疗叙事:8部,占该部分10%
	翻译叙事:4部,占该部分5%
	其他:3部,占该部分4%
总计361部	

可以看出，这一阶段的研究兴趣和研究覆盖面十分广泛，但对比研究和中国叙事学研究的总量还是较少的。

另外，从总体的研究特点看，随着后经典叙事学的兴起，近10年来传统的结构主义分析逐渐减少，对于经典叙事学与后经典叙事学关系的研究以及后经典叙事学的研究数量大增。关于经典叙事学与后经典叙事学关系的研究如谭君强提出经典叙事学与后经典叙事学的发展与共存问题，指出后者是对前者的范式调整与转换；龙娟、尚必武对叙事学起源、后经典叙事学面临难题的思考；唐伟胜对二者共存关系的分析；魏欣怡认为后经典叙事学是在经典叙事学理论基础之上的修正与延展，二者是相互依存的关系；李亚飞分析了经典叙事学与后经典叙事学的指涉范畴及叙事学经典与后经典之分的本质内涵。很多学者秉持马克·柯里"叙事学不过经历了一次转折而已，而且是一种积极的转折"①的观点：如谭君强认为"这一新的理论范式，可以说在叙事学研究中吹入了一股新风"②；尚必武认为后经典叙事学"在当下叙事学研究领域势头强劲、引领风骚"③；傅修延认为"后经典叙事学不再拘泥于脱离文学的语言学模式，'认知论转向'表明它已将研究重点由叙事语法调整为叙事语义"④。

关于后经典叙事学的研究成果颇为丰硕。一是关于后经典叙事学发展动向的研究。目前国内学者如申丹等对后经典叙事学的基本走向和线索引用杰拉德·普林斯（Gerald Prince）、里蒙·凯南（Rimmon Ke-nan）等的基本观点，但也在此基础上结合国内的研究趋势做出了一些新的归纳，例如尚必武总结了后经典叙事学发展的"新流派涌现、跨学科路径、历时性研究、跨国界研究、个人思想研究、各流派的交叉整合"等六个动向；李林俐剖析了后经典叙事学与文学研究的"话语转向"问题，分析了其生长的可能性。王振军分析了后经典叙事学的四个走向即"走向现代科技、走向文本之外、走向意识形态、走向社会叙事学"。二是后经典叙事学各流派之间的关系研究。如尚必武以后经典叙事学的两个重要分支"认知叙事学"和"修辞性叙事学"为例，在考辨"读者"等概念的基础上，探讨了不同派别的排他性和互补性。赵玉荣分析了后经典叙事学的两个流派——自然叙事与非自然叙事之间的关系，并指出后经典叙事学的研究重点已转向寻求各流派之间更为紧密的对话与合作。三是对后经典叙事学中某一流派具体理论的研究。如王振军对"读者"的发展史进行了概括总结，特别是对修辞叙事学的"读者"概念进行了深入评析。尚必武从非自然叙事的"非自然性"、阐释路径和研究意义与启发价值这三方面对非自然叙事学予以阐释。周晶、任晓晋对"非自然叙事学"进行了研究，"从空间的非自然、人物的非自然和故事的非自然等三个维度考察文学创作的非自然叙事"⑤。四是对文学作品与后经典叙事学结合的研究。这方面的研究很多，如李伟民以具体戏剧为例进行后经典叙事学视角下的戏剧改编的研究；胡莹从后经典修辞性叙事学角度分析了《少年派的奇幻漂

---

① 〔美〕詹姆斯·费伦·彼得·J.拉比诺维茨主编《当代叙事理论指南》，申丹等译，北京，北京大学出版社，2007，第3页。

② 谭君强：《发展与共存：经典叙事学与后经典叙事学》，《江西社会科学》2007年第2期。

③ 尚必武：《超越与走向：后经典叙事学存在之维论略》，《学术论坛》2008年第2期。

④ 傅修延：《从西方叙事学到中国叙事学》，《中国比较文学》2014年第4期。

⑤ 周晶、任晓晋：《非自然叙事学文学阐释手法研究》，《华侨大学学报（哲学社会科学版）》2017年第1期。

流》。五是关于后经典叙事学特征的分析。学者们从不同角度进行了归纳，认为后经典叙事学呈现出多样化、语境化、政治化及动态化的特征。如钟晓燕分析了后经典叙事学强调读者、社会和语境等因素的情况。

以上是四个阶段的基本研究情况，为了更详细、准确地说明整个叙事学研究的状况，再从研究学者的角度进行分析。从身份看，一是国外及中国港台地区的研究学者，这在前面的翻译著作中可以看出。这里值得强调的是几位汉学家，他们主要是美国的丁乃通、浦安迪（Andrew H. Plaks）以及法国的弗朗索瓦·于连（Francois Jullien），丁乃通和浦安迪的叙事学研究在国内影响很大，弗朗索瓦·于连的研究与叙事学关系极为紧密，在比较研究方法上极具启发性，故一并列入。几位汉学家的主要著作如表2-12所示。

表2-12　丁乃通、浦安迪和于连等汉学家关于叙事学研究的主要著作

作　者	著　作	出版者	出版时间(年)
〔美〕丁乃通	《中国民间故事类型索引》	中国民间文艺出版社	1986
〔美〕丁乃通著,陈建宪等译	《中西叙事文学比较研究》	华中师范大学出版社	1994
〔美〕浦安迪著,沈亨寿译	《明代小说四大奇书》	中国和平出版社	1993
〔美〕浦安迪著,陈钰整理	《中国叙事学》	北京大学出版社	1996
〔美〕浦安迪编释	《红楼梦批语偏全》	北京大学出版社	2003
〔美〕浦安迪著,夏薇译	《〈红楼梦〉的原型与寓意》	三联书店	2018
〔美〕浦安迪著,刘倩等译	《浦安迪自选集》	三联书店	2011
〔美〕浦安迪著,吴文权译	《中国叙事:批评与理论》	上海远东出版社	2021
〔法〕弗朗索瓦·于连著,杜小真译	《迂回与进入》	三联书店	1998
〔法〕弗朗索瓦·于连著,张放译	《从外部反思欧洲——远西对话》	大象出版社	2005
〔法〕弗朗索瓦·于连著,宋刚译	《道德奠基:孟子与启蒙哲人的对话》	北京大学出版社	2002
〔法〕弗朗索瓦·于连著,闫素伟译	《圣人无意——或哲学的他者》	商务印书馆	2004
〔法〕弗朗索瓦·于连著,林志明、张婉真译	《本质或裸体》	百花文艺出版社	2007

二是国内研究学者的状况。从20世纪80年代至今，叙事学研究学者日益增多，本书依据研究数量（2部以上著作的研究学者，当然著作数量只是一个参考值），对研究学者的状况分析如下（按照著作数量排序，相同数量以姓氏笔画为序）（见表2-13）。

表2-13　20世纪80年代至今叙事学研究者的著作状况分析

姓名	著作数量	主要研究方向	著作具体出版情况
申　丹	13	叙事学理论:西方叙事学	2003年1部、2004年1部、2005年1部、2008年1部、2009年1部、2010年1部、2014年1部、2017年1部、2018年2部、2021年1部、2022年1部、2023年1部
傅修延	11	中国叙事学	1986年1部、1993年1部、1998年1部、1999年1部、2004年1部、2008年1部、2015年1部、2017年1部、2020年1部、2021年1部、2022年1部
谭君强	10	叙事学理论（审美文化叙事）	2002年2部、2008年1部、2011年1部、2012年1部、2014年1部、2015年1部、2017年1部、2018年1部、2022年1部
赵毅衡	9	叙事学理论	1994年1部、1998年1部、2013年1部、2015年1部、2016年1部、2017年1部、2018年1部、2022年2部
郭冰茹	7	中国现当代（十七年文学）叙事	2007年2部、2013年1部、2014年1部、2017年1部、2018年1部、2019年1部
郑铁生	7	中国古代（古典小说)叙事	2000年1部、2003年1部、2009年1部、2011年1部、2013年1部、2016年1部、2018年1部
胡亚敏	6	中西叙事对比	1994年1部、2007年1部、2012年1部、2015年1部、2016年3部、2017年1部、2018年1部、2020年1部、2021年1部
董乃斌	6	中国古代叙事	2005年1部、2008年1部、2012年2部、2015年1部、2017年1部

姓名	著作数量	主要研究方向	著作具体出版情况
李桂奎	5	中国古代(元明小说)叙事	2008年1部、2013年1部、2014年1部、2015年1部、2021年1部
张开焱	5	文化叙事	1994年2部、2000年1部、2016年1部、2021年1部
耿占春	4	叙事美学	2002年1部、2005年1部、2005年1部、2008年1部
刘象愚	4	叙事文本研究	2003年1部、2011年2部、2020年1部
徐岱	4	小说叙事学	1992年1部、2002年1部、2010年1部、2014年1部
赵炎秋	4	中国古代叙事(明清)	2008年1部、2011年2部、2021年1部
罗钢	4	叙事学理论	1986年1部、1994年1部、2000年1部、2015年1部
董小英	3	叙事学理论	1997年1部、2001年1部、2008年1部
董迎春	3	后现代叙事	2006年1部、2013年1部、2015年1部
高小康	3	中国叙事学	1993年1部、2001年2部、2005年1部
李志宏	3	中国古代(明清小说)叙事	2008年1部、2011年1部、2019年1部
龙迪勇	3	空间叙事学	2014年1部、2015年1部、2019年1部
杨义	3	中国叙事学	1997年1部,1998年1部、2009年1部
祖国颂	3	叙事学理论	2003年1部、2006年1部、2016年1部
唐伟胜	3	叙事学理论:西方叙事学	2004年1部、2011年1部、2011年1部
李纪祥	2	历史叙事	2001年1部、2004年1部
刘良华	2	教育叙事	2006年1部、2011年1部
罗小东	2	中国古代(话本小说)叙事	2002年1部、2010年1部
梅子涵	2	儿童小说叙事	1993年1部、2012年1部
伍茂国	2	叙事伦理	2008年1部、2013年1部
叶志良	2	文化叙事	2012年1部、2014年1部

第二节　对西方叙事学中国本土化具体问题的文献分析

下面从叙事学家、叙事理论、跨学科发展等几个方面进行微观分析，在考虑著作文献的基础上，将参考重要的论文文献。

一、针对叙事学家研究的文献分析

在西方叙事学中国本土化的过程中，首要的是对叙事学家的译介及其研究。根据统计，在研究热度（按照成果总数排序）上处于前10位的如表2-14所示。

表2-14　研究热度排序前十的叙事学家

研究热度排序	理论家姓名	翻译著作	研究著作	学位论文	成果总计
1	〔法〕米歇尔·福柯	3	15	65	83
2	〔俄〕巴赫金	5	15	50	70
3	〔英〕特里·伊格尔顿	8	5	40	53
4	〔美〕弗雷德里克·詹姆逊	6	8	35	49
5	〔法〕列维-施特劳斯	7	5	10	22
6	〔法〕罗兰·巴特	3	4	11	18
7	〔美〕希利斯·米勒	3	3	12	18
8	〔美〕哈罗德·布鲁姆	4	0	6	10
9	〔立〕格雷马斯	2	0	7	9
10	〔法〕热拉尔·热奈特	4	0	4	8

值得说明的是，关于茨维坦·托多罗夫、詹姆斯·费伦、罗曼·雅各布森、普罗普、韦恩·布斯等虽有较多的一般性研究论文，但著作性成果和学位论文相对较少。下面选取几位理论家做一详细介绍（以全部论文为文献分析对象），以便充分了解这一领域的研究状况。

（一）格雷马斯

根据CNKI论文文献，国内关于格雷马斯及其符号叙事学的研究开始于2000年，以后大致呈现逐年上升的趋势。截至2022年，共有相关论文185篇发表，其研究状况综述如下。

一是运用格雷马斯符号学矩阵对文本进行分析解读。这方面研究数量最多，具体研究作者和文本不再一一列举。研究思路主要是运用格雷马斯符号学矩阵探寻文本中人物的对应关系，研究过程基本上是发现叙事角色、概括叙事程序、建构叙事模式、归纳叙事意义。这一研究的积极方面是明显的，但也存在重复研究的现象，且有一些文本误读，也引起了一些学者的注意，故本书在第四章第二节将详细说明。

二是对格雷马斯符号学矩阵理论本身的探讨。这方面的研究较为薄弱。有学者如钱翰、黄秀端强调从"义素"概念角度分析这一理论，并归纳了该理论从20世纪90年代末到21世纪初在中国文论界传播之时，詹姆逊对符号学矩阵的改造以及与格雷马斯的原意的差异。难得的是，有个别学者还对格雷马斯结构语义学进行了批判性研究，如孙琳通过对格雷马斯结构的语义学批判，提出格雷马斯的主要缺陷是一个关于"异化"的逃逸。曾秦"对2011～2015年国内对法国结构主义者格雷马斯经典叙事学理论及文学批评实践研究状况进行了统计"[①]，并深入研究了理论的某些不足。

三是格雷马斯符号学矩阵在其他学科领域的应用。曹春晓运用该理论对广告语义进行分析，提出了新颖的广告文本解释方法。赵利利以格雷马斯符号矩阵为背景，借助人与人的二元对反、人与物的二元对反、物与物的二元对反这三种基本"语义轴"类型对社会新闻文本进行分析。唐鑫则以格雷马斯行动元模式及符号矩阵理论为切入点，对杂剧《救风尘》进行了深入解读。

（二）热奈特

热奈特在叙事学中的地位十分重要，但是国内目前对其系统且专门的研究并不充分，主要集中在引述其基本观点，而对其思想的深入分析还有很大空间。在论文方面，自从2003年发表第1篇以来，共51篇，文章数量分别为2003年（2篇）（以下只列年份和篇数）、2005年（1）、2007年（3）、2009年（1）、2010年（1）、2011年（2）、2012年（2）、2013年（4）、2014年（1）、2015年（1）、2016年（7）、2017年（4）、2018年（4）、2019年（5）、2020年（3）、2021年（4）、2022年（7）。这些论文的研究，主要结合了热奈特叙事理论的不同层面分析具体文学作品，所关注的热奈特叙事理论主要有叙事时序理论、叙事分层、叙事视角、跨文本理论、关于诗学研究中的转喻术语、对互文性的理论贡献

---

① 曾秦：《近五年国内格雷马斯叙事理论及文学实践研究综述》，《语文学刊》2016年第4期。

等。如赵炎秋对热奈特的慢叙观的研究；李凤亮比较了巴赫金、热奈特及昆德拉（Kundera）在"复调小说"理论与创作上的承继轨迹及主要分歧；吴康茹研究了热奈特诗学研究中转喻术语内涵的变异与扩展；马强才分析了热奈特的叙事分层及元故事的功能；王文华分析了热奈特的叙事时序理论；洪涛探究了热奈特对互文性理论的贡献；苏琴琴、刘洪祥研究了热奈特的叙事视角理论；许枫分析了热奈特的叙事时间理论；杨树全分析了热奈特的跨文本理论；陈恒洁分析了热奈特叙事时间理论中的叙述运动理论；赵玥研究了热奈特的叙事聚焦、时间和话语理论；辛若晨分析了热奈特的叙事时间、叙事视角和叙事距离理论。上述研究以具体文本分析为主，对热奈特的纯理论研究尚较为匮乏。值得说明的是，2013年出版的《转喻：从修辞格到虚构》（吴康茹译）是热奈特的最新译著。在该书中，热奈特从文学、戏剧、绘画、电影等领域对"转喻"进行跨界分析，旁征博引荷马（Homer）、维吉尔（Virgil）、普鲁斯特（Proust）、卡尔维诺（Calvino）、皮兰德娄（Pirandello）、马奈（Manet）、希区柯克（Hitchcock）、伍迪·艾伦（Woody Allen）等人的思想观点，以探索性的姿态致力于基本理论范畴研究，这对国内的热奈特研究具有重要价值。

（三）詹姆斯·费伦等其他理论家

对当代后经典叙事学家詹姆斯·费伦的研究相对较少，尽管在关于后经典叙事学的整体研究中有所涉及，但是专门性的研究论文仅有三十余篇。研究内容主要涵盖"不可靠叙述"、叙事进程、叙事聚焦、"三维度"人物观和"四维度"读者观、叙事判断与叙事伦理等。主要研究学者是尚必武，成果如"詹姆斯费伦的修辞性叙事理论研究"（2009、2010年）、"詹姆斯·费伦访谈录"（2010年）、"詹姆斯·费伦的'不可靠叙述'观论略"（2008年）、"聚焦观研究"（2007年）等，以及王丽亚（1997年）、申丹（2002年）、唐伟胜（2008、2012年）、王杰泓（2008年）、柳晓（2009年）、江守义（2013年）、何佳伟（2014年）、岳阳阳（2016年）、顾琳（2017年）、肖旭（2018年）、郑文杰（2019年）、宋心珂（2022年）、谭君强（2023年）等的研究。

对杰拉德·普林斯的研究十分缺乏。CSSCI数据显示只有4篇论文：一篇是乔国强（2012年）的杰拉德·普林斯教授访谈录，其中围绕近些年来叙述学研究中出现的一些热点和难点问题进行了交流，并分析了美国叙述学研究状态及其走势；一篇是聂晶（2014年）的硕士论文《杰拉德·普林斯的叙事理论研究》；一篇是杜玉生（2018年）的《杰拉德·普林斯叙事理论刍议》；一篇是吴丽娟（2020年）代表《山东外语教学》编辑部对普林斯教授的访谈录。

对查特曼的研究仅有7篇论文。第一篇是申丹（2002年）关于查特曼的"叙事修辞学"与"叙事学"之关系的研究，之后近10年没有论文。另外，师迪圆（2015年）关于查特曼叙事结构理论视角下的翻译研究，主要是查特曼的叙事结构理论的应用研究，对理论本身关注不多。王妙迪（2018年）的硕士论文《查特曼叙事理论概观》是相对全面的理论分析，但深度有待加强。

对里蒙·凯南的研究也屈指可数。仅有的2篇文章中，一篇是关于英语研究的，是申丹（2002年）的《从里蒙与米勒的对话看结构主义与解构主义叙事理论英语研究》；一篇是廖章锐（2012年）的《论里蒙·凯南的经典叙事学研究》，主要分析了里蒙·凯南的《叙事虚构作品》一书的相关内容。

二、所研究理论问题的文献分析

下面再选择一些主要的叙事学理论关键词进行文献分析（见表2-15）。根据CNKI数据库检索，位在前列的研究热点如下。随后分别选取叙事视角、叙事声音和叙事伦理、诗歌叙事4个理论关键词进行详细分析。

表2-15 位于前列的研究热点

理论问题的分类	理论关键词	论文数量	在该分类中的排序
第一类:侧重于经典叙事学	叙事视角	1432	1
	叙事结构	1429	2
	叙事空间	850	3
	叙事时间	534	4
	叙事人物	422	5
	叙事声音	206	6
	叙事作者	76	7
第二类:侧重于后经典叙事学	叙事伦理	791	1
	诗歌叙事	248	2

（一）叙事视角

国内对叙事视角的研究数量较多，这些研究集中在以下方面：

一是叙事视角的分类研究。国内学者对这一问题的讨论颇多，主要集中在全知视角、内视角、外视角理论上，论及单一以及多视角的文章也不少，申丹等重要学者均对之有深入分析。鉴于西方叙事学的叙事视角理论及其分类极为繁杂，国内研究也存在诸多争议和模糊之处，故本书专门在第三章第二节详细说明。除了西方叙事学提供的一些基本的叙事视角区分外，国内学者还结合文学创作的实际进行了更为细致、全面、多样的划分，如单一视角和多重视角、职业视角、精英视角和平民视角等，杨梅针对小说《红字》研究了多重叙事视角，杨义还提出了流动视角的概念。谭明华针对《德伯家的苔丝》分析了全知视角、人物有限视角、多重式人物视角。王娟从零视角、内视角、外视角三个方面对《儒林外史》进行了研究。赵奉蓉对《逸周书》中的叙事视角转换进行了分析。蔡龙威和李静研究了晚唐五代和北宋前中期词的叙事视角的转换。

二是对不同文学作品的叙事视角分析。叙事视角在文学作品中的文本分析最多，包括古今中外的各种文本。如董乃斌对古典诗词、黄发有对90年代小说、欧阳光明对贾平凹后期长篇小说、王西强对莫言1985年后中短篇小说等的叙事视角研究。姚明今指出《左传》在叙事视角方面对《春秋》的超越。王铁丰和马志越运用叙事视角理论，分析了契诃夫的短篇小说。赖寒梅对废名"诗化小说"的叙事视角研究。孙依群比较中西方电影的叙事视角差异；黄宝富对电影《最爱》叙事视角的精神分析；路璐对西方批评视野中的《金陵十三钗》进行叙事视角的探究；曹顺娣对于肯·罗奇（Ken Loach）电影的叙事视角的研究；管倩研究了电影《找到你》的"女性叙事视角"的特质等等。

三是叙事视角的功能研究。如肖慧对《傲慢与偏见》叙事视角功能分析，守义对小说叙事视角的伦理阐释等。对叙事视角的功能分析体现出经典叙事学和后经典叙事学两个维度。前者如叙事视角的策略性，即以什么而展开叙事，叙事要达成怎样的效果。后者如不同的视角应用会产生不同的伦理效果，包括伦理关系、生活哲学、价值选择等，从而涉及文学叙事与现实经验的紧密联系。从后经典叙事学角度出发的很多，如韩瑞辉从女性主义叙事视角分析小说《敌手》，吴美卿对唐传奇、马珏玶对宋元话本叙事视角的社会性别研究，高华对叙事视角多样性与当代史研究，蒋秀凤从历史叙事视角分析了小说《人寰》，杨柯倪以内视角主观叙事对茨威格（Zweig）《一个女人一生中的二十四小时》的研究，张燕玲对陀思妥耶夫斯基（Dostoevsky）作品中的儿童视角的研究。

四是在其他领域的研究，涵盖语言翻译、新闻报道、教育教学等领域。例如，黄立波以《骆驼祥子》为例，研究翻译中的叙事视角转换，指出英汉语在转述语方面的差异。胡慧分析汉诗英译中的格式塔叙事视角。郭丹从叙事文体学角度研究小说翻译，李丽以《尘埃落定》为例研究其英译本中的叙事视角，李玲则研究了《解密》英译本的叙事学视角。王蕾探讨了新闻报道中的叙事视角与事实建构问题，程大艳研究了《法治在线》中的叙事视角。宋方明则研究了叙事视角与证据的关联。这些研究展示了叙事视角的多学科发展方向。

（二）叙事声音

叙事声音是西方叙事学中的一个重要理论范畴，从1993年发表文章以来，已发表论文近200篇。这些论文关注的问题有：

一是针对叙事声音内涵和分类的探讨。如潘桂林从叙述者介入角度将叙事声音分为直陈、讽刺、反讽和含混四种类型，并提出了"民间的声音、官方的声音，不同人物的不同认知与评价"等分析方法；樊义红从显形叙事声音和隐形叙事声音分类角度进行具体电影的分析；王阳在分析川端康成《雪国》时采用了"双重叙事声音"的提法。沈东平将多重叙事声音区分为故事内视角和故事外视角，并进一步把故事内视角细分为主人公声音和非主人公声音，把故事外视角细分为全知叙述声音和限知叙述声音。

二是针对话语与叙事声音关系的探讨。自由间接话语与叙事声音之关系在叙事学和文体学中是一个值得关注的问题，国内学者对此的研究也日益增多，如王勇认为自由间接话语在小说叙事中并不总能仅靠其语言特征就可以分辨。

三是结合具体文本的叙事声音研究。主要是分析不同叙事声音在具体文本中体现出来的特点、功能和效果等，涉及的文本众多，研究方法也较多，既有单一文本分析，也有多文本的比较研究。如有学者[①]以《创世史》和《白鹿原》为例，分析了不同叙事声音在主题色彩、女性地位等方面的体现。有学者[②]分析了《出事了》的叙事声音，认为双重叙述实

---

① 任现品：《论当代小说中叙事声音的着色功能——以〈创业史〉与〈白鹿原〉为例证》，《烟台大学（哲学社会科学版）》2012年第2期。

② 张蒙蒙：《浅析约瑟夫·海勒〈出事了〉的叙事声音》，《中小企业管理与科技（上旬刊）》2018年第6期。

现了对自我的不断颠覆。有学者①将《无死的金刚心》中的叙事声音分为两类：公开的叙述者和不公开的叙述者。文本分析还包括影视类作品，有学者②针对纪录片从"事件本身的声音"和"讲述者的声音"两方面进行了分析。

（三）叙事伦理

通过对"叙事伦理"研究趋势的分析可看出，学界有关"叙事伦理"研究的文章从1999年开始出现，2007年之后文章数量增长幅度较大。关于"叙事伦理"的研究成果数量总体上呈现出稳步增长、稳中有变的态势。当前学界的研究成果主要包括作品分析和理论研究两方面，具体主要分为以下几类：

一是针对某一部文学作品或影视作品从某个视角展开叙事伦理的文本分析和阐释。如张波、毛卫利分别对电视剧《狼烟北平》《麦克白》的叙事伦理分析；童娣、张光芒对新世纪文学的道德维度的研究；祝亚峰探讨了叙事伦理文本批评的方法与途径；邱明婷对电影《了不起的盖茨比》进行叙事伦理分析；李美敏对电影《甘地》所表现的文化立场和叙事伦理的研究；聂素民对《叶兰在空中飞舞》的叙事伦理研究。

二是从叙事伦理的角度对某位作家的作品进行整体研究。如刘荣华从叙事伦理的角度探讨了沈从文的创作意图；王本朝阐释了老舍小说的叙事伦理；张红探究了张贤亮小说中的叙事伦理问题；俞妹平从人物叙述者角度分析纳博科夫小说的叙事伦理。此外，还有学者进行比较研究，如杨柳比较了柔石与殷夫在叙事伦理策略方面的差异；王怀昭对《极花》《哦，香雪》和《妇女闲聊录》在叙事伦理方面的问题做了比较。

三是关于某一类型文学作品的叙事伦理分析。如舒凌鸿对五四时期女作家小说的叙事伦理研究，分析了女性作家如何通过叙事来探讨性别、权力等伦理议题。还有秦香丽对农民工题材小说的叙事伦理研究；张石对官场小说的叙事伦理研究；刘家民则分析了底层文学叙事伦理的多样形态。

四是关于叙事伦理的理论分析。如伍茂国分析了现代性语境中视点的叙事伦理意义；刘郁琪分析了叙事伦理的理论价值；谢有顺、李德南对中国当代小说叙事伦理的类型学研究；程丽蓉分别指出中西方叙事伦

① 韩一睿：《雪漠小说〈无死的金刚心〉的叙事学特征》，《甘肃广播电视大学学报》2017年第6期。
② 景秀明：《论纪录片的叙事声音》，《电视研究》2001年第8期。

理理论的特点，认为二者应互相取长补短；程博和王守仁研究了文学批评伦理转向中的他者伦理批评。

（四）诗歌叙事

诗歌叙事学作为叙事学的又一分支正逐步形成，它为抒情诗歌的研究以及叙事学理论自身的发展，开辟了一条新的路径。在诗歌叙事问题研究上，理论探讨颇多。目前，有关诗歌叙事性问题的研究成果呈逐渐上升态势，堪称研究热点。这些研究主要可以归纳为以下几个方面：

一是关于诗歌"叙事性"概念及其内涵的探讨。"叙事性"刚被提出时，便引发了诗人和评论家的诸多研究。例如：谢应光以何其芳为例的诗歌叙事因素分析；杨亮从空间角度对新时期女性主义诗歌叙事的分析；杨莉以拜伦的叙事诗为例分析了叙事中的空间标识问题；傅华研究了当代先锋诗歌叙事性的西方诗学背景；李心释对当代诗歌叙事性维度的研究；李建周探讨了叙事性在一种诗歌常态化的状况下所展现出的先锋性。

二是针对诗歌叙事作品和作家的研究。如张志斌对先唐民间诗歌叙事传统的分析；李亚峰对明清之际诗歌叙事意识的挖掘；姜晓娟总结了近三十年学术界对宋词叙事性的研究成果。作家研究成果如贾丹丹对杜甫前期诗歌叙事艺术的探析；周欣媛对欧阳修诗歌叙事性的研究；逯阳对丁尼生作品的诗歌叙事学分析；等等。

三是对诗歌叙事性及其研究走向的分析。很多学者在肯定诗歌叙事策略在新世纪被广泛应用的同时，也分析了出现的问题。如李志元和张健分析了20世纪90年代以来的诗歌叙事在诗歌创作中的局限性和负面影响；罗麒指出，21世纪的诗歌叙事存在"狂欢化"的隐忧。为此，还有一些学者提出了新的研究思路和设想。如尚必武提出了"跨文体"研究思想，并对构建诗歌叙事学给出了自己的建议，他还与布赖恩·麦克黑尔（Brian McHale）一同提出了研究叙事与诗歌形式之间互动关系的构想。谭君强提出"空间叙事"的研究思想，认为它是抒情诗的一种重要抒情叙事方式；李孝弟将叙事作为一种思维方式，以此作为构建诗歌叙事学的切入点。

需要说明的是，当前关于诗歌叙事学的理论研究十分缺乏，中西的比较研究更少，仅有为数不多的文章，如董乃斌对刘熙载叙事观的研究很有价值。

上面选择了几个常见的理论。其实值得重点分析的理论很多，如关于"情节""话语""故事"等方面的研究。关于"情节"的研究，有学者指出了三种情节观即传统/经典情节观、形式文论情节观、当代情节研究①；有学者从马克思主义发展观出发，以小说为主要研究对象，以情节的含义为基点探讨情节的含义、结构类型及功能②。关于"事件"：有学者区分了原生事件、意识事件、文本事件，并进行了阐释学的分析③。有学者④从系统功能语言学的角度探讨叙事学的情节、故事和话语等基本范畴在语言中的地位问题。有学者⑤对文学叙事情节中时间性和因果性的关系进行分析，指出二者既外在对立又内在统一的辩证关系。有学者⑥还分析了故事与小说的区别。有学者还以反模仿叙事为中心旨趣，分析了"非自然叙事"问题。关于"叙述话语"，有学者指出，"叙述话语"是当代叙事学理论所关注的重心，但在一定程度上被遮蔽了，要重估叙事学尤其是"叙述话语"的价值，该学者还分析了"叙述"与"叙事"的不同。

最后还有其他范畴，比如"不可靠叙述"。有学者在梳理理论的基础上，发现仍存在不少盲点，如在将叙述者违背隐含作者规范称为"不可靠叙述"时，默认隐含作者的高尚地位，而他认为并没有充足的证据证明隐含作者就是道德或人格的至高者⑦。有学者⑧以认知叙事学和修辞性叙事学为例，考辨了"读者""语境"以及"不可靠叙述"等存在争议的概念。

后经典叙事学视野下的基本概念也得到关注。例如"反叙事"，有学者⑨指出反叙事摧毁时间、消解历史，并以卢梭（Rousseau）为个案，探讨了叙述者修改重塑的目的。有学者⑩认为反叙事是对某段历史范畴之内的传统叙事模式的颠覆，并研究了美国后现代反叙事小说的政治寓意。

---

① 吴琪：《叙事学视野下的小说情节》，硕士学位论文，四川大学，2003。

② 王燕红：《叙事学视野下的情节研究》，硕士学位论文，曲阜师范大学，2011。

③ 龙迪勇：《事件：叙述与阐释——叙事学研究之三》，《江西社会科学》2001年第10期。

④ 彭宣维：《话语、故事和情节——从系统功能语言学看叙事学的相关基本范畴》，《外国语》2000年第6期。

⑤ 牛璐：《文学叙事情节中时间性与因果性的关系研究》，硕士学位论文，华东师范大学，2015。

⑥ 刘杨：《故事与小说的叙事学比较研究》，《中州大学学报》2007年第4期。

⑦ 傅钱余：《试论当代叙事学的"不可靠叙述"》，硕士学位论文，重庆大学，2010。

⑧ 尚必武：《论后经典叙事学的排他性与互补性》，《当代外国文学》2008年第2期。

⑨ 龙迪勇：《反叙事：重塑过去与消解历史——叙事学研究之二》，《江西社会科学》2001年第2期。

⑩ 张东芹、史岩林：《美国后现代反叙事小说的政治寓意》，《社会科学家》2013年第7期。

关于"作者",有学者[1]指出,后经典叙事学与经典叙事学的重要区别之一就是对作品中被遮蔽作者的重新发现,从而引发对语境、规约的研究。关于"接受",有学者[2]指出,接受转向扩展了叙事学研究的视野。关于"读者叙事",有学者[3]指出,"文本意识"现已成为学术界的一个共同呼求,其目的在于恢复文本意义的动态生成能力。还有学者[4]比较了经典叙事学的"读者""隐含读者""受述者""理想读者"四个概念和后经典叙事学的"实际的读者""作者的读者""叙事读者""理想的叙事读者"四个概念的不同。关于"反讽"的研究更多,如有学者[5]分析了《俄狄浦斯王》中的悬念与反讽艺术效果,有学者[6]探讨了后经典叙事学发展过程中对于"语境"的关注。

上面介绍了西方叙事学的引入状况,总体看有下述两个特点:

一是重复性导致研究存在不平衡现象。不平衡现象在很多方面都存在,如理论研究与文本分析相比,文本分析占比更多,这在前面的统计中可以看出。并且在理论研究中,主要聚焦于西方叙事学理论,中国叙事理论的研究明显薄弱,如图2-3所示。

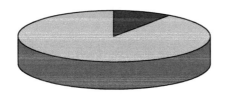

■中国叙事学理论研究

□西方叙事学理论研究

图2-3 中国叙事理论与西方叙事理论的理论研究比例

再如对于叙事学理论家的研究。前面已经统计分析出,排在前十位的是:米歇尔·福柯(Michel Foucault)、巴赫金、特里·伊格尔顿、弗雷德里克·詹姆逊(Fredric Jameson)、列维-施特劳斯、罗兰·巴特、希利斯·米勒、哈罗德·布鲁姆、热拉尔·热奈特、格雷马斯。而对于詹姆斯·费伦、韦恩·布斯、罗曼·雅各布森、普罗普等的研究成果则较

① 王委艳:《后经典叙事学的"作者"描述与建构交流叙事理论的可能性》,《兰州学刊》2011年第9期。
② 石群山:《后经典叙事学的接受转向》,《广西大学学报(哲学社会科学版)》2009年第3期。
③ 李长中:《后经典叙事学中的读者叙事》,《东方丛刊》2008年第2期。
④ 来瑞:《经典叙事学和后经典叙事学的读者研究之比较》,《重庆科技学院学报(社会科学版)》2011年第13期。
⑤ 卢普玲、方红:《论〈俄狄浦斯王〉中的悬念与反讽艺术》,《名作欣赏·下旬刊》2009年第9期。
⑥ 谭君强:《后经典视阈中的审美文化叙事学》,《曲靖师范学院学报》2011年第4期。

为缺乏，如对于罗曼·雅各布森、普罗普等的研究尚没有专著，论文数量也不充足，这些都是需要强化的。

还有在翻译方面，目前总体上二手研究过多，一手翻译资料较少造成不平衡。总体来讲，目前直接完整地翻译国外叙事学著作还需要加强，有些著作只有片段性的翻译。经整理发现，很多重要的著作尚没有翻译，如罗曼·雅各布森的《论翻译的语言学问题》《语言学和诗学》；托多罗夫的《文学和意义》《符号学研究》；热奈特的《修辞格》；格雷马斯的《符号学词典》；维克托·日尔蒙斯基的《文学理论问题》等。另外，对于后经典叙事学的著作，大多是介绍性的理解。翻译更多优秀的后经典叙事理论著作将是下一阶段的任务。

二是研究方法有一定问题。往往过于集中在一些基本范畴方面，特别是经典叙事学的故事、叙述者等概念，而对其他非核心范畴的关注较少。特别强调的是，在研究方法上，文本分析法、理论研究法较多，而对比研究方法十分缺乏，特别是真正进行中西深层对比的研究较为稀缺，可从图2-4中看出。

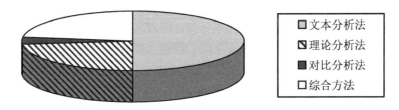

□ 文本分析法
▨ 理论分析法
■ 对比分析法
□ 综合方法

图2-4　研究方法比例

由于跨文化本身的方法局限性，西方叙事学在译介过程中必然存在一定的问题。如热奈特的著作《叙事话语》探讨了叙事的结构、时间、叙述方式等方面的理论。热奈特提出了一系列关于叙事的概念，如analeipsis（倒叙）、prolepsis（预叙）、focalization（焦点化）等。在翻译过程中，这些特定的理论术语和概念难以准确翻译成中文，导致后来阐释理解的多样性。

当然，西方叙事学在中国翻译和本土化的过程中，可能会导致一些信息流失，这些信息流失涉及不同方面，包括文化、语言、历史、叙事理论和文学风格等。如西方叙事理论可能涉及基督教或古希腊神话等宗教和神话元素，这些元素在中国文化中可能没有直接的对应物，因此在翻译时可能会失去这些元素的深层含义。在社会习俗和文化象征方面，西方叙事理论中的某些概念和象征可能基于西方社会习俗和文化，而在中文翻译中可能会失去这些文化背景。西方叙事学通常侧重现代小说的分析，与中国文学（包括古典文学、古诗等文体）有着不同的文学风格和修辞手法。在翻译时，可能会失去原作品特有的文学风格和情感。

特别是西方叙事学中存在大量的专业术语，这些术语在中国翻译的过程中可能无法完全准确译出，导致信息流失。例如在西方叙事学中，narrative voice 指的是故事的叙述者角色，这个概念涵盖第一人称叙述、第三人称叙述等，在最初翻译中使用较为笼统的术语如"叙述者"；Discourse 在西方叙事学中通常用来描述故事的言语和文本表达方式，包括对话、叙述、描写等，而在翻译时译为"话语"，语义笼统且缺失 discourse 的深层次内涵；Diegesis 用来描述故事中的虚构世界，包括角色、事件和环境，而在译介中则使用"故事世界"或"虚构世界"，无法充分传达原始概念的复杂性。这些涉及阐释理解的问题，将在下一章详细说明。

其实，引入是一个持续的过程，并非西方叙事学最初传入时就一次性完成的。从后来不断引入的效果看，对西方叙事学从理论到方法都有系统的介绍，但还有一些新的发展空间。通过文献发现，虽然目前的研究涉猎面很广，但是还存在很多盲点。即使人们认为已经研究很充分的经典叙事学领域，盲点还是很多，这给我们提供了拓展的空间。

例如内容叙事学和表达叙事学均取得了很大成就，但仍有很大的理论发展空间。就前者而言，普罗普、列维–施特劳斯、格雷马斯、布雷蒙、托多罗夫等大都集中在这一层面，但他们重点分析事件，即情节的逻辑关系，而对故事人物（仅有格雷马斯涉及）以及故事环境关注不够充分。

再如人物研究可供分析的地方还有很多。经典叙事学如格雷马斯的行动元理论主要集中在故事层面的功能模型分析，而叙述层面的人物描绘在叙事学中鲜有提及。其实如果将传统的人学论分析方法加以改造，十分有助于填补经典叙事学人物理论的空白。韦勒克的《文学理论》中对人物姓名、性格类型的分析就很有启发。

还如非虚构叙事、不自然叙事。唐伟胜在《叙事学》（中国版第三辑）前言中认为，非虚构叙事、不自然叙事是当代叙事学研究的两大前沿课题。多里特·科恩（Dorrit Cohn）早在 1990 年就发表的经典论文《论虚构性的标记：一种叙事学的角度》以及保罗·约翰·依金（Paul John Eakin）2004 年的论文《阅读自传时我们在读什么》中均有所论及；

除了非虚构叙事（unnatural narrative），近年来活跃在美国叙事研究领域的还有对不自然叙事的关注，其代表人物布莱恩·理查德森（Brian Richard）甚至提出要建立"不自然叙事学"。不过，针对这方面的研究关注较少。

另外，叙事语言的分析属经典叙事学的题中之义，却往往被忽视。偶有论及，也十分简略。而对于寓言的研究虽有学者①分析，但很晚才进入叙事研究的领域，这些都需要加强。

西方叙事学的引入已经呈现出多元化态势，因为叙事学已经成为多学科的兴趣交集点。如"翻译叙事学"，有学者②对"林纾小说"中几种常见的叙事手法以及五四代表作家作品的叙事手法进行对比分析，介绍了叙事学在翻译文学中的应用。再如"电影叙事学"，有学者讨论了结构主义叙事学在电影理论研究中的应用。有学者③研究了文学叙事学与电影叙事学的关系。再如"戏剧叙事学"，有学者④认为，戏剧理论研究者开始注重应用叙事学理论，开拓了一个全新的戏剧理论空间。还如"音乐叙事学"，有学者⑤梳理和探讨了音乐叙事学的由来、发展及其演进轨迹，以此探究音乐叙事学的根源、特性以及研究动态等相关问题。还如"历史叙事学"，有学者⑥指出，后现代历史叙事理论所谈论的历史话语的文学性即着眼于此，这是后现代主义历史叙事理论的一个基本思路。还如"人学叙事学"，有学者⑦认为，叙事学与人学代表着叙事学发展的另一可能空间。还如"新闻叙事学"，有学者指出，叙事学开阔了研究"新闻"的界面，并进行了详细分析。还有"数据库叙事学"的提法，如尚必武的《叙事研究的新领域和新方法：语料库叙事学评析》是国内首篇关于语料库叙事学研究的论文。这些将在第七章详细论述。

最后，需要关注后经典叙事学的最新发展，包括跨学科整合、多模

① 刘雯：《中外叙事结构理论和思维方式的差异性分析——以中国古代寓言为中心》，《海南大学学报（人文社会科学版）》2012年第6期。

② 吴静雅：《从叙事学的角度看林纾的翻译对五四时期文学发展的影响》，硕士学位论文，四川外语学院，2011。

③ 周和军：《电影叙事学与文学叙事学的互文性——以复调与视点为例》，《当代文坛》2008年第3期。

④ 严程莹、李启斌：《近年来戏剧叙事学理论研究述评》，《戏剧文学》2009年第12期。

⑤ 王旭青：《音乐叙事学的历史轨迹》，《武汉音乐学院学报》2010年第2期。

⑥ 邱晓：《叙事：历史话语的结构性文学因素——后现代历史叙事学的一个基本理路》，《西北大学学报（哲学社会科学版）》2010年第6期。

⑦ 刘郁琪：《叙事学还有新的理论空间吗？——论叙事学的发展道路及其人学化可能》，《西安电子科技大学学报（社会科学版）》2009年第2期。

态叙事分析、认知叙事学、文化叙事学、生态叙事学、性别与叙事，以及数码叙事与电子文学。研究者们通过与认知科学、语言学、社会学、心理学和性别研究等学科的交叉融合，拓展了叙事分析的方法和理论框架。他们关注文本之外的叙事形式，如电影、电视、电子游戏和虚拟现实，探讨这些媒介如何通过不同符号系统传递故事和意义。此外，研究还涉及读者的认知过程、文化背景对叙事的影响、自然环境与叙事的关系、性别身份和性别关系的再现与挑战，以及数字环境中生成和传播的互动小说、网络文学和社交媒体叙事。这些方向展示了后经典叙事学在理论和应用上的多样性和深度，为叙事研究注入了新的活力，提供了新的视角。

第三章　阐释理解:西方叙事学中国本土化的理论认知

在叙事学传播译介的过程中，必然产生了对西方叙事学的阐释理解。在这方面国内涌现出一批学者，也出版了大量著作，成果丰硕，在叙事学本土化进程中取得了非凡成就，具体情况已在本书绪论中有所介绍。当然，在中国阐释中也必然出现一些"误读"问题，对这些误读要一分为二地看待，有些是本土化的必然结果，但有些则属于认知偏差，必须加以澄清。由于本书聚焦于问题的研究，故对取得的成果不再赘述，主要对一些问题进行分析。

第一节　对西方叙事学术语的阐释使用问题

西方叙事学作为一门重要的学科逐渐被引入国内，吸引着众多学者的关注与研究。然而，随着西方叙事学在中国的传播与本土化进程，一个值得重视的问题逐渐凸显——术语的阐释与使用问题。尽管国内学者在叙事学本土化的过程中取得了丰硕的成果，出版了大量相关著作，但在术语阐释与使用上却存在一些分歧和混乱，本节将针对西方叙事学中术语的统一性问题展开深入研究和探讨。

一、对西方叙事学中相关范畴的理解

在当前对于西方叙事学范畴的理解方面，关于提法的统一性和准确性尚存在一定的争论。其中既涉及对理论本身的理解问题，也有技术性问题。需要针对具体范畴进行仔细分析，这是研究叙事学的一项极为重要的基础性工作。

例如关于"叙事"与"叙述"[①]的区分问题。国内虽然主要翻译为"叙事""叙事学"，但又有很多"叙述""叙述学"的观点，如申丹与赵毅衡就曾对此展开争论。有学者还提出，在具体谈到"叙事作品"时，应使用"叙事"，而在泛指叙述研究或叙述研究这门学科时使用"叙述"。

---

① 伏飞雄:《汉语学界"叙述"与"叙事"术语选择的学理探讨》,《当代文坛》2012年第5期。

虽然较多采用"叙事",但从科学性上采用何种提法尚无定论。如张寅德侧重于文学作品结构①,赵毅衡侧重文字叙述②,董小英侧重内部研究和普遍规则③。张继军就 Narratologies: New Perspectives on Narrative Analyses 中译本的译名"新叙事学"一词提出商榷④,建议修改为"复数的叙事学"。

再如关于"能指""所指"的翻译,还有诸如"指符"等提法。在此基础上,有学者特别指出,应对巴特的符表(signifier)与符义(signified)进行分析,认为"今人多误作'能指'与'所指'"⑤。因为"能指"窄化了其含义,使之仅指"指示符号",而"符表"则是符号的"星系","符义"是从意义上讲的,是文本即符号体系的最终意义,而不仅仅是及物符号所指向的具体对象。这在巴特的《恋人絮语》《S/Z》《自述》中均有体现,尤其在巴特后期著作中具有符表与符义辩证的相互指涉与无穷推演的特点。

还如在巴特思想研究中,对法语 indices 与英语 index 的翻译,有的直接从法语翻译为"标志",如有学者谈道:"功能可以分为两类:'功能本身'(function proper)和'标志'(indices)。'标志'不是指一种补充的和后果的行为,而是一个多少有些松散的概念,然而对于故事的意义来说是必不可少的。它可以包括人物的心理状态的标志,环境气氛的标志,等等"⑥。

此外,对于巴特关于功能的表述区分,有的使用"主要/次要"功能的提法,有学者指出:巴特的"功能又可分为'主要功能'和'次要功能',前者在情节上具有关键性作用,后者则是导向、促成主要情节的细节"⑦。而有学者认为巴特区分了两者功能:基本功能(cardinal function)和催化成分(catalyses)。这里使用的是"基本/催化"功能的提法。对这些类似问题如不加以厘清,会给阅读和研究均带来一定困难。

再如"转喻"还是"换喻"等这类翻译问题。在雅各布森的思想研

---

① 张寅德:《叙述学研究》,北京,中国社会科学出版社,1989,第1页。

② 韩益睿:《西方叙事学在中国的传播与演变》,硕士学位论文,兰州大学,2006。

③ 董小英:《叙述学》,北京,社会科学文献出版社,2001,第6页。

④ 尚必武:《新叙事学,复数的叙事学,还是复数的后经典叙事学?——也从〈新叙事学〉的译名说起》,《当代外语研究》2010年第1期。

⑤ 韩蕾、张汉良:《罗兰·巴尔特与中国:关于影响研究的对话》,《社会科学研究》2012年第6期。

⑥ 程锡麟:《叙事理论概述》,《外语研究》2002年第3期。

⑦ 同上。

究中，有很多学者针对相似性和邻接性，翻译为"隐喻和转喻"，也有不少翻译为"隐喻和换喻"。对于actant，有的翻译为"行动元"，有的翻译为"行动者"。再如对于narrative situation的翻译，该概念研究的是"叙述者与叙述对象的种种关系"，最早由弗兰茨·斯坦泽尔（Franz Stanzel）提出，他通过人称（person）、模式（mode）、视角（perspective）等范畴来描述叙述的不同状态、种类和程度，并成为与"观察点"相关概念的一种。对该概念的译法很多，有的使用"叙事情境"，认为"在《长篇小说的叙事情境》中，斯坦泽尔区分了三种叙事情境：'无所不知的'作者的叙事情境、叙述者是书中的一个人物、根据一个人物的观察点用'第三人称'引导的叙事文"[①]。有的使用"叙述体态"，称"叙述学上的叙述体态是指叙述者与人物的关系，这主要集中体现在叙述视角上"[②]。还有的使用"叙述类型"等等。再如"反复叙事"与"重复叙事"的说法，以及"意识形态""意识形态叙事"等概念的滥觞，均与翻译有一定关系。

翻译误差本身不可避免，研究者仔细甄别即可，然而，对于二次研究而言，它可能带来很多误读，其后果不容忽视。这里以一般文化研究方面将feudal一词翻译为"封建"作为例证加以说明，冯天瑜在《"封建"考论》一书中对之有深入分析。他特别指出："'封建'本义为'封土建国''封爵建藩'……五四时期……'封建'概念泛化，既与本义脱钩，也同对译之英文术语feudal含义相左……由于'封建'被泛化，以其作词干形成的一系列词组——'封建制度''封建社会''封建主义'等，也随之偏离正轨……因而将中国历史附会西欧历史的'原始社会—奴隶社会—封建社会—资本主义社会程序'"[③]。

二、叙事学理解中存在问题的原因探究

在当前的叙事学研究中，上述翻译问题产生的原因主要有以下几点，其中部分属于一般性翻译的原因，有的是叙事学研究中特有的。

（一）翻译的文化语境与已有知识的干扰

以查特曼对form、substance、expression、content等词的翻译为例，substance（材料）根据叶尔姆斯勒夫的界定，指与form（形式）相反，由符号系统（expression表达层面和内容content层面）的两个层面构成的

---

① 王先霈、王又平：《文学理论批评术语汇释》，北京，高等教育出版社，2006，第350页。

② 阮永健：《论巴赫金关于陀思妥耶夫斯基小说对话性的叙事艺术特征》，《中山大学研究生学刊（社会科学版）》2004年第2期。

③ 冯天瑜：《"封建"考论》，北京，中国社会科学出版社，2010，第1—7页。

（物质或语义）现实。其实这里的英文是明确的，即form与expression，但是汉语中的"形式"与"表达"很容易混淆，这是受汉语干扰造成的，往往是由词的意义多元性、不同词的相似性导致的，如"元语言"与"超语言"难以区分，是由"元"和"超"的汉语相似性导致的。

再如authorial narrative situation（作者叙述情境）中的situation是指叙述方式，然而翻译为"情境"后与汉语中的"背景""意境"产生了混淆。又如，analysis（分析）专门是指叙事学上"以叙述者的名义或语言来讲述人物思想和感想的技巧"[①]，但往往与一般性的"分析"难以辨别。为此，在翻译中要仔细区分同一范畴的不同理解方式，举例如表3-1所示。

表3-1　同一范畴的不同理解方式举例

plot（情节）	某一叙述世界／叙事(narrative)中的主要事件。接近于形式主义的理解。事件安排(mythos)
argument（叙述概要）	通常包括构成叙述最重要的核心kernels。亚里士多德则指戏剧或史诗行动(action)中意义重大的事件组合
character（人物）	即作为行动主体的人。而亚里士多德则专指人物的精神特质,亚里士多德将人物或主人公统一用agent(动原)表示
code（编码）	信息呈现的规范。巴特则具体指"阐释的、所指的、语义的、符号的"等表达意义要求
complica-tion（复杂化）	指从展示导向收场的部分 传统的情节结构中指展示到高潮部分 普罗普则指功能之一:即坏人或者缺失,调节,开始抵抗及离开 亚里士多德则指行动开始前的处境
point of view（视点）	即"视点",讲的是关系,是一种由此形成的角度 另外主要是指"视点持有者""观察"的出发点
contact（联系）	一般言词交流中讲述者和听者之间的关系 兰瑟则专门指叙述者和受述者之间的关系
thought（思想）	亚里士多德将之与character(即特质)一起看作agent(动原)的两个基本品质之一,即dianoia(推理思维能力)。而弗莱看作文学作品的意义,即(theme)主题
dramatic monologue（戏剧独白）	即内心独白(interior monologue),注重思想或内心世界的呈现;而白朗宁或丁尼生所提出的戏剧独白指的是戏剧对话,注重言语而非思想
orientation（取向）	在拉波夫的话语体系中,指确定被叙述事件发生的(最初的)时空情境的叙述部分。如果叙述被看作构成某些问题的一系列答案,取向则即回答"谁""何时""什么""何地"等问题的成分

---

① 〔美〕杰拉德·普林斯:《叙述学词典》,乔国强、李孝弟译,上海,上海译文出版社,2011,第11页。

导致语境理解错误的常常是习惯性思维。如对"叙述者"的理解，按照习惯性思维，人们认为只有一个叙述者；实际上根据文本需要，可随时选择或出现数个叙述者，如微型叙述中出现的不同叙述者。

（二）作者思想发展的矛盾性

这是指被翻译的思想本身存在矛盾性，尤其是思想处在发展中，从而导致翻译的困境。特别是翻译的先后顺序，若与作者的思想发展不一致，这种情况就更容易出现。如对于 opponent 一词的翻译，在格雷马斯早期的叙述模式中，是指处于深层叙述结构的行动者（actant）或基本角色（role）的对手，属于对抗主体（subject），类似于普罗普的坏人（villain）、虚假的英雄人物（false hero）和索利欧的火星（mars）。而在格雷马斯后来的叙述模式中，则指在表层结构层面，由不同于代表主体（subject）的行动者（actant）表述的一种否定性的辅助者（auxiliary）。对手偶尔与主体发生冲突或为其设置临时障碍，故不应该将其和反主体（antisubject）相混淆，反主体就像主体一样，是一个探求者，有着与主体相左的目标。

因此，为了避免出现翻译问题，应当仔细研究被翻译作者的思想发展以及与相关思想家的前后继承关系。如翻译 intertextualité 一词时，应研究克里斯蒂娃（Julia Kristeva）与巴赫金的思想关系，否则难以真正理解。克里斯蒂娃在巴赫金有关字词〔word（discourse，slovo）〕概念的基础上新造的术语"互文性"，其实与巴特"无穷指涉"即"似曾相阅"（déjà lu / already read）是一致的，此外巴特也继承了本维尼斯特（Benveniste）的"intersubjectivity"（主体间性）的概念。苏珊娜·霍尔特修斯（Susanne Holthuis）的 intertextual disposition（互文趋向）也是从"互文的符号运作"角度讲的。符号学家皮特·托罗普（Peeter Torop）使用的 intertextual space 也属于同类概念范畴。

再如对语言活动的两种区分：首先是索绪尔提出了句段关系（rapports syntagmatiques）和联想关系（rapports associatifs）的区分；随后雅各布森替换为聚合关系（paradigm）和组合关系（syntagmatic）；巴特又在文本分析的角度使用了语法段落（syntagme）与语义系统（système）的表述。故这三种表述本质上是一致的。

此外，还有一些思想虽非继承关系，但是在发展线索中具有实质的联系，也应当注意。如巴特经常出现的写作形式 fragment（断章），与 16 世纪蒙田（Michel de Montaigne）的 essai（尝试文体）十分相似。

最后，翻译思想本身的复杂性也是一个重要的因素。如对于"叙事"，西方学者本身有不同理解。卡法勒诺斯认为，"叙事就是对连续事件的再现"①罗斯·钱伯斯（Ross Chambers）认为，"叙事是一种社会存在，一种影响人际关系并且由此获取意义的行为"②。这也是国内学者对之产生误解的重要原因，故在翻译时必须深入且准确地研究西方叙事学本身的理论分歧。

第二节　对西方叙事学理论的误读问题

在西方叙事学的本土化过程中，不可否认地存在着对其理论的误读问题。这些误读不仅是本土化的必然产物，也可能源于认知偏差，影响了对叙事学理论的准确理解与应用。为深入分析这些误读问题的产生原因，下面以叙事视角和叙事结构为例进行探讨。

一、本土化境遇下对"叙事视角"理解混乱的澄清

叙事视角，即叙事文本在叙述故事时所采用的观察角度，自西方现代小说理论诞生以来，一直是研究的焦点。几十年来，关于叙事视角的问题已经取得了丰富的研究成果，同时也引发了许多学术争议。在国内，关于叙事视角的应用存在术语使用不统一、视角分类标准多样化以及由此导致的视角分类混乱等问题。国内对于这一问题的系统研究仍然相对缺乏，而申丹在《叙事、文体与潜文本——重读英美经典短篇小说》一书中对叙事视角进行了较为详尽的分析。她从叙述者与感知者、文本层与故事层等两个角度对叙事视角进行了剖析，对当前主要的视角理论进行了界定和解释，这是具有重要价值的研究。然而，尽管申丹的研究极具启发性，但在不同视角理论的比较分类以及整体的概括方面，仍然相对欠缺，因此在此基础上进行系统梳理仍有必要。

（一）叙事视角的多种分类及容易引起的混乱

1.基本概念使用不统一

就目前而言，国内学界对于"叙事视角"采用了各种不同的术语表示，但是对其中的理论差别并未做细致的区分。在这些术语中，常见的有观察点（point of view）、叙述透视（narrative perspective）、叙述焦点（focus of narration）、叙述情境（narrative situation）、叙述视点（narrative

---

① 〔美〕爱玛·卡法勒诺斯：《似知未知：叙事里的信息延宕和压制的认识论效果》，载〔美〕戴卫·赫尔曼主编《新叙事学》，马海良译，北京，北京大学出版社，2002，第24页。

② 转引自谭君强《叙事理论与审美文化》，北京，中国社会科学出版社，2002，第228页。

point of view）、叙述样式（narrative manner）等。国内的文章著作中可以明显地看到术语使用得不一致。如申丹、王丽亚著《西方叙事学：经典与后经典》一书中使用的是叙述视角，而谭君强著《叙事学导论：从经典叙事学到后经典叙事学》一书使用的是叙述聚焦。其实这些术语的提出本身有特定的理论背景和含义。如观察点即 point of view 突出的是观察者的立场和观点（view），而叙述焦点即 focus of narration 中的 focus 强调的是聚焦者和被聚焦者产生的各种关系。本书就是从"聚焦"这方面进行分析的。

2.对相关概念的理解误区

基本概念不统一部分导致了相关概念的理解误区：如"外视角"与"外聚焦"，由于读者往往将"视角"等同于"聚焦"，因此容易将"外视角"与"外聚焦"视为同一概念。其实两者有明显差别，如申丹指出"外视角"就是观察者处在故事之外（"内视角"观察者就是处于故事之内），据此将"外视角"分为五种：全知视角、选择性全知视角、全知戏剧式或摄像式视角、第一人称主人公叙述中的回顾性视角、第一人称叙述中见证人的旁观视角，并指出五者中后三种属于"外聚焦"①。或者说，前两种"外视角"不属于"外聚焦"。所以，外视角并不等于外聚焦。虽然申丹在书中未专门对之论述，但显然外视角的"外"指故事之外；外聚焦的"外"指从外部客观观察人物的言行，不透视人物的内心，两个"外"字的含义是有区别的。同样的情形也体现在"内视角"与"内聚焦"的区别上。

对单一概念的理解也同样存在问题。如"选择性全知视角"这一概念。由于"选择性"和"全知"在字面上有矛盾性，因此很容易造成误解，一些国内重要学者也出现了理解偏差：如既将之归为"外视角"②，又归为"固定性人物有限视角"③，而"固定性人物有限视角"属于"内视角"④，两处互相矛盾，值得商榷。

3.对叙事视角分类的理解混乱

重要的是，从各自的视角概念出发，不同叙述学家如托多罗夫、热奈特、斯坦泽尔、布鲁克斯和沃伦、格里迈斯（Grimmeis）、弗莱德曼（Friedman）、林忒韦尔特以及申丹对视角的不同划分，加上未系统分类

---

① 申丹、王丽亚：《西方叙事学：经典与后经典》，第95页。

② 同上。

③ 申丹：《叙述学与小说文体学研究》，北京，北京大学出版社，2004，第211页。

④ 申丹、王丽亚：《西方叙事学：经典与后经典》，第95页。

的各种提法，本书共总结了45种表述（这些具体分类与表述详见后文的表3-7）。目前国内学者对这些分类随意使用，造成读者的诸多困惑。

上述容易出现的理解误区导致了相关的理论难题。如叙述声音与叙事视角的关系问题，国内学界往往只在"谁说"和"谁看"方面做一般性的区别，但未细致研究叙述者和观察者之间重合、分离的各种情形；再如叙述人称与叙事视角的关系，同时存在着在研究叙事视角上忽略和重视人称的两种不同观点，有必要做深入辨析。还如叙述者处在文本外与异故事叙述的不同，处在文本内与同故事叙述的不同，等等。这些问题将在后面做细致探讨。

（二）理解思路：对"聚焦"的诸要素分析

这里用"聚焦"作为分析叙事视角的概念，因为热奈特提出的focalization这一术语，当今西方叙事学家广为采纳。"聚焦"一词能够揭示出聚焦者、聚焦对象以及两者的关系，不但可用focalizer指涉聚焦者，也可用focalized指涉聚焦对象。正如兰瑟认为，"视点常常不仅包括感知或认知的工具，也用来指如叙述者（narrator）的公开性这类因素、喜欢使用的处理方式类型（戏剧drama或全景panorama）以及所采用的话语类型（types of discourse）。更为宽泛地说，视点一直被认为源自叙述者与叙述行为（narrating）和叙述者与受叙者（narratee）以及叙述与被叙述（narrated）之间的关系"①。

因此，从分析"聚焦"的诸要素作为切入点，这些要素体现在聚焦者、聚焦对象以及两者关系之中。这样可以在传统的"说"和"看"的区别上，研究"在什么位置看""谁看""从什么角度看""看什么"的问题。这四个方面类似于简单的光学原理：观察点、观察距离和观察目标。同理，"谁看"和"在什么位置看"属于聚焦者要素、"从什么角度看"属于聚焦者与聚焦对象的关系要素、"看什么"属于聚焦对象要素。故下面从这三个要素研究。为方便，将聚焦者用"X"表示，聚焦对象（人物与事件）用"Y"表示，两者形成的聚焦就是"X→Y"。

1.聚焦者要素分析：位置和身份

本书首先分析聚焦者位置即"在什么位置看"，然后再讨论聚焦者人称即"谁看"的问题（否则一开始就容易混淆"谁说"与"谁看"）。显然，在任何一个"聚焦"中，聚焦者的位置只能有两种情形（这里探究文本中只有一个叙述层的情况，多个叙事层的情况可依此类推）。情形1

---

① 转引自〔美〕杰拉德·普林斯《叙述学词典》，第173-174页。

是在故事外的观察点（即感知点），用"X→☐"表示，这里的"☐"表示故事文本（下同）。情形2是故事内人物的观察点，用"☒→Y"表示。这两种情形米克·巴尔称之为"外在式聚焦者和内在式聚焦者"[①]；申丹称之为"外视角和内视角"："'外视角'即观察者处于故事之外；所谓'内视角'即观察者处于故事之内"[②]。以上两种情形还有学者[③]用图3-1、图3-2表示，这是基于聚焦者位置的关于"聚焦"的二分法分类。

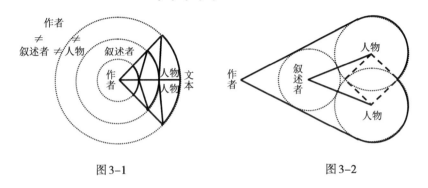

图3-1   图3-2

图3-1、图3-2　基于聚焦位置的关于"聚焦"的二分法分类

下面我们探讨在"不同位置上"的"聚焦者身份"（这里不使用"人称"而使用"身份"，乃是为了与叙事声音区别）。为便于理解，用以下例句研究相应的聚焦者位置[④]：

例句1：王军在喝啤酒。　　　　　外在式聚焦者

例句2：我看见王军在喝啤酒。　　内在式聚焦者（"我"）

例句3：李丽看见王军在喝啤酒。　内在式聚焦者（李丽）

例句1代表了前面的情形1："X→☐"模式。由于X不进入"故事文本"，而是以"局外人身份"进行观察，X实际上就是未进入文本的叙述者：用"A"（author）表示，这种情形下叙述者即聚焦者，"谁说"即"谁看"。传统的第三人称全知叙事就属于这一情形，可用"A→☐"

①　〔荷〕米克·巴尔：《叙述学》，谭君强译，北京，中国社会科学出版社，2003，第186页。

②　申丹、王丽亚：《西方叙事学：经典与后经典》，第95页。

③　阮永健：《论巴赫金关于陀思妥耶夫斯基小说对话性的叙事艺术特征》，《中山大学研究生学刊(社会科学版)》2004年第2期。

④　这一研究方法见〔荷〕米克·巴尔：《叙述学》，第186页。

表示。

例句2和例句3（"我"和"李丽"均为故事内人物，而人称不同）分别代表了前面的情形2"$X→Y$"模式的两种子类。

例句2中的聚焦者身份为第一人称的叙述者"我"，叙述者和聚焦者合一，这是"作者"以"我"的形式进入文本，"说"的同时在"看"。这里"我"以第一人称出现，以"F"（first）表示，故可视为情形2-1："$F→Y$"。

例句3聚焦者身份为第三人称的故事内人物"李丽"，叙述者和聚焦者分离，即叙述者是文本外的"作者"，而聚焦者则是文本中的"他（她）"，这时"X"以第三人称出现，以"T"（third）表示，故可视为情形2-2："$T→Y$"。

显然，这里已经逐步过渡到叙述人称问题。例句1和例句3属于第三人称叙述，例句2属于第一人称叙述，由此可清晰地看到叙事视角和叙事声音（叙事人称）的关系。上述所有情况可以归入表3-2。

表3-2　聚焦者要素与视角类型

类别		例句	聚焦者	聚焦者位置	聚焦者身份（叙述类型）	聚焦者与叙述者的关系
情形1：$X→\boxed{Y}$	$A→\boxed{Y}$	王军在喝啤酒	叙述者（"作者"）：A	故事外	第三人称叙述	聚焦者即叙述者
情形2：$\boxed{X}→Y$	情形2-1：$\boxed{F}→Y$	我看见王军在喝啤酒	作为叙述者的"我"：F	故事内	第一人称叙述	聚焦者与叙述者
	情形2-2：$\boxed{T}→Y$	李丽看见王军在喝啤酒	故事中的人物李丽：T	故事内	第三人称叙述	聚焦者与叙述者分离

为后面的研究方便，表3-2可转换为表3-3。

表3-3　基于聚焦者要素的视角类型

$\boxed{X}→Y$:故事内人物视角		$X→\boxed{Y}$:故事外视角
$\boxed{F}→Y$:故事内第一人称视角	$\boxed{T}→Y$:故事内第三人称视角	$A→\boxed{Y}$:"作者"视角
叙述者和观察者合一	叙述者和观察者分离	叙述者即观察者
第一人称叙述	第三人称叙述	

在这里从聚焦者身份到讨论叙述人称时，未涉及第二人称。这是因为第二人称叙述实际上仍属于第一人称叙述。"任何话语事件中，任何第一人称总是暗示一个第二人称，反过来也一样"[①]。米克·巴尔以米歇尔·布托尔（Michel Butor）的《变》为例，认为"这一'你'简单地就是伪装的'我'，一个对他自身说话的'第一人称'叙述……每个说话都由'我'所完成，并向一个'你'讲述……正是这一对象确认了作为说话人的'我'。反过来，一旦透视发生变化，'你'就会变成为'我'。只有具有（潜在的）'我'，'你'才具有行动的主体性，并由此确认在先的'我'的主体性"[②]。因此单独讨论第二人称叙述没有意义。

以上分析了聚焦者位置和身份要素。其实我们还可考虑聚焦者的数量要素，或者说，完全可能出现数个聚焦者的情形，用"X1，X2，X3（或更多）"表示，由此形成的聚焦为"X1，X2，X3等→Y"，根据"X1，X2，X3等"之间的关系，可以区分不同的视角类型。如雅恩从聚焦者的一个到多个，以及固定和变换的情况，分为固定式聚焦、不定式聚焦、多重式聚焦、集体式聚焦。因数量要素的分类较单一，故不再讨论，这里仅研究一个聚焦者的情况。

2.聚焦者与聚焦对象关系分析："距离"

这里借用光学上的"距离"表示聚焦者对聚焦对象的"观察深度"，即前者对后者的"了解"程度，这与"怎么看"即观察角度有一定关系。是仅仅停留在外在客观行为（类似于"远距离"），抑或从自身视角局部地"透视"到聚焦对象（如为人物时）的内心情感（类似于"近距离"），甚至可从任何角度对聚焦对象达到"全知"（类似于"零距离"）。可见，按照聚焦者与被聚焦者的关系（也可以认为是观察角度）可以对叙事视角进行分类，这其实就是热奈特的三分法：外聚焦、内聚焦和零聚焦。热奈特用"叙述者了解人物的多少"即"<""="和">"分别表示三种情形。这三种关系可对应于聚焦者与聚焦对象的关系，因为"叙述者知道人物的多少"是通过"聚焦者对聚焦对象的观察深度"体现出来的。按照热奈特的理论，这三种情形为：

情形1即外聚焦，为聚焦者X只能观察到被聚焦者Y的外在客观行

① 〔美〕杰拉德·普林斯：《叙事学：叙事的形式与功能》，徐强译，北京，中国人民大学出版社，2013，第161页。

② 〔荷〕米克·巴尔：《叙述学：叙事理论导论(第二版)》，谭君强译，北京，中国社会科学出版社，2003，第34—35页。

为，对其内心活动和情感无从得知，用"X<Y"表示。

情形2即内聚焦，为聚焦者X不但能观察到被聚焦者Y的外在客观行为，而且能从自身立场和主观角度，在一定程度上"看"到被聚焦者Y的内心活动和情感，用"X=Y"表示。

情形3即零聚焦，为聚焦者X能从任何角度"看"被聚焦者Y，包括外在客观行为和内心活动和情感，对Y全知，用"X>Y"表示。

如对这三种情况进一步归类：与"X>Y"是全知相比较而言，"X<Y"与"X=Y"均属于"限知"；按主客观维度，"X<Y"仅呈现客观行为，故为客观视角（客观叙述），"X=Y"和"X>Y"均具有带有叙述者自身视角的叙述内容，属于主观视角（主观叙述）。上述所有情况可归入表3-4。

表3-4　基于聚焦者与聚焦对象关系的视角类型

限 知	情形1:外聚焦"X<Y"	客观叙述
	情形2:内聚焦"X=Y"	主观叙述
全 知	情形3:零聚焦"X>Y"	

截至目前，分别从聚焦者要素和聚焦者与聚焦对象关系要素进行了视角的初步分类，这两种分类标准并不冲突，而是基于不同的维度，如将两者同时考虑进去，可形成更多更细致的类型，这就是构建叙事视角分类表（即后面的表3-6）的基本依据。

3.聚焦对象要素分析：位置和人称

聚焦对象一般包括人物和事件，由于事件为客观事实，因此可供分析的只有人物。与聚焦者作为人物相似，聚焦对象也存在位置和人称问题。

聚焦对象的位置是相对于聚焦者位置而言的，故前面关于聚焦者位置（故事内与故事外）的讨论已经说明了聚焦对象的位置：即两者处于同一故事层或处于不同故事层，这与同故事叙述和异故事叙述相互对应。

聚焦对象的人称（这里不称为"身份"，乃是因其不容易与叙述人称相混淆）有第一人称和第三人称之分。当为第三人称时，聚焦者并不受限制。当聚焦对象为第一人称时，聚焦者一般为第一人称（因为当聚焦对象"我"被叙述时，故事则成为自述性文本，自述文本必为第一人称叙述），即"F1→F2"模式。由于这一模式能且仅能产生两种子类型，归为表3-5。其余模式不做专门分析，在叙事视角分类表（表3-6）中可以看出。

表3-5　聚焦对象为第一人称的视角类型

例句	聚焦情况	视角类型
我回想起我曾经喝啤酒。	现在的"我"（F1）即叙述者"我"对过去的"我"（F2）进行"回顾"（类似于起到旁观和目击作用）。现在的"我"与过去的"我"构成两种眼光	第一人称回顾视角："F1<F2"
我在喝啤酒,感到心情很郁闷。	故事中只有一个主人公"我",但可从中解析出:叙述者的"我"（F1）和喝啤酒的"我"（F2）。叙述者"我"能感知到的就是喝啤酒的"我"所体验的内容	第一人称体验视角："F1＝F2"

这里需要特别说明的是，表3-5中的第一人称回顾视角"F1<F2"，只讨论了观察者为"F1"的情况。由于第一人称回顾视角容易形成双重视角，若故事文本以过去的"我"（往往是模仿过去的口吻）即"F2"的角度进行更多的叙述，则是站在"过去的"眼光上，聚焦者为"F2"。因此出现了两个聚焦者，这涉及聚焦者的数量要素，为方便后面的分类研究，这里只研究单一聚焦者即"F1"对"F2"进行聚焦的情况，复杂情形可在此基础上细化。

（三）问题澄清：叙事视角逻辑分类的直观呈现

1.叙事视角分类表的建立

上面分别从三个要素方面进行了分析。如将上述各要素考虑在内，以表3-3即聚焦者要素的视角类型作为横坐标上的分类标准，将表3-4即基于聚焦者与聚焦对象关系的视角类型作为纵坐标上的分类标准。在逻辑推理上可形成9种详细类型，但有3种情况不可能出现，故实际可形成6种叙事视角（再将表3-5即聚焦对象为第一人称的视角类型也纳入表格相应位置），则构成完整的叙事视角分类表，即表3-6。

表3-6中不可能出现的三种情形是，情形1和情形2为故事内人物视角时，由于故事内人物视角总是受限眼光，故不可能全知。更形象地说，就是"不识庐山真面目，只缘身在此山中"，即"局内人"眼光必然存在局限性。情形3不可能出现，是因为故事外视角"局外人"眼光不可能成为内视角。

表 3-6 叙事视角分类表

聚焦者要素　聚集者与被聚焦者关系要素			X→Y:故事内人物视角		X→Ȳ:故事外视角
			F→Y:故事内第一人称视角	T→Y:故事内第三人称视角	A→Ȳ:"作者"视角
			叙述者和观察者合一	叙述者和观察者分离	叙述者即观察者
			第一人称叙述	第三人称叙述	
限知	"X<Y"外聚焦	客观叙述	F<Y:第一人称外聚焦 例:我看见王军在喝啤酒 其中,当Y为第一人称时为 F1<F2:第一人称回顾视角 例:我回想起我曾经喝啤酒	T<Y:第三人称外聚焦 例:李丽看见王军在喝啤酒	A<Ȳ:(作者)外聚焦 例:王军在喝啤酒
	"X=Y"内聚焦	主观叙述	F=Y:第一人称内聚焦 例:我看见王军在喝啤酒,我觉得他一定很郁闷 其中,当Y为第一人称时为 F1=F2:第一人称体验视角: 例:我在喝啤酒,感到心情很郁闷	T=Y:第三人称内聚焦 例:李丽看见王军在喝啤酒,她觉得他一定很郁闷	＼ (不可能出现的情形3)
全知	"X>Y"零聚焦		＼ (不可能出现的情形1,不过存在一个例外)	＼ (不可能出现的情形2)	A>Ȳ:(作者)零聚焦 例:王军在喝啤酒,他很郁闷
图例:X为聚焦者;Y为聚焦对象;→为聚焦者与对象的联系;□为故事文本界限;<为外聚焦;=为内聚焦;>为零聚焦					

值得讨论的是,情形1逻辑上不可能出现。但在某些现代小说中出现了例外情况。谭君强指出这一新的独特的叙事视角:"第一人称叙述本应是限制视角,不能叙述自身死亡的过程和他人的内心思想。然而,在某些现代小说中出现了例外情况,例如人物叙述者叙述自己死亡的情况。在2006年诺贝尔文学奖得主、土耳其作家帕慕克(Pamuk)的小说《我的名字叫红》中写道:"……小说第一节的标题为'我是一个死人',一

开篇就叙述了'我'死亡的经过……它属于一种违背常识与逻辑规约的叙述"①。本书将这一视角暂时命名为"叙述自己死亡"视角。

这里需要特别强调的是，如前所述，表3-6中的第一人称回顾视角 $\boxed{F1<F2}$ ，由于本书只研究"F1"对"F2"进行聚焦的情况，因为在"F1→F2"这一聚焦情况下，叙述者和观察者是合一的，故依然列入表中"叙述者和观察者是合一的"一列。暂不研究以"F2"作为观察者形成的双重视角（此时叙述者和观察者分离）的情况。

2.对已有叙述学家关于叙事视角划分的系统梳理

在确立上面的叙事视角分类表即表3-6后，可将已有叙述学家关于叙事视角的划分（表3-7）一一填入相应位置（每种视角均用带圈号的数字序号标出），然后得到对应关系表3-8。

表3-7　叙述学家关于叙事视角的划分

叙述学家	各自的叙事视角划分
托多罗夫与波依隆	①外部视域；②平行视域；③后视域
热奈特	④外聚焦；⑤内聚焦；⑥零聚焦
斯坦泽尔	⑦作者叙述情境；⑧人物叙述情境；⑨第一人称叙述情境
布鲁克斯和沃伦	⑩第一人称观察者；⑪作者——观察者；⑫第一人称自述；⑬全知的作者
格里迈斯	⑭第三人称客观视点；⑮第一人称参与者的观点；⑯第三人称主观观点；⑰全知观点
弗莱德曼	⑱作为目击者的"我"(非介入)；⑲戏剧模式；⑳照相机；㉑作为主人公的"我"；㉒多种选择性全知(可变内视点)；㉓选择性全知(固定内视点)；㉔中性全知；㉕编者全知(介入)
林茨韦尔特	㉖异故事行动者叙述类型；㉗异故事中性叙述类型；㉘同故事作者叙述类型；㉙同故事行动者叙述类型；㉚异故事作者叙述类型
申丹	㉛第一人称外视角；㉜第三人称外视角；㉝内视角；㉞零视角或无限制视角
其余未系统分类的各种提法	㉟第一人称回顾；㊱行为主义叙述；㊲客观叙述；㊳不在场的叙述；㊴"无人称"的叙述；㊵非叙述性叙述；㊶第一人称体验；㊷第一人称独白；㊸自我引述性独白；㊹戏剧独白
例外	㊺叙述自己死亡

①　谭君强：《叙事学导论：从经典叙事学到后经典叙事学》，北京，高等教育出版社，2008，第99页。

通过上述梳理，所有不同叙述学家的视角划分均得以清晰直观地呈现，从中可以看出不同的划分标准及其内在联系，从而可以实现不同视角表述的通约性。这对于消除各种叙事视角的误解大有帮助，同时拓展了进一步研究的空间。

3.依据上述逻辑分类可进行的研究

依据上述逻辑分类，借助于本书确立的分类表，可在以下方面进一步研究：

一是对某一叙述学家的总体研究。如斯坦泽尔的三分法（见表3-8中的R2）正好吻合了按照聚焦者要素分析（见第二部分第一点）的思路，且与米克·巴尔关于聚焦者位置的研究[1]观点完全一致。再如申丹的分类兼顾叙述者与被聚焦者的关系以及叙述人称，其所提出的"第一人称外视角"和"第三人称外视角"实际上是从外聚焦的角度分析的（即这里的"外视角"实际指"外聚焦"），这一方法不再以故事外还是故事内聚焦进行区分，故使第三人称外视角在表3-8中的C5R5和C6R5中同时出现，内视角在C4R6和C5R6中同时出现。不同叙述学家的分类均基本涵盖了所有的叙事视角，可见分类只不过是对叙事视角的不同描述维度。从分类表中还可以发现一些叙述学家划分的空缺点，如布鲁克斯的划分没有涉及"故事内第三人称视角"（见表3-8中的C5R5和C5R6）。

表3-8 对应关系表

聚焦者要素 聚焦者与被聚焦者关系要素	$\boxed{X}\rightarrow Y$:故事内人物视角		$X\rightarrow\boxed{Y}$:故事外视角	R1
	$\boxed{F}\rightarrow Y$:故事内第一人称视角 斯氏:⑨第一人称叙述情境	$\boxed{T}\rightarrow Y$:故事内第三人称视角 斯氏:⑧人物叙述情境	$A\rightarrow\boxed{Y}$:"作者"视角 斯氏:⑦作者叙述情境	R2
	叙述者和观察者合一	叙述者和观察者分离	叙述者即观察者	R3
	第一人称叙述	第三人称叙述		R4

---

① 注:米克·巴尔用三个例句表示三个聚焦者位置。见〔荷〕米克·巴尔:《叙述学:叙事理论导论(第二版)》,第186页。

C1	C2	C3	C4	C5	C6
限知	"X<Y" ①外部视域 ④外聚焦	客观叙述	F<Y：第一人称外聚焦 布氏：⑩第一人称观察者 格氏：空缺 弗氏：⑱作为目击者的"我" 林氏：空缺 申氏：㉛第一人称外视角 其他：㉟第一人称回顾	T<Y：第三人称外聚焦 布氏：空缺 格氏：⑭第三人称客观视点 弗氏：⑲戏剧模式；⑳照相机 林氏：㉖异故事行动者叙述类型 申氏：㉜第三人称外视角	A<Y：(作者)外聚焦 布氏：⑪作者观察者 格氏：⑭第三人称客观视点 弗氏：⑲戏剧模式；⑳照相机 林氏：㉗异故事中性叙述 申氏：㉜第三人称外视角 其他：㊱行为主义叙述；㊲客观叙述；㊳不在场的叙述；㊴"无人称"的叙述；㊵非叙述性叙述	R5
	"X=Y" ②平行视域 ⑤内聚焦	主观叙述	F<Y：第一人称内聚焦 布氏：⑫第一人称自述 格氏：⑮第一人称参与者 弗氏：㉑作为主人公的我 林氏：㉘同故事作者叙述 申氏：㉝内视角 其他：㊶第一人称体验；㊷第一人称独白；㊸自我引述性独白；	T<Y：第三人称内聚焦 布氏：空缺 格氏：⑯第三人称主观视点 弗氏：㉒多种选择性全知；㉓选择性全知 林氏：㉙同故事行动者叙述 申氏：㉝内视角	＼	R6
全知	"X>Y" ③后视域 ⑥零聚焦		例外：㊺叙述自己死亡	＼	A>Y：(作者)零聚焦 布氏：⑬全知的作者 格氏：⑰全知观点 弗氏：㉔中性全知；㉕编者全知 林氏：㉚异故事作者叙述类型；㉞零视角或无限制视角 其他：㊹戏剧独白	R7

图例：X为聚焦者；Y为聚焦对象；→为聚焦者与对象的联系；□为故事文本界限；<为外聚焦；=为内聚焦；>为零聚焦；C表示列(column)；R表示行(row)

二是对同一叙事视角的深入研究。可任意选取表3-8中的一个叙事视角名称作为研究对象，然后按照列C或行R的方向进行延伸，所有在延伸线上产生的叙事视角实际上对研究对象在进行解释、细化和包含，因此这一研究方法对深入研究极为有效。如"外聚焦"（见表3-8中的C2R5）在R方向分为"第一人称外聚焦""第三人称外聚焦"和"作者外聚焦"，这是对外聚焦的再细分。

三是对多个叙事视角的对比研究。可选取表3-8中汇集了多种叙事视角名称的任一表格位，如C2R5中有关于"零聚焦"的数种表述，这些表述有的名异而质同，有的虽为一类，但有细微差别，如"中性全知"和"编者全知"，后者的介入程度更高。可见，在同一表格位求同的基础上求异，是很好的对比研究方法。

四是其他叙事视角理论命题的关注和挖掘。表格是"立体的思维结构"，往往明示、暗含着一些传统或新的理论命题。如叙事视角与叙述声音的关系问题，在表3-8中R3分别表示叙述者和观察者分离与否的三种状况，揭示了"谁说"与"谁看"的差别，并可以看到三种状况各自发生的叙事视角类型。再如叙述人称与叙事视角的关系问题，在表3-8中R4中可以看到两种叙述人称，并据此可研究相应的叙事视角类型。新的理论命题如对表3-8中C4R7中"叙述自己死亡"视角的研究，是当前研究的盲点，表格提供了一定的分析框架。另外，表格中任两个非直线表格位之间的联系，可发现新的理论命题，如表3-8中的C4R4为"第一人称"，C3R5为"客观叙述"，"第一人称"和"客观叙述"之间的关系可通过研究表3-8中的C4R5内容而得出。此外，结合本表提供的研究方法，还可以对更为复杂的叙事视角类型进行研究，如双重聚焦（double focalization）等。

二、当前国内对"叙事结构"研究中存在的问题分析

叙事结构作为叙事学领域的核心内容之一，关乎叙事文本的组织方式、情节展开以及故事内在逻辑。国内有关叙事结构的研究存在一些问题，有必要对之深入分析。

（一）关于"叙事结构"概念理解中存在的主要问题

1. "叙事结构"的其他表述和带来的分类随意性

"叙事结构"是结构主义基础上产生的经典叙事学的基本范畴，指

"在整体中各种不同成分之间和每一成分与整体之间获得的关系网络"①，分为表层叙事结构与深层叙事结构，更侧重于深层叙事结构分析，具有明显的"结构主义"内涵。但由于国内学者将"结构"放在汉语的文化语境中，因此又出现了不同表述，如"叙事范式""叙事框架""叙事结构形态""叙述形式""叙事序列""叙事结构模式"等。如有学者在相关"叙事结构"的研究中指出："探讨小说叙事范式的变化……能够揭示文学观念的变化"②。有学者认为《维纳斯》的戏剧文本"从预叙、嵌入式的叙事框架……这种反传统的叙事结构产生了陌生化的效果"③。有学者认为《一个陌生女人的来信》的"框架叙事部分对故事时间进行了延绵，即叙述时间长于故事时间"④。有学者认为"《父亲的微笑之光》的叙事框架很是独特"⑤。还有学者在研究《画像》的叙事结构时提出："形成了'螺旋向心式'叙事结构形态"⑥。有学者在论述20世纪长篇小说的叙事结构时指出"出现了多种叙述形式"⑦。有学者在研究《羊脂球》的叙事结构时提出"借用法国著名叙事学家布雷蒙的复合叙事方法，来说明叙事序列之间的逻辑关系"⑧。还有学者在分析电影《江湖儿女》时讲"叙事结构，有时称为叙事结构模式"⑨，等等。

类似的情况还出现在对表层叙事结构和深层叙事结构的理解上，有学者使用"显形结构"和"隐形结构"、"具体叙事结构"和"抽象叙事结构"、"外层结构"和"内层结构"等不同提法。如有学者在论述十七年云南少数民族题材电影时认为"采用了'显形结构'和'隐形结构'

---

① 〔美〕杰拉德·普林斯：《叙述学词典》，乔国强、李孝弟译，上海，上海译文出版社，2011，第219—220页。

② 陈良梅：《从线性叙事向空间叙事的转向——德语现代主义小说叙事结构初探》，《当代外国文学》2008年第2期。

③ 吕春媚：《反传统的艺术——论〈维纳斯〉之戏剧叙事结构》，《外语教学与研究》2013年第1期。

④ 王楠：《〈一个陌生女人的来信〉的框架——嵌入式叙事结构》，《文教资料》2016年第36期。

⑤ 王晓英：《颠覆的艺术——〈父亲的微笑之光〉的叙事结构与叙述声音》，《当代外国文学》2006年第1期。

⑥ 张琪、韩丹：《完美地运用并不完美的手段——〈道连·葛雷的画像〉的叙事结构分析》，《外国语文》2011年第1期。

⑦ 叶永胜：《系列组合体长篇叙事结构体式》，《安徽师范大学学报（人文社会科学版）》2010年第4期。

⑧ 唐懿鸣：《〈羊脂球〉隐含的叙事结构》，《中国民族博览》2018年第6期。

⑨ 郭倩：《电影〈江湖儿女〉叙事策略分析》，《戏剧之家》2019年第11期。

相结合的'双层叙事结构'"①。有学者认为"线性结构说主要还是停留在表层……没有能深入内层非时间的思维模式结构中"②。有学者③从故事外层事件、故事内层事件与元故事事件这三个层面分析了《祖父之椅的整部历史》的叙事策略。有学者④在分析《像我这样的一个女子》时，提出了"显在结构"和"潜在结构"。还有学者⑤在研究《诗经》农祭乐歌的叙事结构时，将其分为循环型结构、封闭型结构、混合型结构、开放型结构四种形态。

值得说明的是，对"叙事结构"的这些表述虽然具有"结构主义"的意蕴，但由于"叙事结构"本身属于特定的叙事学概念，意在表明"结构所体现的意义"，而不仅仅是形式上的某种组织形态，因此用类似的提法难免造成理论歧义。而大多数学者恰恰是从"所谓叙事结构就是小说所叙述的事件的组织形态"⑥角度进行理解的，由此导致了分类的简单随意性。从国内关于叙事结构的研究文章中不难发现，对"叙事结构"的分类十分庞杂，除了按照时空标准分为线性叙事结构和空间叙事结构两大类型外，还包括套盒—拼贴式、环形—圆圈式、拱形式、链条式、拼图式、橘瓣式、平行并置式⑦；对比结构、倒叙结构、开放结构⑧及"方阵舞"的阵形⑨等各种提法，不一而足。还有的使用感性比喻的方法，如有学者⑩在研究福克纳（Faulkner）的《喧哗与骚动》时认为，其叙事结构属于"四重奏"的结构，意在说明四个部分都可以各自成篇，但又组合成密切联系的整体，不过这也带来了学术研究的随意性。

2.主要基于"情节结构"，过多将情节层面的内容纳入叙事结构

① 杨鹏：《十七年云南少数民族题材电影叙事结构研究》，《艺术百家》2010年第7期。

② 郑铁生：《半个世纪关于〈红楼梦〉叙事结构研究的理性思考》，《红楼梦学刊》1999年第1期。

③ 方文开、潘方圆：《多层次的叙事结构：〈祖父之椅的整部历史〉的叙事策略》，《文学教育》（下），2017年第11期。

④ 郭荣荣、论西西：《〈像我这样的一个女子〉的叙事结构》，《现代语文》2016年第9期。

⑤ 吕树明：《〈诗经〉"吉礼"类农祭乐歌的叙事结构形态发微》，《中州学刊》2018年第4期。

⑥〔韩〕李哲洙：《〈三国演义〉叙事结构新探》，《明清小说研究》1998年第2期。

⑦ 叶永胜：《系列组合体长篇叙事结构体式》，《安徽师范大学学报（人文社会科学版）》2010年第4期。

⑧ 刘秀杰、何淼波：《艾丽丝·蒙罗小说中的叙事结构》，《求是学刊》2001年第4期。

⑨ 张群：《独特的"方阵舞"别样的"巧合"——论哈代小说的叙事结构》，《外国语》2000年第4期。

⑩ William E. H. Meryer："Faulkner's Patriotic Failure: Sputhern Lyricism Versus American Hypervision"，Doreen Fowler and Ann J. Abadie, eds, Faulkner and the Craft of Fiction，Jackson，University Press of Mississippi，1987，p.108.

显然，这些分类大多出于对文本表层结构的分析，而缺乏对深层结构的挖掘再现。纵观当前的相关研究文献，对叙事结构的分类主要集中在表层结构：如对中国古典小说叙事结构的研究，大多数学者认为，《西游记》《水浒传》等作品属于线性叙事结构，而《红楼梦》《三国演义》《金瓶梅》等作品则属于网状结构。对此有学者定义："如果一部小说情节由单一的矛盾冲突构成，那就属于线性式结构。如果一部小说情节由多种矛盾冲突构成，那就属于网状式结构。"①从中可以看出，这主要是从情节方面看待叙事结构的，可以认为，国内学者所探讨的叙事结构主要还是"情节结构"。很多学者直接使用"情节结构"，如在探讨《三国演义》时，认为"有必要从宏观结构的眼光来探讨三国的情节结构"②。有人指出："我国文坛上大多数文艺理论和古典文学研究者……总是以线性情节结构这一审美方式去解读文学作品。"③

　　必须澄清的是：从"情节结构"角度研究叙事结构只是问题的一个方面。由于国内学者侧重于从情节角度进行研究，因此往往将属于情节方面的叙事视角、叙事时间（叙事节奏）、叙事手法等与叙事结构混淆。有学者在研究《红楼梦》脂评的叙事结构思想时专题分析了"冷子兴演说荣国府"一段，并引用回首题诗："一局输赢料不真，香消茶尽尚逡巡。欲知目下兴衰兆，须问旁观冷眼人。"指出，"冷子兴便是'旁观'贾府兴衰的'冷眼人'"④，"这种叙事结构方法的两个特征：一是以小见大……二是以虚涵实"⑤。显然，这里作者使用的"叙事结构方法"即冷子兴的眼光实际是叙事视角，尤其是"叙事结构方法"的用法本身混淆了"叙事结构"和"叙事手法"。目前文献中将叙事视角混同于叙事结构的现象十分明显，如有学者道："人物之间看与被看的关系成为小说的一个基本结构"⑥。"看与被看"显然是"叙事视角"，何以成为一个"基本结构"呢？

　　再如，有学者研究英国作家康拉德（Conrad）的《"水仙号"的黑水手》时认为，"康拉德设置了一套独特的双重叙事结构。其具体表现为：全知与限知的双重视角转换；实写与虚写的双重人物塑造；情节与

①　〔韩〕李哲沐：《〈三国演义〉叙事结构新探》，《明清小说研究》1998年第2期。

②　同上。

③　郑铁生：《半个世纪关于〈红楼梦〉叙事结构研究的理性思考》，《红楼梦学刊》1999年第1期。

④　郑铁生：《〈红楼梦〉脂评的叙事结构思想》，《红楼梦学刊》2001年第1期。

⑤　同上。

⑥　李军：《〈铸剑〉的叙事结构及修辞策略》，《广西社会科学》2010年第7期。

意义的双重层面叙述"①。显然，这里第一点讲的是叙事视角，只有第三点与叙事结构有关。有学者在分析《守望灯塔》的叙事结构时，"其以幼年银儿的视角展开叙事，又以成年银儿的视角结束叙事，中间穿插了普尤的内层故事叙事"②。这显然是将叙事视角作为叙事结构的一部分。还有学者③将陌生化视为一种叙事结构，并使用了"陌生化叙事结构"的表述，这是将叙事手法当作叙事结构看待。有学者在研究《金瓶梅》的叙事结构时，将"文本结构按单位时间切割"进行划分，指出"它显著的变量是叙事时间不再按年，而是按日或月来安排叙事结构的内容"④，这显然未将叙事时间与叙事结构加以细致区分。

另外，还有学者将叙事中的"对话和场景"也当作叙事结构的内容，如在讨论《父亲的微笑之光》的叙事结构时认为，"从叙事的表层结构看，这部小说主要由人物之间的对话和场景而非故事情节构成……运用多元的、碎片化的结构框架，以其'复调性''对话性''元小说'，以及'间离效果'为特色"⑤。显然，这里已经完全将叙事结构泛化了。将"对话"当作叙事结构内涵进行分析的还如：有论者在研究《维纳斯》戏剧叙事结构时，将"重复语句"作为叙事结构来分析，认为"剧作家通过运用大量重复的语句不仅能够创造出节律感……"⑥这显然已经与叙事结构的原意大相径庭。

与情节相关的是作品主题，目前国内学者从主题角度分析叙事结构也不在少数，认为叙事结构是根据作品主题思想的需要精心组织的。如有学者在分析《三国演义》的叙事结构时，指出《三国演义》采用三线并行结构，是在"拥刘反曹"的思想引导下，"以蜀汉的兴亡为主轴"。与情节相应的"故事发展"也多被用以分析叙事结构。如有学者在分析

① 吕伟民：《〈"水仙号"的黑水手〉的双重叙事结构》，《郑州大学学报（哲学社会科学版）》2002年第3期。

② 郭宇飞：《浅析〈守望灯塔〉的叙事结构和文学价值》，《延边教育学院学报》2019年第1期。

③ 杜维平、高一琼：《麦克尤恩的自由国度——论〈赎罪〉的陌生化叙事结构》，《山西大学学报（哲学社会科学版）》2009年第6期。

④ 郑铁生：《〈金瓶梅〉第五年叙事结构张力与人物性格之间的变数》，《北方论丛》2009年第4期。

⑤ 王晓英：《颠覆的艺术：〈父亲的微笑之光〉的叙事结构与叙述声音》，《当代外国文学》2006年第1期。

⑥ 吕春媚：《反传统的艺术——论〈维纳斯〉之戏剧叙事结构》，《外语教学与研究》2013年第1期。

《国语》时指出其"叙事结构在形式上呈现出典型的因果照应方式"①，认为"此特点不但在《周语》《鲁语》《齐语》《楚语》表现得淋漓尽致，即使叙事较为详细的《晋语》《吴语》《越语》亦概莫能外"②。有学者③研究《鲁滨逊漂流记》时认为个人野心和道德评论这两大主题充分体现了作品的叙事结构艺术。

3.较少关注深层结构，且研究深度有待强化

正因为此，国内的研究虽有不同程度涉及深层结构，但数量相对较少，而且很少探究表层结构和深层结构的关系。如有学者在研究《静静的艾敏河》的叙事结构时，指出该电视剧形成了双重叙事结构：作为表层叙事的是主人公的成长及家庭矛盾，作为深层叙事的是抒情主体对寓意故事的揭示，对此作者认为两者形成了"一种独特的表里结构"④。值得说明的是，"表里关系说"成为当前国内关于表层结构和深层结构的研究的主要观点，而对于如何由"表"及"里"以及两者的"意义关系"关注较少。这样一来，很多深层结构依然是表层结构，如有学者在研究《周易》爻辞的叙事结构时指出："在叙事结构上不但看到表层的结构特点，更多的是看到深层结构即'脉相'……作用"⑤。显然，这里的"脉相"是从行文布局角度讲的，指的是文章的前后贯穿、起承转合和灵活多变，这与深层结构是有区别的。有学者⑥在研究《雾雨电》的叙事结构时，认为通过表层结构可以知道人物性格，而进一步挖掘深层结构则可发现其文化意义。这里的"文化意义"指时代特征，严格地讲，这并不属于深层结构。

另外，国内学者在论述深层结构时，实际关注的是作者以及人物的心理结构，这与严格的"结构主义"分析方法并不一致。如有学者在分析《红与黑》的深层结构时，从主人公欲望的心理层面看待结构，认为"主人公的欲望流动……由原始的缺失，到缺失的暂时得到替代性满足，到替代对象的缺失，直至最后回归母体，形成一个连环式的叙事结构"⑦。这是将小说的叙事结构建立在俄狄浦斯情结的基础上，将于连一

① 夏继先：《"史鉴"与"叙史"之别——从〈国语〉与〈左传〉的叙事结构差异看二者的编纂目的》，《河南大学学报(社会科学版)》2013年第6期。

② 同上。

③ 张瑞：《〈鲁滨逊漂流记〉的叙事结构艺术浅析》，《语文建设》2016年第8期。

④ 陈友军：《〈静静的艾敏河〉的叙事结构与文化寓意》，《当代电影》2003年第4期。

⑤ 郑晓峰：《〈周易〉"贞事辞"的叙事结构分析》，《学术交流》2014年第8期。

⑥ 林柑蕾：《从叙事结构解读〈雾雨电〉人物形象》，《文教资料》2018年第36期。

⑦ 张德明：《〈红与黑〉：欲望主体与叙事结构》，《国外文学》2002年第1期。

生追求的三个阶段看作欲望对象的三次转换，由此得出"叙事结构三次大整合"①。还有学者论及韩少功《日夜书》的"潜在框架"（即深层结构）时，认为"潜在文本其实有一个清晰的框架，这个框架就是作者那个对象化了的意识结构"②。显然，从作者的社会文化心理结构阐释叙事结构是后经典叙事学的方法。这一点在国内学者研究创伤小说的叙事形式时尤为明显，有学者认为创伤小说形成了一个植根于"创伤及其后果"的叙事结构，这完全是按照弗洛伊德的心理学理论发现人物的心理结构。如有学者认为"阿特伍德（Atwood）的《浮现》和托马斯（Thomas）的《白色旅馆》讲述了……伤害事件。描摹主角所经历的破碎、分裂、退化和重新整合，是创伤小说普遍采用的叙事结构"③。仔细研究，人物的心理结构与文本的深层结构虽有联系，但是有所区别。

究其原因是国内学者对深层结构的研究缺乏抽象程度，实际上，深层结构应当具有高度概括的"符号化"特征，是一个可供分析的共时性模型，关键在于发现"有意味的形式"。如果始终离不开故事的内容层面即故事层，则无法深入叙述层，就无法凸显语言符号学的方法。问题是：除了西方叙事学家如格雷马斯等提出的"行动元模式"外，还有无其他结构？难能可贵的是，国内一些学者也在这方面做了有益探索。如有学者在分析中国电影的某一原型叙事结构时，以《小城之春》《早春二月》《黄土地》等为例，分析了以围绕"家"为核心的A、B、C、D四类人物类型，其中"A类人物：旧家庭的维护者；B类人物：新旧交替，旧家庭的无辜殉葬者；C类人物：旧家庭有希望的冲破者；D类人物：外界光明的象征与闯入者……于是可发现以下原型："平衡—平衡被打破—A顽固阻碍变化—B促进变化向D表白—D犹豫—B重回原态—C受D影响促进变化—D离去—恢复平衡"④。上述研究很有启发意义。

（二）准确把握"叙事结构"的几个关键点

从上述分析可以看出，目前国内将"叙事结构"主要当作某种用于组织文本材料的框架或"脉象"，更类似于"故事线"（事件序列）。正如有学者指出："人们有时区分出……'故事线'（story-line）。故事线与一

---

① 张德明：《〈红与黑〉：欲望主体与叙事结构》，《国外文学》2002年第1期。
② 卓今：《叙事结构下的潜在文本——韩少功〈日夜书〉的深层意义》，《求索》2014年第9期。
③ 柯倩婷：《破碎、退化与整合——从〈浮现〉和〈白色旅馆〉看创伤小说的叙事结构》，《西南民族大学学报（人文社会科学版）》2015年第2期。
④ 陈旭光：《"铁屋子"或"家"的民族寓言》，《文艺争鸣》2007年第9期。

个完整的故事结构相类似"①。虽然分析叙事结构首先必须从"序列"入手，正如布莱蒙（Bremond）所说："没有序列，就没有叙事"②，但是叙事结构不应当停留在此。实际上，"根据看待叙事的方式，现代叙事理论分成三组，视叙事为事件序列；为叙事者生产的话语；或为读者所组织起来并赋予意义的文字制品"③。应当说，国内对叙事结构的理解基本属于第一层次，对后两点有所忽视。因此，为了更好更全面地理解西方叙事学的这一理论问题，本书认为要尽可能多关注后两者，为此需要把握以下几个关键点。

1. "叙事结构"与"意义"的关系

之所以探究"叙事结构"与"意义"的关系，是由于国内当前研究叙事结构时往往习惯于从叙事文本中归纳出某种或某类常见的结构形式，而忽略对结构本身意义的分析。即使涉及意义分析，也主要是文本内容的思想主题。其实，叙事结构的意义是从语言符号学意义上讲的，是关于符号本身关系的意义。为了更加清晰地阐明上述观点，这里不妨引用特雷·伊格尔顿（Terry Eagleton）在阐明结构主义时的一个例子④：

假定我们在分析一个故事，其中一个男孩与父亲吵架后离开了家。在中午时分，他开始步行穿过树林，结果掉进一个深坑。父亲出去寻找儿子。他向深坑底下看去，然而由于黑暗，他看不见自己的儿子。这时候太阳刚好升到正当头，以其直射的光线照亮了坑底，父亲因此救出儿子。高兴地和解之后，他们一起回了家。

对此特雷·伊格尔顿假定了几种分析方法：

一是精神分析的解释：这是俄狄浦斯情结（Oedipus complex）的暗示，即孩子落入坑内正是他所无意识希望的一个为了他与父亲的不和而对他自己的惩罚。

二是人本主义的分析：故事是人类关系中种种困境的戏剧化。

三是结构主义的分析：主要是以图表的形式把这篇小说程序化。主要改写方法可从以下几对概念中设定："高/低""父亲/儿子"，例如：落

---

① 谭君强：《叙事学导论：从经典叙事学到后经典叙事学》，北京，高等教育出版社，2008，第25页。

② 同上书，第24页。

③ 〔美〕华莱士·马丁：《当代叙事学》，伍晓明译，北京，北京大学出版社，2005，第74页。

④ 〔英〕特雷·伊格尔顿：《二十世纪西方文学理论》，伍晓明译，北京，北京大学出版社，2007，第91—92页。

· 93 ·

入坑内表示"低",而达到顶点的太阳则再次表示"高",而穿行树林可以标记为"中"。故事从"低反叛高"开始,结局是"低"与"高"之间的平衡。本书认为,按照特雷·伊格尔顿的假设,其实还可以赋予"光明/黑暗"等其他解读方式。

在上述三种方法中,前两种没有脱离故事本身的主题,因此分析出的"意义"是显而易见的。而在第三种结构主义分析方法中,初看起来似乎为"文字游戏",没有任何"意义"。这其实是仅就这一单独的故事而言,倘若我们在诸多类似的故事中发现这些结构,或者说随意改变这些结构,就会明显感觉到不同的叙事效果,那就说明这一结构本身承载着独特的"意义"。就如同列维-施特劳斯解读诸多神话一样,会发现结构本身呈现出的是一种特定的思维方式。按此逻辑,对上面的故事如果发现"意义"的话(特别是假设放在中国文化语境下),结局的平衡可以设想为"大团圆"思维,相互对立的概念可理解为社会秩序,同时自然令人联想到列维-施特劳斯和格雷马斯提出的"a"和"非a"这样的逻辑项。

由此可见,叙事结构的"意义"是高度抽象的,是 structures 体现的"一般规律",它不是某种简单的形式,而是人类的思维。这就是马克思也被称为结构主义者的原因,正如阿尔都塞(Althusser)发现的结构主义马克思主义那样。马克思主义提出的"生产力—生产关系""经济基础—上层建筑"等与"a 和非 a"一样,也是理解人类社会的方法之一。因而可以说:"深层叙事结构其实是意义模式而非行动模式"[1]。

在分析叙事结构时,应着眼于挖掘其内在意义,而非仅仅归纳结构。这是国内研究需要强化的方面。例如,运用格雷马斯的符号矩阵理论时,很多文章仅满足于符号赋值和模型建立。以《白色旅馆》的分析为例,通过符号化解读形成"人"(安娜)、"非人"(巴比亚大屠杀)、"现实社会"(种种丑恶)和"非现实社会"(白色旅馆)四者的语义矩阵。然而,这并未完成对《白色旅馆》深度结构的解读。国内学者柴橚[2]对其进行了深度解释,颇具启发性:"白色旅馆"象征安娜对子宫的向往,"人"与"非现实社会"可视为"白日梦"的关系;安娜与"现实社会"的关系概括为"逃避与抗争"(小说第三部为逃避,第四、五部为抗争);"白色旅馆"对现实中的"巴比亚大屠杀"是一种梦幻与现实的"对抗与反差";

① 〔美〕华莱士·马丁:《当代叙事学》,伍晓明译,北京,北京大学出版社,2005,第95页。

② 柴橚:《解构前的结构——〈白色旅馆〉的叙事结构分析》,《当代外国文学》2012年第4期。

现实社会造成非人的原因可归因于荣格的集体无意识。由此可得出图3-3所示图式。

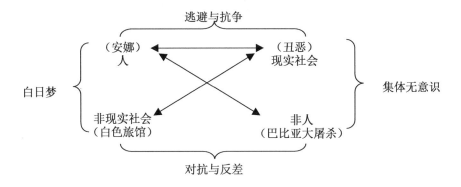

图3-3 意义图式

很明显，图 3-3 所示图式已经不是简单的语义方阵，而是包含了"逃避与抗争""对抗与反差""白日梦""集体无意识"的意义图式。

2.从"功能"把握"叙事结构"的重要性

"功能"是理解"叙事结构"的一个重要概念，说明结构各要素之间的关系是有机的。目前国内也有关注"功能结构"的，如有学者①通过凸显作品的主要功能结构，分析了家庭伦理剧叙事结构的一些本质。还有学者②对舞台剧的电影化分析，说明了舞台剧灯光电影化的叙事功能。但从总体上而言，此类角度的研究并不多见。

"功能"在西方叙事学中极具内涵。在巴特看来，"功能"是一个"叙述单位"，类似于作品的"子结构"，也就是具体的"功能单位"。对于普罗普来说，"功能构成了任何俄国童话的深层结构的基本成分"③，是从行动过程的意义的角度定义的"角色行为"；列维-施特劳斯在《结构与形式》一文中将普罗普的"功能"定义为"故事基本成分"。值得说明的是，普罗普对"功能"的分析最具典型性和重要性，正如西方叙事学界的评价那样："普罗普对于这一问题的解决是一个在语言和文学研究中具有深远影响的解决。他的解决方法是……确定功能和上下文为叙事的基本单位"④。"普罗普确定'功能'为故事的基本单位这一做法的重

① 吕乐平:《"背叛"结构——新时期家庭伦理剧叙事结构分析》,《当代电影》2007年第5期。

② 周桢翔:《论舞台剧灯光的电影化叙事功能》,《传媒论坛》2019年第5期。

③ 谭君强:《叙事学导论:从经典叙事学到后经典叙事学》,北京,高等教育出版社,2008,第22页。

④ 〔美〕华莱士·马丁:《当代叙事学》,伍晓明译,北京,北京大学出版社,2005,第85页。

要性在他的理论与坎贝尔（Campbell）和拉格伦（Raglan）的理论的对比中变得十分明显"①。尤为重要的是，普罗普的理论在"沿着他的道路前进的一些人的著作中得到证明。法国批评家克劳德·布雷蒙与格雷马斯就站在下述人们的行列之中"②。鉴于此，下面对普罗普的"功能"做一解释：

"从普罗普的角度来看……就像单词'bit'一样，仅当被放进一个有序结构——一句话或一个叙事——之内时才获得意义。功能决定意义……用他的例子来表示在'沙皇给英雄一只鹰'，'老人给苏森科一匹马'，以及'王子给伊万一枚戒指'这三句话中，'给'这一动作对于叙事分析来说比里面涉及的人物或事物更为重要"③。

普罗普通过研究俄国100个民间故事，归纳出31种稳定不变和次序一致的"功能"，"功能"不但关注文本中的名词（如人物），同时关注动词（如人物行动）。格雷马斯的研究是对普罗普31种功能的进一步抽象。因此，理解格雷马斯的符号矩阵时除了将矩阵中的"X""非X""反X""非反X"替换为故事中的人物（名词），还应考虑人物行动（动词）以及某种状态。而目前国内的许多学者在使用格雷马斯的符号矩阵时，往往将作品中的具体人物一一对号入座（况且"一个行动素可通过几个不同的人物来体现，而几个行动素也可以通过一位人物来体现"④），由此形成了国内学术界用人物套用符号矩阵的现象（本书第四章第二节中另做深入探讨），而忽视了用"价值"进行分析。其实我们可以用诸如"提倡""严禁""非提倡""非严禁"这样的概念分析"X""非X""反X""非反X"关系。如分析《祝福》，"很多论者都注意到了'看与被看'的模式……祥林嫂的阿毛被狼吃掉后，很多人的'看（问）'……'看'触及了文本深层的结构模式"⑤。还有学者⑥发现了"问"并给符号矩阵的各项进行赋值，由"问"得到第二项反问（肯定）、第三项非问、第四项非反问（非肯定）。从而得到图3-4所示图式：

---

① 〔美〕华莱士·马丁：《当代叙事学》，伍晓明译，北京，北京大学出版社，2005，第86页。

② 同上书，第87页。

③ 同上书，第85-86页。

④ 申丹、王丽亚：《西方叙事学：经典与后经典》，北京，北京大学出版社，2010，第49页。

⑤ 钱理群等：《中国现代文学三十年》，北京，北京大学出版社，1998，第40-41页。

⑥ 康建伟：《对"符号矩阵"在文学批评实践中的反思》，《中北大学学报（社会科学版）》2008年第1期。

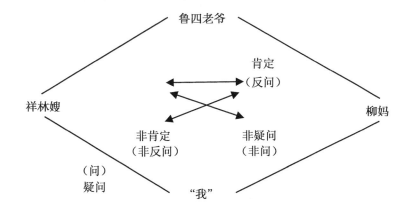

图3-4 《祝福》的分析图式

在图3-4中，"鲁四老爷知道存在，也许曾有过这样的疑问，但他作为现存制度、文化的维护者、肯定者，必然是要反对这样的疑问的，因而他是问与反问（疑问与肯定）的复合项；'我'既不认可鲁四老爷的肯定存在（非肯定），但自己又身为四叔的侄儿，不自觉地又站在鲁四的一边而否定质疑（非疑问），因而'我'是非问与非反问的复合项；而身为受害者，丧失对现存制度质疑（非疑问）的能力，认同鲁四老爷的行为，不自觉地成为迫害者的自然是柳妈了（肯定）"[1]。当然这一图式并非唯一的，根据对"动词"的不同理解，我们还可发现不同结构，从而剖析文本深层意蕴。

3. "叙事结构"的层次性

在理解叙事结构时，还需要注意的是：结构本身是对文本理解的产物，因此理解深度的不同，必然使得叙事结构具有层次性。并且表层结构到深层结构是一个逐步过渡的多层次关系，按照列维-施特劳斯的方法（1955）：各种各样的表层故事结构是由一组更小的"深层结构"产生的。而国内研究往往将表层结构和深层结构看作两个明确而相对独立的结构形态。其实，表层与深层本身是相对的，相对于亚里士多德的情节概念，普罗普的模式应当是深层的，但与格雷马斯的分析相比："格雷马斯的情节分析强调故事深层结构中的逻辑关系，普罗普的模式涉及的则是较为表层的故事结构"[2]。

"叙事结构"的层次性标准是什么？或者说，从何种角度我们认为是

---

① 康建伟:《对"符号矩阵"在文学批评实践中的反思》,《中北大学学报(社会科学版)》2008
　年第1期。

② 申丹、王丽亚:《西方叙事学:经典与后经典》,北京,北京大学出版社,2010,第50页。

表层还是深层？为此我们提出"时间性"概念，越深层的结构越"无时间性"。"就某种意义而言，这些深层结构是无时间性的；它们产生出人类行为的规则和规律"①。因此，在"无时间性"中，叙事深层结构就成为一束基本功能单位和行为者，如"发送者—交流、订约或转移—接收（受）者"，"主体—竞争或对抗—对手／对象"（格雷马斯）。"列维-施特劳斯也假定存在着一个抽象结构，一个等式，其中变项是普遍的文化对立（例如，生/死、天堂／尘世）和中介于这些对立项之间的象征符号"②。实际上，这些抽象模式也可被具体化，从而转换为表层结构。因此，"理论家必须提出可以解释无时间性的深层结构与时间性的表层结构之间的关系的一套规则或转换方式"③。

4. "叙事结构"的多元性

在分析叙事结构的层次性时，我们已经看到从表层到深层结构产生的"多元性"。实际上，即使在同一层面，叙事结构也具有多样性。例如："普罗普是在俄国童话的基础上概括出其功能序列结构的。这是一种在许多叙事作品中所可能出现的结构，但并不是唯一的结构"④。"格雷马斯的分析模式基于严格的二元对立结构……这种模式通常只适用于解释一些像民间故事那样的叙事作品"⑤。因此可以说，"试图在世界上所有故事中找到一个具有深层意义的单一情节的做法尽管吸引了不少人，但是却遭到那些寻求一种严格的叙事结构分析的人的弃绝"⑥。"格雷马斯所追求的目标……用不同的视角发现作品的深层结构"⑦。按照解释学的观点，从文本中解读出的结构应当是无限的，这取决于发现结构的角度：

例如，我们完全可以通过主人公经历来发现结构（属于"情节结构"）。如有学者⑧研究了《白色旅馆》中的安娜，得出了以下模型：

X有病→Y给X治病→X力图逃脱→Y相信X没病→X还是有病并且死了

图3-5 《白色旅馆》中安娜的研究模型

① 〔美〕华莱士·马丁：《当代叙事学》，伍晓明译，北京，北京大学出版社，2005，第93页。
② 同上。
③ 〔美〕华莱士·马丁：《当代叙事学》，伍晓明译，北京，北京大学出版社，2005，第93-94页。
④ 谭君强：《叙事学导论：从经典叙事学到后经典叙事学》，北京，高等教育出版社，2008，第24页。
⑤ 申丹、王丽亚：《西方叙事学：经典与后经典》，北京，北京大学出版社，2010，第49页。
⑥ 〔美〕华莱士·马丁：《当代叙事学》，伍晓明译，北京，北京大学出版社，2005，第83页。
⑦ 柴梅：《解构前的结构——〈白色旅馆〉的叙事结构分析》，《当代外国文学》2012年第4期。
⑧ 同上。

不难发现上述叙事句法结构与托多罗夫对薄伽丘（Boccaccio）的《十日谈》中第四天第二个故事与第七天第一个故事的叙事结构明显相似（两者的差异仅仅是把动词"惩罚"改为"治病"），如图3-6所示。

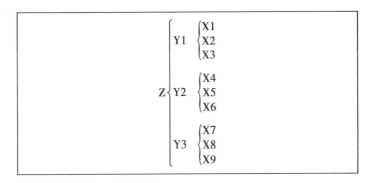

X违背了法律→Y必须惩罚→X试图逃避惩罚→（X违背法律 / Y相信X没违法）→Y没有惩罚X

图3-6 《十日谈》中故事的叙事结构

再如我们可以在文本中通过故事主体发现结构。博尔赫斯（Borges）在《赫尔伯特·奎因作品分析》这篇小说中列出了一张有助于理解作品结构的图表，如图3-7所示。

$$Z \begin{cases} Y1 \begin{cases} X1 \\ X2 \\ X3 \end{cases} \\ Y2 \begin{cases} X4 \\ X5 \\ X6 \end{cases} \\ Y3 \begin{cases} X7 \\ X8 \\ X9 \end{cases} \end{cases}$$

图3-7 博尔赫斯在《赫尔伯特·奎因作品分析》中列出的图表

在图3-7中，"Z代表整部作品，Y1、Y2、Y3分别代表Z的三个前夕发生的故事，X1至X9则分别代表Y1、Y2、Y3的前夕发生的小故事。显然，X1至X9仍然可以往前推至W1、W2、W3、W4"[1]。

再如我们可以通过主线发现结构，明线和暗线是常用的方法。《彼得堡》围绕尼古拉的故事线索如图3-8所示。

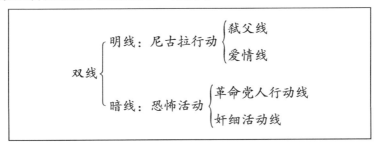

双线 { 明线：尼古拉行动 { 弑父线 / 爱情线 } / 暗线：恐怖活动 { 革命党人行动线 / 奸细活动线 } }

图3-8 《彼得堡》故事线索

① 龙迪勇：《空间形式：现代小说的叙事结构》，《思想战线》2005年第6期。

分析《红楼梦》可任选历史、爱情等主线，获得相应的叙事结构①。历史盛衰的叙事结构如图3-9所示。

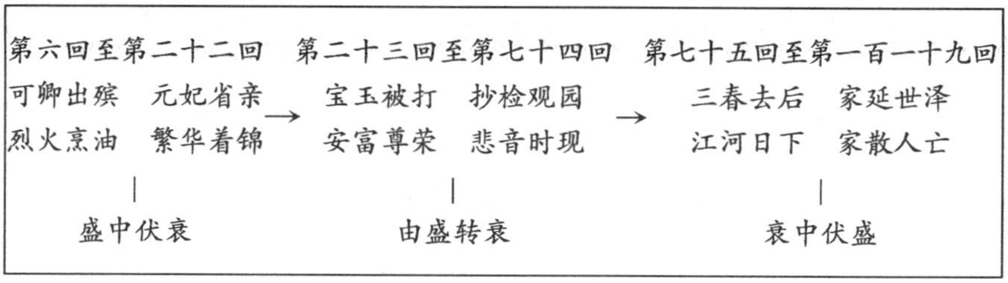

图3-9　《红楼梦》中历史盛衰的叙事结构

宝黛爱情的叙事结构如图3-10所示。

一见惊心的相遇	→	欲得真心的试探	→	心口误差的误会	→	心心相印的契合

图3-10　宝黛爱情的叙事结构

同样，我们还可以从宗教角度发现"下凡托生—仙圣点化—重归神界"的叙事结构②。

另外，我们还可以通过分析非主体文本发现叙事结构。据法国文论家热奈特的解释："副文本如标题、副标题、互联型标题；前言、跋、告读者、前边的话等；插图；请予刊登类插页、磁带、护封以及其他许多附属标志，包括作者亲笔留下的或是他人留下的标志，它们为文本提供了一种变化的氛围"③。笔者曾对《堂吉诃德》中的主体部分和插入故事中的关系进行了叙事学分析④，发现作品形成了独特的互文结构，这与耶鲁学派的希利斯·米勒提出的小说中的各种"重复"现象以及浦安迪指出的"结构对仗"有相似之处。有学者⑤用类似方法对《维纳斯》戏中的脚注进行了分析，认为这是一种"嵌入式叙述框架（Embedded Narrative）"。该剧中的脚注分别见表3-9所列九处。

<hr />

① 陈惠琴：《论〈红楼梦〉叙事结构的三重奏》，《福建论坛》1998年第2期。

② 同上。

③〔法〕热奈特：《热奈特论文集》，史中义译，天津，百花文艺出版社，2001，第71页。

④ 杨洪敏：《〈堂吉诃德〉插入故事的传奇文体特征》，《甘肃联合大学学报（社会科学版）》2010年第4期。

⑤ 吕春媚：《反传统的艺术——论〈维纳斯〉之戏剧叙事结构》，《外语与外语教学》2013年第1期。

表3-9　《维纳斯》的脚注

场景	脚注	类别
Scene 30	Footnote #1：Historical Extract	Category：Theatrical
Scene 28	Footnote #2：Historical Extract	Category：Medical
Scene 27	Footnote #3：Historical Extract	Category：Literary
Scene 24	Footnote #4：Historical Extract	Category：Newspaper Advertisements
Scene 24	Footnote #5：Historical Extract	Category：Literary
Scene 20A	Footnote #6：Historical Extract	Category：Musical
Scene 13	Footnote #7：Historical Extract	Category：Musical
Scene 12	Footnote #8：Historical Extract	Category：Musical
Scene 10	Footnote #9：Historical Extract	Category：Musical

由此可见，叙事结构既可以看作文本生产者组织话语的方式，也可以看作读者解读作品使用的一种工具。从这个意义上而言，结构具有普遍性。可以说，一个简单句子的语法也是结构，这在本质上和一部宏大叙事文本的结构有相似之处。例如，有学者①对一个新闻话语做出如表3-10所示的结构分析。

表3-10　对新闻话语的结构分析

新闻话语分析 Analysis of News Discourse			
局部结构 Local Structure =微观结构 Microstructure		整体结构 Global Structure =宏观结构 Macrostructure	
句子结构 sentence structure （语法 grammar）	语序结构 sequential structure （篇章语法 text grammar）	语义宏观结构 semantic macrostructure （即主题结构 thematic structure）	形式超级结构 formal superstructure
词法 morphology	关系句法 relational syntax （衔接 cohesion）	新闻 news 标题 headline	
句法 syntax	关系语义 relational semantics（连贯 coherence）	导语 lead 事件 events	
语义和词汇 semantics and lexicon		后果 consequences 背景 background 反应 Reaction 结尾 Conclusions	

① 赵虹：《关于"新闻素"的设想与构建——中英新闻报道的叙事结构研究》，《修辞学习》2007年第4期。

并非只有新闻叙事学使用叙事结构分析，就当前叙事学的发展而言，诸如医疗叙事学、教育叙事学等正在兴起，其中最重要的就是叙事话语的结构分析。因此正确把握叙事结构理论，对于叙事学研究具有重要意义，国内学者在此方面应当做出努力。

第三节　西方叙事学范畴的整体研究中需要强化的方面

上一节以叙事视角和叙事结构为例阐述了国内叙事学理论研究中存在的问题。此外，当前的研究还有一个方面需要强化，即对西方叙事学理论的整体研究，如对不同叙事学家之间的理论关联、相关叙事学家对同一问题的比较研究等。为了阐明这一问题，本书选取范畴研究，仔细梳理当前叙事学中的大量理论范畴，并对这些范畴之间的关系加以归类整理。之所以选择范畴进行研究，因为范畴是理论的基本构成要素。由此可见，这些研究既是当前西方叙事学整体研究中需要强化的方面，也是本书为此做出的有益尝试。

一、西方叙事学中相关范畴的比较研究

研究发现，当前西方叙事学对相关理论范畴的比较研究较为缺乏，尤其是对相似范畴和相关范畴的细致区分不足。为此，本书对具有相同内涵但表述各异的范畴，以及相似但有区别的范畴进行了分类，并列出相关的中英文表述，旨在推动当前的学术研究。

（一）相同内涵的范畴归类

本书将整理的相同内涵的范畴归类列在表3-11中。

表3-11　西方叙事学中相同内函的范畴归类

含义及说明	不同的范畴表达及翻译
以最低限度的叙述调节来呈现情境与事件且绝不涉及叙述本身或叙述活动的叙述者。具有行为主义叙述（behaviorist narratives）的特点	不在场的叙述者（absent narrator） 隐性叙述者（covert narrator） 无人称叙述者（impersonal narrator）
叙述深层结构（deep structure）层面上的一种基本角色。该术语即行动者（actant）最初由语言学家特斯尼埃（Tesnière）指称一种句法单位，之后由格雷马斯将之引入叙述学	行动者（actant） 基本角色（role） 功能（function）（注：索利欧） 剧中人角色（dramatis persona）（注：普罗普） 主要角色或主要人物（archipersona）（注：洛特–加龙省曼）

含义及说明	不同的范畴表达及翻译
非真实的假设的读者	作者的读者（authorial audience） 叙事读者（narrative audience） 理想的叙事读者（ideal narrative audience）
明显地指涉或暗示将要发生的事情	预先通知（advance notice） 预叙（prolepsis） 预期（anticipation） 超前叙述（flashforward） 前叙述（prior narrating） 预叙性叙述（predictive narrative） 预兆（foreshadowing）
指打断故事时间返回到过去	回溯（retrospection） 倒叙（analepsis） 闪回（flashback） 回切（cutback） 回溯（retrospection） 回转（switchback）
以全知的角度进行叙述	分析性作者（analytic author） 全知叙述者（omniscient narrator）
叙述者使用自己的语言讲述人物思想和印象（与独白相反）	内在分析（internal analysis） 叙述转述（narrative report） 心理叙述（psychonarration）
即叙事眼光，谁在"看"，观察的角度，体现叙事距离（体现出对对象的认识深度）	方向（aspect） 视域（vision） 聚焦（focalization） 视点（point of view） 叙述模式（mode） 叙述距离（distance） 叙述基调（mood）
根据其视点来表现叙述情境与事件的人物，与被聚焦者（focalized）相对	中心意识（central consciousness） 聚焦者（focalizer） 反映者（reflector） 中心智慧（central intelligence） 焦点人物（focal character） 视点人物（viewpoint character） 感觉视点（perceptual point of view） 知觉视点（conceptual point of view） 感知者（注：申丹的提法）

含义及说明	不同的范畴表达及翻译
第一人称的自述性叙述	自体性独白（autonomous monologue） 直接话语（immediate disourse） 内心独白（interior monologue）
在事件出现而反衬出的叙事空间	背景（background） 场景（setting） 场地（ground）
属于相类似的基本角色之一	索利欧戏剧中的"天秤座"（balance） 普罗普的"派遣者"（dispatcher） 格雷马斯的"发送者"（sender）
属于相类似的基本角色之一	火星（mars） 格雷马斯的"对手"（opponent） 普罗普的"坏人"（villan） 虚假的英雄人物 false hero） 狮子的反面人物：敌人（antagonist）
属于相类似的基本角色之一	月亮（moon） 普罗普的"赠予者"（donor） 格雷马斯的"帮助者"（helper） 狮子（lion） 英雄人物 hero）
属于相类似的基本角色之一	格雷马斯的"客体"（object） 普罗普的"被寻找的人物"（sought for person） 索利欧的"太阳"sun）
属于相类似的基本角色之一	受体（receiver） 索利欧的"大地"earth）
以外聚焦为特征的叙述，仅限于传达人物的行为、外表及场景	行为主义叙述（behaviorist narrative） 客观叙述（objective narrative）
叙述行动必不可少的成分或核心部分	基本功能（gardianl function） 中心（nucleus） 核心（kernel） 限制性母题（bound motif）
一种客观记录的手段	照相机（camera） 镜头（camera eye）
情节中的次要事件	催化性事件（catalysis） 随体（satellite） 非限制性母题（free motif）

含义及说明	不同的范畴表达及翻译
情节的结束	结局（catastrophe） 收场（denouement） 解开（unravelling） 结束（end） 结果（result）
叙述中的价值判断	评论（commentary） 作者介入（authors intrusion）
格雷马斯的基本表意结构	构成性模式（constitutive model） 符号矩阵（semiotic square）
最低限度显示叙述者的叙述	隐性叙述者（covert narrator） 非介入性叙述（non-intrusive） 非戏剧化叙述者（undramatized narrator）
阻止本能的认识方式，使熟悉的东西变得陌生	陌生化（defamiliarization） 陌生化（ostraneniye）
数种声音和意识的叙述	对话性叙述（dialogic narrative） 复调叙述（polyphonic narrative）
完成行动的人或人格化存在	动原（agent） 动因（pratton）
叙述而非展示的方式	讲述（telling） 讲故事（diegesis）
叙事者是故事中的人物	同故事的（isodiegetic） 自述故事的（autodiegetic） 同故事的（homodiegetic）
最高的叙述层	首要叙述（primary narrative） 元故事的叙述（metadiegetic）
人物言语的表述方式之一	直接话语（direct discourse） 直接引语（direct speech）
在叙述中叙述	嵌入式叙述（embedded narrative） 框架式叙述（frame narrative）
简短叙述	节略（foreshortening） 概要（summary）
不经过任何引述者的话语	即时话语（immediate discourse） 即时引语（immediate speech） 自发性独白（autonomous monologue）
仅叙述而无明显的叙述者	无人称叙述者（impersonal narrator） 不在场的叙述者（absent narrator） 非叙述性叙述（nonnarrated narrative）

含义及说明	不同的范畴表达及翻译
在叙述中插入	插叙(intercalated narration) 插入叙述(interpolated narrating) 插入(intercalation) 嵌入(embedding) 散置叙述(interspersed narration) 套叠(nesting) 嵌入(embedding)
组合叙述中的互相穿插	编织(interweaving) 交替(alternation) 穿插(interweaving)
文本结构的区分之一	微观结构(microstructure) 表层结构(surfacestructure)
文本结构的区分之一	宏观结构(macrostructure) 深层结构(deep structure)
仅一个最简单事件的叙述	最短小的故事(minimal story) 最小单位的叙述(minimal narrative)
非固定或不断变化的内聚焦	多变的内聚焦(variable internal focalization) 多重内聚焦(multiple internal focalization)
话语类型之一	换位话语(transposed discourse) 间接话语(indirect discourse)
话语类型之一	报道性话语(report discourse) 直接话语(direct discourse)
叙述者同时是故事中的人物	作为动原的叙述者(narrator-agent) 同故事叙述者(homodiegetic narrator)
使叙述让人熟悉,与陌生化相反	排除神秘性(naturalization) 代数化(algebrization)
非描绘地从远处艺术地进行叙述, 与戏剧模式相反	全景(panorama) 概述(summary) 绘画处理(picturial treatment) 绘画(picture)
描绘性地再现	场面(scene) 戏剧模式(drama)
情节向相反方向变化	环境突变(peripeteia) 陡转(peripety) 倒转(reversal)

含义及说明	不同的范畴表达及翻译
引发和介绍另外一个叙述的叙述	首要叙述（primary narrative） 伪故事叙述（pseudodiegetic narrative） 归并的元故事叙述（reduged metadiegetic narrative）
情节发展的中间部分	纠结（ravelling） 复杂（complication） 复杂化行动（complicating action） 中间（middle）
亚里士多德指主人公从无知到有知的变化	识别（cognition） 发现（discovery） 发现（anagnorisis）
呈现作者真实观点的叙述	可靠叙述者（reliable narrator） 隐含作者（implied author）
叙述的次数和故事发生的次数一致	单一叙述（singulative narrative） 单数叙述（singular narrative）

（二）相似而有区别的范畴归类和对比研究

相似而有区别的范畴十分容易引起国内研究者的混淆，加以细致的区分很有必要。本书归纳了以下几对范畴作为例证，如表3-12所示。

表3-12

范畴表达及翻译	辨析
act（行为）与action（行动）	数个行为（act）组成一个行动（action）
act（行为）、happening（发生）与events（事件）	行为（act）与发生（happening）一起成为事件即被叙事件（events）的两个可能类别
advance mention（伏笔）与prolepsis（预叙）	前者仅仅是首次被提及后意义才渐显明晰的叙述要素，并不指涉或暗示将要发生，而后者类似于预兆（foreshadowing）
focalizer（聚焦者）与focalization（聚焦）	前者讲的是观察的出发点；后者指的是角度，是一种出发点与终点的关系
coda（尾声）与catastrophe（结局）	前者指的是某一叙述结尾的陈述，类似于后记（epilogue）；而后者则是整个故事的结果和收场，类似于叙述闭合（narrative closure），即给人以叙述或叙述序列已经结束（end）感的结语

范畴表达及翻译	辨析
code(编码)与message(信息)	前者是信息呈现需要遵守的规则和语法,具有形式的特性;后者是信息呈现本身,强调的是内容
language(语言系统)与parole(言语)	索绪尔提出并加以区分,类似于code(编码)与message(信息)的关系,前者控制后者
conflict(冲突)与counterplot(对立情节)	前者指主人公所进行的抗争,如与命运、自然相抗;后者则是与主要情节导向相反的情节
description(描述)与narration(叙述)	前者是按照空间而不是时间、同时而非连续的描述,而后者主要是按照时间
alteration(改变)与alternation(交替)	前者指叙述焦点的改变,后者指组合叙述中的互相穿插
joining(联结)conjunction(结合)或link(链接)与junction(联结)	前者指叙述序列(两个三位组合)中的连接,后者指主客体之间的关系,如X和Y的关系,包含或不相干
metaphor(隐喻)与metonymy(转喻)	同属用A表示B的修辞,前者表示相似关系,后者表示相邻关系
atomic story(原子型故事)与minimal narrative(最小单位的叙述)	前者指由同质情态主导的一系列母题,后者则是指最短小的叙述单元
monologic narrative(独白式叙述)与monologue(独白)	前者指一种以同一声音为特征的叙述,后者则是叙述中并非有叙述者的讲述
motif(母题)与theme(主题)	前者类似于文本的原型,后者则体现作者的主观倾向性,是文本的思想
mythos(事件安排)与logos(逻各斯)	类似于故事与话语的区别
abstract(摘要)与summary(概述)	前者指总结主要观点的叙述,如"为什么叙述,为何叙述?"后者是从叙述速度角度讲的,是对事件的概括性叙述,与省叙等相关
narration(叙述)与narrative(叙述世界/叙事)	前者指讲述telling,后者则是侧重讲述的事件events
pattern(格局)与frame(框架)	前者指对情境与事件的重要安排,后者指叙述情节的安排,与schema(构架)、plans(规划)相关
recall(回忆)与analepsis(倒叙)	前者是一种重复性的倒叙,后者指一般性的倒叙
slant(倾向)与filter(过滤器)	在查特曼看来,倾向与过滤器之间的区别相当于热奈特对"谁说"和"谁看"所做的区别

以上只是简单的范畴比较，在此基础上可以进行深入研究。如叙事声音与叙事眼光的区别，自亚里士多德至20世纪70年代初，均未将两者区分开来。两者是"谁说"和"谁看"的不同，热奈特1972年在《叙述话语》中明确提出了这一区分，并对包括布斯和斯坦泽尔在内的其他学者提出的混淆观点提出了批评。

再如"真实作者"和"隐含作者"的区分，一般认为后者是进入文本的第二作者。在当前的比较研究中，关于隐含作者是否处于文本之外的问题仍值得探究。"隐含作者"是布斯在《小说修辞学》（1961）中提出的一个重要概念，被叙事学家广为采纳。普遍的理解来自布斯的界定：即"隐含作者"是文本中作者形象，是"真实作者"创造出来的"第二自我"，这一点并无异议。但"隐含作者"能否处于文本之外？与之相关的是"隐含作者"能否或者在多大程度上"创作"文本的问题，国内学者申丹提出了一种新的见解。因为查特曼等众多叙事学家在解读布斯关于"隐含作者"的界定的基础上，认为隐含作者只能处于文本之中，由此在其1978年出版的《故事与话语》一书中提出的叙事交流图[①]中将隐含作者置于叙事文本的框中，如图3-11所示。

图3-11 《故事与话语》中的叙事交流图

而申丹认为："查特曼像众多其他叙事学家一样把隐含作者误解为真实作者写作时的创造物。在这种误解的基础上，查特曼把隐含作者放到了文本之内"[②]。由此她提出了自己的新的结构图[③]，如图3-12所示。

```
                        叙事文本

    真实作者┄┄→隐含作者→（叙事者）→（受述者）→隐含读者┄┄→真实读者
```

图3-12 申丹提出的新结构图

① Chatman, *Story and Discourse*(Cornell University Press, 1978), p.151.

② 申丹：《西方叙事学:经典与后经典》，第74页。

③ 同上书,第75页。

那么这里究竟如何区分这两种观点呢？鉴于申丹在国内叙事学界的重要影响力，深入探究是十分必要的。本书认为，申丹的这一探讨很有学术讨论价值，为了对两者进一步分析，首先从申丹的图式谈起。

显然，申丹的图式中省去了方框。原因在于："我们没有用方框来标示隐含作者究竟是处于文本之内还是文本之外，是因为隐含作者既涉及编码又涉及解码的双重性质。从编码来说，隐含作者是文本的创造者，因此处于文本之外；但从解码来说，隐含作者是作品隐含的作者形象，因此又处于文本之内。"[①]由此可见，申丹论点的核心是："隐含作者"也可以"创作"（即申丹认为的"编码"）文本，即"隐含作者"也是文本的创作主体。她为了说明这一点，又引用了布斯本人关于隐含作者的论述与查特曼对布斯的引用作为对比：

布斯：

> However impersonal he may try to be, his reader will inevitably construct a picture of the official scribe <u>who writes in this manner</u>. [②]（无论他如何努力做到非个性化，读者都会建构出一个<u>这样写作的</u>正式作者的形象。）

查特曼：

> However impersonal he may try to be, his reader will inevitably construct a picture of the official scribe. [③]（无论他如何努力做到非个性化，读者都会建构出一个正式作者的形象。）

申丹在分析上面两句话时标明了关键区别（即画横线的部分）。她认为，布斯的观点中有一个"这样写作"的限定词，即"who"之后的定语从句，而查特曼将之忽略，因此造成了误解。不可否认，查特曼省去了限定词，但关键是：带有这个限定词本身是否就一定说明"隐含作者"是在"创作"或者"编码"文本？"这样写作的"＝"这样创作的"？本书认为，申丹在翻译中有一个问题，即将"写作"等于了"创作"。事实上，布斯原文中的"write"并非"隐含作者"在"编码"，而是从读者的角度看来，似乎有一个从事"write"的作者形象。也就是这个"write"是读者的推断，而非真实的"write"，而申丹在原句中忽视了读者的因素，将"write"理解为"真实的写作"，其实真实的写作者只能是作者本

---

① 申丹：《西方叙事学：经典与后经典》，第75页。

② 转引自申丹《西方叙事学：经典与后经典》，第75页。

③ Chatman, *Story and Discourse*(Ithaca: Cornell University Press, 1978), p.148.

人，不可能是"虚拟抽象"的隐含作者。之所以说是"虚拟抽象"的，是因为其是从"整个文本中推演出来的"[①]，具有"面具或假面"[②]的特点。由于该段文字的主语是his reader，可见限定词"who writes in this manner"是出于"his reader"的观察角度，而且原文的强调的是"in this manner"，而非"write"，申丹显然忽略了这一点。所以绝不能将推演出来的作者形象认为是独立存在的创作主体，即"形象"不是"主体"。那么查特曼省了限定词，可能有各种可能的原因，但是并不对原文产生根本偏差，只能减少了对"隐含作者"的描述。因此本书坚持查特曼以及众多叙事学者的观点。按此理解，将布斯的上面这句话放在其整个上下文中，也是极为符合的。

　　　　对有的小说家来说，他们写作时似乎在发现或创造他们自己。正如杰萨明·韦斯特所言，有时"只有通过写作，小说家才能发现——不是他的故事——而是故事的作者，或可以说是这一叙事作品的正式作者（official scribe）"。无论我们是将这位隐含作者称为"正式作者（official scribe）"，还是采用凯瑟琳·蒂洛森新近复活的术语，即作者的"第二自我"，毋庸置疑的是，读者得到的关于这一存在（presence）的形象是作者最重要的效果之一。然而，无论他如何努力做到非个性化，读者都会建构出一个这样写作的正式作者（official scribe）的形象……正如某人的私人信件会隐含该人的不同形象（这取决于跟通信对象的不同关系和每封信的不同目的），作者会根据具体作品的特定需要而以不同的面貌出现。[③]

　　对于上面一段，申丹同样做了标记（见画线部分）。其实这里的"创造"是"真实作者""创造了""隐含作者"，而不是"隐含作者"在"创造"文本。是"'真实作者（real author）'以某种状态和立场进入了写作，从而体现为'隐含作者'"，而不是申丹理解的"'真实作者（real author）'是处于创作过程之外的人，而'隐含作者'就是……以某种立场和方式来写作"[④]。因为按申丹的这一理解，"真实作者（real author）"反而没有创作，"隐含作者"恰恰在写作，这是将

① 〔美〕杰拉德·普林斯：《叙述学词典》，第100页。

② 同上书，第99页。

③ 〔美〕W. C.布斯：《小说修辞学》，华明等译，北京，北京大学出版社，1987，第80-81页。

④ 申丹、王丽亚：《西方叙事学：经典与后经典》，第75页。

"真实作者"消解了。为了更明确地说明，仍以申丹自己使用的一句话为例：

> "真实作者"创造出"隐含作者"（以某种面貌来写作的作者，类似于微笑的服务员）＝"隐含作者"（以某种面貌来写作的作者，类似于微笑的服务员）。

这句话中出现了两个"微笑的服务员"，第一个括号中的解释其实是针对整句话的，并非"隐含作者"，因此上"类似于"形容"真实作者"创造"隐含作者"，这种理解也很恰当。而第二个括号中的解释是针对"隐含作者"单个概念的，因此应将"微笑的服务员"改为"服务员的微笑"更为贴切，因为"隐含作者"展现的是"真实作者"的意图，如同展现的是"微笑"，而主体依然是"服务员"。申丹用"微笑的服务员"目的在于说明"隐含作者"的主体独立性。

总之，本书认为申丹的理解值得推敲，和查特曼的观点相比，两者存在分歧，故在这里提出自己的观点，以期进一步深入讨论。

二、对西方叙事学中的范畴体系研究

当前西方叙事学研究中对范畴体系的构建和比较研究较为缺乏，尤其是在相似和相关范畴的细致区分方面。国内学者在总结范畴关系和构建范畴体系方面也存在不足，导致对叙事学的系统梳理不够完善。正如有学者[①]指出，即使是对法国叙述学的系统梳理，国内也尚未见到。为此，本书尝试从范畴群的研究出发，构建相关理论的范畴体系，这对于深入理解叙事学理论具有重要价值。

（一）对应范畴的确立

本书在研究西方叙事学时，发现了一个十分重要的线索，即存在大量的对应范畴。这些范畴有的是反对关系，有的是递进关系，有的则是并列关系。对应范畴的研究是开展范畴体系研究的前提，如下面几对范畴：

bound motif（限制性母题）←→ free motif（非限制性母题）
cardinal function（基本功能）←→ catalyses（催化成分）
deep structure（深层结构）←→ surface structure（表层结构）

---

① 王锺陵：《法国叙述学的叙事结构研究及建立叙述学的新思路》，《学术月刊》2010年第3期。

story（故事）⟷ discourse（话语）

defamiliarization（陌生化）⟷ algebrization（代数化）

polyphonic narrative（复调叙述）⟷ monologic narrative

（独白式叙述）

diegesis（讲故事）⟷ showing（展示）

extradiegetic（故事外的）⟷ intradiegetic（故事内的）

metadiegetic（元故事叙述）⟷ hypodiegetic narrative

（从属故事叙述）

homodiegetic（同故事的）⟷ heterodiegetic（异故事的）

primary narrative（首要叙述）⟷ second narrative（二级叙述）

direct discourse（直接话语）⟷ indirect discourse（间接话语）

tagged direct discourse（附加直接话语）⟷ free direct discourse

（自由直接话语）

narration（叙述）⟷ commentary（评论）

（二）范畴体系的构建

上述对应范畴虽然只是研究的初步工作，但给我们提供了很好的思路，如对于 discourse（话语）和 story（故事）的研究，再结合 substance（物质）和 form（形式）的子分类，可以列出表3-13。

表3-13　范畴体系的构建示例

范畴	discourse(话语)	story(故事)
substance	质料 符号的表达形式 manifestation(表现)、narrative medium(叙述媒介)	素材 类似 fabula(素材)
form	样式 如表达符号的呈现方法等	形式 类似 plot(情节)、sjuzet(素材组合)

显然，上述表格已经逐步过渡到了范畴体系研究，从范畴体系中我们可以较为容易地理解相应的叙事学理论。可以说，范畴体系不过是能够吸纳更丰富思想的知识结构而已。为此，本书尝试性对叙事学的深层结构和表层结构的关系进行梳理，特别是针对当前叙事学研究中关注的一些问题，总结出如图3-13所示的关系。

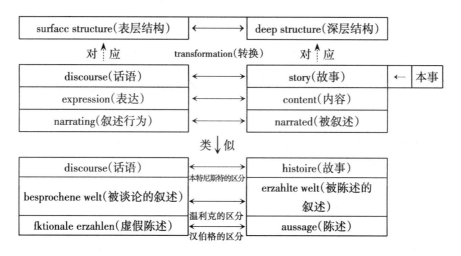

图3-13　叙事学的深层结构和表层结构的关系

在实际的研究中，本书认为要针对某一难点热点理论问题进行范畴体系的建构，如针对"叙事中心理表现的不同手法"，简单地归纳出表3-14。

表3-14　"叙事中心理表现的不同手法"的范畴体系

叙事方式	科恩	热奈特
一般陈述 （被遮覆的引语 submerged speech）	psychonarration （心理叙述）	narratized discourse（叙述性话语） 叙述化话语（申丹译）
间接话语	narrated monologue （叙述性独白）	transposed discourse（换位话语） （间接形式的转换话语）（申丹译）
直接话语	quoted monologue （引述性独白）	reported discourse（转述性话语） （戏剧式转述话语）（申丹译）

第四章　文本实践:西方叙事学中国本土化的具体应用

前面分析了西方叙事学的中国阐释所取得的成就以及出现的一些问题。阐释和应用密切相关,下面就西方叙事学的中国式应用展开分析,重点聚焦于中国文学创作和文本批评两个关键领域。就中国文学创作而言,西方叙事学为中国作家提供了一种崭新的视角和理论工具,丰富了他们的创作实践。在文本批评领域,西方叙事学的理论工具同样为中国评论家提供了一种更为精准的分析方法,这种深入的文本分析有助于挖掘出作品内涵的多重层次,为文学评论提供更加深入且有说服力的解读途径。

第一节　西方叙事学对中国文本创作实践的影响

20世纪80年代,随着中国改革开放的不断深化,西方叙事学开始传入中国。在这一时期,中国"新时期文学"中的"先锋派"作家群体对西方叙事学的吸收与融合表现得尤为突出。他们高度重视"文体自觉",在小说的"虚构性"和"叙述方法"上进行了创新,对于中国当代文学极具"革命"性质的小说实验意义。

其中,马原凭借其"叙事圈套"的理念,凸显了叙事主体与圈套之间的关系,以独特的方式进行叙述;余华在小说创作中巧妙运用叙事时间,包括快感与冷漠的时间、自我的复活与体验的时间,以及人物的声音与生命时间,展现出深刻的叙事视角;莫言运用伪民间话语立场等元素,将民间文化融入小说叙事中;格非和苏童则以委婉细腻、繁复细密的诗意叙事风格见长。

此外,余华、残雪等作家也深受西方叙事学的影响。随着时间的推移,青年一代小说家仍在持续借鉴和探索中。这一过程不仅是对西方叙事学的传承,更是创作理念与文化的深度交融,塑造了中国当代文学的多元面貌。总而言之,20世纪80年代以来,中国的新时期文学在"先锋派"作家的引领下,吸纳了西方叙事学的思想,将其与本土文化有机结合,创造出一系列具有创新性和实验性的小说作品。

西方叙事学对中国文本创作实践的影响主要表现在对小说传统叙事模式的突破，包括对以顺叙为主的叙事结构的突破、对以注重"现实的真实"内容的突破以及对叙事语言的多样化追求等方面。下面主要从叙述视角和叙事结构两个方面进行分析。总体来看，在叙述视角方面，受到西方叙事学的启发，中国文本创作逐渐突破了传统叙事模式的限制。作家开始尝试从不同的叙述视角来呈现故事，如选择性全知视角、多重式内视角、变换式内视角等。多样的叙述视角赋予了作品更丰富的层次和内涵，这使读者能够更全面地理解人物的内心世界和情感体验。在叙事结构方面，西方叙事学的影响使得以顺叙为主的传统叙事结构受到挑战。作家们开始尝试非线性叙事、回溯性叙事、分段叙事等新的结构方式，打破时间和空间的限制，创造出更富有变化和惊喜的叙事形式。这种创新不仅让作品更具现代感，也赋予作品更多探索性和解构性。

此外，西方叙事学在注重"现实的真实"内容方面产生了显著的影响。作家们开始更深入地关注社会现实、个体命运和人性困境，他们通过对现实问题的深入探讨，使作品更具时代感和现实感。这种关注现实的转变在一定程度上改变了中国文学作品的主题和氛围。最后在叙事语言方面，受西方叙事学的启发，作家们开始更加注重追求叙事语言的多样性。他们在语言应用上力求创新，尝试不同的叙事语言风格，从而赋予作品更加丰富的表现力和情感共鸣。

一、对小说创作中叙述视角的影响

"叙述视角"作为叙事学研究的核心问题，深刻影响了中国当代作家在视角应用方面的创新。中国作家受此影响后，在使用"视角"上做出了许多突破和创新。马原作为"先锋派"小说的先驱，其小说创作突破了传统小说的全知视角，采用了第一人称的限知视角作为推动情节发展的叙述方式。他的小说《虚构》，以"我"的视角叙述了麻风村的人物和事件。尽管这个"我"的视角存在一些未知的领域，但在小说开篇，作者明确写道："我就是那个叫马原的汉人，我写小说。我喜欢天马行空，我的故事多多少少都有那么一点耸人听闻"，"比如这一次我为了杜撰这个故事，把脑袋掖在腰里钻了七天玛曲村"，"在小说中，"我"没有明确的身份，更没有确定的未来，只有不稳定的现在"。这种叙事视角为马原的"叙事圈套"模型的建构打下了坚实的基础。实际上，马原的这种"叙事圈套"体现了"元小说"的叙述手法，即关于怎样写小说的小说。在叙述时，叙述者通常会有意揭示自己的身份，采用第一人称"我"来展开叙述。

　　仔细分析，马原的"叙事圈套"是一种独特而深刻的叙述模型，具有强烈的实验性和反思性。"叙事圈套"可以被视为"元小说"传统的延续和发展，在叙事过程中故意暴露叙述者的身份。他在小说开篇就引入"我"这一叙述者，直接参与了故事的叙述，同时又表明自己是个写小说的人。这种叙述方式既是一种反思，也是一种游戏，引导读者思考小说创作的本质，以及叙述者与作品之间的关系。"叙事圈套"模型的建构使马原的作品充满了层次感，不仅使作品更具探索性，还在一定程度上映射出现实中我们对真相的追寻。通过这种模糊且复杂的叙述，他营造了一种引人深思的氛围，激发了读者的想象和思考。

　　同时，"纯客观叙事"方法在作家的创作中得到广泛应用，这种叙事方式被托多洛夫称为"叙述者小于人物"，其中叙述者被置于文本之外，作为一个独立的客观观察者存在。马原在作品《拉萨河的女神》中，充分应用了这一方法，始终未明确揭示小说中的人物身份，而是用简单的阿拉伯数字"1、2、3"来指代人物。在整个叙述过程中，作者始终以旁观者的姿态冷静地观察着那些前往拉萨河的人们。他多次使用这样的叙述口吻："读者应该首先了解几个简单但重要的事实"，"继续下去，读者可以得出这是关于人们在拉萨河里游泳度假的故事"。

　　相较于传统的叙事视角，"纯客观叙事"将作者的主观情感置于次要地位，更加突出了读者在文本中的存在感和角色感，这使读者能够更加自由地参与故事的演绎和解读。这种叙述方式与罗兰·巴特提出的"作者已死"的理论相呼应，让文本超越了作者的个人观点和情感束缚，获得了更大的独立性和自由度。这种"文体自觉"的特质强调叙述故事的"形式"，将叙述本身视为一种审美对象。这种叙事方式不仅凸显了文本的审美特征，同时也为读者提供了更广阔的思考空间和情感共鸣。

　　此外，在《西方叙事学：经典与后经典》一书中，申丹和王丽亚在整合和提炼既往叙事模式的基础上，将叙述视角细致划分为九种，分别归属于外视角和内视角两大类别，这种体系化的分类为我们提供了一个更清晰的思考框架，我们可以据此对中国文学作品中的叙事视角进行深入剖析。我们可以看到，作家们对于视角的选择和应用已经逐渐超越了传统的范式，趋向更多元化和创新性，从而呈现出更加多样化的故事情节和人物形象。这种探索不仅丰富了中国文学作品的内涵，也为读者提供了更多的思考和感知空间。

　　"全知视角"，又称"上帝视角"，指故事的叙述者或观察者位于故事之外，具备全知全能的能力，能够透视故事中的任何人物和事件。这一叙事视角在中国传统小说中十分常见，为创作提供了广阔的叙事视野。即使在中国现当代小说中，全知视角依然占据了重要地位，被广泛运用。以余华的文学作品为例，在其代表作《许三观卖血记》中，余华以"宏观把控"的方式叙述了许三观的人生历程，将整个故事置于全知的叙述视域之中；同样地，新作《文城》也大量运用全知视角进行叙述，深入地展现了作品中的人物和事件。

"第一人称主人公叙事中的回顾性视角"，指的是第一人称叙述者身处当前生活，却转而叙述发生在过去的事件。在回顾往昔的过程中，当前的第一人称叙述者不参与过去发生的事情，与"过去"的第一人称叙述者相比，处于故事之外。举例来说，严歌苓的作品《芳华》，通过主人公"我"萧穗子的叙述视角，对三十年前发生在刘峰、何小曼、林丁丁等人身上的往事展开回顾性叙述。以下几个例句展现了这种视角的应用。

例1：他叫刘峰，三十多年前我们叫他"雷又锋"。（这句话表现了叙述者以当前的视角回忆过去的人物，呈现了"我"追忆往事的视角。）

例2：那是三十多年前了。（这句话直接表明所叙述的内容发生在过去。）

例3：那年我十三岁差一个月。（这句话则通过回忆过去的"我"，呈现了当时经历事件时的视角。）

又如余华的作品《活着》，在叙述主人公徐福贵的生命历程时，通过徐福贵的第一人称叙述（即"我"）来回顾过去的经历.

例：四十多年前，我爹常在这里走来走去，他穿着一身黑颜色的绸衣……（这里呈现的正是"我"在追忆往事时的视角）。

这种"第一人称主人公叙事中的回顾性视角"为作品营造了一种戏剧性效果，将叙述者从过去的故事中解放出来，使其成为一个旁观者，以更客观的眼光回顾过往。这种叙事方式使读者能够更深入地理解故事中的情感和事件，同时也增添了作品的复杂性和思考深度。

"第一人称叙述中见证人的旁观视角"最早在鲁迅的多篇小说中都有体现，这种视角使得叙述者能够以观察者的角度对故事中的人物和事件进行描述。以鲁迅的作品《祝福》中的两个句子示例：

例1：我是正在这一夜回到我的故乡鲁镇的。（这句话中"我"是回到故乡的人，通过这个视角，叙述者以第一人称的方式回忆过去，将自己置于故事中充当一个回忆者的角色。）

例2：她走近了两步，放低了声音，极秘密似的切切地说："一个人死了之后，究竟有没有灵魂的？'我很悚然，一见她的眼盯着我的，背上也就遭了芒刺一般。（这里，"我"作为旁观者和听众，以第一人称的视角描述了自己听到的对话和感受。叙述者并未直接参与到故事的情节中，而是站在一旁，通过对话和反应来传达自己的观察和情感。）

类似地，在莫言的小说《蛙》中，"我"虽然是故事主人公的侄子，同时也是叙述者，但"我"始终保持着旁观者的角色，站在故事的一旁，观察叙述姑姑的经历。以下是一些例子：

例1：我对姑姑说，曾在《儒林外史》上看到过类似的故事。姑姑问我："《儒林外史》是什么？'"（这里，"我"通过自己的叙述，描述了和姑姑的对话，但并没有直接介入姑姑的故事。）

例2：我必须坦率地承认，姑姑嫁给郝大手，我虽然没有公开表态，但内心深处反对。（这句话中，"我"表达了自己的观点和情感，但仍然是以旁观者的身份，通过自己的思想和情感来推进故事。）

这种第一人称旁观者的视角使得叙述者能够保持一定的距离感，同时又能深入地观察和反思故事中的人物和事件，从而赋予作品更多的深度和思考空间。

"固定式人物有限视角"，即借助故事内的人物视角，来观察故事中其他的人物或事件的进展。这种方式通过让故事内的一个特定人物充当叙述者，以其独特的视角观察和描述其他人物或事件，从而为故事赋予了深度和张力。

余华在小说《第七天》中，采用了固定式人物有限视角，整部作品的叙述视角被限定在"我"（第一人称叙述）身上，"我"以一个死者的角度描述了他死后七天内所经历的一系列奇特的事件。这种视角限制让读者能够更深刻地体验到死后世界的神秘和独特性，同时也通过"我"对其他人物和事件的观察，展现出这个特殊世界的不同层面。这样的叙事方式更加引人入胜，让读者仿佛跟随着"我"的视线一同探索这个超越生死的领域。在残雪的小说《山上的小屋》中，同样采用了固定式人物的有限视角，整个故事以"我"的视角虚构了一个恐怖的场景，将叙述焦点锁定在"我"的身上。这种叙事方式有助于营造出小屋内的"阴森"氛围，同时也强化了"我"内心的恐惧情绪。读者通过与"我"共鸣，更容易沉浸在故事的氛围中，感受到其中的紧张与诡异。

这种叙事手法的优势在于，通过一个特定人物的视角，不仅可以深入挖掘人物的内心世界，还可以在故事中建立起一种紧密的情感联系。

同时，限制视角也有利于凸显故事的焦点，使得读者更加集中地关注于特定的情节和情感。通过固定式人物的有限视角，作家能够巧妙地引导读者的情感体验，营造出更加丰富和引人入胜的叙事效果。

"变换式人物有限视角"，指"观察者为故事内的不同人物，而这个全知叙述者则处于故事之外"，其核心是不断切换叙述视角，让故事从不同人物的角度展开，以呈现多元的观点和情感。在这种手法中，叙述者通常不具备全知全能的视角，而是站在不同人物的角度，观察和描绘故事的进展。

在韩少功的作品《爸爸爸》中就出现了多次转换叙事视角的情况："他们好半天才醒过来，吓得赶快对天叩拜，及时反省自己的罪过：莫非谷神大仙嫌丙崽肉少，对这个祭品很不满意，怒冲冲给出一个警告？"①可见，在讲述村民们对谷神大仙的行为的解释时，叙述者并没有以全知的角度直接回答这个问题，而是以集体在场的村民的心理活动作为观察出发点，以呈现出不同人物对情节的看法。正是通过多次转换叙事视角，故事在不同人物视角间穿梭，展现出丰富多彩的情感和想法。

通过变换式人物的有限视角，作家能够创造出更加多元的叙事层次。叙述者的角色不再是全知的旁观者，而是在不同人物之间切换，以多角度的方式展示故事。这种叙事方式增添了故事的复杂性和深度，使得读者能够更好地理解故事世界和人物之间的关系。这种叙事方式也体现了弗吉尼亚·伍尔夫（Virginia Woolf）所提出的"多重选择性全知视角"。在具体文本实践中，叙事视角的变换，增强了情节的层次性，为故事叙述带来了更多的灵活性。通过不同人物的视角，读者可以更全面地理解故事，更深刻地感受到人物情感的变化和发展。

"多重式人物有限视角"是另一种发人深省的叙事手法，它在文学作品中常常被用于通过不同人物的视角，透视同一事件，从而展现出多样的情感、观点和体验。这种手法属于"内视角"的一种，它突破了单一叙述者的限制，以多个人物的视角来揭示故事的多面性。在余华的作品《文城》的开篇中，我们可以明显地看到这种多重式人物有限视角的应用。当叙述林祥福这一人物身份时，作者使用了两种不同的眼光来铺垫林祥福的身世。首先，通过村里"很多人"的视角，展示出林祥福作为一个村民的形象，这种视角可能蕴含着集体的记忆和看法；其次，通过陈永良这一特定人物的视角，一个更为深入的林祥福这一人物形象呈现

---

①韩少功：《爸爸爸》，《人民文学》1985年第6期。

在读者眼前，其中包含了更多私人的感受和回忆。

这种叙事手法使得读者能够更全面地了解林祥福这个角色，因为他不再只是被一个叙述者所定义，而是在多个人物的观察下显现出不同的维度。从村里"很多人"的角度，我们能够感受到林祥福在社区中的地位和影响；而通过陈永良的视角，我们或许能够更深刻地洞悉他的性格、生活经历和情感状态。这种多重式人物有限视角的应用丰富了作品的层次，为角色和情节赋予了更多的深度和维度。通过不同视角的叠加，读者能够更深入地理解故事中的人物和事件，同时也会引发思考：每个人都有自己的独特视角，对同一事物可能会有不同的看法和理解。

在分析叙述视角的过程中，我们可以发现许多作家在一部作品中采用了多种视角融合的方式，而不仅仅局限于单一视角。这样的多视角创作方式在一定程度上得益于西方叙事学与我国文学创作的融合，产生了本土化的创新成果。通过多种视角的交替应用，作品能够为读者提供丰富多样的观察体验，从而更好地呈现出故事的多重层次。这种多视角的创作方式为作家提供了更多的表达可能性。不同的视角代表了不同的情感和态度，能够使作品的情节更加丰富多彩。例如，在同一情节中通过不同角色的视角切换，读者不仅能够了解不同人物的内心独白，还能够深入理解他们的动机、情感变化以及对事件的不同认知。

学者鲁美妍在《从政治到人性：当代知识分子题材小说叙述视角的流变》一文中，深入剖析了中国文学从1949年到1966年，从"新时期文学"到80年代和90年代的不同时期，知识分子题材小说中叙述视角的演变。她指出，在80年代中后期的作品中，人称的选择呈现出不同的倾向：那些强调主体意识的作品更倾向于使用第一人称，而注重主客观交互反思的作品则更常采用第三人称。而到了90年代，以韩东等新生代作家为代表，强调"个人写作"，因此他们的作品更多地以"我"的视角展开叙述。

这种叙述视角的转变并非仅仅受到国内政治环境的影响，同样也受到了西方文学范式和文学审美的影响。在中国文学发展的不同阶段，社会背景、价值观念的变迁以及与外界文学流派的交流，都对作家的叙述选择产生了深远的影响。从政治导向到更为个体化和人性化的叙述，展现了中国文学从单一的意识形态表达转向更加多元的探索过程。这种叙述视角的变化也反映了作家在不同时期的关注点和表达方式。从强调主体意识到注重主客观交互反思，再到更加个人化的"我"的视角，作家在选择叙述方式时反映了他们对社会现实和人性的不同关切。同时，这也体现了作家们在文学创作中对于个体体验、人际关系以及自我认知的独特思考。

由此可见，叙述视角的转变是中国当代知识分子题材小说发展的一个重要方面，它既受到国内政治环境的影响，也受到西方文学范式和审美的启示。这种变化从侧面展示了作家对于文学创作的反思和探索，同时也丰富了中国当代小说的多样性和深度。叙述视角的变化不只是一种技巧，更是一种表达手段，可以使作品更加立体、生动。作家通过应用多种视角，可以将故事中的不同侧面呈现得更加细腻，也能够引导读者在不同视角中思考和感受。这种多重视角的融合在文学创作中产生了丰富的效果，让作品更加引人深思。

"回到现实主义，回到民族传统"是作家汪曾祺始终坚持的创作理念，他认为作家应该秉持尊重和理解本土传统文化的理念，在此基础上，重新审视现实，通过现实主义的叙事方式来创作作品。这种理念强调了对中华民族传统和文化的传承，同时也反映出作家对西方文学的吸收和融合的意愿。汪曾祺认为，要借鉴西方的叙事技巧，但这种吸收应当建立在本土文化的基础之上，保持民族特色和独立性。可以看出，我国当代的作家已经有意识地在创作中对西方叙事学有选择地融合。总体而言，中国当代作家在探索叙事技巧融合的进程中，坚持"回到现实主义，回到民族传统"的创作理念，强调了保持本土文化独立性的重要性。他们有意识地吸纳西方叙事学的成果，将其与本土文化有机地结合，从而创造出兼具丰富多样性与深度的作品。

二、对小说创作中叙事结构的影响

随着叙事视角的变化，当代小说的叙事结构也呈现出明显的变化，即西方叙事学的理论启示促使当代小说通过引入"时间型"结构等创新，得以走出传统的叙事模式，展现出更多元、更具创意的叙事方式。这种变化不仅是对传统的延续和超越，也为中国当代小说创作注入了新的活力和深度。

与古代小说常见的封闭式"大团圆结构"不同，当代小说的叙事结构逐渐走出这一固定模式，展现出更加多样化和创新性的叙事方式。在这一变化过程中，西方叙事学发挥了重要的理论推动作用。特别值得注意的是，茨维坦·托多罗夫提出的"空间序列"（或空间结构）和摒弃因果律的纯粹"时间型"结构在中国当代小说创作中得到了接受和应用。

"时间型"叙事结构不仅突破了传统的因果律模式，还在一定程度上与基于"心理时间"的意识流写作相吻合。整体而言,"时间型"结构为中国当代小说创作提供了新的思路,使得作家能够更加自由地探索叙事的可能性。例如,残雪的《山上的小屋》在一定程度上采用了这种"时间型"结构,借助叙事的时间跃迁和交错,为作品赋予了更多的层次和深度。

这样的变化使得当代小说在叙事结构方面对线性叙事的借鉴与拓展表现得十分明显。在20世纪80年代,莫言、余华、格非等作家在描述村庄变迁、家族传承等主题时,采用了线性结构,同时借鉴了西方的叙事方法。例如,莫言的《丰乳肥臀》在线性叙事的基础上,以母亲上官鲁氏为中心,以九个儿女的命运为线索,构建出一个呈辐射状的叙事结构,呈现出多层次的"交叉文化蒙太奇"效果。

在突破传统叙事结构的过程中,魔幻现实主义、黑色幽默、话语狂欢等创作方法得到了广泛尝试,尤其在20世纪90年代的乡土小说中表现得更为明显。这些方法赋予了作品更加丰富的表现形式和深度。例如,陈忠实的《白鹿原》中出现的神秘白鹿和诡秘乡村预言等情节,以及赵德发的《缱绻与决绝》、老村的《骚土》、贾平凹的《怀念狼》等作品中都可以看到类似元素。

然而,同时也需要注意到,20世纪西方现代主义作家创作的一些怪异文本与陌生化理论有着密切关系。这些作品常常以朦胧、晦涩、诡谲和怪诞为特征,它们虽然增加了阅读的难度,延长了阅读的时间,但也可能变成了对情感的一种折磨。一旦作品失去了美感和可理解性,其艺术性也会随之减弱甚至消失。因此,在探索新的叙事结构和创作方法的同时,作家也需要保持对读者的理解和尊重。创新不应是为了创新而创新,而应是为了更好地表达作品的主题、情感和内涵。即使尝试了魔幻现实主义、黑色幽默、话语狂欢等方法,作家也应确保作品仍然具有足够的可理解性和情感共鸣。艺术性应当与读者的感受相结合,创造出令人陶醉的文学体验。

进入20世纪90年代后,中国许多小说在叙事结构方面呈现出更加大胆和多样化的趋势。从张炜的《九月寓言》到韩少功的《马桥词典》,再到范稳的《水乳大地》,这些作品以其创新的叙事方式为中国现代叙事注入了新的维度,拓展了文学创作的可能性,并在后现代的语境中展现了独特的魅力。张炜的《九月寓言》以其别样的形态引领了叙事的创新道路。故事中缺少传统的统一叙事线索和时间框架,取而代之的是多层次、多视角的叙事结构,让读者在阅读中感受到不同层面的情感和思考。韩少功的《马桥词典》以"词典体"的独特形式探索了中国乡村历史，这种解构的方式赋予作品更多的开放性和多义性，激发读者对历史和人性的思考。范稳的《水乳大地》通过拼凑式的时间单元结构，创造了一种神秘而独特的叙事效果，使作品在时间和空间上呈现出复杂的交错关系。这些作品的创新不仅为中国现代叙事带来新的思考角度，还丰富了文学创作的内涵。它们突破了传统叙事的局限，挑战了读者的思维和情感，促使读者更加深入地思考作品所传达的意义。在后现代的文学语境中，这些创新的叙事方式彰显出了其独特的魅力，引领着中国小说走向更加多元化的发展道路。

综上所述，20世纪90年代以后，中国小说在叙事结构方面呈现出明显的创新态势。这些作品凭借创新的叙事方式为中国现代叙事注入了新的维度，丰富了文学创作的可能性，同时也在后现代的背景下独具魅力，推动着中国文学朝着更加多元、丰富的方向发展。这里需要特别指出的是，目前关于西方叙事学对中国文学创作影响的详细研究成果相对有限，因此在前述内容中对其影响进行了概括性的介绍。这一领域仍然存在深入探究的空间，也是笔者今后研究的重要内容之一。通过更深入的研究，我们可以进一步探讨西方叙事学在中国文学中的具体应用、变革和影响，为理解中国当代小说的发展趋势和创作特色提供更为深刻的见解。

三、叙事学对创作实践影响的样本分析

进入21世纪以来，一些富有创造力的年轻小说创作者在叙事策略的选择上展现出了新的特点和风貌。这些青年作家既传承了先锋派作家的创作精神和特色，又在创作中表现出更为鲜明的"先锋"性。他们在继承传统的基础上，勇于尝试新的叙事形式和表达方式，展现出对文学创作的独特见解和创新意识。与此同时，他们也保持着对先锋派作家的致敬和认同，从中汲取灵感和启发，使其作品在风格和内容上愈发丰富多元。

其中，双雪涛堪称新时代青年小说作家的一位代表，以其独特的叙事风格和创作思路引起了广泛关注。他的小说创作不拘一格，常常在叙事中融入奇幻、幽默等元素，突破传统的叙事边界，展示了年轻一代作家的创作活力和创新精神。他的作品不仅在叙事策略上呈现出更强的先锋性，也在情感表达和主题探讨上有着自己的独到见解，为当代文学注入了新的活力。总体来看，21世纪的年轻小说创作者在叙事策略的选择上持续创新，既传承了20世纪80年代先锋派作家的精神，又展现出更为

鲜明的个性和"先锋"特质。

"迟来的大师"是读者赋予这位文坛新秀的美称。自2011年作品《赤鬼》获得首届华文世界小说奖起，双雪涛就开始引起广泛关注。2015年，作品《平原上的摩西》在杂志《收获》上发表，随后，他陆续推出了小说集《飞行家》《猎人》和《聋哑时代》，为文学界带来了一系列充满创意和想象力的作品。特别值得一提的是，2021年他的作品《刺杀小说家》被改编成电影，在荧幕上引起了广泛的关注。这不仅让更多的人认识了双雪涛，也促使许多学者深入探析他作品独特的叙事内核。黄平、丛治辰等学者在有关"新东北作家群"的研究中，纷纷对双雪涛的作品叙事所展现出的美学立场展开深入论述，对其文学成就给予高度评价。

（一）叙事空间的互文性

"互文性"（intertextuality）作为一个重要的文学概念，最早出现于20世纪60年代的西方文论中。这一理论最初由法国批评家茱莉娅·克里斯蒂娃（Julia Kristeva）提出，并随后成为后现代文学理论研究中的一块重要基石。"互文性是文本的基本特性，它显示出文本的开放性特点"[1]。"从本质上看，西方文论中的'互文'概而言之便是'不同文本或同一文本内容上下文之间的互动'"[2]。这种相互引用和关联不仅充实了文本的内涵，还在一定程度上提升了读者的阅读体验。

双雪涛在其叙事创作中，有意地吸收了西方叙事学的观点，尤其在"互文性"方面的应用。在阅读双雪涛的作品时，我们可以明显地发现他有意构建了文本之间的"互文"关系。以他的小说《刺杀小说家》为例，小说中的人物通过"写小说"的方式操控现实世界中其他人物的生死，从而在虚构与现实之间构建了两个平行的叙事空间。这种构建使得不同叙事空间之间相互联系，相互制约，形成了复杂而丰富的互文性关系。

在中国古代文论中，"互文"体现为一种修辞格，主要以修辞格的形式存在于诗歌中，即"参互成文，合而见义"[3]。在诗歌中，"互文"表现为上下联或两个部分相互渗透、相互影响，共同构成一个完整的机体。中国的"互文"侧重的是文本内部的有机联系。然而，"1980年前后，我国学者开始对'互文性'理论的中国化展开讨论"[4]，他们不仅分析中西方"互文性"的异同，还拓展了中国古代"互文"的内涵。除了上述

① 孙秀丽：《克里斯蒂娃广义互文性初探》，《黑龙江社会科学》2009年第5期。
② 李桂奎：《中西"互文性"理论的融通及其应用》，《社会科学战线》2016年第8期。
③ 刘斐：《中国传统互文研究——兼论中西互文的对话》，博士学位论文，复旦大学，2012。
④ 王琦：《中西"互文"比较研究的现状与反思》，《社会科学论坛》2018年第4期。

修辞格的内部联系，他们还发现了更多的表现形式，如"用典"和"变文"等。这些外延性的类型丰富了中国"互文"的概念，使之更加丰富多彩。

时至今日，在中西方"互文"理论的融通下，许多作家已把"互文"作为一种技巧性的结构运用于创作之中。在小说创作中，这一技巧常常体现为构建两个独立的故事情节或不同维度的叙事空间，然后通过这些空间中的部分关联来形成两个部分的交互成文，从而共同构成一个联动的文本故事。在这种创作方式中，小说中的互文性往往建立在两个不同的空间之上。通过在故事情节的延展过程中，构建出一个双重空间，有利于在这两个独立部分之间建立动态的渗透与制约关系，进而形成"互文"性。这种结构不仅彰显了文本的虚构性，还突出了文本之间的空间互文性。

双雪涛的多篇小说中均可发现这种构建两个空间世界的痕迹。这种创作手法不仅彰显了他对文本虚构性的应用能力，还展现了他在创作中对空间互文性的探索。通过在小说中构建不同的空间，双雪涛使得不同部分之间产生了某种联系和互动，从而丰富了作品的内涵，提升了读者的阅读体验。双雪涛对麦克尤恩（McEwan）的钟爱可以在他的短篇小说《白鸟》中找到明显的线索。在这篇小说中，双雪涛通过一只具有言语攻击能力的八哥和一根能杀人的"绳子"，将它们"折叠"进与朋友高红的信件中。当高红打开信封时，她遭受了来自被折叠在信中的八哥和绳子的攻击，最终因此而亡。

在小说中，双雪涛明确提到他"最喜欢的小说是麦克尤恩的《立体几何》，小说精妙是一方面，另一方面是小说中那种将人折叠进虚空的本领他能够掌握"①。他指出这部小说之所以让他钟爱，一方面是因为其精妙的情节，另一方面是因为其中将人折叠进虚空的本领，而这种折叠的影响在《白鸟》中得到了体现。通过将八哥和绳子折叠进信件，双雪涛在创作中借鉴了麦克尤恩的"折叠"概念，以创造出独特的情节和叙事效果。

1.双重空间的构建与结构的互文性

《飞行家》是双雪涛的小说集，其中有多篇小说涉及"空间"的构建和叙事。在其中的《光明堂》和《北方化为乌有》两篇小说中，作者通过创设多重空间维度和交叉叙事，展现了深刻的主题和角色个性，同时

---

① 双雪涛:《飞行家》,桂林,广西师范大学出版社,2017,第211页。

呈现了现实与幻想、过去与现在的相互关系。

在《光明堂》中，作者构建了两个交错的"世界"——现实世界和跌入湖底后的"梦境"世界。这两个空间不仅在文本结构上相互影响，而且从结构学角度而言，它们形成了一个富有意义的结构。这两个空间维度使得人物的个性更加凸显，梦境世界则可被视作对现实世界的补充和延展。张默和姑鸟儿跌入湖底后进入的梦境世界中，人物和故事的荒诞离奇可以被视为对现实世界的扭曲化呈现。审判者在梦境中被异化为大鱼怪，湖底成为囚禁者的牢笼。现实与梦境相互映照，相互影响，而当柳丁将大鱼怪拖入洞中后，张默和姑鸟儿的梦境随即消失，他们回到了现实世界，但梦境中发生的事情却在现实中真实存在着。

在《北方化为乌有》中，作者通过刘泳和米粒对多年前凶杀案的回忆和解析，展现了现在和过去事件在时间和空间上的互动。这种互动性使得文本具有"互文性"，即不同文本之间的相互关联。通过这种交叉叙事的方式，作者揭开了多年未解的谜案的真相。这种叙事手法强调了时间和空间对事件和角色的影响，创造了一个更加丰富和复杂的叙事结构。

"小说形式本质上是空间的，是共时而非历时的"①。小说《刺杀小说家》展现了现实世界和虚幻世界的交织，作者双雪涛巧妙地将这两个空间融合成一个整体。在小说中，他采用了一些技巧来处理这两个空间的关系，并且这些技巧在电影改编中也得以呈现。作者在处理现实世界和虚构世界这两个空间时，运用了两个关键的技巧。首先，他有意地将这两个部分串联成一个有序的时间轴。通过将现实世界中的小说家和虚构世界中的故事元素相互呼应，他构建了一个交织的结构，将这两个空间联系在一起。其次，他采用了共时叙述的手法。这意味着他在叙事中同时呈现了不同时间和空间的情节，进而让现实世界和虚构世界之间的联系更加紧密。

小说家在现实世界中的角色与他虚构的故事之间形成了有趣的关联。双雪涛采用共时叙述手法，同时呈现不同时空情节，紧密连接两个世界。特别是小说家所写的故事中的久藏和赤发鬼与现实世界中的"小说家"和"老伯"之间形成了一一对应的关系。这种对应关系将现实世界和虚构空间巧妙地联系在一起，使得小说的叙事在空间上得以互动。在2021年春节期间上映的由《刺杀小说家》改编的同名电影中，现实世界与虚构世界的交互通过可视化的形式被展现出来，不仅给电影增色不少，同

---

① 王安：《纳博科夫小说中的空间叙事》，《俄罗斯文艺》2012年第4期。

时也可以窥探出双雪涛在小说叙事空间构造上的创新。

2.双重空间的构建与结构的隐喻性

双雪涛在构建《刺杀小说家》中的双重叙事空间时，通过隐喻性结构和"互文"的概念，创造了一个复杂的叙事体系。这样的结构在双虚实的空间中形成了隐喻性的特点，将社会议题和人物遭遇巧妙地映射和交织在一起。这种隐喻性结构与"互文"紧密相关。在小说中，尽管现实世界和虚幻世界中的人物遭遇似乎毫无直接关系，但实际上它们在空间结构上互相影响、制约。这种相互关系在文本中体现为"对照性"，即两个空间中的情节、人物和事件在对照中相互影响。这种交织和对照的结构，赋予了小说更深层次的内涵，使得读者能够在多重层面上理解故事。

双雪涛小说中的隐喻性体现在两个方面。首先，两个空间之间的互动具有"对照性"，通过现实与虚构的对比，凸显了现实世界的某些议题和主题。虚构世界中的故事情节和人物被用来隐喻现实世界中的复杂问题，从而在隐喻的层面上将两个空间联系起来。其次，现实世界与虚构世界在文本内容上相互制约。小说家所写的虚构故事不仅映射了现实世界中的人物和事件，还融入了现实世界中的道德问题和命运因素，形成了一种深刻的隐喻关系。总的来说，双雪涛通过双重叙事空间中的隐喻性结构和互文概念，创造了一个具有深层意义的叙事体系。他巧妙地将社会议题、人物遭遇和虚构世界相交织，通过对比和交互，呈现出一种丰富的隐喻性结构，读者因此能够在多个层面上理解和解读小说的内容。

《刺杀小说家》通过虚构与现实的交替叙事中的"对照"关系，构建了隐喻性的结构，将不同叙事线索和人物之间的关系巧妙地映射在一起。小说中的人物对应关系构成一种隐喻结构。作者构建起现实世界和虚构世界中的人物对应关系，如小说家—久藏、老伯—赤发鬼、千兵卫—红衣人等，将这些角色在两个叙事空间中联系起来。同时，两个叙事空间存在共时叙事线，这种交错的叙事结构使得现实世界和虚构世界的人物和事件在隐喻层面上相互影响和呼应，从而构成了小说的隐喻性。在小说推进的过程中，这些人物在行动和目标上呈现趋同性。无论是现实空间中的小说家和久藏，还是千兵卫和红衣人，他们都追求着类似的目标，如复仇和寻找某个特定的人。这种趋同性营造出隐喻关系，强调了不同世界中主题和情节的联系。

同样，在《光明堂》中，作者借助意象的使用，在现实世界和梦境之间构建了隐喻关系。影子湖、湖底的大鱼怪以及裸体女孩泥塑等意象都是对现实世界的反映，通过这些意象，作者将现实世界和梦境联系在一起，呈现出一个具有隐喻性质的结构。而这些意象的反复出现和相互呼应进一步强化了现实和梦境之间的隐喻关联。

总体而言，《刺杀小说家》中的交替叙事和人物对应关系以及《光明堂》中的意象使用，都构成了小说的隐喻性结构。通过将不同空间和人物相关联，作者加深了叙事深度，强化了主题和情节的表达，这使读者能够从多个层次领会小说的内涵。《光明堂》和《刺杀小说家》作为双雪涛早期的作品，或许存在一些稚嫩之处，但在文学创作方面展现出极具创新性的特点。这两部作品的叙事结构和隐喻性的处理，为构建小说文本中的双重叙事空间以及探索叙事空间的"互文"性提供了宝贵的研究价值。

（二）叙述视角的灵活性

叙述视角的选择对于情节叙述的吸引力以及读者的身临其境的阅读体验具有重要影响。热奈特将叙述视角划分为三种类型："零聚焦""内聚焦"和"外聚焦"。每一种视角都带来不同的叙事效果和读者体验。"零聚焦"，又称为"全知视角"，具有独特的优势，它可以"了解过去，预知未来"。在这种视角下，叙述者拥有上帝般的洞察力，能够无视任何视角限制，审视情节的发展。这种视角能够为读者提供全面的信息，帮助他们理解故事中各种角色和事件之间的关系。"内聚焦"多用第一人称，形成了一种"限知视角"。叙述者同时具有叙事者和故事经历者的双重身份，这种视角强调了叙述的主观性。特别是在描写人物的内心世界和主观心理时，读者能够产生强烈的代入感，更深刻地理解人物的情感和动机。我国学者申丹和王丽亚将视角归类为"内视角"和"外视角"两大类。不论是哪种叙述视角，都为叙述带来了独特的视觉效果和情感体验。通过不同视角的选择，作家能够调整叙述的焦点和情感色彩，使得作品更加丰富和多元化。叙述视角的灵活应用，是文学创作中一个重要的技巧，可以深化读者与作品之间的联系，丰富阅读的层次。

1.悬念的设置与限知视角的使用

"限知视角在'制造悬念—解开悬念'的环节中，不仅提升了读者对于文本的阅读兴趣，增强了文本的可读性，而且有助于使文本中的故事变得跌宕起伏，给文本增添一种奇幻的色彩"[①]。双雪涛在叙述中有意隐藏自己创作者的身份，以"我"的视角来推进故事的发展，因此能够摒

---

① 徐慧：《双雪涛〈跷跷板〉的叙事视角与叙事者分析》，《大众文艺》2020年第7期。

弃"全知视角"下全知全能、洞悉一切的行文模式。"限知视角"有利于借助文中"我"的"受局限"的视野来设置悬念,特别是体验视角,不仅增强了小说的真实性,也营造出一种身临其境的体验感。

在双雪涛的叙事中,他巧妙地择取"限知视角"来推进故事,并刻意隐藏创作者的身份。借由"我"的视角来叙述故事,他可以更好地控制读者的视线和情感,使得故事的信息逐渐被揭示出来。这种限制性视角在制造悬念方面发挥了重要作用,因为读者只能从叙述者"我"的视野中获取信息,而无法得知所有的情节和细节。这种情况下,读者会被引导着去推测、揣摩。

通过体验视角,双雪涛不仅增强了小说的真实感,让读者仿若身临其境,亲历故事中的事件,而且也使得叙述更加贴近人物的内心世界,产生更强的情感共鸣。这种身临其境的体验感加强了读者与作品之间的互动,让读者愈发沉浸于故事中,无法自拔。

"在双雪涛的多部小说的叙事过程中,大都喜用第一人称的'我'作为故事的亲历者来讲述事件"[1],这种叙述视角不仅赋予故事更加真实和亲密的感觉,还允许叙述者在过去和现在的交替中进行反思与重构。在《光明堂》中,通过第一人称的叙述,读者可以跟随"我"的视角,一同探究事件的来龙去脉。叙述者并不是急于解开事件的秘密,而是通过回忆和探索,逐步揭示泥人的来历。这种回顾性的叙事方法让叙述者"我"在过去与现在之间交替,实现了"现在的我"对"过往的我"的反思与重构。这样的双重叙述视角使得故事更加丰富,读者也更能深入地理解事件的内在含义。

在《聋哑时代》中,这种回顾性叙事更加明显。七篇回忆类叙事文本采用第一人称回顾性叙述视角,将每个被叙者视作一个跳动的灵魂,通过自述式的叙事方式,让记忆中的人"重返历史现场"。双雪涛巧妙地塑造了一群"失落者"的人物群像,展现了那一代人在历史变革中的心路历程。他对生活的独特观察角度以及对"厂"瓦解后精神失落的描写,凸显了那个时代的迷茫和青春的探寻。通过这种方式,双雪涛实现了对已逝去过往的重构,表达了对历史记忆和个人经历的关注与反思。

双雪涛在叙述中应用了一些类似于先锋派作家马原的叙事手法,这些手法不仅丰富了叙事层次,也为作品增添了一些独特的文学魅力。在《北方化为乌有》中,作者通过刘泳的体验视角,将以往发生在工厂的凶

---

① 赵耀:《边缘性经验的极致化书写——论双雪涛小说的审美意蕴生成》,《西华师范大学学报(哲学社会科学版)》2019年第1期。

杀案重新叙述出来。刘泳只能从他的视角和经历出发，讲述案件的事件经过，但对于凶杀案的动机和案情还存在疑问。这种处理为后续的叙事空间留下了悬念，为文本增添了吸引力。这种"叙事圈套"的应用，使读者完全沉浸于故事中，渴望获取更多信息以解开悬念。通过这些先锋式的叙事手法，双雪涛创造了更具前卫性和个性化的叙述风格。他通过运用直接表达和特殊的叙述结构，让叙事者的身份和体验成为故事的一部分，这种创新的叙事手法为作品赋予了更多的深度和可能性，也促使读者更加深入地探索故事世界。

双雪涛的叙述方式还常常涉及限知视角和全知视角的结合使用，这种转换式叙述模式在他的作品中屡见不鲜，尤其在具有双线结构或双重叙事空间的文本中更为突出。在《刺杀小说家》中，双雪涛巧妙地运用了限知视角和全知视角的转换：在现实世界中，叙述者以第一人称的限知视角来描写千兵卫作为刺客的身份和经历。读者能够紧跟千兵卫的视线和情感，感受他的疑虑和困惑，从而制造悬念。随着故事的发展，叙述视角切换为全知视角，叙述了小说家虚构的世界，揭示了久藏的身世和未来去向。这样的视角切换不仅让情节的推进具有紧凑感和节奏感，还增强了读者的阅读兴趣，引导他们不断探索故事的真相。

2.情节的掌控与全知视角的使用

《刺杀小说家》在叙述由小说家所构建出来的世界时，采用了全知视角，形成一种掌握全局的叙述感。从现实到虚幻的转接过程中，如果一直沿用限知视角会造成角色混乱或叙述不清，因此双雪涛在两个不同空间的叙述中，使用两种叙述视角区分了两个"空间"，使"空间"之间的跳跃性更强。全知视角中的叙述者似乎有一双"无形的手"，掌控人物命运的走向，所以转换为全知视角也便于强化"小说家用小说杀人"这一内容，恰如双雪涛自己所言，在虚构出来的小说世界中主宰自己的心理世界。这种环环相扣的模式在一定程度上体现了作者认为在虚构的环境中"小说可以改变现实"的想法。

以《北方化为乌有》为例，小说中塑造了米粒这一角色，她的出场目的是揭开刘泳内心的谜团。因此，作者在叙述过程中选择让米粒以"回顾性视角"对一起凶杀案进行叙述。尽管米粒是通过姐姐（凶杀案的亲历者）写给她的信件才知晓案件真相的，但这并不妨碍故事的叙述，反而顺利地还原了事件经过，揭开了悬念，推动故事情节的发展。

在小说中，有两个句子凸显了作者双雪涛在叙事视角切换方面的灵活性。首先，当米粒向刘泳讲述故事时，"女孩说，行，那就彻底第三人称"①，这句话表明米粒决定以第三人称的方式来叙述故事，以更方便的方式展开叙述。其次，饶玲玲在复述刘泳的作品时说道："你以第一人称儿童视角写作"②，这句话强调了刘泳在自己的作品中使用了第一人称儿童视角来叙述。通过这两个句子，我们可以看出双雪涛在小说创作中非常注重人物叙述视角的多样性，他不拘泥于单一模式，而是通过视角的不同切换来增强故事的可读性和吸引力。

此外，小说中还有"文本镶嵌文本"的情节，即米粒通过写信的方式将故事传达给刘泳，这种方式进一步丰富了故事的叙述手法。双雪涛借此巧妙地在角色之间建立了联系，人物之间的情感和思想通过信件这一媒介得以展示。总之，通过《北方化为乌有》中的这些情节和语句，我们可以看出双雪涛在小说创作中充分运用了多样的叙事视角，不拘泥于固定模式，以此提升了故事的趣味性和吸引力；同时，他还通过文本镶嵌文本的手法创造了更丰富的叙事层次，增加了作品的深度和情感共鸣。

3. 不可靠叙述者的引入

"不可靠叙述"这一术语率先由韦恩·布斯在《小说修辞学》中提出。多数情况下，"叙述者不可靠的价值判断有利于读者对文本中的人物进行更深入的评判"③，"当代叙事学家在深入研究'不可靠叙述者'的过程中，将读者带入文本解读中，相较于以前从叙述者的角度判断人物是否可靠转而依赖于读者的选择"④。随着当代叙事学家深入研究"不可靠叙述者"的概念，读者在阅读文本时被引导进入更加深层次的解读状态。相较于过去仅从叙述者的角度判断人物是否可靠，现在更依赖于读者自身的选择和判断。在阅读双雪涛的小说时，除了使用限知视角和全知视角外，他还巧妙地运用了"不可靠叙述者"的叙事视角。读者能够清晰地辨别出文本中的不可靠叙述者，从而在阅读过程中对故事的真实性和人物的性格展开更加深入的思考。

"不可靠叙述者的视角有利于叙述者更深入地展现人物在精神层面所遭遇的伤害"⑤，在小说《跷跷板》中，这一点得以体现。例如，在小说中，刘庆革处于精神错乱的状态，他告诉"我"窗边有一只白鸟，以及

---

① 双雪涛：《飞行家》，第195页。
② 同上书，第184页。
③ 申丹、王丽亚：《西方叙事学：经典与后经典》，北京，北京大学出版社，2010，第82页。
④ 佩尔·克罗格·汉森、尚必武：《不可靠叙述者之再审视》，《叙事（中国版）》2009年第1期。
⑤ 李冬梅：《纳博科夫小说中"不可靠的叙述者"》，《文教资料》2008年第12期。

自己曾经杀害甘沛元的"陈年往事"。这些话语虽然违背事实，却从一个精神错乱的人口中说出。这种情况一方面暗示了这部分内容可能是虚构的，另一方面通过构建"不可靠叙述者"的身份，传达了人物内心的紊乱和痛苦。

在小说的第一部分中，主人公的邻居Z因丈夫和女儿遭遇车祸死亡而精神受创，失去了正常的判断力，她甚至将"我"误认为是已故的丈夫。这时，Z在文本中充当了不可靠叙述者的角色。虽然表面上她流露出对亲人的思念，但在她主观扭曲的叙述背后，传达了她无法接受亲人死去的事实，她仍然沉陷自己构建的臆想之中。

在小说的第四部分中出现的"死了之后，还要给我发短信"①这一句话，出自一个总是醉酒的作家S之口。显然，"死后发短信"的行为违背了客观事实。因此，作家S成为一个不可靠的叙述者。尽管他的叙述中表现出对另一位角色L的不满，但他叙述中的重点实际上透露出对L内心深处的怀念，以及对未曾帮助L发表小说的愧疚之情。

这些例子展示了在小说中运用不可靠叙述者的视角，可以更深入地探索人物内心的矛盾和伤害，让读者更加深刻地理解角色的情感和心理状态。通过对双雪涛小说的分析，可以看出西方叙事学的一些理论在中国当代青年小说家的创作实践中得到了成功的本土化应用，他们尝试将西方叙事学的理论与中国传统文论相结合，在叙事层面积极寻求新的探索与突破。

第二节　叙事学理论对中国文本批评的得失问题

从文献来看，运用西方叙事学的理论、框架和概念来分析文学作品在当代中国是非常普遍的。这种趋势显示出叙事学对当代中国小说理论和批评形式观念的影响。越来越多的研究开始借鉴西方叙事学的概念和方法。除了对叙事时间、空间和结构的分析，对叙事策略、叙事修辞的微观分析也逐渐增多。这种借鉴使得我国学者可以更全面地探讨小说作品中的叙事机制。同时，批评方法也逐渐改变了传统的研究视野，将批评的对象拓展到更广泛的范围，跨学科方法的运用也更加显著。这种改变使得研究者能够更深入地探讨小说作品中的叙事元素，从不同角度分析和理解。另外，中国小说评点中蕴含的叙事理论，如对叙事时间的把

---

① 双雪涛：《飞行家》，第209页。

握和对叙事结构的理解，也得以更加深入地阐发。通过与西方叙事学的理论相互映照，传统理论在新的语境下得到了更多的理解和应用。

一、运用叙事学理论对中国文本批评的总体状况

（一）重要的著作类成果

这方面的学者较多，论著很多。主要的著作有：祖国颂的《叙事的诗学》，黄子平的《"灰阑"中的叙事》，陈顺馨的《中国当代文学的叙事与性别》，王平的《中国古代小说叙事研究》，罗小东的《话本小说叙事研究》，王昕的《话本小说的历史与叙事》，徐岱的《边缘叙事——20世纪中国女性小说个案批评》，王爱松的《当代作家的文化立场与叙事艺术》，潘万木的《〈左传〉叙述模式论》，姚玳玫的《想象女性：海派小说的叙事》，曲春景、耿占春的《叙事与价值》，刘绍信的《当代小说叙事学》，王丽亚的《亨利·詹姆斯小说中的叙事策略和性别政治》，林镇山的《台湾小说与叙事学》等。

可以看出，文本分析很细致。不少学者从文化的更为具体或细微的层面入手，对具体的叙事作品进行批评，并取得了丰硕的成绩①。

如从中国酒文化的角度来分析《水浒传》，探讨了酒在小说中的象征意义以及角色之间的酒宴互动，揭示了酒文化在叙事中的重要作用，以及它如何反映了当时社会的价值观和道德观。具体来讲，《水浒传》中酒常常充当情感表达和人物性格的象征工具，酒宴是小说中人物关系、情感发展和价值观冲突的关键场景。有学者通过角色在酒宴中的言行举止，分析了酒宴在推动故事情节的发展、展现不同阶层和性格的人物之间的关系和矛盾方面所起的作用，同时分析了酒文化中反映的忠诚观和义气观，这充分体现了运用叙事学解析社会历史镜像的思路。

从节俗文化的角度研究《红楼梦》，学者们探讨了小说中的传统节庆、仪式和习俗，以及它们与人物关系和情节的联系，进而深入分析了小说中的文化元素。为此，学者们关注《红楼梦》的叙事结构和叙述技巧，探讨了小说中众多的故事线索、人物关系和情感发展是如何相互交织的，分析了小说的叙述策略，包括旁白、对话、信札等手法，以及小说中的时间线性和回溯结构等方面；研究了《红楼梦》中众多的人物形象，探讨了这些人物如何借助叙述来展现其性格、情感和命运，不仅关注主要角色如贾宝玉、林黛玉、薛宝钗等的叙事发展，而且留意次要角

---

① 王鹏：《中国文化叙事学发展历程与主要视角模式研究》，硕士学位论文，湖北师范学院，2011。

色如贾母、王熙凤等如何影响叙事走向；深入探讨了《红楼梦》的叙事主题和文化内涵，包括爱情、命运、家族、社会伦理等重要主题，并分析了这些主题如何通过叙述来传达作者的思想和社会观察；尤其从中国叙事学的角度，探讨了这部小说与古典文学、戏曲等文学形式之间的内在联系。

从海洋文化的视角研究中国古代海洋小说，例如《山海经》《东周列国志》等，探讨其中的"岛人繁殖叙事"和"人鱼叙事"，揭示了海洋文化如何影响古代文学作品的叙事结构和主题。中国古代海洋小说中，"岛人繁殖叙事"作为一种突出的叙事元素，常常围绕岛屿展开，描述了岛上居民与外界的隔绝，以及他们如何在孤岛上生活、繁衍后代的故事，这一叙事模式往往反映了海洋文化中的孤独、封闭和生存挑战，同时也强调了家庭、血脉和传承的重要性。海洋小说中的"人鱼叙事"通常描述人类与人鱼之间的交往和亲情，呈现出海洋与陆地之间的神秘联系。人鱼被描绘成有人性、有情感的生物，与人类发展出情感纽带，反映了中国古代对自然界和人与自然关系的深刻思考。这些叙事强调了人与自然的共生关系，以及海洋文化对人类命运的影响。

从园林文化的角度研究中国古典小说，揭示园林空间如何反映人物情感和社会关系，以及如何成为叙事的象征。学者们认为，园林在古典小说中不仅仅是背景，更是情感表达的载体。通过描述园林景色的变化、人物在园林中的行为和对园林的情感体验，小说可以深刻地反映人物的内心世界和情感起伏。园林空间也常常用来反映社会关系和阶层差异。学者指出，不同角色在园林中的行为和互动反映了他们的社会地位和家族背景。园林的布局和使用方式可以反映封建社会的等级制度和社会伦理观。园林在古典小说中经常被赋予象征意义。它常常象征着人生、命运、欢愉、忧愁等抽象概念。如《红楼梦》中的贾府花园被视为世界的缩影，生动映照出兴衰荣辱、悲欢离合等主题，成为叙事中的重要象征。学者们强调，小说中不同人物对园林的感知与态度反映了他们的品位、文化背景和家族传统。这种文化传承也通过园林的叙述得以呈现，增加了小说的文化深度。

从史官文化的角度研究《左传》，探讨了史书的撰写和史官的角色，分析史书如何反映当时的政治权谋和历史观念，以及如何影响了叙事方式和内容。学者们指出，《左传》作为春秋时期的史书，不仅仅是历史记录，更是政治文献，史官既是历史纪录者，又是政治参与者，往往通过对历史事件的叙述和评论，反映当时的历史观念，如德治思想、礼乐道德等。这些观念在史书中得以表达，并对后世产生深远影响，成为中国历史思想的重要组成部分。学者们还分析了史书对叙事方式和内容的影响。如《左传》采用了编年体的方式，强调事件的时序，注重政治权谋和人物性格的刻画，这种叙事方式影响了后来中国历史文学的发展，成为中国史书写作的典范之一。

从基督教文化的角度研究中国小说，探讨基督教在中国文学中的传播和影响，分析基督教元素如何改变了小说的主题和风格，以及如何推动了中国小说的转型和发展。学者们指出，随着基督教的传播，一些中国小说开始引入宗教主题，如信仰、教义、救赎等，丰富了小说的内涵，使之更加多元和深刻。一些小说中的角色可能受到基督教价值观的影响，表现出不同于传统中国文化的特质，如救赎观念与爱的伦理等。一些小说通过基督教元素探讨社会问题，如贫富差距、道德沦丧等。总的来说，学者们认为基督教在中国小说中的传播和影响对小说的主题、风格、人物和社会观念都产生了一定的影响，为更好地理解中国文学中的跨文化交流和文化变迁提供了一定参考。

从家族文化的角度研究家族小说，深入分析家庭关系、传统价值观和道德观在小说中的体现，揭示家族作为叙事主题的重要性。学者们认为，家族小说常常通过描绘家庭成员之间的关系，包括亲情、爱情、友情等，来反映人物的性格和成长过程，展现了家庭在个体生命中的重要性。如巴金的《家》通过描绘家庭成员的冲突与矛盾，反映了家庭在现代化社会中的挑战。家庭作为传统文化的载体，承载了古老的道德观念和行为规范。一些小说通过家庭成员之间的冲突，探讨了传统与现代、个体与集体之间的价值观念对抗。另外，家族小说堪称社会的缩影，通过家庭内部的故事与家族成员的生活经历，折射出社会、政治和文化的变迁。总的来说，学界认为家族文化在家族小说中扮演着重要角色，通过家庭关系、传统价值观和道德观的呈现，揭示了家族作为叙事主题的重要性，为文学研究提供了丰富的视角和话题。

从大众文化的角度分析中国小说中的欲望叙事和通俗化叙事，探讨了大众文化如何影响了小说的题材选择和读者需求，以及如何塑造了小说的文化地位。学者们认为，中国小说中的欲望叙事和通俗化叙事往往反映了大众的需求和兴趣。随着社会变迁和文化演变，小说的题材选择逐渐向更符合大众口味的方向发展，如浪漫爱情、都市生活等题材在通俗小说中得到广泛探讨，反映了现代社会的生活和情感需求；大众文化对小说的塑造不仅表现在题材上，还包括叙事方式和文体风格。通俗小说通常采用简洁直白的叙事方式，注重情节的吸引力和读者的情感共鸣。一些学者认为，通俗小说的流行使其被传统文学界贴上了"低俗"或"轻文学"的标签，但也有学者强调，通俗小说是文学多元化的体现，其文化价值不容忽视。学者们还分析了大众文化与社会变革的互动关系，通俗小说常常反映了社会现实和文化氛围的变化，如社会价值观念、性别角色等。可见，学者们认为大众文化对小说的影响是多层次和多维度的，涉及题材、叙事方式、文化地位和社会反映等方面，为更好地理解中国小说与大众文化之间的复杂关系提供了参考。

从性别文化的角度研究女性小说，分析小说中的性别角色、权力关系和女性经验的呈现，探讨性别文化如何影响了文学作品的创作和解读。学者们认为，女性小说往往关注女性角色的塑造，探讨女性在家庭、社会和职业生活中的角色和挑战，经常涉及性别权力关系的探讨，包括家庭内部的权力动态、性别歧视和社会不平等等问题；女性小说通常更加关注女性的日常生活经验，包括家庭生活、婚姻、母亲角色等，一定程度上反映了女性解放运动和性别平等观念的发展。总的来说，学者们认为女性小说通过性别角色、权力关系和女性经验的呈现，能够成为反思社会性别问题、促进性别平等的重要平台，性别文化的叙事研究可以为更好地理解文学作品中的性别动态和社会反映提供帮助。

从地域文化的角度探讨不同地区的文化背景对儿童文学的影响，分析儿童文学作品中的地域元素和文化特色。学者们指出，不同地区和文化背景的儿童文学作品常常在故事情节、人物设定、背景描写等方面呈现出鲜明的地域特色，如中国西南民族地区的儿童文学作品可能会突出反映当地的民族文化、宗教信仰和风土人情，使儿童读者更好地了解和尊重不同地域的多样性；儿童文学作品往往通过故事情节和角色塑造来传递地域文化的特色，包括语言、风俗习惯、传统节日等方面的元素；而且儿童文学作品中的地域元素和文化特色不仅仅是文学创作的一部分，对儿童的身份认同具有重要影响。一些儿童文学作家通过将传统地域文化元素与现代情感和价值观相结合，创作出富有创新性和时代感的作品，促进了地域文化的传承和发展。

从民族文化的角度研究民族民间叙事，深入探讨民间故事、传统习俗和宗教信仰如何在文学作品中传承和展示，以及如何反映了不同少数民族的文化认同。学者们认为，少数民族的民间叙事在文学作品中常常传承和发展了神话、传说等丰富的民间故事传统，常常反映了少数民族的节日庆典、婚嫁仪式、宗教仪式等传统习俗和生活方式，使文学作品既具有传统文化的深度，又有现代文学的创造性。一些文学作品深入探讨了宗教神话、仪式和信仰体验，反映了信仰对少数民族文化认同的重要性。例如，藏族文学中常常反映佛教信仰，蒙古族文学中则常常涉及蒙古族萨满教的元素。总之，学者们认为少数民族的民间叙事在文学作品中具有丰富的表现力和文化价值，有助于更好地理解少数民族文化的多样性和丰富性。

（二）文本分析的主要类型

经归纳发现，运用叙事学理论展开文本分析的对象极为庞杂，涉及诸多方面。主要有以下方面：

在外国文学作品方面：有学者[1]论证了莫里森（Morrison）在《爵士乐》在创作中如何打破传统的叙事模式。有学者[2]解读了《天堂》的历史及其重构，揭示出莫里森对历史的思考。有学者[3]从经典叙事学的角度分析了亨利·詹姆斯的中篇小说《螺丝在拧紧》产生的恐怖感。有学者[4]用格雷马斯的"角色模式"理论对英国乔治·艾略特（George Eliot）的《佛洛斯河磨坊》中的人物塑造与情节模式做了分析。有学者[5]用女性主义叙事学理论分析了《最蓝的眼睛》。有学者[6]以女性主义叙事学的角度分析了弗吉尼亚·伍尔夫经典意识流小说《到灯塔去》。有学者[7]分析了贝克特（Beckett）的"贫乏"在小说三部曲中的体现，研究了其"容纳混乱"的叙事形式。有学者[8]用苏珊·兰瑟的理论解读了弗吉尼亚·伍尔夫的《到灯塔去》。有学者[9]用后经典叙事学理论分析了库切（Coetzee）"晚年三部曲"中的认识论特征和修辞性维度。

---

[1] 许晓萍:《〈爵士乐〉叙事学研究》,硕士学位论文,福建师范大学,2010。

[2] 江婷婷:《〈天堂〉中历史的重构:一种叙事学的解读》,硕士学位论文,重庆大学,2011。

[3] 雷婧:《从叙事学角度分析〈螺丝在拧紧〉的恐怖感》,硕士学位论文,江西师范大学,2010。

[4] 杨晶晶:《叙事学理论视野下〈佛洛斯河磨坊〉中的人物观与情节模式阐释》,硕士学位论文,西北师范大学,2010。

[5] 张倩:《女性主体建构——从女性主义叙事学角度解读托妮·莫里森的〈最蓝的眼睛〉》,硕士学位论文,南京理工大学,2011。

[6] 于芳:《〈到灯塔去〉的女性主义叙事学角度解析》,硕士学位论文,辽宁大学,2011。

[7] 梁钫:《贫乏之中的艺术——贝克特小说三部曲的叙事学研究》,博士学位论文,上海外国语大学,2010。

[8] 肖平、方永兰:《西方叙事学理论演变与吴尔夫小说中的女性主义立场——也谈弗吉尼亚·吴(伍)尔夫小说〈到灯塔去〉》,《东南大学学报(哲学社会科学版)》2007年第6期。

[9] 郎银雪:《叙事·认知·修辞——库切"晚年三部曲"的后经典叙事学解读》,硕士学位论文,重庆师范大学,2011。

在中国古代作品方面：有学者①系统运用叙事学理论，从叙事立场、叙事视角、叙事时间、结构、话语、情节等多个维度阐释《史记》。有学者②对"二拍"进行研究，涉及语言的节奏和韵律、人物之间的相互关系、情节的发展以及意象的运用。这种分析有助于揭示作者如何通过叙事手法创造出丰富的文学效果。有学者③针对《尚书·金縢》展开研究，从周公、成王和史官三种不同的叙事视角切入，解读其中的历史事件和人物形象，深入挖掘不同叙事视角背后所传递的信息和意义，丰富了对这一文本的理解。这些研究展示了叙事学在解读古代文学作品中的重要作用。

在中国现当代文学领域，许多学者从不同的叙事学角度对各类文学作品进行深入研究。有学者④对"（20世纪）70年代出生"的作家的创作进行"身体叙事学"角度的分析。这种分析关注作家作品中的身体表现、感觉和生理经验，旨在探讨身体如何在叙事中成为情感和意义的载体，以及如何反映社会、历史和个人的关系。有学者⑤进行了萧红小说创作的叙事学分析，关注叙事结构、语言应用、人物塑造和情节展开等方面，以揭示萧红在小说中如何利用叙事手法来传达主题和情感。有学者⑥对丁玲小说进行女性主义叙事解读，关注作品中呈现的女性角色、性别关系和社会地位。这些解读通过剖析小说中的情节、对话和形象，深入挖掘了丁玲是如何通过叙事展示女性在社会中的经历、挣扎和反抗的。

除了文学作品，学者们也广泛应用叙事理论来分析影视剧。例如：有学者⑦用叙事理论分析了《雍正王朝》的叙事结构及相关操作规律，通过剖析剧情的呈现方式、人物关系的展示、情节发展的节奏以及意象的应用，以揭示影视剧如何通过叙事手法来传达主题和情感。有学者⑧以认

---

① 刘宁：《〈史记〉叙事学研究》，博士学位论文，陕西师范大学，2006。

② 牟景姗：《"二拍"叙事学视角的考察》，硕士学位论文，延边大学，2011。

③ 于文哲：《〈尚书·金縢〉的叙事学解读》，《哈尔滨工业大学学报（社科版）》2009年第3期。

④ 赵昉：《我愿意用我的飞翔展示我的翅膀——"70年代出生"作家的身体叙事学》，硕士学位论文，郑州大学，2003。

⑤ 张美歌：《别样的叙事——叙事学观照下的萧红作品》，硕士学位论文，辽宁师范大学，2011。

⑥ 高杰：《"失语"的言说——丁玲小说的女性主义叙事学解读》，硕士学位论文，华中师范大学，2011。

⑦ 李鹏飞：《大众文化视野中历史电视剧的叙述策略——以〈雍正王朝〉为个案的叙事学解读》，博士学位论文，复旦大学，2006。

⑧ 刘世生、庞玉厚：《认知叙事学初探——以电影〈美丽心灵〉中的文本世界为例》，《外语学刊》2011年第2期。

知叙事学分析奥斯卡获奖影片《美丽心灵》中的电影叙事，通过关注观众的认知过程、情感体验和信息加工，研究电影如何通过叙事手法来引导观众对剧情和人物产生理解和共鸣。

（三）文本分析的重要主题

在分本分析的主题方面，除了人物形象、情节结构、语言艺术等一般性主题外，还有民族、女性、异类婚恋、童话等主题。

在民族主题方面：有学者①观察了新时期西方叙事理论在蒙古小说研究中的渗透与应用。有学者②用叙事学理论和口头程式理论，对楚雄彝族地区经典口传史诗《梅葛》进行了细微实证分析。他们不仅聚焦于史诗的叙事结构、语言特点以及情节演绎，同时也关注这一口头传统是如何在特定社会背景下被维护、传承和赋予意义的。这种研究方法有助于揭示口头文化遗产的丰富内涵，以及它在社会中的作用和影响。

在女性主题方面：一些学者试图运用苏珊·桑塔格（Susan Sontag）的理论来进行分析。其中包括高小弘的《话语权威的艰难建构——20世纪90年代女性成长小说的叙述声音分析》《李锐小说叙事声音分析》、李伟忠的《女性声音的表达——浅析〈古船〉》以及吴敏的《林白小说的叙述声音与自我认同》等作品。这些研究旨在探讨女性在文学作品中的表达和呈现，特别关注女性叙事声音在小说中的塑造和作用。苏珊·桑塔格的理论提供了一种分析女性话语和身份的视角，强调了社会语境和权力结构对女性经验和表达的影响。高小弘的研究关注20世纪90年代女性成长小说中叙述声音的构建，探讨了女性主体在小说中如何寻求话语权威的问题。李伟忠的研究分析了《古船》中女性声音的表达方式及其对女性的认知、情感和生活体验的展现。吴敏则关注了作家林白的作品，从叙述声音的角度探讨了女性主体如何在小说中建构自我认同。这种探究有助于理解女性角色如何通过声音表达自己的情感、欲望和内心世界。总体而言，这些研究揭示了女性在文学作品中的独特存在和表达方式，为我们理解女性叙事的复杂性和丰富性提供了有益的参考。

在异类婚恋主题方面：一些学者对18～20世纪中国异类婚恋故事做了叙事学分析，总结了这些故事的共同主题和类型。研究者聚焦于中国文学中因不同族裔、社会地位、阶层等因素引发的异类婚恋情节。通过叙事学分析，他们提炼这些故事中的共同母题和类型，揭示了这些故事

---

① 呼都特：《论新时期西方叙事学在蒙古小说研究中的渗透与应用》，硕士学位论文，内蒙古师范大学，2009。

② 蔡晓丽：《〈梅葛〉叙事学探究》，硕士学位论文，云南大学，2011。

背后的文化价值观和社会观念。此类分析有助于我们理解异类婚恋故事在文学中的地位以及它们所传达的意义。

在童话作品的分析方面：一些学者运用格雷马斯的叙事学理论，研究经典童话中的叙事结构、角色发展、情节展开等要素。这种分析帮助我们深入理解童话作品蕴含的文化、心理和道德层面内容，揭示了童话作为一种叙事形式的独特之处，以及在传递价值观和教育意义方面发挥的作用。

二、批评分析具体文本中存在的问题

如前所述，在将西方叙事学理论本土化的过程中，国内学者对具体文本运用叙事学理论进行解读的研究呈逐渐增加的趋势，并且在这方面取得了显著的进展。然而，也需要指出存在的问题。首先，部分学者在运用叙事学理论时偏向于使用某一特定理论，如格雷马斯的符号矩阵和行动元模式。尽管这些理论在分析叙事结构和情节发展方面具有一定的优势，但过度依赖单一理论可能导致解读的局限性。其次，对理论本身以及表述的准确性问题，可能会影响研究的质量。叙事理论涵盖广泛，而对于每个理论的理解都需要深入学习和思考。错误解读可能导致对文本的不准确分析，降低研究的可信度。另外，存在一种套用现象，即将叙事学理论机械地应用于文本，却缺乏对特定文本背景和文化语境的深入分析。下面以格雷马斯的符号矩阵理论的应用为例加以说明。

（一）表述的准确性问题

这里所讲的表述准确性问题，是指目前对格雷马斯的符号矩阵理论中关于逻辑项之间关系的表述，国内学者使用了多种表达，有的甚至颇为含糊，极易引起误解。为了直观说明，首先列出符号矩阵图（见图4-1）。

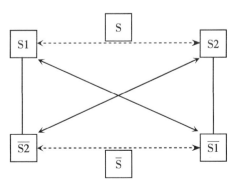

图4-1 格雷马斯符号矩阵图

在该图中，关于横轴项即 S1 与 S2、$\overline{S1}$ 与 $\overline{S2}$ 之间的关系，国内有"对抗""对立""反对""反义"等不同表述。对于对角线项即 S1 与 $\overline{S1}$、S2 与 $\overline{S2}$ 之间的关系，有"矛盾但并不一定对立""矛盾交叉""矛盾"等不同表述。对于纵轴项即 S1 与 $\overline{S2}$、S2 与 $\overline{S1}$ 之间的关系有"蕴含""互补""从属""相容"等不同表述。也许研究者本身的理解没有问题，问题出现在对理论表述的翻译上。为此我们不妨从原文出发，列出关于格雷马斯理论的英文表述①（见图4-2）。

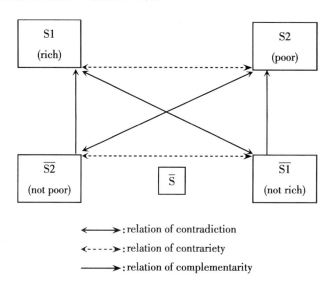

图4-2　格雷马斯符号矩阵的英文表述

在该图中，三种关系分别表述为"relation of contradiction""relation of contrariety""relation of complementarity"。显而易见，国内学者在理解"contradiction"和"contrariety"上存在一定问题，从而给读者造成了一定困惑。如一些国内重要学者的如下论述：

格雷马斯……提出了解释文学作品的矩阵模式，即设立一项为x，它的对立一方是反x，在此之外，还有与x矛盾但并不一定对立的非x，又有反x的矛盾方即非反x，即A与B、–B与–A之间属于对抗关系，A与–B、B与–A之间是互补关系，A与–A、B与–B之间是矛盾交叉关系。

① Martin McQuillan, *The Narrative Reader* (London: Routledge, 2001), p.327.

如图4-3所示：

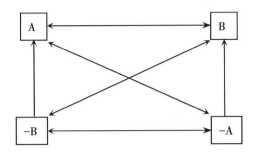

图4-3　某些学者对符号矩陈关系的图解

上面论述中很容易引起歧义的是：既然x的"对立一方是反x"，说明两者的关系是"对立"，后面又讲"A与B、-B与-A之间属于对抗关系"，这里显然对横轴关系使用了"对立"和"对抗"两种表述。而根据格雷马斯的理论，两者本质上相同，应规范为一种表述。而"对立"和"对抗"在汉语中的意义明显是不同的，"对抗"比"对立"程度更严重。对于对角线关系："有与x矛盾但并不一定对立的非x，又有反x的矛盾方即非反x"；"A与-A、B与-B之间是矛盾交叉关系"。显然实际上使用了三种表述："矛盾但并不一定对立""矛盾""矛盾交叉"，这里的问题除了应规范为一种表述外，主要是"矛盾但并不一定对立"的表述本身在逻辑上不易理解，因为按照对"矛盾"的解释，矛盾即"非此即彼"，"矛"与"盾"两者一定是"对立"的。"矛盾交叉"这一表述也不太严谨。此外，还有著作①将横轴项表述为"对立"，将纵轴项表述为"无关系"。

为了厘清上述表述，我们不妨着眼于格雷马斯的理论本身。"格雷马斯文学符号学理论中最著名的是'符号矩阵'，它源于对亚里士多德逻辑学中命题与反命题的诠释"②。为此，让我们引入亚里士多德的"逻辑方阵"：图4-4③所示为A、B、I、O之间四种真假关系的"逻辑方阵"。

①　〔美〕杰拉德·普林斯：《叙述学词典》，第204页。

②　申丹、王丽亚：《西方叙事学：经典与后经典》，第49页。

③　南开大学哲学系逻辑学教研室编《逻辑学基础教程》，天津，南开大学出版社，2008，第65-66页。

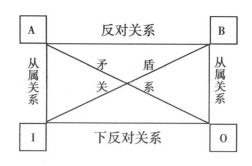

图4-4 亚里士多德的"逻辑方阵"

显然该图将各个逻辑项分别表述为"反对关系""矛盾关系"和"从属关系"。本书认为可以以此为依据翻译格雷马斯的符号矩阵，因为这就实现了与逻辑学知识的通约性。另外，鉴于当前学者已经使用"反义"和"蕴含"的表述（如《论意义：符号学论文集》）[①]，本书认为"反对"和"反义""从属"和"蕴含"可以通用，其余表述则一概不采纳。这样也就基本符合格雷马斯"relation of contrariety""relation of contradiction""relation of complementarity"三种关系的含义。

在此基础上，本书还认为要从逻辑上细致区分"矛盾关系"和"反对关系"的差异。图4-5举例直观表示了两者的区别。

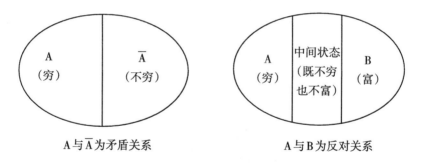

图4-5 "矛盾关系"和"反对关系"比较

从图4-5中明显可看出，矛盾关系中双方构成全集，非此即彼；而反对关系中双方处于排斥，但对于全集而言，不是非此即彼，存在不属于两者的第三种情形。以交通信号灯为例："红灯"与"绿灯"构成反对关系，因为还有"黄灯"状态；而"红灯"与"非红灯"构成矛盾关系。

（二）对所应用批评理论的误读

除上述论及的表述的准确性问题外，对理论的误读也是值得重视的

---

① 〔立〕格雷马斯：《论意义：符号学论文集》，吴泓缈、冯学俊译，天津，百花文艺出版社，2011。

方面。如果说准确性问题只是翻译造成的，那么误读则直接导致理论的错误。最明显的来自《当代西方文艺理论》（华东师范大学出版社1997年版）中对格雷马斯符号矩阵的解释说明。鉴于该书的重要学术地位，非常有必要对之进行澄清。图4-6是该书中使用的符号矩阵图。

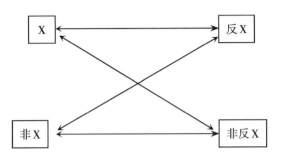

图4-6　《当代西方文艺理论》中的符号矩阵图

作者在该书中说明了图式的四种关系："在格雷马斯看来，文学故事起于X与反X之间的对立，但在故事进程中又引入了新的因素，从而又有了非X和非反X，当这些方面因素都得以展开，故事也就完成。"①从中明显可以看出，图4-6中X项的对角线应为非X，反X项的对角线应为非反X；而该书将两项颠倒了，将X项的对角线设为非反X，将反X项的对角线设为非X。

为了进一步详细说明，该书还特别引用了美国文论家詹姆逊在《后现代主义与文化理论》一书中对中国古典小说《聊斋志异·鸲鹆》运用该理论进行的解读，并列出了以下图式（见图4-7）。

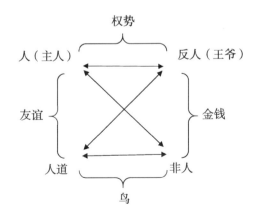

图4-7　《后现代主义与文化理论》中的图式

---

① 　朱立元主编《当代西方文艺理论》,上海,华东师范大学出版社,1997,第253页。

仔细比较二图，很明显詹姆逊的图式是正确的。这一点已引起细心读者的注意，指出了该书中提供的图式"影响广泛，很多文学理论书籍都采用了这一图式。但是这里明显存在一个矛盾，在这个图式中第一项为 X，第二项为反 X，第三项为非反 X，第四项为非 X。而在杰姆逊所做的分析中，第三项为非人，第四项为人道，也就是反人的矛盾项，即非反人。若将人再抽象为 X，则第三项为非 X，第四项为非反 X。所以在第三项和第四项的位置安排上正好是颠倒的。综上所述，《当代西方文艺理论》所引图式，与所引用的杰姆逊的论据是不相符合的"①。

值得说明的是，上述错误在一定程度上造成国内类似研究的误区。如有学者②在研究斯坦培克的《菊花》时，首先按照人物关系得出了图4-8所示的分析图式。

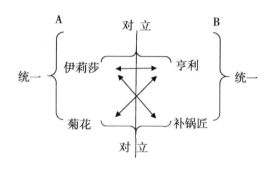

图4-8　某学者对《菊花》人物关系的分析图

在该图的基础上，该学者在意义角度按照"女人"和"反女人"进行了深层分析。认为"伊莉莎的女人性和亨利的反女人性因素之间的二元对立是故事的基本线索，菊花和补锅匠是故事发展中引入的辅助因素，菊花的非女人性是故事发展的支撑点，而补锅匠的非反女人性则是故事发展的催化剂。这四个义素相互之间的二元对立关系、两个义素群之间的对立关系、各义素群内部的统一关系以及义素的动态发展变化使故事产生了丰富的内涵"③。从而得到图4-9所示的分析图式。

①　康建伟：《对"符号矩阵"在文学批评实践中的反思》，《中北大学学报(社会科学版)》2008年第1期。

②　姜淑芹、严启刚：《简析〈菊花〉的叙事结构》，《外国文学研究》2005年第2期。

③　同上。

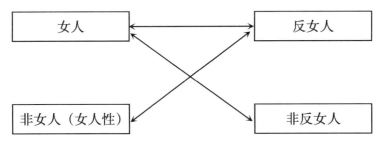

图4-9　基于图4-8得出的矩阵图

显然，图4-9中的第三、第四项是颠倒的，"女人"的对角线应当是"非女人"，"反女人"的对角线应当是"非反女人"，这和《当代西方文艺理论》一书中提供的矩阵图的错误是一样的。

（三）机械套用理论框架的现象

机械套用是当前西方叙事学理论应用中一个很普遍的现象。国内很多研究者热衷于引进一个理论模型，然后将一个中国文本进行一一对应，而对于理论深层的意义挖掘不够。对格雷马斯符号矩阵模型的套用现象是十分明显的，本书搜索了关于格雷马斯的研究文章，大多均属于这种情形，最突出的是寻找作品中的某一人物进行四项对应。如在研究《彼得堡》时，将"杜德金""参议院"等人物地名进行简单对应，从而得到图4-10所示图式[1]。

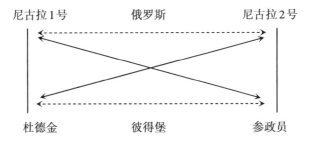

图4-10　某研究中关于《彼得堡》的符号矩阵图

这种图式是目前国内研究的主要形态，这对文本的分析固然是必要的，但有必要进一步深化。正如有学者所指出的，用此模式在文本批评中存在教条倾向，"表现为将一文本断章取义，抽出四个人物形象，然后将此四人与符号矩阵中的四项做简单的对应……虽然有一定的意义，但并不是符号矩阵的精髓所在"[2]。

---

① 管海莹：《论〈彼得堡〉的多元叙事结构》，《俄罗斯文艺》2011年第4期。

② 康建伟：《对"符号矩阵"在文学批评实践中的反思》，《中北大学学报（社会科学版）》2008年第1期。

那么符号矩阵的精髓是什么呢？显然是为了呈现文本深层的意义，因此应当将矩阵中的四项进行意义赋值。当然，如果人物符号能代表一种价值时，这种对应也是正确的，但是不在意义的角度使用人物符号，而仅仅以人物符号满足四项时，这种分析则是肤浅的。这里还以詹姆逊对符号矩阵的具体实践为例。他在对《聊斋志异·鹌鹑》的分析图式中应用了"主人""鸟""王爷"等人物，其实詹姆逊是在"金钱""权势""友谊"等意义角度使用人物符号的。为了说明意义赋值的重要性，再看詹姆逊对康拉德的《吉姆爷》的分析。他使用了"价值"和"行动"，行动是做事取得成功，价值是体现在朝香客的被动性中的意义，从而得到图4-11所示图式①。

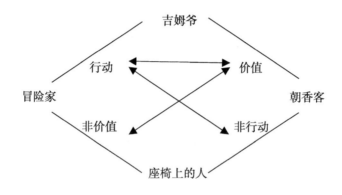

图4-11　詹姆逊对《吉姆爷》的分析图式

可见，在该图中，深层的是意义分析，人物符号处于第二层面。也就是说，人物只是意义的体现者："非价值与非行动的结合是坐在甲板座椅上的人，非行动和价值的结合是朝香客，行动和非价值的结合就是虚无主义的冒险家，而价值和行动的结合作者找到的是吉姆爷"②。而国内学者大都习惯于人物层面的赋值。比如在对《祝福》的分析中，就将X项赋值为被压迫者祥林嫂，反X项赋值为压迫者鲁四老爷，非X项赋值为非压迫者柳妈，非反X项赋值为帮手"我"。对立项是被压迫者和压迫者的阶级斗争，这样的分析在符号矩阵的面纱下依然是我们熟悉的社会学批评。有学者从"问"的角度分析《祝福》，得到图4-12所示图式③：

① 〔美〕弗雷德里克·詹姆逊：《后现代主义与文化理论》，北京，北京大学出版社，2005，第130—131页。

② 康建伟：《对"符号矩阵"在文学批评实践中的反思》，《中北大学学报（社会科学版）》2008年第1期。

③ 同上。

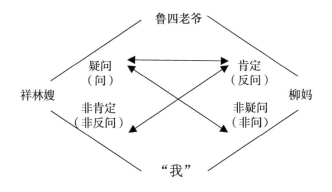

图 4-12 从"问"的角度分析《祝福》

这一研究将意义研究放在首位，在此基础上进行人物分析，而不是仅仅进行人物关系的简单对应和归类，这是国内研究需要提倡的。

最后值得说明的是，不仅仅对于格雷马斯的符号矩阵存在明显的套用现象，对格雷马斯的行动元模式、普罗普叙事功能的分析也存在类似的问题：常常在文本中寻找主体、客体、帮助者、发送者进行对应；总是习惯于套用序列并寻找类似的叙事功能。这固然是必要的，但更应在此基础上思考这些方法中蕴含的深层意义。

（四）对文本批评中存在问题的思考

西方叙事学在中国本土化的过程中，还存在其他一些普遍性问题。这些问题在叙事文本批评领域广泛存在，影响着对文本的深刻分析。以下问题需要重视。

一是过多依赖热奈特的术语。在运用叙事学理论时，一些研究者过于依赖热耐特提出的叙述术语，如叙述者、叙述视角、叙述人称和叙述时间。尽管这些概念在分析叙事结构方面很有价值，但过度关注这些概念可能导致忽略其他重要的叙事要素。叙事不仅仅关乎这些表面层面，还涉及情感、主题、文化和社会背景等方面的内容。过度依赖热耐特的术语可能会限制研究者对文本的深刻分析。如果只集中在叙述者的身份、叙述视角的选择、叙述人称的应用以及叙述时间的安排上，就可能无法充分捕捉到文本内在的多样性和复杂性。

二是对叙述声音、叙事层次、叙述进程关注不足。在叙事学理论中，叙述声音、叙事层次和叙述进程等要素非常重要，但目前在本土化过程中，这些方面的研究较少。这可能限制了对文本深层次结构和情感的理解。其中叙述声音是叙事者在叙事过程中的独特表达方式，包括语气、情感、态度等。每个叙事者都有其独特的声音，通过选词、语气和语言风格，他们能够传达情感、价值观以及对故事的态度。然而，许多研究者往往将注意力集中在叙述者的身份和观点上，而忽视了这些声音在塑造叙事风格和情感体验方面的重要作用。叙事层次涉及故事内部不同层次的结构和关联，如主线故事和副线故事。每个层次都可能包含独特的主题、情感和意义。叙事层次的分析可以帮助揭示文本的多重维度，以及这些层次之间是如何相互作用和补充的。然而，目前的研究往往过于偏重主线故事，而忽略了其他层次的重要性。叙述进程强调叙事的时间性和发展过程，它包括叙事的节奏、速度、高潮和转折点。叙述进程的分析有助于理解文本如何引导读者在不同情感阶段产生共鸣，以及叙事如何引导情感和认知的演变，然而，这方面的研究关注相对较少，往往局限于对整体情节的表面描摹。

三是鲜有将叙事话语和故事结合。叙事话语是指叙述者选择叙述方式和语言的过程，而故事则是叙述的内容。这两者之间的关系对于理解叙事的效果至关重要。然而，许多研究未能很好地将叙事话语和故事相结合，导致对叙事规律的深刻挖掘不足。这是因为，叙事话语是叙述者根据特定目的和受众选择叙述方式和语言的过程。它可以通过词汇、风格、句式等来塑造叙事氛围、调性和情感色彩。叙事话语直接影响着读者对故事的理解和情感体验。故事则是叙述的内容，包括事件、角色、情节等，它构成了整个叙事的基础。故事的情节和主题会通过叙事话语得以呈现，叙事者通过选择何时透露信息、如何描述事件以及如何揭示角色心理等方式来影响读者的情感和认知。然而，一些研究者可能过于关注叙事者的选择，而忽略了这些选择对故事理解的影响。或者他们过于集中在故事情节的阐释上，却忽略了叙事话语如何影响读者对故事的感知。

四是多采取静态的角度，未考虑阐释语境。一些研究者在分析叙事时倾向于从静态角度出发，将文本视为孤立的实体进行分析，而未将阐释的语境纳入考量。这种做法可能限制了对叙事含义的深入理解，因为文本的阐释应该与社会、历史、文化等因素相结合。具体来说，静态的角度意味着将文本视为一种独立的存在，忽略了其存在于特定社会、历史和文化背景中的情况。这种分析方法可能导致对文本内在含义的理解不够深刻，因为叙事作品往往是受其所处环境影响的。阐释语境则包括文本所处的社会、历史、文化等方面的背景。文本的创作和理解都受到这些因素的影响。因此，将叙事作品的阐释与其所处的语境相结合，可以帮助揭示叙事的深层意义和文化内涵。为解决这一问题，研究者需要更多地考虑阐释的语境，通过研究作者的生平背景、时代背景、文化背景等，来更好地理解文本的创作背景和意义。将文本与其所处语境相融合的研究，有助于读者更深入地理解叙事作品的内涵、价值观。

上述问题实质上涉及文化比较和影响研究，因此对待这些问题需要非常认真，尤其要注意应对西方话语中心主义的消极影响。正如某些学者所指出的，"放弃对中国文人根性的本土化探求而求助于简单嫁接西方理论是无法深入澄清问题的。影响研究在此成了低级的形式逻辑游戏。平行研究的意旨虽然是一种开放式的交流，但长期以来其范式和框架都追随西方，这套结构背靠抽象的普遍性的形而上假设和演绎逻辑和形式理性的思维根子。"①

在本土化西方叙事学的过程中，确实需要认真对待文化对比和影响的问题。传统文化和西方叙事学之间的融合不应仅仅是简单地套用或嫁接，而应该在充分理解传统文化特点的基础上，探索如何将西方理论与中国文化背景有机结合，以产生更丰富和准确的解读。这需要研究者摒弃一味追随西方范式的思维方式，在深入理解中国文化、历史和社会的基础上，构建适合本土情境的研究框架。平行研究的意义在于鼓励开放式的文化交流，但我们也需要关注研究范式的选择，以免简单地沿袭西方的结构，从而在研究中仍然体现出一种形而上的普遍性和抽象思维方式。

显然，实现西方叙事学的本土化是一个充满挑战的过程，需要谨慎而努力地探索。在这个过程中，如何在坚持西方基本理论的同时，充分发挥自身文化语境的作用，涉及平衡的问题，同时也存在理论风险和取舍转化的挑战。陈平原的《中国小说叙事模式的转变》一书充分体现了这种努力，在不违背叙事学基本原则的前提下，灵活地运用理论。该书"第一次从叙事模式的角度对现代文学中小说新形式的基本特征和产生根源进行了全面而又系统的论述……第一次勾勒了中国小说叙事模式'史'的基本体系和流变过程"②。另一方面，该书还将新的叙事模式"是否更准确更生动地表现了现代人的生活感情"作为评价"叙事模式"转换的标准，把"五四"精神跟"叙事模式"转换联系在一起。"这种把小说形

① 上官儒烨:《对弗朗索瓦·于连的汉学研究的研究》,硕士学位论文,四川大学,2006。

② 刘俊:《研究的背后——读陈平原的〈中国小说叙事模式的转变〉》,《南京大学学报(哲学·人文科学·社会科学版)》1989年第6期。

式归还给作家的精神的做法，跟作为叙事学前提的语言观互不兼容"①。因此，在对西方叙事学理论的理解和应用中，不仅要关注文本形式，还应将其置于更广泛的文化、历史和社会语境中进行分析，通过深入研究和不断探索，更好地解决理论转化和本土化方面的问题，为叙事学的发展和应用开辟更广阔的道路。

---

① 〔日〕中里见敬：《中国文学研究里的叙事学——关于陈平原〈中国小说叙事模式的转变〉》，载《（日本）集刊东洋学》，第69号，1993，第5页。

第五章　借鉴对话:中国叙事学的
自觉建构

　　本章着眼于探究在西方叙事学的启发下所涌现的中国叙事学问题。中国叙事学的探索始于20世纪80年代,并在90年代达到了高潮,至今仍在持续不断地发展。尽管相较于西方叙事学体系,中国的叙事理论仍然相对单薄,但在这一过程中已经取得了显著的成就。目前,中国叙事学作为一门富有活力的学科正逐渐崭露头角。中国叙事学的自觉建构不仅在于对西方叙事理论的吸纳和应用,更在于将叙事研究与中国传统文化、社会变革相结合,从而为学科的发展开辟了全新的道路。

第一节　中国叙事学的主要学者与理论研究视角

　　"中国叙事学"这一概念最早出现在美国汉学家浦安迪的北大演讲中,并在《中国叙事学》一书中有所体现。后来,傅修延使用了"中国叙述学"的说法。在西方叙事学迅速传播的背景下,许多学者开始认识到中国叙事传统的重要性并试图将其发扬光大。这种自觉意识在中西比较诗学领域尤为显著,可以被视为中国叙事学思想发展的前提。例如,赵毅衡的比较诗学研究提出了许多有价值的观点,他将"形式文化论"的批评方法应用于中国小说研究中。另外,陈平原的《中国小说叙事模式的转变》一书也具有明显的对比研究特点,指出中国小说受到西洋小说输入的影响而发生了变化,详细分析了西方小说的启发与中国小说叙事模式的变化之间的关系。

　　随着"中国叙事学"概念的提出,其建构的迫切性和途径方法也日益得到重视。如有学者[1]指出让中国叙事艺术在叙事学中获得应有的位置,应属目前叙事学研究的当务之急;有学者[2]提出要避免以西解东,寻

---

[1]　傅修延:《叙事学勃兴与中国叙事传统》,《江西社会科学》2007年第10期。

[2]　高红、艾春明:《文化视野下的叙事和叙事学功能》,《东北师大学报(哲学社会科学版)》2008年第4期。

找中西叙事文学的互通路径；有学者①甚至指出要努力超越东西方的新的具有普遍意义的叙事学理论体系；有学者②指出中国叙事学虽在与西方理论接轨的当代叙事学研究方面颇有进展，但还有很多补充空间；有学者③对现代性中国叙事学进行研究，认为应以中国生命哲学为基础。多年来学界在此基础上进行了积极努力，主要的学者和研究思路如下所述④。

一、中国叙事学理论体系的构建思路与尝试

杨义的叙事学研究始于20世纪90年代，随着80年代中期西方叙事学在中国学界的传播，他从明显的民族文化与哲学角度关注叙事问题。其最初设想体现在《中国古典小说史论》一书中。他在书中提出了"中国叙事学"的理论框架，认为与西方叙事学不同，需要从民族文化视角进行构建，"中国叙事学应该反其道而行之……西方叙事学的体系在这里被'解构'和重构了"⑤。因为他认为五四以来我国的古典小说研究多使用西方小说观念。

《中国古典小说史论》一书的叙事学价值在于两个方面：一是对中国小说的重构意图表现出明显的本土化意识；二是对中国古典小说的叙事特征的概括，开拓了杨义对中国古代小说叙事研究的方向。之后他提出了整体性理解叙事文本的思路，如将《水浒传》的整体意识与"天人感通"的宇宙观进行互通解释⑥；从"天人感应"的角度对《红楼梦》进行说明⑦，提出了寓言叙事、超现实叙事等诸多有价值的观点；从儒佛道的文化框架中研究《西游记》⑧，进行了神话形态、神魔观、神话想象等多

---

① 吴文薇：《寻求中西叙事理论的对话与沟通——关于建构中国当代叙事学的思考》，《安徽大学学报（哲学社会科学版）》2001年第2期。

② 万晓蒙、李亚飞：《对话前沿　回归本土——2017年中国叙事学研究述论》，《当代外语研究》2018年第6期。

③ 卓今：《建构现代性中国叙事学的几个基本前提》，《文艺报》2016年5月27日。

④ 部分观点参考王鹏：《中国文化叙事学发展历程与主要视角模式研究》，硕士学位论文，湖北师范大学，2011。另外，诸如赵毅衡提出广义叙事学、申丹提出融合叙事学与文体学、龙迪勇提出空间叙事学等都对中国叙事学具有重要启发意义，或者本身属于中国叙事学的研究。由于涉及的内容较多，鉴于篇幅，本书只列出以"中国叙事学"或有类似提法的部分学者的研究成果作为代表性论述。

⑤ 杨义：《中国古典小说史论》，北京，人民出版社，1998，第559页。

⑥ 杨义：《〈水浒传〉的叙事神理》，《齐鲁学刊》1994年第1期。

⑦ 杨义：《红楼梦：天书与人书的诗意融合》，《中国社会科学院研究生院学报》1994年第6期。

⑧ 杨义：《〈西游记〉：中国神话文化的大器晚成》，《中国社会科学》1995年第1期。

方面解析。此外杨义还进行了《儒林外史》等的叙事研究。

在《中国古典小说史论》的基础上，杨义于1997年完成了《中国叙事学》一书，用"结构篇""时间篇""视角篇""意象篇""评点篇"等建构起一个中国叙事学的基本理论框架。该书影响巨大，钱中文认为其"初步建立了我国自己的叙事学原理"①。杨义关于中国叙事学的基本思路如下所述。

（一）中国叙事学的逻辑起点：回归本身

杨义的贡献首先在于对中国叙事存在规律和体系的确认。既然存在中国叙事学这一逻辑假设，那么起点在何处？他主张返归中国文化的原点，其实就是中国哲学本身，他称之为民族精神文化。如果将中国叙事学看作"圆"，民族精神文化就是"圆心"，圆心就是核心，也是逻辑起点，"从圆心出发，进行……理论思考"②。

重要的是，杨义坚持了逻辑起点与历史起点统一的原则：在《中国叙事学》中分析了中国叙事的起源，将之追溯到甲骨卜辞的简短叙事中；并用历史的方法说明了"叙事"一词的含义。显然这与西方的逻辑定义方法是不同的。他抛开西方的结构主义理论，直接从中国古代文献《周礼》中的"序事"入手，指出"叙""序""绪"的关系，用"顺序学""头绪学"说明"叙事学"，这是很有价值的。在逻辑与历史起点一致的基础上，通过对《三国志·魏书》《宋书》《梁书》等的引证，他分析了"叙事"到了南宋真正成为一种文类的过程，以及明代王世贞拓展了叙事文类的范围，明清时叙事文类扩展到了小说戏曲的可能性。

值得说明的是，杨义的这一研究具有史学的性质，从甲骨卜辞到《山海经》再到商周铭文，主要是轮廓式梳理，与傅修延的研究（后文专论）有一定不同。

（二）叙事学必须有的中国化术语和思维方式

杨义充分使用中国文化术语，提出了诸多具有创造性的中国叙事学概念，或者力求叙事术语的中国化表达和理解。如对于"结构"的理解，他从借用《抱朴子·勖学》《鲁灵光殿赋》等盖房子的类比，用的是"盖"的过程意义，而不是"房子"的静态特征。他还从哲学的角度，认为结构是极有哲学意味的构成，从而提出了"结构之技"与"结构之道"的区分，如"叙事成分在某种秩序中获得恰如其分的编排配置"③，本身

---

① 杨义:《中国叙事学》,北京,人民出版社,2009,第455页。

② 同上书,第10页。

③ 同上书,第65页。

就蕴含着某种意义。结构还因为"阳刚美和阴柔美"的交叉、"虚实相生"具有"弹性的力度"①。杨义还从结构的"活法"即动词角度，提出了"结构的势能"的概念，说明结构变化的不同形态和可能性，包括本体势能（内在）、位置势能（外在）和变异势能（内在和外在结合而生变异）三种。

杨义对"时间"的理解不同于西方叙事学的具体的故事时间，而是从生命和历史整体的角度赋予宏大的意蕴。其"叙事元始"极具中国哲学气质，是指故事从一个宏大的时空开始，"显示了时间的整体性观念"②。他还提出了"幻化时间"的概念，即"把人生视为梦幻泡影"③的时间体验。他还研究了中国叙事学中的生日、节日等独特的时间刻度，将"生日"视为人与世界相联系的时间纽带，将"节日"视为人类与天地鬼神相对话的时间纽带。他还分析了倒叙、预叙、插叙和补叙。

杨义的"视角"概念充分吸收了西方叙事学的观点，即"眼光和角度"，但同时又指出具有"选择性和过滤性"④，显然后者具有人生哲学和价值观的意蕴，是从作家的心灵角度分析的。他还将视角分为全知、限知以及外视角、内视角。全知视角"究天人之际，通古今之变"；限知视角与设置悬念或留下叙事空白有关。"聚焦为实、为密，非聚焦为虚、为疏。"⑤聚焦的中心点为"焦点"，空白或不涉及处为"盲点"，两者的组合能产生良好的审美效应。他在上述几种视角的变化中，在"一"与"多"的基础上，提出了"流动视角"的概念，其实质是不同视角的由此及彼、相互呼应与合成全局。

杨义的"叙事意象"说完全是继承了中国诗学的精华，"叙事作品之有意象，犹如地脉之有矿藏，一种蕴藏着丰富文化密码之矿藏"⑥。这与西方符号学研究中"意义"有类比性，但是融入了更多的中国元素。

（三）中国叙事学的哲学基础和文化精神

杨义的研究领域广泛，从古典叙事文学、古代小说史、古代诗歌理论到现代文学等，贯穿着重要的文化精神和哲学分析方法。值得说明的是，杨义对中国叙事学的贡献不仅在于术语方面，而且在于术语所包含

---

① 杨义：《中国叙事学》，北京，人民出版社，2009，第76页。

② 同上书，第146页。

③ 同上书，第167页。

④ 同上书，第197页。

⑤ 同上书，第254页。

⑥ 同上书，第277页。

的哲学基础，也就是说，杨义的中国叙事学是建立在中国哲学的"根"之上的，包含着"长期解读不尽的文化的和审美的密码"①。

例如"中和"的观点。他认为中国古代阴阳、两极共构的叙事形式与"致中和"的哲学观念具有一致性。"对叙事形式法则的某些探究和把握也就带有整体性的思路……背后存在着某种类乎阴阳对立、两极共构的结构原则"②。

再如"天人关系"的观点。杨义从中国"年月日"与西方"日月年"的时间标示差异中，指出中国以"天"为上的时间整体性思维，故"叙事元始"即作品开头将"人"放在"天"的宏观时空或超时空的精神中。中国叙事传统的"预叙"正是基于"大跨度、高速度的时间操作……宏观操作中充满对历史、人生的透视感和预言感"③。再如他对"视角"的研究也贯穿着天人之道，视角不是机械的观察点，而是作者对生命的理解角度，故他认为"视角蕴藏着生命……蕴含着人生哲学和历史哲学"④。

正因为基于中国哲学的高度，杨义在论述中常常引入中国经典，如他分析"结构"时以《文心雕龙》为基础，在谈到"势能"时还发挥了《扪虱新话》中的思想。毛宗岗、金圣叹等评点家的思想也受到重视，如说明结构中的联结性要素时，以"鸾胶续弦法""草蛇灰线法"等作为切入点。但杨义并非完全泥古，而是适时地进行中西对比，以便形成中西叙事学的互通。如在研究结构的顺序时，对《西厢记》和郁达夫小说《薄奠》进行了对比分析。

（四）对中国评点学等自身叙事理论的阐发总结

小说评点是富有中国特色的文学批评方式，蕴含着大量叙事学见解。如李卓吾、金圣叹、毛宗岗及张竹坡等人的评点中有很多关于叙事技巧的观点，是研究中国叙事学的重点之一。其中李卓吾在文学批评中强调了中国传统文学与现代文学的连续性，并提出了"传统之悟与现实之觉"的观点，认为中国文学应该在传统文学的基础上发展，同时要关注现实生活的反映，强调叙事作为一种表达方式，既要传承文学传统，又要反映当代社会和人物的生活；金圣叹则提出了"传统文学之融合与现实文学之重构"的理念，强调了文学作品中叙事结构的重要性，认为中国文

---

① 杨义：《中国叙事学》，北京，人民出版社，2009，第121页。
② 同上书，第21页。
③ 同上书，第157页。
④ 同上书，第167页。

学应该在传统文学元素的基础上，通过重新构建现实生活，实现文学作品的创新；毛宗岗在文学批评中提出了"情感文学"的理念，强调了文学作品应该体现出真实的情感和情感的共鸣，揭示了叙事学在表达情感方面的重要作用。张竹坡在文学批评中关注了文学作品中的"语言现象"，强调了语言在叙事中的作用，认为语言不仅仅是文学作品的工具，还可以通过语言的选择和应用来实现叙事的深度和多样性。

对此，杨义指出："而我国明末清初，也就是十七世纪的金圣叹、毛宗岗、张竹坡诸人则采取了由几本'才子书'或'奇书'的序言、读法，直至回评和眉批、夹批的方法，总之由宏观及于微观地破译着中国叙事作品的观念、结构、表现方式上的密码，从而建立了评点派叙事批评的范式。"[①]杨义的重大贡献在于将中国评点学进行了系统研究。他还认为：这些评点家"创造了一个属于他们自己，也属于中国叙事学的丰富多彩的审美感悟和理论思维的世界"[②]。这是因为，中国文学批评家的评点作为一种独特的文学评论方式，不仅在理论上具有独创性，还融入了中国文化和传统的元素。这些评点家通过对文学作品的深入解读和评论，提出了关于叙事、情感、语言、文化等方面的观点，丰富了中国文学批评的内涵。他们所创造的审美感悟和理论思维，反映了中国文学的丰富多样性和独特性。正因为此，杨义在《中国叙事学》中，充分发掘评点中的深刻丰富内容，并以叙事学基本理论予以阐释，具有重要意义。

除了杨义之外，王平等众多学者也在理论建构上进行了有益探索。王平认为，尽管西方叙事学提供了许多有用的理论工具，但由于中国和西方文学在文化、历史和传统等方面存在明显差异，盲目套用西方叙事学会忽略中国文学的独特性。他的《中国古代小说叙事研究》避免了照搬西方叙事学模式，突破了中国小说研究的陈旧模式。学者们通过对特定文本的深入分析，研究其中的叙事技巧、情感表达和文化内涵，为叙事学的应用提供了实际范例，也为中国叙事学的研究提供了具体的方法和坚实的基础。这些努力为中国叙事学的本土发展注入了新的活力。

二、中国叙事学的史学研究整理

（一）傅修延关于中国早期叙事分析与中国叙事史的研究

傅修延属于早期引进西方叙事学的重要学者，其《叙述、意义与策略》一书主要涉及意义与叙述的关系。他对中国叙事学的研究始于20世

---

① 杨义：《中国古典小说史论》，第559-560页。
② 杨义：《中国叙事学》，北京，人民出版社，2009，第354页。

纪90年代，1999年出版的《先秦叙事研究——关于中国叙事传统的形成》一书将重点放在叙事与媒介的关系上，通过分析中国先秦早期在介质上呈现的符号，从源头上研究中国叙事传统。

之后，傅修延关注新叙事学的影响，不断强调中国叙事传统的价值，呼吁"诗歌中心"向"叙事中心"的转向①。指出"西方叙事有西方之概念与章法语法，中国叙事有中国之概念与章法语法，这个道理天经地义，建构一种更具'世界文学'意味的叙事理论，让中国叙事艺术在其中获得应有的位置，是我们进行叙事研究的最基本的目的"②。总之，傅修延的研究思路是从符号媒介角度分析中国叙事的起源。近年来他将研究更深入到"前叙事"阶段③，探讨了"甲骨问事"和"青铜铭事"，力图梳理出"前叙事"与后世叙事之间的关系，他的研究对于中国叙事学的构建具有基础性价值。之后傅修延对"听觉感知"方面的研究逐渐增多，如对叙事中的"偷听"的研究④，总结了学界关于"叙述声音"的四种观点⑤，还指出因声而听、因听而思和因听而悟这三个听觉反应对人物、事件和主旨所起到的独特作用⑥。其主要观点及其价值有如下三点。

一是建立中国叙事史具有重要的发生学意义。《先秦叙事研究——关于中国叙事传统的形成》一书使用了发生学的方法，这对于中国叙事学的构建具有重要的史料价值。发生学的研究具有重要的理论意义，如傅修延分析了铭文与后世"奉天承运"君主诏书等的关系、《诗经》感事特性与古代诗歌中的"感事诗""咏事诗"的关系、《山海经》神话思维对后世叙事的影响等。董乃斌也注重发生学的思路，认为傅修延"已经开了一个好头"⑦。傅修延研究了汉字叙事的问题，从源头上说明中国叙事发生的历史起点，认为"中国文字的构造原则，即表明它跟'事'有很深很密切的关系"⑧。傅修延也将汉字看作一种天然适合于叙事的文字，

① 傅修延、邱宗珍：《叙事学勃兴与中国叙事传统》，《江西社会科学》2007年第10期。

② 同上。

③ 傅修延：《试论青铜器上的"前叙事"》，《江西社会科学》2008年第5期。

④ 傅修延、易丽君：《试论叙事中的偷听》，《江西师范大学学报（哲学社会科学版）》2018年第2期。

⑤ 傅修延、刘碧珍：《论叙述声音》，《江西师范大学学报（哲学社会科学版）》2017年第3期。

⑥ 傅修延：《因声而听、因听而思和因听而悟——试论闻声之作的三重境界》，《江西师范大学学报（哲学社会科学版）》2019年第2期。

⑦ 傅修延：《先秦叙事研究——关于中国叙事传统的形成·序》，北京，东方出版社，1999，第5页。

⑧ 董乃斌：《中国古典小说的文体独立》，北京，中国社会科学出版社，1994，第49页。

并从叙事学的角度探究了汉字的组织结构方式。另外，傅修延还以《山海经》为代表，进行了中国古代神话的叙事学研究。

二是归纳出中国早期叙事发展的线索。在发生学的基础上，傅修延归纳出中国早期叙事发展的线索。除了通过传媒手段进行总结外，还从文本生产、传播与消费这三个方面研究了先秦叙事的发展，并在微观上研究了一些叙事发展线索。

如叙事程序的发展。傅修延认为甲骨文开启的由"问答导入正文"的叙事程序对后世影响很大，从荀况的《赋篇》、《楚辞》的《卜居》、宋玉的《高唐赋》直至汉初枚乘的《七发》，最后到汉代大赋，都具有内在的发展逻辑。

再如叙事技巧的发展。傅修延归纳了"记言与记事"在甲骨卜辞、铭文、《诗经》《尚书》《春秋》《左传》到诸子中的发展特征。如甲骨卜辞"记言与记事并列、记言色彩较浓"[1]；铭文的记言篇幅大，具有人物语言特色等；《诗经》的记言有独白、夹白、对白和隐白等；《尚书》篇名多从"口"从"言"；《春秋》均为记事且以事包言；诸子将记言与叙事融合。

三是分析了符号媒介与中国叙事的关系。傅修延还对中国古代的叙事手段进行了研究。他详细分析了真正意义上的文字的产生演变过程，早期主要是结绳、刻契和图画，认为"只有与人类语言相对应的文字，才是……最佳记事符号"[2]。并以《易经》《尚书》等诸多文献加以考证。

与叙事手段相对应，傅修延研究了相应的叙事载体，即从竹木、甲骨、青铜、石鼓、缯帛到纸的过程，其中重点对甲骨和青铜进行了细致分析。他认为青铜铭事与重大历史事件相关，"青铜文的可贵之处就在于它凝固了两千多年前的叙事话语"[3]。

傅修延研究了叙事工具对叙事有效性、准确性等的影响，以及不同媒介的叙事要求，如口头叙事与韵律的关系。古代早期的"口舌传事实际上是最重要的叙事活动，是一切其他叙事的来源与基础"[4]。正如王小盾认为："文学的起源可以归结为韵文的起源。最早而具有审美意义的语

---

① 傅修延：《先秦叙事研究——关于中国叙事传统的形成》，北京，东方出版社，1999，第48页。

② 同上书，第26页。

③ 同上书，第53页。

④ 同上书，第70页。

言活动是歌唱，韵文便是歌唱的产物。"①为此傅修延研究了《易经》中隐藏的民间歌谣，分析了《老子》《庄子》等所出现的韵语，以及《荀子》中《成相》勾勒的民间说唱形态，认为声音传播起到了重要作用。

四是从中国叙事史到中国叙事学的探索很有启发性。傅修延的研究不仅仅是对史料总结，其中对叙事学的一些理论问题研究具有启发和探索性。如对甲骨问事的研究中，他从叙事学角度认为其作为"一种简练经济的叙事风格"②，具有"叙事高度的严肃性乃至神圣性"③的特点。其中问答式叙事方式成为中国叙事的一种独特风格。

再如通过对青铜铭事的研究，傅修延提出了"中国正式的叙事文始现于铭文"④的重要观点，并分析了文学性叙事与历史叙事的关系，注意到了"史骨"与"诗心"的关联。指出铭文中的"虚构性因素隐约出现，文学性叙事开始萌芽"⑤。他还分析了铭文中韵语的叙事美学价值，指出周代纹饰与之有一定关联，因为其"常用一个母题组织成带状的二方连接，形成'一唱三叹'式的连续反复，产生出很强的秩序与韵律感"⑥。此外，他还对铭文中的叙事时空、戏剧性对白进行了分析。

再如傅修延对隐喻性叙事的关注，他总结了隐喻性叙事从《易经》到《诗经》，直至诸子寓言的演变过程。他还分析了《左传》中以"君子曰"为代表的"介入叙述"，这有助于与西方叙事学中叙事视角的"作者介入"进行对比研究。

重要的是，傅修延还在史的研究中注意到了其中蕴含的文化精神，这与杨义的研究思路有一定相似之处。例如：甲骨问事的神圣性与中国史官"客观中正"的精神密切相关；中国早期叙事的演化与礼乐文化有内在联系。

（二）董乃斌关于中国诗学基础上的中国叙事思想史研究

董乃斌长期进行文学史研究，在"史"研究方面卓有成效⑦，2008

---

① 王小盾：《中国韵文的传播方式及其体制变迁》，《中国社会科学》1996年第1期。

② 傅修延：《先秦叙事研究——关于中国叙事传统的形成》，第46页。

③ 同上书，第42页。

④ 同上书，第55页。

⑤ 同上书，第56页。

⑥ 同上书，第58页。

⑦ 董乃斌、陈伯海、刘扬忠：《中国文学史学史》，石家庄，河北人民出版社，2003；董乃斌主编十册本：《中华文学通览》，北京，中华书局，1996；董乃斌、钱理群主编《彩色插图中国文学史》，中国和平出版社，1995；吴庚舜、董乃斌：《唐代文学史》，北京，人民文学出版社，1995，等。

年主编的《文学史学原理研究》在文学史研究中融入哲学思辨。2017年出版的《中国文学叙事传统论稿》研究中国文学史的叙事传统。2012年出版的《中国文学叙事传统研究》尤为重视中国叙事思想史的阐发。其研究特点是：

一是哲学与史学相结合的研究思路。董乃斌曾指出："文学史家，特别是撰写中国文学史的大部分本国学者，真正怀有哲学兴趣的不多，这严重地限制了中国文学史书写的深度。"[①]因此《文学史学原理研究》以"文本和人本是构成文学史本体的两个重要侧面"[②]为建构基础，全书突出了史学的高度思想性，特别是在史的编撰中重视理论，这是难能可贵的。

二是对中国叙事思想史的总结。如前所述，董乃斌的史学研究贯穿着理论的深层追求，因此《中国文学叙事传统研究》一书在中国古代叙事史料的研究中，尤为重视思想史的规律，具有高度的理论价值。书中首先对中国叙事传统的客观存在做了逻辑上的肯定，对中国文学的抒情传统与叙事传统的关系做了说明，认为中国具有明显的叙事传统的线索；然后从汉字构型上分析了中国古人的叙事思维的产生；再深入中国古代的叙事理论，对刘勰《文心雕龙》中的叙事观做了深入详细的阐述，对《原道》《宗经》《正纬》《诠赋》《颂赞》《铭箴》《诔碑》《哀吊》《史传》《杂文》等篇中关于"事"的论述做了阐发；继而研究了刘知几《史通》中关于叙事行为、求真原则等的叙事论点。他还分析了《新唐书》中叙事干预、叙述者的主体意识等理论观点；接着研究了汉魏隋唐乐府叙事论，包括汉乐府诗叙事手法、乐府诗叙事在魏晋以后的演变、唐代乐府诗的叙事考察、唐赋叙事特征等；另外研究了古代散文叙事理论，从历史散文的事义诗心、诸子散文的叙事与事理阐发到古代散文由崇简尚韵到义理、考据、辞章，研究十分详细；最后研究了元杂剧叙事模式、文言小说叙事渊源、章回小说的叙事模式等。全书不仅仅停留在叙事文本研究上，对中国叙事思想的总结十分全面。

最后，除了上述几位研究者外，赵炎秋、李作霖、熊江梅等的《中国古代叙事思想研究》也很有贡献，不再详细介绍。

---

① 董乃斌主编《文学史学原理研究》，石家庄，河北人民出版社，2008，第402页。

② 董乃斌主编《文学史学原理研究》，第73页。

三、文化叙事学及中国叙事学分析

（一）张开焱关于文化叙事学的理论探索

张开焱是国内较早开展叙事学研究的学者之一，1985年开始发表从文化论角度切入小说叙事问题研究的系列论文并出版论著。1995年的一次关于文化叙事学的座谈会上，中国中外文艺理论学会会长钱中文先生等对其成果给予较高评价，认为其成果融入了结构叙事学、文化学、人类学、精神分析学、符号学等多学科知识，"建立了神话叙事学微观体系"，"在叙事的文化学研究方面，开辟了新领域，具有开创性意义"。张开焱的研究形成了以叙事学为核心，涵盖叙事政治学与政治论诗学、叙事文化学与小说理论、神话叙事学与中国古代神话研究的学术成果系列。

在早期的研究中，他就注意到了叙事技巧和形式中寓含的精神特征问题，并致力于从文化维度探讨叙事结构，认为结构主义提出的故事情节的组织规则在具体叙事文本中千差万别，这是因为"把社会的、文化的因素仅仅看作是文学的外部因素显然是片面的"[①]。1994年出版的《文化与叙事》与《神话叙事学》是其文化叙事学的重要成果，对文化与叙事问题进行了系统阐述，并对精神文化与神话叙事结构做了深入分析。其主要观点有：

一是基于文化符号的叙事学分析。在《文化与叙事》中，张开焱借鉴符号学理论，提出了"叙事活动起源于人类想在符号的层面上建构一个非在场性对象的愿望"的论点，认为符号是精神文化的载体，而叙事是符号存在，从而使叙事成为一种符号交流活动；所谓"非在场对象"，主要指符号中所体现的价值是超现实的，有"价值乌托邦"的性质，这是传统叙事的精神核心。他将用于建构人类知识体系的符号区分为叙事性符号系统以及理论性符号系统两类，并且认为叙事活动的基础是"人类以工具性劳动为主体的全部社会历史实践活动"[②]。因此叙事活动实际是叙事交流，必定是文化性的。

二是基于文化层次的叙事学分析。张开焱将"文化"从宏观上划分为物质文化、制度文化和精神文化三个层次，认为"马克思关于社会结构的这个分层模式内的相互关系的解释也大体适合对文化三层次的关系"[③]。并从三个层面进行了叙事学分析。

---

① 张开焱：《文化与叙事》，北京，中国三峡出版社，1994，第309页。

② 同上书，第103页。

③ 同上书，第24页。

在第一层面，他吸收麦克卢汉（McLuhan）"媒介即信息"的观点，认为叙事媒介"决定着某种叙事方式优势地位的获得与丧失，以及叙事种类的产生与发展"[①]，从而将叙事分为表演叙事、口语叙事、书面叙事和电子叙事。他还仔细研究了每种叙事的特点，如剧场在表演叙事中对叙事的要求、口头叙事的瞬时性对叙事的影响、电子叙事的优势。他还认为"物质文化的每一个进步，都可能带来叙事交流活动的改变"[②]。在渔猎游牧社会、农业社会、工业社会、后工业社会的基础上，物质社会所对应的叙事语言、图画（实际指叙事的环境、故事情节和人物等的呈现方式）和意义是不同的，如"野猪—稻谷—摩天大楼—超级市场"等词汇的变迁。从图画角度来看，"物质文化的影响无意识地在形象层面的每一个地方悄悄打上了烙印"[③]。在叙事所揭示的意义层面上而言，"物质文化越发达，自然的重要性和价值便越突出和重要，反之则降低"[④]。

在第二层面，张开焱分析了制度文化与叙事类型的关系。认为中国早期的宗法制度导致内守性心理，故缺乏神话的想象因素，而重视内在感受的诗歌审美表达；而希腊的环境和民主政治等培养了希腊人的发达想象力，具有构建复杂叙事的心理基础。他还从资本主义制度角度分析小说的兴起，认为小说"印合着资本主义社会的基本结构形态、变异和观念……另一方面，小说在显意识层次却又激烈地揭露和抨击这个社会"[⑤]。并分析了资本主义在发展阶段对应的传奇式、现实主义、自然主义、表现主义等小说类型。

在第三层面，张开焱认为叙事承担着精神文化的重要功能。一方面，叙事是人类精神生活的符号形式，即叙事构建了"一个以人的情感、意志、伦理价值、幻想为依据的知识系统"[⑥]。在现实中，人的感性世界遭到破坏时，承载人类希望和梦想的叙事艺术就产生了。其"价值乌托邦"使人忍受并超越异化的现实世界，而找到精神避难所。

在这一层面，张开焱深入思考了现代社会的文化精神导致的"叙事危机"问题，分析了叙事的未来。他认为，由于传统叙事中一度作为前提的"价值乌托邦"或"终极性价值预设"在现代社会被解构，现代叙

---

① 张开焱：《文化与叙事》，北京，中国三峡出版社，1994，第180页。

② 同上书，第178页。

③ 同上书，第242页。

④ 同上书，第267页。

⑤ 同上书，第326页。

⑥ 同上书，第111页。

事艺术屈从于金钱权势和商业化，以及科技知识对于叙事知识的霸权与否定，"大众叙事不是给存在去蔽而是遮蔽"①，"叙事的使命和精神就开始失落"②。于是导致了"宏大叙事"衰落，最终结果是叙事艺术的"堕落"和"自杀"，这就是"叙事危机"。不过，对于叙事艺术的未来，张开焱并非完全悲观，他认为叙事危机存在，但是精神世界的贫乏反而激发叙事文化的需求，"又使得叙事艺术和其他审美性艺术成为最不可缺少的东西"③，因此对叙事的未来应持乐观态度。

（二）高小康关于中国叙事的意识形态分析

高小康的中国传统叙事研究主要是从文化的精神层面展开的。早期研究曾关注传统的艺术精神④、中国古典艺术精神的形成⑤等。90年代注重文化叙事研究，如中国宋代以来叙事艺术中市民文化特征及演变过程⑥、中国古典悲剧精神的演变⑦等。2001年的《市民、士人与故事：中国近古社会文化中的叙事》从明清小说与市民社会文化入手，揭示了中国叙事观念的演变历程。而2005年的《中国古代叙事观念与意识形态》一书则对中国传统叙事艺术和叙事观念的关系进行了深入研究，目的是揭示中国叙事的观念史，并从中分析叙事与意识形态的一般性规律，这与杨义关注中国叙事的独特性有所区别。高小康的研究观点主要如下所述。

一是对中国古典叙事观念演变的概括。高小康是从"凝聚在特定文化中的精神素质"⑧这一角度使用"意识形态"概念的。为此，他使用"叙事意图"这一概念，对"古义小说"和"通俗叙事小说"做了区分，认为可以通过"基本叙述意图的特征……寻绎叙事的本质特征和发展线索"⑨。高小康将"叙事意图"按照中国古典叙事观念的演变，分为道德意图、情感意图和欲望意图。作为"道德"的意识形态在历史叙事如《左传》《史记》及二十四史中明显体现，道德意识成为文本形成的根据。情感逻辑则是对历史的反思，体现出作者的情感和理想，是文学叙事的

① 张开焱：《文化与叙事》，第157页。

② 同上书，第160页。

③ 同上书，第175–176页。

④ 高小康：《古典文学研究与当代文化》，《文学评论》1992年第2期。

⑤ 高小康：《中国古典艺术精神的形成》，《中国社会科学》2001年第1期。

⑥ 高小康：《近古叙事中市民的地位》，《天津社会科学》1998年第6期。

⑦ 高小康：《〈桃花扇〉与中国古典悲剧精神的演变》，《文学遗产》1999年第4期。

⑧ 高小康：《中国古代叙事观念与意识形态·引言》，北京，北京大学出版社，2005，第2页。

⑨ 高小康：《中国古代叙事观念与意识形态》，北京，北京大学出版社，2005，第9页。

根源，两者构成中国古典叙事意图的两极。他还从生命宣泄角度提出了一个不属于前面两者的狂欢化性质的叙述意图，"《水浒传》具有'怪诞现实主义'的狂欢化性质"①，欲望意图则是新的叙事意图。

从叙事观念演变的角度，高小康还从士人与市民的关系分析了中国叙事的发展，选取历史文本中的士人与市民形象，如《水浒传》《金瓶梅》《儒林外史》和《红楼梦》中衰落的士人和日趋活跃的市民商人，"一方面是商人在变为'儒商'，追求着道德意识的上升；另一方面则是士人在变为商人，甚至沦落为不择手段的奸商"②。高小康特别进行了近古市民文化及其精神的叙事分析，研究了从唐传奇如《谢小娥传》和宋元民间话本如《清平山堂话》中市民低下、《水浒传》中市民与主流文化相对立抗衡到《金瓶梅》中市民地位提升的过程，并分析了叙事文本中市民形象从"流氓"到"儒商"的变化。

二是运用意识形态分析具体叙事文本。在"叙事意图"的基础上，他用"中国古典叙事观念"等概念来进行叙事分析，阐明了历史叙事如《三国志》和文学艺术如《三国志平话》的区别，前者是对现实的"转喻"，而后者是对现实的"隐喻"。除了历史性的总体研究，高小康还在意识形态的视角下大量分析具体文本，如对《金瓶梅》《桃花扇》等众多作品的研究。他认为《桃花扇》的意识形态有时并不直接显现为明显的道德批判或情感体验，而是渗透在作者心目中的世界图景之中。在此基础上，他从悲剧性格入手将中国古典悲剧分为伦理主体悲剧和情感主体悲剧，悲剧按情节的强弱分为情节悲剧和抒情悲剧。另外，高小康还分析了中国古典悲剧精神的演变过程。

三是对叙事中的内在统一结构的阐释。高小康进一步深层次探究了承载叙事意图或意识形态的"叙事中的内在统一结构"即他所提出的"世界图景"。他认为凝聚、整合成为叙事中的内在统一结构，可以被称作叙事中的世界图景。它是叙事观念转变的外在显现，因此中国古典叙事观念演变也可从世界图景中看到。"世界图景"的关键要素是叙事中的时间意识和空间关系。"理解叙事中隐含的时间意识，就是在理解一种意识形态的世界观背景"③。如以《左传》为渊源的以事件逻辑为中心的时间意识内在地遵循"天道"的道德逻辑。而以《史记》为源头的以主人公为中心的时间意识遵循了个人生命的逻辑。前者向后者的发展也暗示

---

① 高小康：《中国古代叙事观念与意识形态》，北京，北京大学出版社，2005，第41页。

② 同上书，第160页。

③ 同上书，第73页。

着中国传统叙事意识形态的转变。在空间关系上，高小康区分了幻想空间与历史空间，前者以虚幻性为故事背景，如汉魏六朝的志怪小说、唐宋传奇中的烟粉灵怪、宋元话本中的海外奇谈、明清笔记小说中的志异故事，这是集体无意识之反映；后者如正史以历史事件的合理性为基础，体现了道德性。高小康分析了近古叙事的时空背景是市井社会，"这种市民城市构成一种新的世界图景，并逐渐进入叙事而构成了一种新的空间关系"①。

（三）谭君强的"审美文化叙事学"构想

谭君强是国内比较叙事学方面的重要研究学者，与赵毅衡提出广义叙事学的思路很类似②，他的主要贡献是从审美文化角度提出了中国叙事学研究的新路径。正如他自己认为的那样："也许'比较叙事学'可以作为构建广义的'中国叙事学'之一途。"③可以说，"谭君强提出的审美文化叙事学和比较叙事学作为学科方向为叙事学学科方向提供了新的可能性，且其叙事学既可以是叙事学复数的重要组成部分，也可以成为中国叙事学复数的组成部分"④。

"审美文化叙事学"是 2002 年谭君强在《叙事理论与审美文化》一书中首次提出的，可以将其看作文化语境下叙事学的一个分支。他提出这一概念是为了在比较叙事学的视野中深入挖掘中国叙事理论与叙事作品资源。2011 年出版的《审美文化叙事学》从理论和实践两个方面进一步完整论述了其构想。2018 年出版的《叙事学研究：多重视角》将理论和实践相结合，对审美文化叙事学、比较叙事学和诗歌叙事学进行了探究。应当说，谭君强的"审美文化叙事学"明显具有后经典叙事学的思维倾向，研究对象是"具有审美文化特性和价值的文化形态或产品"，其研究方法致力于对象的审美价值判断。为此，他强调从形式、社会历史、精神心理、文化积淀等不同层面进行叙事分析。可以看出，这一学科方法更适合于对中国文化进行"审美"研究，因为中国文化因其审美特质更与后经典相通。"形式层面研究要透过叙述本文形式审美的层面发掘出审美意义上更多深层次的内涵；在社会历史层面，要研究叙述本文与产

---

① 高小康：《中国古代叙事观念与意识形态》，第99页。

② 早在1998年，赵毅衡就在其《当说者被说的时候——比较叙述学导论》中考虑过比较叙事学的问题。

③ 谭君强：《比较叙事学："中国叙事学"研究之一途》，《江西社会科学》2010年第3期。

④ 王瑛：《谭君强叙事学研究与中国叙事学学科新方向》，《玉溪师范学院学报》2013年第10期。

生它的社会历史关系及与历史的人之间的关联……精神心理层面……即从作者创作的精神心理和读者接受的精神心理和审美体验角度进行；文化积淀层面的兴趣在于探究不同历史文化背景的不同国家和地区为何会产生或不产生某些特定的文学艺术形式"①。

另外，"审美文化叙事学"的研究对象十分广泛，超越了传统纯粹意义上的叙事文本，而将范围延伸至以各种媒介形式呈现的文化意义上的叙事作品。在具体的中国文学分析中，谭君强的《叙述的力量：鲁迅小说叙事研究》运用经典叙事学理论研究了鲁迅小说，主要是小说的叙事模式和叙述者。总之，从审美文化叙事学到比较叙事学，谭君强从"总体意义上的叙事诗学方向转向了中国叙事学建构的方向，反映了理论家在理论建构方面的自觉意识和探索精神"②。

除了上述几位重要学者外，胡亚敏、唐伟胜、张世君、乔国强、宁稼雨、程锡麟、许德金等也关注文化叙事学的研究，对中国叙事学的发展起到了积极作用。限于篇幅，只能代表性地介绍上述几位。另外，赵毅衡等从比较诗学视野的分析也很有价值，本书因集中于中国叙事学讨论，故只能另外对其详细研究。

（四）港台地区汉学界运用叙事学理论对中国文学的研究

由于中国港台地区学者的双语（或多语）文化身份，他们成为跨越异质文化的有效交流中介。港台汉学界的中西文学比较研究有丰富成果，其中有很多与叙事学相关，用叙事学理论研究中国文学。

第一，港台汉学界在中国古典作品分析中对"新批评"方法的应用。由于英美新批评与经典叙事学密切相关，因此在此部分专门介绍。英美新批评的引入促进了港台比较文学的繁荣。在台湾地区，夏济安是最早引入英美新批评的学者。陈世骧则首先将其运用于中国古典诗的研究，他的代表作如《时间和律度在中国古典诗中之示意作用》和《中国诗之分析与鉴赏示例》等，都强调了诗歌的意象、音调以及其他相关的复杂结构。颜元叔也是新批评的倡导者，他的著作如《新批评学派的理论与手法》、《就文学论文学》《何为文学》和《文学的史与评》等，不仅介绍了新批评理论，还将其方法应用于文学批评实践中，他"竭力提倡新批评的做法，在相当程度上改变了台湾传统文学批评的思想重心"③。著名

---

① 谭君强：《叙事理论与审美文化》，第237-243页。

② 王瑛：《谭君强叙事学研究与中国叙事学学科新方向》，《玉溪师范学院学报》2013年第10期。

③ 曹顺庆：《中国比较诗学史》，成都，巴蜀书社，2008，第305页。

的诗论家张汉良早期主要应用的批评方法就是英美新批评。他分析了大量台湾地区的现代诗，往往细究其间呈现的意象、比喻（明喻、暗喻、曲喻）与象征等手法，特别关注文本中出现的反讽、歧义、吊诡以及张力。此外，张汉良还运用叙事学和结构主义的方法来分析诗歌文本的叙述者、叙事观点以及现代诗歌的结构。

港台地区介绍和运用新批评方法的主要论著有：夏济安《文学批评与实践》（台北：三民书局，1967年）；陈世骧《中国诗之分析与鉴赏示例》（台北：正中书局，1972年）；颜元叔《新批评学派的理论与手法》（台湾学生书局，1976年）；刘绍铭《文学理论与批评》（香港中文大学出版社，1978年）；叶维廉①《中国诗学》（台北：三民书局，1984年）；欧阳子《文学理论与批评》（台北：台湾大学出版中心，1987年）；张汉良《文学批评引论》（台北：里仁书局，1988年）等。

第二，港台汉学界在中国文学分析中对"结构主义"的重视。自20世纪70年代新批评传入台湾以来，经典叙事学中的"结构主义"方法逐渐受到重视。例如，1983年周英雄在《结构主义是否适合中国文学研究》一文中，极力倡导将结构主义用于中国文学研究。1980年周英雄和郑树森主编的《结构主义的理论与实践》系统介绍了结构主义的基本概念、主要理论家及其贡献，并探讨了结构主义方法在文学研究中的具体应用。书中详细介绍了索绪尔的语言学理论、列维–施特劳斯、罗兰·巴特、托多罗夫、布雷蒙、格雷马斯等学者的理论贡献。此外，书中还收录了多篇运用结构主义方法进行文学分析的案例研究。例如，古添洪在《唐传奇的结构分析——以契约为定位的结构主义的应用》中运用格雷马斯的叙事理论，对唐传奇进行了结构分析；周英雄在《试就〈公无渡河〉论文学与人生的关系》中应用列维–施特劳斯的理论分析了诗歌中的二元对立结构；张汉良在《唐传奇〈南阳士人〉的结构分析》中综合使用布雷蒙、列维–施特劳斯和托多罗夫的模式，揭示了故事的深层结构；张汉良在《〈杨林〉故事系列的原型结构》中运用了神话原型批评方法；古添洪在《试拟王维〈辋川集十二首〉的二度规范系统》中结合结构主义和洛德曼（Lodemann）的架构，对诗集进行了综合性分析。另外，郑树森在结构主义理论与实践以及中西文学关系等方面的研究也取得了显著成就。郑树森在其论文集《文学理论与比较文学》探讨了多种来自西方的文学批评理论。在《结构主义和中国文学研究》一文中，他勾勒了港

---

① 叶维廉虽为美籍华裔，但他毕业于台湾大学，并常在港台两地讲学，故将他列为港台学者。

台地区采用结构主义方法讨论中国古典文学的盛况，并指出结构主义理论尚有不足，主张兼收并蓄的文学研究方法。

与结构主义相关，港台汉学界还十分重视对语言符号学的应用。1982年古添洪提出要建立"记号学式的比较文学"，其目的是用结构主义和记号学（符号学）的"意符"（能指）、"意旨"（所指）相互运作的方法来分析中国古代文学，1984年他的《记号诗学》一书更明确强调这一观点。古添洪在《中国古代记号学一些概念与倾向》一文中就利用符号学理论来研究《易经》。另外，港台汉学界在运用雅各布森语言学理论的文学分析方面也很突出，如张汉良的《赋比兴的语言结构：兼论早期乐府以鸟起兴之象征意义》和古添洪的《从雅克慎底语言行为模式以建立话本小说的记号系统——兼谈〈碾玉观音〉》就是这方面的成果。值得注意的是，古添洪将上述分析中运用的主要方法明确界定为"阐发法"，即"利用西方有系统的文学批评来阐发中国文学及中国文学理论"①，不仅要运用西方理论来解读中国文学，更强调要结合中国文学的实际，对西方理论进行适当的调整和修正，使之更符合中国文学的特点。"阐发法"相关的理论与实践为比较文学中国学派的发展做出了重要贡献。

总之，港台地区汉学界运用"新批评"和"结构主义"方法分析中国文学取得了显著的成果。后来随着解构主义的影响加深，港台汉学界不仅关注叙事文本本身，还将叙事文本置于更广阔的社会文化语境中，探讨叙事文本与读者、社会、历史等方面的关系，更加多元化和跨学科化。

四、国外汉学界有关中国叙事学的比较研究

国外汉学家对中国叙事学的研究成果丰硕，值得我们高度重视。自20世纪中叶以来，国外汉学研究经历了成熟发展的过程，形成了多元化、国际化的研究格局。在文学领域，美国的主要学者包括浦安迪、丁乃通、安乐哲（Roger T. Ames）、韩南、夏志清、倪豪士、宇文所安、葛浩文、刘若愚、施友忠等；法国的有弗朗索瓦·于连、戴密微、儒莲等；英国的有阿瑟·韦利（Arthur Waley）、大卫·霍克斯（David Hawkes）等；德国的有顾彬（Kubin）、弗兰茨·库恩（Franz Kuhn）等。这些学者在西方文化背景下审视中国叙事文学，推动了中国文学的国际化进程，

---

① 古添洪：《中西比较文学：范畴、方法、精神的初探》，《中外文学》1979年第11期。

丰富了中国文学研究的视角和方法，并对中国学术话语体系的构建产生了积极的影响。他们的研究成果不仅为我们提供了深入理解中国叙事文学的新途径，也为全球范围内的中国文学研究贡献了重要的学术资源。

第一，对中国文学的翻译与介绍。国外汉学家将中国文学作品翻译成多种外语，极大地提升了中国文学的国际影响力，推动其走向世界。例如，阿瑟·韦利的《西游记》节译本《猴》堪称经典，多次再版，并被翻译成多种欧洲语言，使《西游记》在西方世界广为人知。弗兰茨·库恩翻译了《水浒传》《红楼梦》《三国演义》等大量中国小说，为德语读者打开了了解中国古典文学的窗口。哈斯（Hass）的《诗经》英译本以其对原著的深刻理解和精准翻译而著称。大卫·霍克斯翻译了《红楼梦》的前八十回，被认为是最忠实于原著的英文译本，文学性强，广受好评。韩南翻译了《金瓶梅》，使西方读者能够了解这部充满社会批判和人性描写的经典小说。宇文所安编译的《诺顿中国文学选集：初始至1911》是西方各大学东亚文学和文论研究的指定书目，成为英语世界研究中国古典文学的权威选本。倪豪士主持的《史记》全本翻译项目历时三十余年，现已出版九卷，是英语世界中最权威的《史记》全译本。顾彬的翻译作品涵盖诗歌、散文、小说等多种文体，包括六卷本的《鲁迅选集》及北岛诗歌等。葛浩文则翻译了包括莫言、萧红、杨绛等在内的中国现当代作家的作品，总数超过60部，其翻译成就得到了广泛认可和赞誉。

除了翻译，国外汉学家还通过开设课程、举办讲座和研讨会、参与国际学术会议等方式，将中国文学的价值和魅力介绍给世界各地的读者，推动了中国文学的国际交流。

第二，西方叙事理论的中国化应用。国外汉学家经常采用英美新批评和结构主义叙事学的分析方法，深入剖析中国文学作品，揭示其叙事技巧和文学价值。"（北美汉学家）以新批评的方法为切入点对中国诗学的全面研究，不仅弥补了长期以来本土思维中对形式与结构重视不足的局限，而且以其清晰的逻辑分析和文本话语处理方式，为中国诗学的重建提供了一种新的研究路径，同时也支撑起了汉学关于中国古代文论现代性想象的框架"①。高友工和梅祖麟合著的《唐诗的魅力》是成功应用新批评方法的典范。他们对唐诗中的语义变化、节奏转换、繁复意象及错综语汇进行了细致翔实的分析，揭示了唐诗的深层含义和艺术魅力。

---

① 徐宝锋：《新批评：北美汉学研究中国文学的新方法》，《江西社会科学》2015年第10期。

这种方法体现了新批评的细读理论,即通过对文本的仔细阅读,揭示其深层的象征和主题。此外,该书还采用了结构主义分析方法,《唐诗的语意、隐喻和典故》一文对雅各布森提出的对等原则进行了系统阐述,并用对等原则分析唐诗中普遍存在的隐喻及用典现象,认为对等关系"不仅能使各处局部的词成为一体,而且能作为结构组织的普遍法则贯穿整首诗"①。

韩南在其著作《中国白话小说》中,充分运用了西方叙事学理论(包括叙事层次、多线叙事、复调结构、叙述视角、叙述者等)对中国白话小说的叙事结构和文学特点进行了深入分析。例如,关于叙述者,他指出:"中国白话小说中叙述者往往随时站出来发表言论,这就是评论……叙述者随时插入自己的评论和描写,这也是各国口头文学的共同现象。"②总之,通过运用西方叙事学理论,韩南不仅揭示了白话小说的独特魅力,还将其置于全球叙事文学的框架中,丰富了对中国叙事文学的理解。

成功运用西方叙事学理论研究中国文学的案例不胜枚举。夏志清在其著作《中国古典小说》中采用结构主义叙事学中的"类型学"和"叙事模式"方法,分析了《红楼梦》《西游记》《水浒传》《三国演义》等经典小说的叙事结构和主题。丁乃通在《中国白话短篇小说》一书中广泛运用结构主义叙事学中的类型学方法、叙事结构理论、叙述视角理论分析中国白话短篇小说,并且运用结构主义符号学的分析方法探讨了白话小说中的符号和象征系统。倪豪士在论文《〈文苑英华〉中"传"的结构研究》中,采用了结构主义叙事学理论对《文苑英华》中的"传"进行了细致的分类研究。

第三,中国叙事学的跨文化比较。站在比较文学和跨文化比较的角度,国外汉学家积极发掘中国叙事文学的独特性。既有对中国文学传统的整体研究,探讨中国叙事文学的特性和历史演变轨迹,也有对中国文学的文体、结构、技巧、修辞等某方面特点的深入分析。正如法国汉学家于连提出的"迂回与进入"的跨文化研究思路——中西文化交流是双向性的,中西双方应在不断交流中发掘彼此的"未思",开拓出中西对话、文明互鉴的理想路径。

著名汉学家浦安迪的研究就很有代表性。乐黛云称赞道:"他决不将

---

① 〔美〕高友工、梅祖麟:《唐诗的魅力:诗语的结构主义批评》,李世耀译,上海,上海古籍出版社,1989,第124页。

② 〔美〕P.韩南:《中国白话小说史》,严慧珉译,杭州,浙江古籍出版社,1989,第21页。

某种分析模式强加于中国文学，而是将中国文学置于非常丰富的世界文学发展脉络之中，从多种角度加以欣赏和分析，因而能开辟出许多新的视域和趣味。"①浦安迪通过《红楼梦的原型与寓意》《明代小说四大奇书》《中国叙事学》等著作对中国叙事传统和明清长篇小说进行了深入分析。他的工作不仅深化了对中国叙事文学的理解，也为中西文学的比较研究提供了宝贵的理论资源。其主要贡献有以下几个方面：

1. 中西叙事文学的比较研究。浦安迪秉持着比较文学研究的视角，剖析了中国文学中"叙事"与西方文学中叙事（narrative）的本质区别。他指出，中国叙事文学的一个核心问题是"叙述人的口吻"，中国叙事的各种文体都有主观性，并有"叙中夹评"的传统。在对比中国古典长篇小说与西方小说（novel）时，他不仅揭示了两者在兴起背景的相似之处，更深入探讨了它们在文学发展上的差异，提出了"中国叙事文学的发展路径是'神话—史文—明清奇书文体'，与西方'epic-romance-novel'的演变路线遥相对应"②的观点。再如，他对中国评点家笔下的"结构"与西方文学批评中的结构（structure）进行了深入的比较，指出前者其实是文理（texture，文章段落间的细结构）而后者则关注整体叙事架构。③浦安迪的研究成果不仅丰富了我们对中国叙事文学的认识，更打破了"以西律中"的传统思维模式，为中西文学的比较研究开辟了新的道路。

2. 明清奇书文体的深入分析。浦安迪的研究聚焦于明清时期的六部经典——《三国演义》《水浒传》《西游记》《金瓶梅》《儒林外史》和《红楼梦》，将它们统称为"奇书文体"。他巧妙地融合了明清小说评点家的见解与西方叙事理论，对这些作品做了深入分析。在结构上，他揭示了明清奇书如何运用"十回"作为次结构单元，构建起复杂的"百回"主结构，以及"三、五、七、九"等叙事单元的对称美感；认为这种结构设计体现了中国古代的宇宙观和生命观，即阴阳五行和周期循环的思想。在修辞方面，他用"反讽"指称小说的一整套修辞手法，用以揭示小说中表面与实质之间的巨大反差。在寓意层面，浦安迪特别关注了"明代四大奇书"和《红楼梦》，分析了它们如何挑战传统的儒家理想，以及如何通过"大观园"这一象征来反映作者对人生无常和宿命的深刻哲思。他的研究不仅仅局限于文本的表面意义，更挖掘了这些作品背后

---

① 〔美〕浦安迪：《中国叙事学·序》，北京，北京师范大学出版社，1996，第1页。

② 同上书，第33页。

③ 同上书，第88页。

更深层次的社会批判和哲学思考。通过这些细致的解读，浦安迪不仅揭示了明清奇书在叙事艺术上的独特成就，也展示了它们在中国文化和文学史上的重要地位。

3.中国叙事学的理论建构。浦安迪的研究不仅深化了对中国古典小说的理解，而且为中国叙事学的理论建构提供了新的视角和方法。他通过跨文化的比较方法，结合西方现代叙事学理论与中国小说评点思想，概括出了"中国叙事学"的理论框架。他的研究强调了中国小说的文化背景和文人创作的重要性，展现了中国叙事学的双构性思维，即"奇书文体"的技巧性叙事和"文化原型"的哲理性叙事的双重构成，深入剖析了中国叙事文学与中国审美精神、宇宙观的内在联系。总之，浦安迪的研究为中国叙事学的建构和中国古代文论的现代转换提供了许多宝贵的启示。

第二节　对中国叙事学的评价与思考

上面简要说明了中国叙事学的主要学者和建构视角，下面再换一个角度，从中国叙事学的基本理论框架和创新等方面进行分析。

一、对西方叙事学基本思维框架的应用和创新

如前所述，中国叙事学的产生离不开西方叙事学的理论激发，故在中国叙事学中使用的基本分析框架很多来源于西方叙事学，但又有所发展。主要有以下方面：

（一）叙事结构

叙事结构是在结构主义基础上产生的经典叙事学的基本范畴，中国叙事学对于"文本形式""文理""脉相"等的分析确实与西方经典叙事学的"叙事结构"概念存在理论对话的空间。杨义形象地指出，"结"就是"结绳"，"构"就是架屋；张竹坡曰："做文如盖造房屋，要使梁柱榫眼，都合得无一缝可见。"[①]创作叙事作品，结构便成为一个动态过程，杨义提到了结构的"死法"与"活法"，认为"活法"在于变通，与中国的"灵活""灵性"相通。"死法"与"活法"在宋代吕本中的《夏均父集序》和清代叶燮的《原诗》中均有论述，这与机械组合式的结构主义叙事学有着根本不同。浦安迪则使用了shape（外形）一词表示结构，认

---

① 张竹坡：《张竹坡批评——金瓶梅》，济南，齐鲁书社，1991，第40页。

① 张竹坡：《张竹坡批评——金瓶梅》，济南，齐鲁书社，1991，第40页。

为"外形"源自人类经验，具有开头和结尾、内在规律和美学特征，这吸收了亚里士多德的"完整"的含义。王平还将中国叙事文本的结构分为"结构之技"与"结构之道"，而"结构之道"是内在统一性和逻辑性的中国文化心理、思维原型等。两者类似于西方叙事学的表层结构和深层结构的区分，"深层结构也可看作'结构之道'，它指向的常常又是'义'，即在'不稳定的能指'中提示的'所指'"①。

由于上述的分析思路，中国叙事结构分析中往往注重阐发诸如和谐、曲直、正反、繁简等哲学概念。"结构是极有哲学意味的构成"②，如"中国传统的叙事结构与宇宙模式之间存在着深刻的对应关系……天人合一的同一性、阴阳对反的两极性、循环往复的圆环性……对传统叙事结构具有直接的意义"③，"四大奇书……隐含在这种结构后面的是具有同质传统特性的中国古代文化哲学"④。清人姚鼐也曾说："吾尝以谓文章之原，本乎天地。天地之道，阴阳刚柔而已。"⑤由此可见，中国文化深层结构对叙事结构的深刻影响。

因此中国叙事学对于结构的划分类型和西方叙事学有所不同，有很多中国文化色彩的表述。如石昌渝分为单体式和连缀式两类；王平分为缀段式、单体式、网络式三类，有学者⑥还将缀段式、网络式（网状式）统称为纪传式。对于单体式，也有学者称为单线式，并从作品表现的各种主线角度分析作品结构，显然这一分析方法所指的结构倾向于"情节结构"，与西方叙事学讲的结构还是有一定区别的。从总体上看，对中国传统叙事作品从"缀段结构""连缀式结构"方面进行归纳的占主流，"这些故事由一个或者几个行动角色来串联，或者由某个主题把它们统摄起来，它们之间不存在因果关系，因而挪动它们在小说时间和空间的位置也无伤大体"⑦。不过，对于这一结构往往有一种认为它"低于高层结构的水平"的观点，如罗溥洛、韩南等的理解。

① 郑晓峰：《〈周易〉"贞事辞"的叙事结构分析》，《学术交流》2014年第8期。

② 杨义：《中国叙事学》，北京，人民出版社，1997，第39页。

③ 赵奎英：《从中国古代的宇宙模式看传统叙事结构的空间化倾向》，《文艺研究》2005年第10期。

④ 倪浓水：《明代四大奇书的叙事结构与文化寓意》，《社会科学战线》2008年第8期。

⑤ 《惜抱轩文集》卷四，收入《中国历代文论选》第三册，上海，上海古籍出版社，1980，第515-516页。

⑥ 李洲良：《论"春秋笔法"在六大古典小说叙事结构中的作用》，《中华文史论丛》2010年第1期。

⑦ 石昌渝：《中国小说源流论》，上海，三联书店，1994，第32页。

除了上述的常见描述外，还有多种表述。如章回体中的循环结构、环合结构、圆形结构、平行结构、"双线并行"结构、双序列叙事结构、板块结构、"散点串珠"的隐形结构、折扇式群体性结构、意象组合式结构等。如《周易》叙事的连环式结构指"叙事环环相扣成为意义整体"①，圆形结构如巴金的《家》《春》《秋》等以"家"或鲁迅以"铁屋子"为核心的原型性的圆形叙述结构，"这种原型性的圆形叙事结构极为深刻地写出了中国传统文化对人的禁锢之深"②。平行结构如周建渝提出古典小说中存在的"两个或两个以上的部分在句法结构或语义等方面构成的平行状态……犹如一体之两面"③。这是一种相互呼应、互为补充的上下文关系，是叙事结构的特殊表现形态；浦安迪也认为中国古典小说中存在"结构对仗"。有的学者还从"对照"角度分为宏观结构的"首尾大照应"、情节单元之间的前后"遥对"、局部情节之内的微观"自对"。④"双线并行"结构如《国语》"以空间结构为骨架的分国结构与以历史进程为顺序的时序叙事，互相补充"⑤。双序列叙事结构指一个序列中讲述正反力量的对立冲突。板块结构是20世纪80年代郑云波提出的，认为《水浒传》属于"板块结构"，再如《左传》"紧紧围绕中心事件或核心人物组织、安排材料"⑥，从而构成人物或事件板块。有学者提出"散点串珠"的隐形结构，这其实是继承梁启超的观点："左氏之书，其片段的叙事，虽亦不少，然对于重大问题，复溯原竟委，前后照应，能使读者相悦以解。"⑦折扇式群体性结构，如杨义认为《水浒传》的叙事结构先是折扇式的列传单元，后是群体性的战役板块。意象组合式结构指小说缺乏统一的线索和时间，而总体上构成意象组合的系统。总之，对中国叙事结构的特点分类有些虽有不科学性，存在感性认知的特点，但是多种思路的启发意义是明显的，对此本书已在第三章第二节做了详细分析。

---

①　郑晓峰：《〈周易〉"贞事辞"的叙事结构分析》，《学术交流》2014年第8期。

②　陈旭光：《"铁屋子"或"家"的民族寓言——论中国电影的一个原型叙事结构及其变形》，《文艺争鸣》2007年第9期。

③　周建渝：《〈三国演义〉的平行式叙述结构》，载《明代文学研究国际学术研讨会论文集》，天津，南开大学出版社，2006，第551页。

④　《毛宗岗批评本三国演义》，岳麓书社，2006，第5-10页。

⑤　夏继先：《"史鉴"与"叙史"之别——从〈国语〉与〈左传〉的叙事结构差异看二者的编纂目的》，《河南大学学报（社会科学版）》2013年第6期。

⑥　同上。

⑦　梁启超：《中国历史研究法》，上海，上海文艺出版社，1999，第16页。

（二）叙事时空

叙事时间与叙事空间是西方叙事学的重要范畴，热奈特等进行了详细分析。国内关于"叙事时间"的讨论很多。有学者[①]分析了经典叙事学和后经典叙事学家对时间范式的不同理解，指出前者集中于文本内部，后者拓展于社会历史文化。关于"叙事空间"，有学者[②]认为，无论是经典叙事学还是后经典叙事学，偏重的都是时间维度上的研究，而从空间维度的考虑有所忽视，故提出"空间转向"这一重要命题，并分析了与叙事文本有关的空间问题以及作为空间艺术的图像作品的叙事问题。该学者[③]还指出空间叙事学是叙事学研究的新领域，包括空间意识与叙事活动、与叙事文本有关的空间问题、总体阅读与叙事作品的空间形式、图像叙事问题。有学者[④]还提出了空间与空间形式两个概念的区分问题。

在中国叙事学的研究中，叙事时间与叙事空间往往放在一起进行论述，统称叙事时空。叙事时空的研究主要围绕大时空与具体时空的关系、中国人的"时间错乱"、预言性叙事等方面展开，例如杨义提出的"幻化时间"，"在现象世界的超现实变幻中，造成叙事时间的强烈反差和变异"[⑤]。对于中国叙事学中的时空观，学者多从文化角度进行阐释。如尤西林认为古代社会中日出而作、日落而息的生活习惯构成了循环往复式的时间观。另外，在叙事时间的具体操作层面，杨义等归纳了影响叙事时间速度的因素，如用几句话叙述几千年的事件，以及倒叙、预叙、插叙和补叙对叙事时间的改变。不过中国叙事学关于叙事时间的操作层面的研究还达不到西方叙事学的细致程度。

另外，在叙事时间和叙事空间的关系中，中国叙事学研究往往具有讨论空间的优先性。在中国古代文论中，"叙事"与"序事"经常互文使用。"序"的本义是"东西墙也"，是一个"划分区域空间的分界概念"[⑥]。与西方叙事结构强调"时间化"的整一连贯不同，中国古代叙事侧重"空间化"的结构模式。很多学者提出了"时空体结构"的概念，认为中国叙事文本往往出现在时间的延展中，造成时间的短暂停滞，出现空间的拓展和延伸。这是"作家将传统线性时间结构进行了'时间空

① 王红:《叙事学中"时间范式"的发展》,《社会科学家》2011年第3期。

② 龙迪勇:《空间叙事学》,博士学位论文,上海师范大学,2008。

③ 龙迪勇:《空间叙事学:叙事学研究的新领域》,《天津师范大学学报(社会科学版)》2009年第1期。

④ 陈德志:《隐喻与悖论:空间、空间形式与空间叙事学》,《江西社会科学》2009年第9期。

⑤ 杨义:《中国叙事学》,北京,人民出版社,1997,第162页。

⑥ 熊江梅:《先秦两汉叙事思想》,长沙,湖南师范大学出版社,2011,第114页。

间化'的处理，即把故事时间切割成许多碎片，然后重新整合拼贴……从而形成了……多元时间场共同建构的空间化"①。如《桓公相管仲》篇中未言明具体时间，而从"鲍叔曰"至"桓公果听之"，地点均在齐国。"使人告鲁曰"直接过渡到鲁国，将齐国和鲁国两个不同的空间联结起来。接下来"至齐境"，事件叙述又由鲁国回到齐国。从中可以看出，中国叙事往往采用打破时间的直线延续性而重构空间的叙事方式。

（三）叙事视角

视角一直是西方叙事学的重点研究内容，中国叙事学也十分关注，但总体上研究较为粗浅，对西方叙事学的叙事视角理论及其区分的研究较为缺乏。不过亦有一些独到的内容，如中国叙事学从"一"与"多"关系中提出了"流动视角"的概念。

杨义在充分肯定西方叙事学叙事视角研究价值的基础上，指出其中存在着割裂视角与作者和社会文化的不足，因此将视角与作者结合起来考虑。在西方叙事学中，里蒙·凯南曾提出了"真实作者—隐含的作者—（叙述者）—（被叙述者）—隐含的读者—真实的读者"②图式，其中包含了文本作者与视角的关系问题。杨义的观点更具有后经典叙事学的特点，认为视角的采用与作者及文化相关：如历史叙事要"究天人之际，通古今之变"，故多采取全知视角；而志怪小说往往需要设置悬念，故多使用限知视角。杨义的创新还在于在聚焦的基础上提出了"非聚焦"即盲点的概念，聚焦产生的中心点为"焦点"，非聚焦点为"盲点"，"聚焦为实、为密，非聚焦为虚、为疏"③，认为聚焦于"无"所形成的"有意味的空白"具有深刻的哲学意蕴。

（四）叙事人物

人物是叙事作品的灵魂，叙事理论研究中不可忽视人物的分析。在西方叙事学中，叙事人物常用"行动元"或"主体"等概念表示，是西方叙事学的核心概念。西方叙事学主要根据人物的功能来描述和划分人物，而不将其看作活生生的人。例如，格雷马斯将人物的行动范围归纳为"欲望、交际、斗争"，并将人物划分为"主体与客体、施惠者与受惠者、辅助与反对"六种行动者。

中国叙事学对人物的研究较为深入，同时也借鉴了西方叙事学的理

---

① 许玉庆：《20世纪90年代以来乡土小说叙事结构的演进及其影响》，《重庆社会科学》2012年第9期。

② 〔以〕里蒙·凯南：《叙事虚构作品》，姚锦清等译，上海，三联书店，1989，第155页。

③ 杨义：《中国叙事学》，北京，人民出版社，1997，第254页。

论。中国叙事学者从不同角度对人物进行了研究，包括行为、文化心理和人物关系等方面。例如，对明君、昏君、贤臣、奸臣、智者、愚人、义士等人物类型进行了详细的划分和研究。这些研究不仅丰富了中国叙事学的理论体系，也为叙事人物的塑造提供了多维度的视角。

在行为研究方面，学者们分析了不同类型人物在叙事中的行为模式及其对情节发展的影响。例如，在《三国演义》中，曹操的多疑、刘备的仁爱、诸葛亮的智谋，皆通过具体行为展现，推动了情节的发展。文化心理研究则探讨了人物的内在动机和心理状态，揭示了人物行为背后的文化背景和心理机制。例如，对《红楼梦》中贾宝玉、林黛玉等角色的心理分析，展现了他们在封建社会背景下的复杂心理活动。人物关系研究关注人物之间的互动和关系网络，分析了这些关系对故事整体结构和主题表达的作用。例如，在《西游记》中，师徒四人的关系和互动不仅推动了故事情节的发展，也深化了取经这一主题的表达。

此外，中国叙事学还注重从历史和文化背景出发，对人物形象进行多层次、多角度的分析。例如，对《水浒传》中的好汉形象，不仅分析了他们的行为和性格，还考察了他们在社会动荡时期的文化心理和价值观。这种综合性的研究方法，使得中国叙事学在人物研究方面具有独特的优势。

（五）叙事事体

在西方叙事学中，故事层与叙述层的区分是核心概念之一，故事层的研究对应于中国叙事学中的"叙事事体"研究。例如，罗书华在《中国叙事之学》中将故事区分为"实有之事、或有之事、虚构之事、文生之事"。其中，"实有之事、或有之事、虚构之事"均有现实本原为参照，而"文生之事"与现实无关，是"算计出一篇文字来"，如《史记》是以文运事，《水浒》是以文生事。傅修延对故事的研究则从"画事、说事、唱事、问事、铭事、感事、演事"①等角度进行分析。这些角度涵盖了叙事在绘画、口述、歌唱、探讨、铭记、感受、演绎等各个方面的表现形式，展示了中国叙事学中故事内容的极其广泛性和多样性。

中国叙事学在研究"叙事事体"时，不仅关注故事的来源和类型，还关注其结构和功能。例如，《红楼梦》中的情节既有"实有之事"，如封建家庭生活的描写，也有"虚构之事"，如宝玉与黛玉的爱情故事，同时还包含了大量"文生之事"，如梦境和预言等超现实元素。这些不同类

---

① 傅修延：《先秦叙事研究——关于中国叙事传统的形成》，第7页。

型的叙事事体共同构建了作品复杂而多层次的叙事结构。

此外，中国叙事学还探讨了故事与文化背景的关系。例如，《西游记》中的故事既有佛教、道教的宗教背景，也融入了民间传说和神话故事，这种文化多样性丰富了作品的叙事内容，增强了艺术表现力。

（六）叙事作者

西方叙事学中对作者的研究，包括真实作者、隐含作者等方面的分析，已经受到了广泛的重视。同样，中国叙事学对叙事作者的研究也具有重要意义，这些研究主要涵盖了下列三个方面。

一是叙事者的功能。学者们分析了叙事者在文本中的不同功能角色，例如"史官式"叙事者在纪录历史事件时的客观性与权威性，"传奇式"叙事者在讲述奇幻故事时的神秘色彩，"说话式"叙事者在口述传统中的亲和力与互动性，以及"个性化"叙事者在现代小说中的独特视角与个性表达。

二是叙事者的方式。这方面的研究关注叙事中的隐晦现象，包括隐含作者的问题。例如，隐含作者是文本中的一种虚构存在，代表了作品的内在价值观和情感倾向。研究者们通过分析叙事中的隐含作者，揭示了文本背后的深层意图和思想内涵。

三是叙事者的写作意图。学者们从道德、情感、欲望等角度分析叙事者的写作动机。例如，在《红楼梦》中，曹雪芹通过贾宝玉这一角色表达了对封建制度的不满和对自由爱情的向往；在《水浒传》中，施耐庵通过众多英雄人物的塑造，表现了对社会不公的反抗和对正义的追求。

此外，中国叙事学还注重分析叙事者在不同文化和历史背景下的角色变化。例如，在古代史传文学中，叙事者往往扮演着记录者和传承者的角色，而在现代小说中，叙事者更多地体现出作者个人的思想和情感。这种变化反映了中国叙事传统在不同时代的演变和发展。

二、基于中国诗学的叙事学独特创造

从本章第一节关于中国叙事学的建构形态中可以看出，中国叙事学有很多无法用西方叙事学涵盖的内容，却与中国诗学关系密切，分析如下：

（一）叙事发生

杨义、傅修延、董乃斌等学者在考察中国叙事起源时，对叙事发生做了深入的研究。这一具有历史和逻辑起点的问题，对于建构中国叙事学具有重要价值，而仅用西方叙事学原理难以全面解释。

在叙事发生的研究中，关于小说起源的许多观点源自中国诗学。明清小说评点普遍认为史传文学是中国小说的一个重要源头。例如，张竹坡曾说："《金瓶梅》是一部《史记》。"①杨义看到历史叙事和小说叙事的渊源关系，强调叙事起于史官的记录。高小康则对历史叙事与叙事艺术进行了明确区分，而傅修延从虚构性的角度对两者进行了区别。韩国的李哲沫也注意到了叙事与史学的关系，并在文章中引用了宋代真德秀、清代章学诚的观点。日本学者冈崎由美通过对中国志怪小说的研究，进一步说明了史传文学与小说的关系。

在叙事发生的研究线索中，中国叙事学研究者如罗书华提出了史传叙事、讲史叙事和章回叙事的区分，这一区分具有明显的中国文化特点。傅修延还从礼乐文化角度解释了中国古代乐舞没有走向古希腊祭祀酒神的狂欢演剧的原因。这种文化背景的不同，进一步体现了中西叙事发生的独特路径。

此外，叙事学中的一些观点也得到了更广泛的讨论。例如，中国古代叙事不仅包括小说，还涵盖了诗歌、戏曲等多种形式。这些叙事形式在不同历史时期的发展和演变，构成了丰富多彩的中国叙事传统。现代叙事学的研究，也从跨文化的视角，对这些传统叙事形式进行了重新审视和解读。

（二）叙事意象

叙事意象是中国叙事学中十分独特而有新意的范畴。中国早在《易·系辞》中就有"立象以尽意"和"言不尽意"的表述。六朝《文心雕龙》中的《神思》首次将之应用于文学理论。唐代司空图的《诗品》讲到意象的具体方法，宋代吕祖谦《吕氏家塾读诗记》、刘克庄《后村诗话》用之品鉴作品，清代叶燮的《原诗》从理、事、情的结合中分析意象，由此可见叙事意象具有深刻的中国文化渊源。

当然，从西方符号学的观点看，叙事意象讲的其实就是符号的"意义"，但由于中国的"意""象"内涵十分丰富，因此叙事意象是一个兼有文本、意义、阅读、理解等多方面含义的整体性概念。中国汉代将"意"与"象"合成时，就兼有表象和意义的双构性，故其兼有经典叙事学和后经典叙事学的双重意蕴。罗书华等学者提出的"叙事本体"概念与叙事意象有一定关联，在《中国叙事之学》一书中，罗书华从事源于理、道与理的统一的角度进行了分析，认为"道"的含义十分广泛，具

---

① 张竹坡：《批评第一奇书金瓶梅读法》，济南，齐鲁书社，1987，第35页。

有志、情、性、趣等多种理解向度，他还专门讨论了"意象"问题。总体而言，对意象问题进行更深入讨论的当属杨义，他做了如下分析。

一是探寻了意象的内涵。杨义在词源学考察的基础上，认为"意象是一种独特的审美复合体……不是某种意义和表象的简单相加……使原来的表象和意义都不能不发生实质性的变异和升华……形成多构"①。这一内涵说明意象的意义指涉具有浑融性和多层性，"总之意象……从字面、从物象牵连到社会和人类，宗教和哲学，牵连到人对自身价值、处境和命运的体认"②。这一点与后经典叙事学的理论有诸多相似之处。

二是概括了意象的功能。杨义认为意象是叙事作品的"文眼"，具有意义聚散分合、疏通行文脉络、贯串结构、保存审美意味等作用。他认为意象"是中国人对叙事学与诗学联姻所做出的贡献……往往成为行文的诗意浓郁和圆润光泽的突出标点"③。

三是探究了五种意象类型（杨义提出的自然、社会、民俗、文化和神话意象）。自然意象如作品中的星月花木；社会意象如鲁迅小说中的"辫子"；文化意象与民俗意象相似，但更为高雅，包含更多的隐喻和联想；神话意象如借助某种神话由头或神话素象征暗示。可以看出，这一区分是从文化解码的角度进行研究的。

最后，杨义还分析了意象的选择、组合等问题，强调两者不可分割。组合是在选择基础上的成形与深化，包括单纯组合、添加组合和反义组合。

（三）叙事技巧

叙事技巧是对中国诗学中文学手法的叙事学总结和提升。在中国叙事学中，流动视角的应用、叙事人物的形象生成和角色分配等方面，也从技巧角度做了深入研究。这些研究充分体现了中国叙事学的民族特色。除了对春秋笔法与比兴手法的研究之外，还包括对"对照、重复、伏笔、弄引、獭尾"等叙事技巧的详细分析。

例如，有学者认为"对照、重复、伏笔、弄引、獭尾等常见的结构技巧，正是我国古代小说所遵循的独特互文美学原则"④。对照叙事通过首尾呼应和前后对照等手法来凸显主题；重复则包括意象、场景和情节的重复使用；伏笔即"来年下种，先时伏着"，如金圣叹所言的"草蛇灰

---

① 杨义：《中国叙事学》，北京，人民出版社，1997，第288页。

② 同上书，第324页。

③ 同上书，第339页。

④ 王凌：《〈三国演义〉叙事结构中的"互文"美学》，《浙江学刊》2014年第5期。

线"法、张竹坡所言的"长蛇阵"法、脂砚斋所言的"千里伏线"和"伏脉千里"等；弄引即"将雪见霰，将雨闻雷"，是在大段文字起笔前以小文引导；獭尾则是在情节高潮之后安排余波尾韵，如"浪后波纹，雨后霡霂"。

进一步来说，"巧收幻结、星移斗转、横云断岭""奇峰对插，锦屏对峙""首尾大照应，中间大关锁""以宾衬主"等评点家的总结也引起了中国叙事学界的重视。这些技巧与现代西方"内互文"理论有所关联，并受到一定程度的关注。通过这些研究，我们可以看到，中国古代小说在结构技巧方面的丰富性和独特性，为中国叙事学的发展提供了宝贵的理论资源。

此外，现代叙事学还借鉴了西方叙事理论，以更系统和科学的方法来分析中国古代小说的叙事技巧。这种跨文化的学术交流，不仅丰富了叙事学研究的内容，也提升了中国古代文学在全球范围内的学术地位。通过这种方式，传统的中国叙事技巧在现代语境中得到了新的阐释和应用，为当代文学创作提供了有益的借鉴。

（四）叙事音律

由于中国古代韵文的特点，叙事学特别是在诗歌叙事学的研究中还涉及叙事音律的研究。从"诗言志，歌永言，声依永，律和声"的角度，有学者提出讨论中国叙事要关注口传叙事，因为"文学的起源可以归结为韵文的起源"[①]。傅修延非常重视中国历史早期出现的口舌叙事和说唱艺术，并对《诗经》《老子》《庄子》等作品中的韵语片段进行了分析，指出声音传播在叙事学中的重要价值。他认为，古代中国的口头文学传统，如民间故事、神话、传说等，通过口耳相传的方式，在音韵的辅助下得以保存和传播。这种口头传统不仅是文学的源头，也是早期叙事形式的重要组成部分。

中国的叙事音律研究不仅限于韵文和诗歌，还包括说唱艺术和戏剧。这些形式中，叙事与音律紧密结合，形成了独特的叙事模式。例如，古代的说唱艺术如"评书"和"快板"，以其独特的节奏和韵律，增强了叙事的表现力和感染力。戏曲作为中国传统文化的重要载体，其唱腔和念白中的音律应用，也为叙事增添了艺术魅力。

此外，叙事音律在现代文学创作中仍然具有重要意义。许多现代作家在创作的过程中，继承了古代文学的音律传统，通过语言的韵律和节

---

① 傅修延：《先秦叙事研究——关于中国叙事传统的形成》，第70页。

奏，增强作品的叙事效果和审美价值。例如，鲁迅在《呐喊》《彷徨》等作品中的叙事语言，就充满了音乐感和节奏感，增强了文本的感染力。

研究叙事音律，不仅有助于深入理解中国古代文学的叙事特点，还能为现代文学创作提供有益的启示。通过分析音律在叙事中的作用，我们可以更全面地认识中国文学的丰富性和多样性，进而推动叙事学研究的发展。

三、中国叙事学研究中需要注意的问题

（一）继续发掘可供研究的丰富资源

从前面的论述可以看出，中国叙事学研究已经取得了丰硕成果，填补了中国本土文化叙事学理论的空白。在最初介绍、搬运阶段，中国自身的叙事理论几乎无人问津，而如今中国叙事学的研究在不断深化。目前在量的积累上有明显突破，从理论设想到史料研究以及对比分析，均有很大进展，很多真知灼见可以启发现代叙事思维。但是应当看到，中国文化典籍的丰富性，决定了今后研究还需要继续挖掘至今未被注意到的叙事学资源。

如有学者提出了"民族叙事学"的概念。傅修延在《先秦叙事研究——关于中国叙事传统的形成》中对民族叙事有所涉及，如对傈僳族（碧江三区）和哈尼族（红河元阳）的结绳记事，广西瑶族、云南卡佤族、拉祜族等的刻契记事等均有所研究。他强调："兄弟民族的叙事恰恰可以补足汉民族叙事发展链上的材料缺环。"[①]但这方面的研究还甚为不足。

再如对中国古代戏剧理论的叙事学研究也不多见，虽有一些学者有所关注，如李洪关于李渔小说戏曲喜剧性叙事的分析以及陈莉关于《西厢记》的文化叙事解读，然而，这样的研究在整体上仍相对较少。学者们可以借助跨学科的研究方法，将文学理论、戏剧美学、历史考据等有机结合，对古代戏剧作品中的叙事元素深入分析，可以揭示古代社会的价值观、文化背景以及审美趣味，以更全面的视角审视古代戏剧理论的叙事性质。

再如对明清小说评点中包含的叙事思想的研究还需要深化。可以说，"中国传统的小说理论则是一个可以充分激活的资源……'情节类型'的研究、'场景'的研究、有关'因果报应'艺术形态的研究、有关'超情

---

① 傅修延：《先秦叙事研究——关于中国叙事传统的形成》，第212页。

节人物'的研究。类似这样的命题还有很多，例如古代小说的叙事与历史的实录、与诗歌的抒情、与古文的文法、与戏曲的关目、与绘画的白描等"①。再如诗歌叙事学的研究，中国有着丰富的诗歌叙事学研究资源，目前的研究尚未很好地挖掘，等等，不再一一列举。

（二）在拓展研究方法中思考方法论问题

在中国叙事学研究领域，令人欣喜的是，从理论分析到实证研究方法再到比较研究方法，多种研究方法得到了较为充分的应用与实践。在多元化的探索中，一些杰出的学者如杨义、傅修延等，将理论与实证相融合，为中国叙事学研究开辟了富有价值的新途径。如杨义在研究《红楼梦》时，不仅从文本分析的角度探讨了小说的叙事结构、人物形象等理论问题，还结合历史文化背景，考察小说中的社会生态、意识形态等实际问题，为叙事学提供了一个将理论观念应用于实际文本的范例。还有很多学者关注新闻报道中的叙事构建，探讨新闻如何通过叙事策略来传递信息和影响公众。学者们不仅从理论层面分析新闻报道的叙事形式，更通过对大量实际案例的分析，揭示了新闻报道如何通过叙事手法来影响受众的看法和态度。这种理论与实证相融合的研究方法，不仅拓展了叙事学的应用范畴，也为理论与实践的结合提供了范例。

然而，在中西叙事学的比较研究中，我们往往不自觉地站在某一特定理论框架内评价对方，而对评价的客观性和科学性缺乏深入思考。这实际上是中国叙事学研究中的一个元问题。学者们在评价对方时，常常不自觉地受限于特定的理论框架，导致评价的客观性和科学性不足。杨义就不赞成将中国评点家与柏拉图、亚里士多德、康德、黑格尔等西方思想家对号入座，这是很有道理的。他呼吁"返回这些评点家的本然状态"②，即不应受到西方思想的固有解读框架的限制，要从中国叙事文化的内在逻辑和特点出发，进行独立思考。

在方法论层面，如何保持"本然状态"而避免误读是至关重要的。研究者应该注重对原始文本和文化背景的深入理解，避免过早将外部框架强加于研究对象。研究中应充分考虑不同文化、时空背景下的差异，避免将一个文化的理解方式简单映射到另一个文化。此外，多学科的交叉研究和综合应用也可以帮助研究者获得更全面的视角，避免理论的片面性。下一章将深入分析这一点。

---

① 刘勇强：《中国古代小说的叙事学研究反思》，《明清小说研究》2011年第2期。

② 杨义：《中国叙事学》，北京，人民出版社，1997，第353页。

（三）把握中国叙事学的走向：与后经典叙事学相通

通过上面的梳理，我们明显发现，中国叙事学的研究最初多使用经典叙事学的一些概念。但是随着研究的深入，往往更多地从后经典叙事学意义上进行广泛的哲学、文化、历史、伦理分析，从作者、阅读、文本等多方面展开讨论，关注到了节俗文化、史官文化、基督教文化、大众文化、家族文化、性别文化、地域文化等多方面。如傅修延对中国早期叙事符号的分析已深入礼乐文化中；杨义对"视角"的分析从纯粹的"眼光和角度"过渡到解读"心灵密码"的知人论世说；高小康的"叙事图景"从体现意识形态的社会背景出发，走向了海登·怀特的历史叙事学模式。

这无不说明了中国叙事学与后经典叙事学的融合。本书认为，要把握中国叙事学与后经典叙事学相通这一走向，从而开拓出更为广阔的研究空间，推动中国叙事学理论的纵深发展。董乃斌就明确指出，从根本上讲，中国叙事学与后经典叙事学相通。如果割裂了叙事与外部的联系，中国叙事学的发展必然会受到影响。就目前来看，对于西方后经典叙事理论的译介还不多，我们还要密切关注后现代文化的深刻发展，积极关注叙事学发展中的新问题，只有这样，才能取得古典和现当代理论的平衡。

第六章　比较视野:西方叙事学中国本土化的融通路径

问题与方法关系紧密。上一章从理论体系角度提出了中国叙事学自觉建构问题,那么叙事学"本土化"的过程中应采用何种理论方法? 这些方法是否有实际可操作性? 下面将着重对这些问题予以深入探讨。

第一节　路径选择:从不同的文化思维看对话的可能性

"本土化"是一个漫长的过程,其中理论方法的构建也并非可以一蹴而就。本书试图从文化思维的角度出发,展开对中西文论比较问题相关内容的深入研究,旨在寻找适合实现"本土化"的路径。在这一探索中,文化思维层面是一个重要的切入点。在跨文化比较研究中,理论方法的构建需要深入挖掘每个文化的独特性。文化思维是文化传统、价值观和认知方式的集中体现,它影响着人们的思考方式、感知角度以及对世界的理解。因此,通过分析中西文论比较问题中的文化思维差异,我们可以更好地把握两种文化传统的特点,为实现"本土化"提供有益的方法论支持。

一、中西文论比较问题的历史回顾

(一)原发性问题的产生

"本土化"问题本质上涉及中西文论的比较。历史回顾和分析这一原发性问题可以追溯到西方倡导的汉学。自马可·波罗时代以来,汉学的发展经历了多个阶段,但中西对话的问题尚未完全解决,构成了中西文论的原发性问题。

最早的"汉学"可以追溯到13世纪的"游记汉学"。到16至17世纪,"传教士汉学"逐渐追求文化对话,激发了中西文化比较的理论思考。明代传教士如邵辅忠在《天学说》中用《易》解说基督教,尝试实现中国"天"与基督教"上帝"的沟通,并连接儒家道德与基督教教义。这一思路激发了中国士人对西学的思考。徐光启提出,西学可以作为"中学"的砖瓦材料,在"中学"的框架内吸收和熔铸,从而为中西文论比较框架奠定了基础。19世纪初的"学院汉学"更加注重客观的理论学术性，扩展到历史、语言和文献研究。20世纪中叶，美国的"中国研究"延续了这一思路。

此外，东南亚国家对中国文化，尤其是儒学的深入研究，也展示了比较文化研究的广泛性。东亚国家在接受中国文化的同时，注入了自身的独特因素，形成了独具特色的文化融合。例如，日本的禅宗、净土宗和密宗等佛教传承都受到了中国文化的影响。禅宗在中国融合了佛教和道教后传播到日本，形成了独特的日本禅宗文化；净土宗强调信仰，与中国的济公活佛的教导思想相似，但在日本发展出了独特的信仰体系；密宗则融合了佛教、道教和本地宗教元素，形成了复杂多样的体系。韩国学者对程朱理学的广泛研究，将其与韩国本土文化结合，形成了独特的思想体系，丰富了韩国的文化内涵，促进了中韩两国的学术交流与合作。

中国文化在东南亚的传播也十分广泛。越南、马来西亚、新加坡、印度尼西亚等国家与中国有着紧密的历史交往，中国文化在这些地区的影响不容忽视。例如，越南的儒学传承，马来西亚与新加坡的华人文化，以及印度尼西亚的爪哇文化中的儒家思想影响，都体现了中国文化在东南亚地区的广泛影响力。

（二）文化失语症的提出及意义

如前所述，中西文论比较问题的思考早在西学东渐的历史进程中就已经开始。然而，我们也必须认识到，西学东渐所带来的文化交流往往伴随着强烈的西方中心主义色彩。这种情况导致了中国文化在交流中受到了一定程度的遮蔽。

西学东渐指自17世纪起，西方的科学、哲学、文学等知识体系逐渐传入东方国家，尤其是亚洲和非洲地区的过程。这一过程往往伴随着西方的文化优越感和主导地位。西方国家以其自身的标准和观点来解释、评价其他文化，从而使得西方的知识体系在传入过程中占据了主导地位。这种西方中心主义的倾向导致了在文化交流中，西方文化更容易被接受和传播，而其他文化往往被边缘化甚至遭到忽视。

正因为西方中心主义的存在，中国文化在与西方文化的对话中出现了失语症的现象。许多重要的中国文化观念、思想和价值被西方文化所遮蔽、忽视，导致了中国文化在交流中处于被动地位。这种失语症不仅是中国文化本身的一种损失，也反映了文化交流中的不平等和不公平。然而，正是这种失语症的存在，促使了中国学者自觉意识的觉醒。他们开始反思、探讨如何在跨文化交流中更好地呈现中国文化，如何克服失语症的困扰。这种自觉意识的觉醒推动了中国学者对自身文化的重新审视和深入研究，促使他们寻找适当的方法来保护和传承中国文化。

从时间上讲，明确提出"失语症"的当属20世纪90年代的曹顺庆教授；2002年吴兴明反对将中西方文化纳入一个共同系统，其中透露出中国文化的独特性问题；申小龙从汉语演变的角度提出了文化断层的问题，这是"失语症"的另外一种委婉表述，也反映了中国学者的焦虑。余虹提出将中西文化对象还原至"未经思想"之前，这是一种现象学设想，其实现象学本身是西方的，因此从方法上并未摆脱西方中心主义的框架。

无论如何，"失语症"的提出展示了一种新的探索和研究方向，反映出中国学者的自觉意识和积极性。尽管"失语症"在实践中的效果或许有限，更多地停留在策略性的层面，但从跨文化研究的角度来看，以及从促进文化交流与融合的目标来看，这一概念仍然具有重要意义。主要体现在下述两方面。

一是中国学者发现了西方理论对中国文化的遮蔽。所谓的"遮蔽"指中国文化并非缺乏相关内容，而是很多关键元素在西方理论体系中被掩盖了，或因为被忽视而未受到足够关注。这引发了中国学者的思考，他们开始探索如何突破这种遮蔽，让中国文化的内涵得以充分呈现。这种遮蔽的产生在很大程度上与文化殖民性有关。中国近现代的历史状况，包括战争、不平等条约、外部势力对中国文化的解读和影响，都造成了中国文化在某种程度上受限甚至被误解。这种殖民性的影响在学术领域也有所体现，导致中国的传统文化在一定程度上被边缘化。因此，中国学者开始积极寻找回归自身文化根源的途径，以修复因殖民性带来的文化失衡。正如乐黛云曾说："从曾经被殖民或半殖民地区的视角来看，当前最重要的问题，就是在后殖民的全球语境下，如何对待自身的传统文化的问题。"①这要求中国学者不仅要深入研究传统文化，还要将其置于全球背景中，重新定义其地位和影响力。在这个过程中，中国学者需要对传统文化进行重新解码，突破遮蔽，让文化的深刻内涵得以显露。

二是从独立诉求与重构路径上看，"失语症"标志着本土意识的觉醒与中国气质的确立渴望。这从中国叙事学的发展中可见一斑：中国叙事学者积极探索中国传统叙事模式，并在现代文化语境中进行重建。通过重新审视中国古典文学作品、民间故事等，他们试图从中汲取本土的叙

---

① 乐黛云：《比较文学与比较文化十讲》，上海，复旦大学出版社，2004，第4页。

事元素，探究其中的普遍性和独特性；中国学者不仅关注本土叙事传统，还积极吸收借鉴西方叙事理论，将其融合到中国文化中，进而增强了学者对本土文化的认同与自信。通过深入研究和探讨，中国学者不仅意识到中国文化在全球文化格局中的重要性，也更加坚定了保护和传承本土文化的决心，特别是促进了跨学科的合作与创新：在探讨中国叙事特点时，学者常常需要借助于文学、历史、哲学、社会学等多个学科的知识，这种跨学科的合作不仅丰富了叙事学的研究视角，也拓展了本土文化研究的广度和深度。

二、中西文论对比研究的几种理论观点

如前所述，中西文论对比研究从一开始就是一个任务，也是一个问题，围绕如何突破"以西格中"而展开，后来逐渐"中西互释"。其中对方法论多有探究，为此形成了以下几种理论观点：

（一）历史学方法

历史学方法实质上是一种通过素材提供逻辑的方式，强调从实例中获取结论，避免事先确定的逻辑框架。尤其在初期研究阶段，这一方法是必不可少且可靠的。许多学者已经通过历史学方法，发现了法国19世纪象征派诗歌与中国古典诗歌之间某些相似之处，并取得了令人瞩目的成就。然而，历史学方法也存在明显的局限性。由于该方法侧重于分析历史上客观存在的事实，而在中西传统比较中，有时历史留下的线索十分有限，从而限制了该方法在更深层次上的应用。这也就意味着，在历史提供的范围内，我们可能难以深入挖掘出文化之间更为深刻的联系和共通性。

尽管如此，历史学方法的作用不可忽视。它提供了一种直接观察历史演变的方式，帮助我们发现并理解文学作品中的相似性和差异性。在中西叙事学的比较研究中，运用历史学方法可以帮助研究者深入探索两个不同文化背景下的叙事传统，揭示其共通性和差异性。这包括确定要比较的特定主题、题材或文学作品；了解并建立中西文学作品所处的历史背景，考虑文化、社会、政治、经济等方面的因素；收集来自中西两种文化的叙事作品，包括小说、诗歌、戏剧等；对比选定的叙事作品，关注叙事结构、情节发展、人物塑造等方面，探讨中西文化中的异同；考察历史因素对叙事传统的影响，例如，某个历史事件是否影响了文学作品的叙事方式，社会环境的变化是否导致了叙事结构的变化；深入了解中西两种文化的价值观、思维方式和审美观念，这有助于解释为什么

在不同文化中出现了某些共通的叙事特点；特别关注历史上的重要转折点，如政治变革、文化交流等，这些时刻可能对叙事传统产生深远影响；选取具体叙事案例，从而揭示中西两种叙事传统的异同。这些步骤可以揭示中西叙事传统的共通性和差异性，并帮助我们更好地理解不同文化背景下的叙事特征及其演变。

在将西方叙事学方法本土化的过程中，运用历史学方法可以帮助深化对叙事传统、文化和社会背景的理解，从而更好地适应中国的文化和语境。下面以"故事结构与中国古代文学传统"为例，说明如何在本土化西方叙事学中运用历史学方法。

在西方叙事学中，故事结构是一个重要的研究领域，探讨起承转合、高潮和结局等要素。在本土化的过程中，运用历史学方法，将西方故事结构与古代中国文学传统相结合，以更好地适应中国的叙事文化。如通过分析《红楼梦》等作品，可以发现中国古代叙事注重情感表达、人物关系和道德教化，与西方故事结构中的冲突、转折等要素有所不同。西方故事结构概念的应用，可以强化中国古代文学作品中的情节发展，使之更符合现代读者的阅读习惯和情感共鸣。同时，通过历史考察，了解中国古代文学作品的社会背景和价值观念，从而更好地理解其中的叙事动机和意图。运用历史学方法分析本土化的叙事，能够更深入地探索中国古代文学作品的叙事特点，为现代叙事创作提供新的视角。

（二）逻辑解释方法

逻辑解释方法作为一种独特的文学研究方法，与传统的历史学方法有着鲜明的区别。历史学方法常常以事件的发展和历史背景的呈现为重点，试图从过去的社会环境、文化脉络和时事背景中理解文学作品。逻辑解释方法则更注重自上而下的构建，即通过分析作品内部的逻辑结构、概念体系和思维路径，来深入解读作品的意义和思想。逻辑解释方法的一个显著特点是它强调理论思考，而非仅仅依赖历史背景和事实。这意味着研究者需要对文本做出深入剖析和哲学性思考，以揭示出作品中隐藏的逻辑关系、概念内涵和思想深度。逻辑解释方法的支持者认为，这种方式能够解读作品的深层意义，超越表面现象，更好地理解作品的艺术性和思想内核。

在中国文学领域，逻辑解释方法的应用至关重要。例如20世纪70年代初，刘若愚等学者运用逻辑解释方法，对经典文学作品进行深入研究，

"为中国文学的实际批评提供一个坚实的基础"①。在《中国的文学理论》一书中，刘若愚根据文学从创作到批评的不同阶段以及不同阶段的关注程度，构建了一个在宇宙、作品、作家、读者基础上形成的分析框架，由此将中国古代文论划分为6类，如表6-1所示。

表6-1　《中国的文学理论》中对中国古代文论的划分

理论类型	该理论的研究对象
形而上的理论	文学与宇宙原理之间的关系以及作者怎样理解这个原理
决定的理论	社会如何影响文学创作
表现的理论	如何通过作品表现个人情感
技巧的理论	作品的创作技巧
审美的理论	作品对读者产生的艺术效果
实用的理论	文学被视为达到政治、社会、道德教化目的一种工具

的确，刘若愚的逻辑解释方法受到了美国学者艾布拉姆斯（Abrams）的影响。艾布拉姆斯提出了"概念性意义"（conceptual meaning）的观点，强调文学作品中的意义是通过概念与概念之间的关系和互动来产生的。这种方法强调作品内部的逻辑结构，通过分析概念之间的联系来揭示作品的深层意义。刘若愚将这一思想引入中国文学的研究中，尤其是在对《红楼梦》等经典作品的分析中，试图通过逻辑的推演和关联来解读作品的意义。在西方叙事学本土化的过程中，逻辑解释方法被用来分析文学作品，可以深化对叙事结构、情节发展和角色关系等方面的理解。下面以"情节构建与中国古典戏剧"为例加以说明。

中国古典戏剧，如京剧、昆曲等，情节构建常常遵循严格的规则和传统模式。如分析《白蛇传》，我们可以通过逻辑解释方法分析传统的情节构建方式，了解其中的逻辑关系、情感发展和人物关系，剖析主要角色的动机和目标，探究他们之间的冲突和互动，以及情节中的高潮和转折点，并运用西方叙事学方法中的情节发展理论，发现如下情节发展阶段。起始情境（exposition）：在《白蛇传》中，叙事是从白蛇、青蛇化身为人类的场景开始的，白蛇、青蛇来到人间学习成仙，正式拉开了故事的序幕。冲突引入（inciting incident）：白蛇与许仙相遇，二人相爱，但这引发了冲突，因为他们的跨越物种的恋情会面临种种困难和抵抗。冲

---

① 〔美〕刘若愚：《中国的文学理论》，田守真等译，成都，四川人民出版社，1987，第6页。

突发展（rising action）：故事逐渐展示了白蛇和许仙在人间的生活，以及他们面临的困境和危险。一系列事件的发展推动了情节的进展，如许仙生病、法海的介入等。高潮（climax）：故事高潮出现在法海要降服白蛇，迫使白蛇用巨雨淹没杭州城的情节。这是情节紧张度最高的部分，各种冲突交织在一起，决定了故事的走向。情节转弱（falling action）：故事进入尾声时，白蛇被囚禁于雷峰塔，情节紧张度开始下降。结局（resolution）：青蛇终于找到了法海的弱点；营救出白蛇，法海最终被打败，白蛇与许仙在雷峰塔前重新相聚。留下了情感共鸣和对人性、爱情的思考。

在上述分析中，我们可以发现《白蛇传》叙事情节的创新之处，包括非线性叙事结构、视角切换、角色的反转和复杂性。即传统的叙事结构通常是线性的，而《白蛇传》在情节安排上具有一些非线性的特点。故事一开始就揭示了白蛇的人类化身，然后通过闪回的方式回溯到与许仙的相识；《白蛇传》通过白蛇和青蛇的视角交替，展现了不同角色的视角和内心世界；传统的叙事常常有明确的英雄和反派，而《白蛇传》中对角色的刻画更加灰色和复杂，法海作为反派，在一些情节中也展现出他的情感和矛盾，使其更具人性化。

然而，逻辑解释方法的应用往往难以摆脱西方的逻辑思维模式。虽然这种方法可以帮助深入理解作品的内在结构和概念关系，但由于文化、历史、价值观等方面的差异，这种方法可能在跨文化的情境中产生一些局限性。例如刘若愚的这一分析方法借鉴了美国艾布拉姆斯的观点，从根本上难以摆脱西方的逻辑思维模式。正如于连评价道："他用的是艾布拉姆斯的框架，这个框架对中国不适用。"[①]这是因为，中国文学作品常常蕴含着独特的文化内涵和哲学思想，其意义和表达方式可能与西方逻辑思维模式存在差异，单纯地将西方的分析框架套用到中国文学中，可能会忽略作品的本土特色和文化语境。

（三）归纳法

归纳法主要体现了从特定题材到普遍概念的提炼路径。这一方法以可读性为切入点，以确保双方能够相互分享思想，或将思想简化为主要目标。法国汉学家艾田蒲（Etiembl）的研究正是应用了这种思路。他致力于从中西文学中寻找相同的题材和资源，然后将它们置于一个共同的视野下，从中发现共同点和规律，从而得出具有普遍性的文学概念。这

---

① 秦海鹰：《关于中西诗学的对话——弗朗索瓦·于连访谈录》，《中国比较文学》1996年第2期。

种方法的优点显而易见:在研究的初始阶段,不是追求差异,而是寻找共同之处,从而拓展了研究空间。

艾田蒲的方法在实践中具有多重优势。首先,它打破了单一文化范围的限制,将不同文化中的相似主题联系在一起,形成更全面的研究视角。其次,这种方法强调共性,从而有助于发现文学作品中普遍存在的元素和模式,为跨文化研究提供更稳定的基础。最后,归纳法鼓励不同文化间的对话和交流,促使思想在跨文化背景下相互启发,为跨文化文学研究带来了更大的丰富性和深度。然而,也要注意到归纳法在实践中可能会面临一些挑战。由于不同文化间的差异性,研究者在归纳和概括题材时可能存在一定程度的偏见。另外,归纳法需要在文化背景、语境等方面仔细地权衡和把握,以确保比较的准确性和有效性。

将西方叙事学方法本土化到中国文化中,可以通过归纳法总结和提炼传统叙事的规律和特点。从中西文学中寻找相同的题材和资源,并将它们置于一个共同的视野下,比较和对照两种文化的叙事方式、主题和情感表达,从而发现共同点和规律。例如,英雄叙事是中西文学中的一个共同题材:无论是中国的古代神话故事还是西方的古希腊神话,都涉及英雄的传奇经历、勇敢行为以及对抗邪恶的冒险。将中西文学中的英雄叙事置于一个共同的视野下,可以发现共同点和规律,包括英雄的成长与使命、英雄的冒险和挑战、英雄的道德观与使命。无论是中国还是西方,英雄通常都经历了成长的过程,从平凡到非凡,从不成熟到成熟。《封神演义》中的姜子牙和《荷马史诗》中的阿喀琉斯,都是在挑战和考验中逐渐成长为英雄,肩负起保护社会的使命。无论是在《三国演义》中还是在《奥德赛》中,英雄们都会经历一系列艰苦的冒险和挑战,如战斗、陷阱、怪物等,这些挑战考验了英雄的勇气、智慧和毅力。中西方文学中的英雄通常都秉持着高尚的道德观念,肩负起保护人民、消灭邪恶的使命。无论是岳飞还是罗宾汉,他们都是为了正义和公平而战斗,成为人们心中的英雄典范。

(四)对比参照法

对比参照法就是将西方学者对同类问题或现象的观点集中起来,同时与中国的类似观点进行对比参照,最常见的是求同和求异的方法。如钱钟书的巨著《管锥编》就具有明显的类比思路,该书的重要贡献除了思想本身外,在研究方法上树立了比较文学的研究典范和努力方向。书中考证了我国十部传统典籍中的文学命题,并整理了历代学者的讨论,在重视历史序列呈现的同时贯穿中西,"全面、丰富、完整地体现了比较文学作为一门‘最广阔、最开放’，最‘无法归纳进任何科学或文学研究体系中去’的‘边缘学科’的特点”①。甚至认为，"比较文学在中国的复兴是以1979年钱钟书的《管锥编》在中国的出版为标志的"②。如《管锥编》首篇《周易正义·易三名》中说明"易"的含义时，引述了中国学者的论述，同时适当涉及黑格尔的观点，以"一词多义"及"语涉双关"为题，并引中西文本数十例。这一方法的优点在于实现"打通"，正如钱钟书曾自称其研究方法"是求打通，以中国文学与外国文学打通，以中国诗文词曲与小说打通"③。

从更宽泛的文化意义上，对比参照法在一些现代新儒家"和而不同"的研究思路中有充分应用。现代新儒家产生于20世纪20年代，其基本精神是"以儒家学说为主体为本位，来吸纳、融合、会通西学"④。如梁漱溟对中国的"直觉"和西方的"理智"进行了对比思考，牟宗三对中国的"德性"与西方的"知性"进行了关系探究，从而提出了由"道德心开出认知心"的问题。冯友兰的研究融合了程朱理学和西方现代逻辑的共同思路，这些都给我们提供了有益的借鉴。但是即使这些对比参照也不是完全"中立"的，研究之初本在确定边界，但是随着研究的深入不得不滑入西学分类框架，这往往表现在直接用西方术语来表述中国传统思想，而较少用中国术语表述西方思想，这在熊十力的"背景错置"错误上可见一斑。

对比参照法在西方叙事学的中国本土化研究中很有价值。运用这一方法不仅能分析中国叙事学和西方叙事学的基本概念，还能帮助我们深入比较两种叙事学传统的异同。如参照对比"缘起"和"模因"两个概念："缘起"是中国叙事学中的一个重要概念，在中国传统文化中强调人事之间的缘分和关联；而"模因"是西方叙事学中的一个概念，强调了文化传承中的元素和模式。模因理论认为，文化元素在传播过程中会以类似基因的方式复制，影响叙事的传承和演变。两者在基本内涵、文化价值、叙事应用方面有很多相似和不同之处。"缘起"反映了中国传统文化中的缘分观念和人际关系，强调情感和道德因素，体现中国文化的整体观念，被广泛应用于中国文学和戏剧中；而"模因"则强调文化元素

① 杨周翰：《中国比较文学年鉴》，北京，北京大学出版社，1987，第17页。

② 同上。

③ 周振甫：《〈管锥编〉的打通说》，《书品》1989年第1期。

④ 方克立、李锦全主编《现代新儒学研究论集》第一册，北京，中国社会科学出版社，1989，第2页。

的传承和影响，体现事件之间的因果联系，注重情节的逻辑，强调了叙事与文化环境的关系。

（五）迂回进入的方法

这里将汉学家于连的观点即"迂回进入的方法"单列，作为一种独立的研究方法。所谓"迂回进入"，就是从策略角度的"曲折式前进"，包括绕道中国返回希腊的迂回和绕道欧洲思想背后返回到中国人示意方式的迂回，其方法是以中西互为中介，目的是避免直接的冲突。如同《孙子兵法》所提倡的奇攻，"避免与敌人直接发生冲突"[①]。

于连之所以提出"迂回"，与中国传统中迂回的言语方式有关。他认为中国的语言是智慧而非哲学的，因此在《圣人无意》末尾，他希望能在智慧与哲学的对照中互取所长。该书力求说明中国文化的诗教讽喻特质，因此用"迂回"即"他者"而非直接的方式方能领会。于连的本意是保持中国文化的特质而避免被西方同化，在理念上希望通过"迂回"真正达到"以中释中"的目的，因此有学者认为于连的方法能够揭示出"中国学者不易发现的特点"[②]。他甚至希望通过中国来反观西方，这是很有价值的。

"迂回进入的方法"是一种可借鉴的思维方式，可以在将西方叙事学本土化到中国文化中时发挥重要作用。这种方法强调通过比较、对照和转译等手段，将外来理论与本土文化相融合，而非简单套用。我们可以在理解西方叙事学的基础上，将其与中国传统叙事文化进行对比与对照，找出两者的异同之处，从而揭示适合本土化的方向和方式。借鉴于连的方法，我们可以尝试将西方叙事学的理论转化为符合中国文化背景的概念，然后逐步发展出适用于中国本土的叙事理论框架。这个框架应该能够综合考虑中西文化的共通和差异，为本土叙事研究提供指导。

例如，运用"迂回进入的方法"，我们可以思考如何将西方的"三幕结构"融入中国传统戏剧。在西方叙事学中，三幕结构指的是叙事按照开始、中间和高潮三个阶段进行，而在中国传统戏剧中，叙事通常有不同的分节和发展方式。借鉴这一方法，我们可以比较分析西方三幕结构与中国传统戏剧中的叙事方式，了解它们的异同，弄清楚哪些元素可以融合，哪些需要转译，然后尝试将西方的三幕结构与中国戏剧的分节方式融合，创造出适合中国叙事的新结构。例如，将三幕结构的高潮部分

---

① 〔法〕弗朗索瓦·于连：《迂回与进入》，杜小真译，上海，三联书店，1998，第24页。

② 李春青：《为于连一辩——兼谈对中国古代文化的阐释立场与方法问题》，《中国图书评论》2008年第6期。

与中国戏剧中的"黄粱美梦"阶段相结合,形成新的叙事模式,最后发展出适用于中国传统戏剧的叙事理论框架。

于连的方法其实是"反复求证"和"间接旁观"的方法,是极有启发意义的。"反复求证"的思维方式意味着在西方叙事学本土化时,应该不断地审视、验证和修正理论观点,保持怀疑和开放的态度,通过实践不断验证其适用性和有效性。"间接旁观"的方法意味着通过多种途径来观察和理解中国叙事文化,了解叙事背后的逻辑和文化内涵。不过这种方法也容易引起争议。这从毕来德的《驳于连》[①]、张隆溪对于连的驳议[②]、刘东的快评[③]、赵毅衡的评议[④]到李春青的《为于连一辩》[⑤]等激烈而有价值的争论中可以得到明证。毕来德批评于连"只着眼于功用"[⑥],认为其迂回是为了介入,而对于如何介入,论至最后于连自己其实也没了把握;再如张隆溪认为"中国不在欧洲,汉语不是法语"[⑦],因此"他者"的预设是存在问题的,但张隆溪本人也难以摆脱"以西格中"的问题,正如他在《道与逻各斯》中对两者的研究。这些争论凸显了跨文化研究中的复杂性和挑战性。于连的方法虽然有其价值,但也需要在实践中不断反思和修正。这些争论提醒我们,在跨文化研究时,需更加审慎地考虑不同文化背景下的语境和理论适用性。

第二节　具体方法:中西叙事理论融通之可能

中西叙事理论的通融成为可能,是由于全球化进程加速、跨文化研究的兴起、翻译工作的推进、共同研究兴趣、频繁的学术交流以及信息技术进步的共同作用。通过中西两种叙事理论的相互对话,可以探索共通之处,发现异质文化之间的相似性和差异性,进而拓展叙事研究的广度和深度。本节将探讨中西叙事理论的交汇点,探寻其可能的融合方式,以期带来新的启示。

---

① 〔瑞士〕毕来德:《驳于连》,郭宏安译,《中国图书评论》2008年第1期。

② 张隆溪:《中西文化研究十论》,上海,复旦大学出版社,2005。

③ 刘东:《比较的风险》,《读书》2001年第1期。

④ 赵毅衡:《争夺孔子》,《中国图书评论》2008年第1期。

⑤ 李春青:《为于连一辩——兼谈对中国古代文化的阐释立场与方法问题》,《中国图书评论》2008年第6期。

⑥ 〔瑞士〕毕来德:《驳于连》,郭宏安译,《中国图书评论》2008年第1期。

⑦ 张隆溪:《中西文化研究十论》,第123页。

一、出发点：叙事学理论的一般性和中国叙事学的独特性

前面在研究中国叙事学时已经提到，中国叙事学在很大程度上，是在西方叙事学的一般理论框架下进行的，即"以西格中"的问题。当前中国叙事学研究的努力方向就是如何凸显自身文化的独特性，杨义所做的贡献即在于此。那么中国叙事学的独特性从何处阐发？如何体现？有什么特殊性呢？本书认为要从以下几点进行深入探究：

（一）从中国文化原点寻求中国叙事传统

从原点出发，就是回归中国叙事学的历史起点。其中亟须解决的关键问题是中国叙事活动即叙事传统的历史起点，而其中也蕴含了中国叙事思想的历史起点。

关于中国的叙事传统起点问题，人们往往习惯于将叙事传统归于西方，而视中国文学为抒情传统。如陈世骧等提出的"中国的抒情传统"在学术界被强化，以至于叙事被放在言志抒情的次要地位。郭绍虞的《中国文学批评史》、朱自清的《诗言志辨》、陈伯海的《中国诗学之现代观》、张伯伟的《中国文学批评的抒情性传统》等"无不默认这一传统"[①]，以至于中国的叙事传统被掩盖。

这一点已引起很多学者的注意，如董乃斌2012年出版的《中国文学叙事传统研究》一书将中国文学的叙事传统放在与"抒情"平行的地位上，这是极有学术开创意义的。确实，中国文学的叙事传统不仅客观存在，而且在实现"文以载道"、劝善惩恶的德性文化中得到出色应用。如果说中国缺乏叙事传统，这是从西方的宏大系统的神话叙事等方面得出的结论，其实中国在微型叙事以及叙事的文化融入（如化民成俗的民间话语，包括谚语、传说、诗词）等方面比西方更胜一筹。即使《诗经》和《离骚》，历代注释者也侧重从历史叙事角度进行阅读。浦安迪也指出《史记》的模式不仅是历史书，而且是全部中国叙事文学的惯用模式。中国古代文学中的大量寓言、神话、童话、歌谣、英雄人物、典故、生活事件、生命故事等均是道德叙事。除了为人熟知的如"愚公移山"等大量从叙事中提炼而来的成语外，即使具有强理性的《三字经》《弟子规》《治家格言》等也承载着如"孟母三迁"等大量叙事片段，颜之推、曾国藩等家训、家书中也有大量的人生叙事，极具抒情的诗词也以"事"而"抒"。下一节将专门分析《论语》中的微型叙事。

---

① 董乃斌：《中国文学叙事传统研究》，北京，中华书局，2012，第11页。

（二）中国叙事学的独特性体现

从起点可知，中国叙事学具有不同于西方叙事学的自身传统，扼其要点分析如下：

一是独特的历史观及对叙事方式与叙事结构的影响。首先，对历史时间的把握具有历史宏观即完整性以及循环论的特点。故"奇书式"结构以一种"完整时间长度"为框架，无论"分—合"，还是"聚—散"，都表达出"盛—衰模式"，这在《金瓶梅》《水浒传》《三国演义》中等有充分的体现。《红楼梦》更是遵循了"'好便是了，了便是好'的历史终结论与命运循环论的模式"①。其次，因这种宏观历史观的形成，中国的人物观念被弱化。正如杨义认为，西方叙事总是从一人一事一景开始，而中国叙事从巨大时空框架中关注具体性，人物往往成为派生性的。这与普罗普和托马舍维斯基仅将人物视为"一个情节的派生物"有相似之处，但是诸如查特曼等又提出"情节和人物同等重要"，这在西方叙事学中占有主流地位，在对比中西人物观时要有所区别。

由于中西方历史观的不同，中国的独特时空观对叙事结构的影响十分明显。关于叙事结构，本书多有论及，这里不再详述，只是顺便提及。中国的大时空观往往导致一部作品承载了很大的时空跨度且人物事件杂多，这在西方叙事学中不占主流。这也就是华兹生（Burton Watson）在翻译《史记》时打乱原有结构，用西方的小说（novel）结构进行编排，将其套入一个固定模式的原因。杨义认为，中国叙事从巨大的时空框架开始，因此中国小说在如何做到"采撷综叙，明畅不繁"上，有精妙处理和安排，往往具有百科全书的特点。如《世说新语》仅8万多字，却辐射到魏晋复杂的社会文化生活，其叙事结构为"分类开放式结构"，"这在中外叙事史上都是一个独特的结构模式"②。

二是独特的文字符号及对叙事功用的影响。董乃斌在《中国文学叙事传统研究》中特别提出了中国汉字符号的叙事功能，这是很有价值的。汉字从创立之初，观之于物而用之于心，以"象形"为基础，并有会意等，其"象"思维本身就是叙事的。许多汉字的偏旁如足、山、目、贝、宀、忄、鱼、舟、氵、弓、扌、讠、钅、纟、口、衤、革、土、火、雨、亻、石、女、木、门、鸟等均一目了然。如"𩙿"（食）字上面的"Ａ"

① 张清华：《春梦，革命，以及永恒的失败与虚无——从精神分析的方向论格非》，《当代作家评论》2012年第2期。
② 熊国华：《人物品评与〈世说新语〉的叙事结构》，《西南师范大学学报（人文社会科学版）》2004年第4期。

是一张嘴，下面的"Ʊ"是盛饭的餐具，张口就饭，自是"食"字。再如"年"的甲骨文"𢆉"是𥝩（禾，代谷物）与𠂤（人，是"千"的省形，迁移）的结合，表示农人载谷而归。汉字"好"的甲骨文𡥀左边是𡚼（女，女子），右边是𡿺（子，孩子），表示女子抱着孩子，象征吉祥、美好。《说文解字》说："好，美也。从女子。"再如"亲"字的繁体是"親"，左边为"亲"，右边为"見"；"爱"在"愛"中加了一个"心"，这两个字的含义是"亲要相见，爱要有心"。汉字的这种"模仿"思路与中国叙事的"实录"精神是相通的，故中国叙事强调"通过叙事表达史家的'史实'"①。陈平原由此认为："在很长时间里，'叙事'几乎成了史书的专利"，为此，"叙事作品在总体上采取全知视角，以增强叙事的客观性和真实感"②，故中国叙事理论应"从史学文化的角度切入叙事分析"③，这是很有道理的。

三是独特的文学话语对叙事语言的影响。中国古代文学话语带有其自身的特征，这是毋庸置疑的，学者多有论述。如"制锦为衣、聚花作障""跳身书外法""忙里偷闲法""借树开花法""烘云托月法""火里生莲法""水中吐焰法""移花接木法""灰线草蛇法""回风舞雪""未火先烟""倒卷帘法""横云断山法""金针暗度法""打草惊蛇法""一击空谷、八方皆应"……虽言及构思方面，但与语言的绝妙使用密切相关。中国文化独特的话语特征包括：一是形象性特征，这与前面所讲的具象思维相关。如金圣叹的《西厢记》评点、毛宗岗的《三国志读法》、王希廉的《红楼梦总评》中皆有论述，再如谢榛《四溟诗话》的评述："凡起句当如爆竹，骤响易彻；结句当如撞钟，清音有余。"二是意会性，往往"不落一字，尽得风流"，与西方的精确分析式的语言明显不同，如《诗品》中用"芙蓉出水"和"错采镂金"来描绘谢灵运、颜延之诗作的风格。三是情感性，指情理结合、情志统一，所谓"同声相应""同气相求"即有此意。关于"言志"与"缘情"关系，古代虽有争论，但逐渐将之统一融合，如唐代李商隐等便以"言志"来纠正"缘情"，故中国叙事风格须在情中求理。四是音乐感，主要是节奏感。这乃是中国古代文化诗、礼、乐、舞等统一使然。《尚书》云："诗言志，声依永，律和声。"《礼记》云："诗，言其志也；歌咏其声也；舞，动其容也，三者本

① 熊江梅：《先秦两汉叙事思想》，长沙，湖南师范大学出版社，2011，第5页。
② 刘雯：《中外叙事结构理论和思维方式的差异性分析——以中国古代寓言为中心》，《海南大学学报（人文社会科学版）》2012年第6期。
③ 杨义：《中国叙事学》，北京，人民出版社，2009，第5页。

于心也，然后乐器从之。"从中可见，中国文化语言之节奏感可以唤起情感体验与特殊美感，"古人之作诗，犹天籁之自鸣尔"，这与西方的理性精神是不同的。

四是中国叙事学的体系性问题。由于上述种种原因，中国叙事学的表现方式必然成为非逻辑性的。确实，与西方相比，中国叙事理论零散且不成体系，但这并不等于中国叙事学就没有理论基础和基本精神，杨义在这方面的探索很有价值。总之，我们在建构中国叙事学的过程中，必须形成一些基本的判断。如叙事分析的目的不应仅限于抽象的结构方面，"更重要的是如何更好地架构作品结构、塑造人物形象、吸引读者"①。在此基础上，应多关注中国叙事学中诸如风骨、文气、神韵、格调等概念，不可一味将批评建立在艺术形式分析之上，而机械套用别人的观点。要根据中国叙事具有形象混沌、综合感悟的特点加以研究，如挖掘"修辞立其诚""思无邪""知人论世""诗品出于人品"等很有必要。在此基础上方可展开中西对比研究，如中国"人品论"与西方"天才论"的不同。关于中国叙事学的独特性问题，罗书华的《中国叙事之学》也有很多有益的探索，值得进一步研究。

（三）中国叙事学的独特性根源

中国叙事学的独特性根源在于中国文化的特殊思维方式，由此可见中国叙事学的构建要从哲学等深层文化着手。如中国历史观对叙事结构的影响十分明显：传统哲学的世界观十分重视社会秩序，故叙事结构具有层级分明、自上而下的立体人物关系和发展脉络。另外，传统史学大都有一个循环结构，因此循环结构在中国叙事中常常出现。再如，中国哲学强调"天人关系"，古代曾"象天"设官，《吕氏春秋》也具有"春令言生，冬令言死，夏令言乐，秋令言兵"②的规律，有学者据此认为该书按"上揆之天，下验之地，中审之人"构建。由此可见，"以叙事结构呼应'天人之道'，乃中国古代叙事作品惯用的谋略"③。

这方面的成果逐渐增多，学者多有研究④。如西方的科学主义注重分析，而中国的人本主义注重感悟，故西方叙事学成为一门严格的学科，

---

① 刘雯：《中外叙事结构理论和思维方式的差异性分析——以中国古代寓言为中心》，《海南大学学报（人文社会科学版）》2012年第6期。

② 余嘉锡：《四库提要辨证：卷14子部5》，北京，科学出版社，1958，第810页。

③ 刘雯：《中外叙事结构理论和思维方式的差异性分析——以中国古代寓言为中心》，《海南大学学报（人文社会科学版）》2012年第6期。

④ 同上。

即使后经典叙事学也善于应用现代语言学理论，而中国叙事学侧重审美感受而未成体系。西方叙事学多以分析逻辑为基础，中国叙事理论则注重整体。西方叙事学夹杂大量抽象概念，中国叙事学则以印象式批评见长。其学术术语也很有特色，如"草蛇灰线""鸾胶续弦"等术语带有比喻的特点，对之必须扬长避短，互相吸收。

关于中国文化的独特思维方式，已有很多论述，不再赘述。这里简单列举几点予以说明：

中国人独特的数字意识。中国人对数字具有敏感性，往往赋予特殊的含义[1]，数字符码大量存在于国人生活和思想中。如"四大奇书、四海龙王、四面八方、四书五经"等中的"四"代表整体，"六"代表"顺利"，"八"代表"发"。"九"具有"大"的含义，故《西游记》有九九循环的设计。"十"往往是计数的完成和开始，如"十里长亭""十里长街""十强""十佳"等，孔子的"吾十有五而志于学，三十而立，四十而不惑，五十而知天命，六十而耳顺，七十而从心所欲"也以"十"为阶段，既是一段叙事的暂时性结束，又是另一段转折性叙事的开始。"百"代表"圆满""全部"等，"神农尝百草、中医探百脉、百思不得其解"都含有"百"，中国小说常具有一百回的布局，《水浒传》被金圣叹腰斩的七十回本之所以未得到普遍认同，其中布局是一个重要原因。再如"十二"，中国古代的"十二辰""十二支"等。中国章回小说的结构，由此可见一斑。

还如中国人独特的象征意识。在中国文化中阴阳、梦幻、生死等意象经常出现，这在西方文化中较少出现，很值得研究。这些象征意识往往与表情写意密切结合，具有明显的意象虚幻化色彩，也体现出抒情主观化的趋向。如清代的吴伟业、尤侗等一批正统文人，更多地继承了汤显祖的梦幻叙事传统，而汤显祖将实境与幻境、阴阳世界相结合，使其剧作具有特别的抒情方式。《红楼梦》中"梦"的模式也有类似的体现，其中有多次生日庆贺和丧事描写，作者有意识地把生与死、乐与悲置于一处，大有深意，可谓家运世道皆如生死，独具匠心。与象征意识相关，一些中国文学作品表现出很强的想象意识，如唐赋创造出独特的问答对话形式，使作品具有虚构叙事的特征。

再如中国人独特的对称平衡意识。审美观中的"和谐""取中""均衡"等原则在叙事作品中得到了生动的体现，如阴阳、刚柔、悲欢、离

---

[1]　倪浓水：《明代四大奇书的叙事结构与文化寓意》，《社会科学战线》2008年第8期。

合、形神等二元相对的词语，它们既相互排斥又相互补充，共同构成了事物的辩证关系，并激发了叙事学的深刻思考。在汉字书写中，我们也可以看到这种平衡意识的体现，如首尾、远近、呼应、方圆、刚柔、抑扬、大小、向背、增减、平侧、黑白等，这些元素之间的关系都体现了一种平衡和协调。这种平衡意识对中国叙事学产生了深远的影响，例如古典小说中常见的对称叙事结构，被浦安迪视为一种特殊的"结构对仗"，与中国传统的"对偶美学"紧密相关。周建渝也将其视为"平行结构"，即"某种平行（parallelism）现象……相互对应（相互呼应或相互说明），犹如一体之两面"①。此处不再一一列举。

（四）中国叙事学的评价标准

从上面的分析可知，只有确立中国叙事学的特殊性，才能体现其独立性在理论上确立的可能性。这样一来，叙事分析就应有不同的评价标准。这里以缀段式情节的分析加以说明：

关于"缀段式"情节（episodic），西方叙事学认为其缺乏系统性整体性，主要原因是缺乏因果联系，缺乏头、身、尾的完整有机性，属于散乱的无线条结构。亚里士多德在《诗学》中认为："缀段式情节是所有情节中最坏的一种。"这一观点也影响到了汉学家，他们认为："中国明清长篇章回小说在'外形'上的致命弱点，在于它的'缀段性'。"②受这一观点的影响，中国小说的叙事结构往往被贬低。

其实，倘若我们站在中国叙事学的立场，"缀段式"情节反而有自身的优点，它恰恰是对西方式谨严结构的反叛。如对《水浒传》的结构的评价，除了李贽、金圣叹外，李开先指出《水浒传》委曲详尽；胡应麟称赞其形容曲尽，而中间抑扬映带、回护咏叹之工，真有超出语言之外者。浦安迪更指出，"缀段式"情节打破了传统的叙事构架，打破了叙事的连贯性和历时性，呈现出散文化的审美效果。总之，"缀段式"情节避免了直线式思维方式，凸显了"表现"功能，通过一个个点的触摸，极大地扩展了小说的物理空间、心理空间和表意空间。

二、异中求同：在两种思维框架中寻求意义沟通

对于叙事学的研究方法，前面已经谈及的诸多中西文论比较方法可

---

① 周建渝：《〈三国演义〉的平行式叙述结构》，载《明代文学研究国际学术研讨会论文集》，天津，南开大学出版社，2006，第551页。
② 转引自李洲良《论"春秋笔法"在六大古典小说叙事结构中的作用》，《中华文史论丛》2010年第1期。

以借鉴吸收。由于西方叙事学的本土化过程中最重要的是意义沟通问题，本书认为从一些基本概念入手，通过异中求同和同中求异的方法，吃透内涵，从而为进一步的研究奠定坚实的基础，故以叙事学乃至中西文论中的一些相似概念举例加以说明。这里先尝试异中求同的方法，后面再从同中求异的角度进行分析。

　　首先应当承认的是，中西文论中的一些相似概念大量存在，而学界的研究仍有很大空间。举例来说，中国文化所讲的"风流"与西方"古典主义"以及"浪漫主义"的关系，冯友兰曾从儒家与道家传统上加以分析，注意到其与西方浪漫精神的密切关联。再如"通感"（synaesthe-sia）一词，顾名思义，是感官挪移的现象，这在日常生活中常见，应用于文学很有价值，钱钟书将之介绍到中国，并发现中国文学的赋、比、兴手法中经常有所应用，在道教和佛教神秘经验中十分常见，这与中国的直觉思维有深层关系；而"通感"在西方的荷马史诗、16世纪的"奇崛诗派"及19世纪的浪漫主义到象征主义等都有使用。钱钟书对之进行了梳理和对比，引用大量的资料，"用具体的比较实践使通感这一修辞理论植根于中外文学的土壤之中"[①]。再如西方的"存在"与"非存在"概念，若从中国的"阴阳""虚实"角度加以共性的阐释，也是很有意义的。如中国人的"虚"并非"一无所有"，而是一种活力的根源，"阴阳"具有"互化"的性质，这与"存在"即being的含义已经很接近了。

　　在叙事学研究中，异中求同可以提供巨大的对话空间。由于"文章结构的本质特征就是思维形式的反映"[②]，结构关系是小说创作的审美要求和规律的体现，故中西方有诸多一致处："无论是结构主义，还是中国明清小说评点家都十分重视叙事结构的根据。"[③]如金圣叹曾对"一篇之势"用"前引后牵""下推上挽""后首之发龙处，即是前首之结穴处，上文之纳流处，即是下文之兴波处"等形容，认为"亦惟达故极严整也"[④]。这些思想如能从西方叙事学角度加以研究，是很有价值的。再如中国的"事"与西方的叙事单元（topos）很接近。按照这一思路，我们还要学会相互阐释，如高小康曾创造性地用"隐喻"和"转喻"来说明中国历史叙事与文学叙事的不同，并以历史叙事《三国志》和文学作品

---

　　① 黄美峰：《弗朗索瓦·于连的中西比较方法研究》，硕士学位论文，四川大学，2007。

　　② 吴应天：《文章结构学》，北京，中国人民大学出版社，1989，第5页。

　　③ 郑铁生：《半个世纪关于〈红楼梦〉叙事结构研究的理性思考》，《红楼梦学刊》1999年第1期。

　　④ 《金圣叹文集》，巴蜀出版社，1997，第220页。

《三国志平话》为例，认为文学叙事"是与历史和现实世界相平行的、对现实世界的'隐喻'"①；历史叙事是对现实世界的"转喻"。

在异中求同时，有一种观点认为需要寻求一种双方都感兴趣的"中介"，其目的是避免中西双方正面交锋，很有借鉴意义。正如乐黛云认为，这种"中介"应是"一个共同存在的问题"，一种"对于共同问题的不同侧面的探讨"②。余虹曾在《中国文论与西方诗学》中希望将中西同括于既非中也非西而双方共有的"第三者"。还有学者设想提供一些"共享范畴"，这些对叙事学的研究有一定价值。如浦安迪在研究中国叙事学时，发现"人们把'事'作为中国叙事文学的分段标准，其实与西方以史诗为代表的叙事文学惯用的topos分段方法是一脉相承的"③。其中的"分段"就是两者的"中介"。不过这种研究方法很有局限，因为共同点属于"同一性假设"，这从逻辑上往往难以实现。

再如"陌生化"（反常化）与中国古人的"如入芝兰之室，久而不知其香"所揭示的意义不谋而合④。陌生化通过"复敏"提高艺术感受力，故"文章之革故鼎新，道无它，日以不文为文，以文为诗而已"⑤。"白居易的诗'老妪能解'，柳永的词大量吸收当时口语，这些都是诗语上的反常化"⑥。

再如西方叙事学中情节的"催化作用"，有学者特别提出"戏眼"的观点："所谓'戏眼'是指在戏曲结构中起重要作用，预示着人物、事件的结局，推动剧情发展的重要物件。"⑦这里的"推动剧情发展"就是"催化作用"的体现，其具体作用有象征、预示、衔接。充当"戏眼"的可以是有形的物品（如实物），也可以为无形的文字如某一句诗，或者为声音（如某一句话），等等。

这样的例子很多。如西方叙事理论关于叙事作品二元对立结构的论述，巴特的行动法则中有行动对立双方，中国叙事理论中有明君与昏君、贤臣与奸臣、智者与愚人，两两相对，显示出二元对立的共构思维。再如中国叙事学中对"重复"的研究，希利斯·米勒（J. Hillis Miller）也

① 高小康：《中国古代叙事观念与意识形态》，第17页。
② 乐黛云：《比较文学与比较文化十讲》，上海，复旦大学出版社，2004，第109页。
③ 〔美〕浦安迪：《中国叙事学》，北京，北京大学出版社，1996，第60页。
④ 傅修延：《文本学——文本主义文论系统研究》，第60页。
⑤ 钱钟书：《谈艺录（补订本）》，北京，中华书局，1984，第29-30页。该书举述了大量例子说明这种现象。
⑥ 傅修延：《文本学——文本主义文论系统研究》，第60页。
⑦ 程国赋、常毅：《三言二拍嬗变作品叙事结构研究》，《学术研究》2005年第5期。

分析了小说中细小处的重复（如语词、修辞格、外观、内心情态等），以及事件和场景的重复等。再如柯勒律治指出，"所有的叙述的共同之处……呈现出圆周运动之势"①，这与钱钟书关于"其形如环""如蛇之自衔其尾"的"蟠蛇章法"概念相通。傅修延甚至指出瑞恰慈的思想与儒家学说有关，"不偏不倚的中庸学说构成了新批评派文本理论的一个思想源头"②。按照这一方法，本书对中西叙事学中的一些相关概念列举如下表，供参考分析：

表6-2　中西叙事学中的相关概念列举

西方叙事学范畴	中国叙事学范畴
narrative trajectory（叙事轨迹） sequence（叙述序列） story-line（故事线）	线索
narrating instance（叙述事例）	事件
in medias res（直入正题）	单刀直入
internal plot（内在情节）	内心描写
external plot（外在情节）	行为描写
complication action（复杂化行动）	故事发展
naturalization（排除神秘性）	逼真
syllepsis（一笔双叙法）	双关
panorama（全景） summary（概述） picturial treatment（绘画处理） picture（绘画）	寥寥数笔
set description（固定描述） description（描述）	描写、描述
picturial treatment（绘画处理） picture（绘画）	白描

---

① 格里格斯主编《萨缪尔·泰勒·柯勒律治书信集（第二卷）》，伦敦，1932，第128页。
② 傅修延：《文本学——文本主义文论系统研究》，第27页。

三、同中求异：在相似思想线索中发现理论差异

同中求异是在相似的概念中进行细致的区分，如西方的"反讽"与中国的"趣""奇"；西方的"隐喻"与中国的"比兴""春秋笔法"等，以及同一概念在不同语境中的差异，例如"在中国传统中，'读者'和'作者'的概念与西方完全不同"①。这一方法的应用有以下几点需要把握：

一是面对中国叙事学的概念先要思考其是否在逻辑体系中存在，或者在何种程度上在体系中存在。由于西方的范畴总是有更深层次的体系，故要从逻辑体系中加以理解，而中国文论的范畴是独立的。如《文心雕龙》里尽管也存在一些建构划分，但是概念的体系性并不严格，如中国哲学中的"天"很难说就是儒家还是道家的。故中国的文论范畴可作为起点进行发散式思考，"在概念（concept）时代到来之前，中国没有出现过层面的分离"②。而西方的范畴往往具有明确的内涵与外延，这是同中求异的不可忽视的一个理论前提。如与西方"创世说"相关的process（进程），其中的"过程"之意与中国文化的"道""神化""变"相通。所以于连讲："中国古文里并没有'过程'这个词，但这种思想无处不在。在不同的层面上，'天''神化''道'等很多词都指向这个含义。"③于连的这一理解是求同的路径。如果在此基础上进一步思考，则发现中国的"天""神化""道"其实很难有本体论意义，因为中国哲学对宇宙的起源是很少思索的，没有"存在"的概念，更多关注"人事"，因此"创造"往往是从"功用"上讲"化"，故"创造"只是现代汉语的概念④；而西方的process一词是从宇宙本源的角度讲的，需要放在其整体中去讲，两者还是有很大的差异。

二是要从字面意思挖掘到理论深层，从而发现差异。如中国道家与西方的浪漫主义有一定相似之处，但是道家与理性的关系并不是否定而是包容关系，这从"道"的理解中可以看出；而西方浪漫主义是对17～18世纪启蒙运动的片面理性主义的反思，与理性是排斥的，这在福柯的

---

① 秦海鹰：《关于中西诗学的对话——弗朗索瓦·于连访谈录》，《中国比较文学》1996年第2期。

② 〔法〕弗朗索瓦·于连：《圣人无意——或哲学的他者》，北京，商务印书馆，2004，第94页。

③ 秦海鹰：《关于中西诗学的对话——弗朗索瓦·于连访谈录》，《中国比较文学》1996年第2期。

④ 同上。

《疯癫与文明》中有所体现。于连曾指出，中国的"兴""言外""含蓄"，或者说"曲言""与西方所说的'象征'不尽相同"①。中国的"虚""沉默""淡"（如"平淡""冲淡""淡泊"），也"不是西方象征诗人追求的那个彼岸"②。法国马拉美（Mallarmé）的"沉默"体现的是对语言无能为力的绝望感，而中国的"无言"则是"一种必不可少的积极因素"③。

三是用某一文本加以考证以求其差异。借鉴西方叙事理论时，除了使用诸如格雷马斯的理论外，还可以充分应用中国文化的相关理论，对某一作品进行叙事分析。如马清江、李春青等从中国古代知识阶层所代表的"道"与君权系统所代表的"势"的对立统一关系进行文本研究，而"道"与"势"的二元关系与格雷马斯的行动元理论中的二元性有一定相似之处。再如对于《水浒传》中的鲁智深大闹五台山，既可以尝试用巴赫金"狂欢化"理论进行解释，也可以用王阳明"心学"或禅宗精神进行阐释，有学者④指出用后者解释更地道。由此可以发现方法论的差异，不能仅满足于套用西方现成理论。再如对于巴赫金的"复调"理论，通过研究稼轩的词⑤，我们可发现其中的"复意"现象，即豪壮之情主基调外的感伤幽怨之感，由此可对"复调"和"复意"比较。

四是从中西整体性对比中发现具体差异。如中国历史叙事中的春秋笔法、曲笔、微言大义，只有放在整体的文化中，才能得到理解，发现其与政治文化的隐晦暗示、兵法的虚实计谋、拳法上的太极、日常习惯中的委婉等具有一致性⑥。如西方的"隐喻"与中国的"讽喻"关系，虽然两者十分相似，但若将之放在不同的政治社会文化背景下，则区别很明显：西方主要强调的是"喻"，而中国往往强调的是"隐"。不能将西方的"隐喻"概念套用于中国的隐喻性叙事中。傅修延曾通过研究《易经》，得出《易经》开启了一种隐喻性叙事的结论，认为其"诉诸意象手段和象征方法的模拟性叙事"，显然与西方境遇中的隐喻是不同的。他还在东周谣谚和引证中发现了大量隐喻性叙事，指出《诗经》"进一步奠定

---

① 秦海鹰：《关于中西诗学的对话——弗朗索瓦·于连访谈录》，《中国比较文学》1996年第2期。

② 同上。

③ 同上。

④ 张同胜：《〈水浒传〉叙事结构的文化阐释》，《明清小说研究》2006年第4期。

⑤ 赵俞凌：《复式的叙事结构和复意的艺术境界——稼轩词艺术特色新论》，《浙江社会科学》2012年第8期。

⑥ 吴兴明：《"迂回"与"对视"——弗朗索瓦·于连中西比较的路径分析》，《西南民族大学学报（人文社会科学版）》2007年第7期。

了隐喻性叙事在中国文学史上的重要地位"①。先秦末期，隐喻性叙事在诸子笔下得到发展。再如中国"春秋笔法"的"隐"的作用，都需要历史的分析，傅修延就将"春秋笔法"重新概括为寓褒贬于动词、示臧否于称谓、隐回护于曲笔、明善恶于笔削。再如"视点"研究，有学者于整体文化中，借助于中国画与西方画的不同，提出西方画属于"焦点透视"，即固定在某个立足点进行观察；而中国画没有固定的点，而是借助于画家的"立意"，移步换景地将景物摄入画面，称之为"散点透视"②。从"散点透视"的理解出发，中国许多缀段式作品其实是血脉贯通、浑然一体的。这在中国文学中具有审美民族性和普遍性，如徐渭的《四声猿》包含的四个故事，"既没有贯通前后的人物，又没有一致的叙事时间，如果以西方评论家的眼光来看，则是完全没有统一的叙事结构，地地道道的一个故事集子而已"③。而用中国审美的目光看，则有内在整体性。

四、互通有无：从空白与裂缝中激发新对话空间

最后，从求同与求异中，中西叙事理论自然有了较为清晰的对比，但是还有一些空白与裂缝，即西方有而中国没有论及，或者中方有而西方缺乏的地方，需特别关注。本书认为，这对于激发新的理论空间很有必要，这就是"互通有无"的用意。

一是中国特有的内容。首先是一些中国诗学的概念，如"道""气""神韵"等的阐释。另外，由于文化差异，中国诗学的诸多概念确实很难找到对应的西方词语，"不是一个简单的翻译问题"④。如对"兴"的翻译，有 suscitation、incitation、allegorie、metaphore 等，包含兴起、激发、寓意、隐喻等多层含义。再如中国的"禅"的概念，福柯曾在《说与写》将其理解为神秘主义，后来又加以否定。郝大维（David Hall）、安乐哲将"诚"译为"creativity"，将"中庸"译为"focusing the familiar"，将"《道德经》"译为 *Making the Life Significant*，其中误解颇多⑤。再如中国的"势"这一概念，有很多学者借用"势"表达中国叙事结构的

① 傅修延：《先秦叙事研究——关于中国叙事传统的形成》，第126页。

② 张同胜：《〈水浒传〉叙事结构的文化阐释》，《明清小说研究》2006年第4期。

③ 同上。

④ 秦海鹰：《关于中西诗学的对话——弗朗索瓦·于连访谈录》，《中国比较文学》1996年第2期。

⑤ 〔美〕郝大维、安乐哲：《期望中国——中西哲学文化比较》，施忠连等译，上海，学林出版社，2005。

特征，其中有"一气呵成"的意蕴，但是若翻译为position（位置）等则失去了动态美。由此可见，"势"是包括称作主体能动性即"灵气"［可翻译为potential（潜能）］、文本结构等丰富内涵的概念。

由此可见，中国诗学的很多概念具有叙事学分析的价值。如"神"，于连曾专门分析了这一概念①，包括"神品""神韵"等，在后经典叙事学中完全应有一席之地。因为西方后经典叙事学的"读者""阅读""阐释"与之有诸多交叉点，而且"入神"还具有"言外""象外"之意，这与西方叙事学所讲的"文本"之外是相通的，揭示出"不可见的维度"（invisible dimension），这与解构主义的阅读不无关联。

再如"春秋笔法"，很多学者认为，"春秋笔法"在西方叙事学中没有对应范畴，却成为中国叙事学的理论问题。20世纪50年代，吴组缃就《儒林外史》中的春秋笔法做了精辟分析。近年来，国内运用"春秋笔法"解读小说叙事的研究逐渐增多，如石昌渝的著作《中国小说源流论》和文章《春秋笔法与〈红楼梦〉的叙事方略》。有学者②指出，"春秋笔法"是中国小说叙事学的基本范畴。

除了概念外，中国一些独具特色的小说文本也是研究的突破点。如中国古代的命相小说，由于中国的算命看相的文化影响，可以开拓很大的叙事研究空间。此类小说在宋之前多为实录，宋元之后虚构观念逐渐成熟，从而转化为一种具有"楔子"作用的叙事结构。如宋代罗烨《醉翁谈录》中的小说《红蜘蛛》等，这类小说的美学意义在于："使古代小说取得了一定的时空自由度，丰富了小说悬念设计的方式，并使之具有了一定的哲学色彩。"③再如对四大谴责小说的研究，近年来往往多用西方叙事学的意识形态理论，从而容易混同于一般性批判小说的共相之中，应具体分析晚清谴责小说的独特形式。

二是西方特有的内容。如西方哲学中常见的范畴"意志"，在中国是缺失的。虽然汉语创造了这一词语，但是西方"意志"是从"自由""选择"角度讲的，这从古希腊和希伯来文化中可以看出，自由是对外在约束的否定，是自己给自己立法，是"主体""我"的凸显。而中国的社群主义缺乏自由的前提，因之也缺乏思考，相反强调的是协调性。再如"自然"范畴，"西方人很早就有这个概念，中国人没有……在亚里士多

---

① 秦海鹰：《关于中西诗学的对话——弗朗索瓦·于连访谈录》，《中国比较文学》1996年第2期。

② 李洲良：《春秋笔法与中国小说叙事学》，《文学评论》2008年第6期。

③ 赵章超：《古代命相小说的叙事结构》，《学术研究》2003年第12期。

德的《物理学》中，'自然'（phusis）与'技艺'（tekhne）相对立，与人的行为相对立。而在中国，'自然'和'人为'的对立不明显，所以中国没有建构这个概念的特别需要"①。

在西方叙事学中，很多范畴由于缺乏中国文化背景，故极容易产生理解偏差，这在前面的论述中已有涉及。仔细研究，"结构主义"本身在中国是缺乏根基的，因为中国注重的是"象"，而非"本质"，不注重从天人合一的自然中划分出一个独立的结构来，"格物致知"在认识上讲的是认识方法，王阳明的心学更注重物我同一。故经典叙事学的结构主义在我国往往仅成为机械的模式。

在发现中西方叙事学各有缺陷的基础上，最重要的工作就是填补空白与弥合裂缝，即互相阐释和描述尚未呈现的内容。虽然各有缺陷但实际上体现出各自的长处，其具体方法需实现概念的共同运作，因为"一种思想的存在，只有当其中的各种概念共同运作、相互作用时才有可能"②。如果以中国独特的"意图"概念切入，同时补充以西方叙事学的结构理论（如行动元模式、情节结构等），提出"意图元"的创新性概念，则在研究上就有创新。例如有学者③就用意图元分析明清小说，在研究上具有了互通有无的优势。意图是人物行为发生的主体原因，而故事中的人物意图往往是多重复杂的，可用图6-1表示。

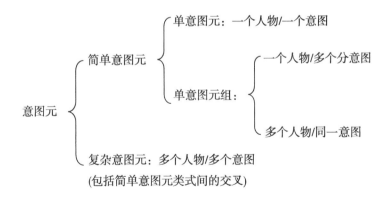

图6-1　意图元

用"意图元"还可以研究叙事结构：如果由一个人物和一个主导意

①　秦海鹰：《关于中西诗学的对话——弗朗索瓦·于连访谈录》，《中国比较文学》1996年第2期。

②　同上。

③　许建平、丁玉娜：《意图元类式：小说叙事结构的新阐释——以明清小说为叙述中心》，《上海大学学报（社会科学版）》2014年第3期。

图所形成的意图元用 A 来表示，一个人物和分意图所形成的分意图元用 An 来表示，那么一个人物和多个分意图元组合而成的意图元组可以用图 6-2 表示：$A=A_1+A_2+\cdots\cdots+A_n$，分意图元依次展开，呈线性排列，共同构成递进式。其结构如图 6-2 所示：

图 6-2　意图元组

作者选取《警世通言》中的《老门生三世报恩》为例，鲜于通的报恩意图、功名意图等的变化如图 6-3 所示：

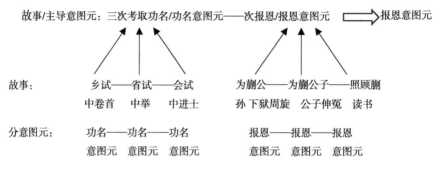

图 6-3　《老门生三世报恩》中鲜于通的意图变化图式

总之，中西叙事学有很多共通之处。如中西叙事都关注叙述结构，无论是中国传统文学中的情节发展、角色关系，还是西方文学中的戏剧结构，都反映了叙述的有机构建。再如中西叙事学都探讨角色的塑造和发展，人物的性格、动机、发展都是叙述中的重要元素；在中西方叙述中，都有复杂的角色和多维的人物。还如中西叙事学都涉及主题和象征的应用，叙述中的主题和象征可以超越文化差异，具有普遍的意义。这些都为跨文化比较提供了基础。

寻找契合点的目的是实现叙事学的本土化。即通过比较中西叙事学的契合点，确定中国传统叙事元素与西方叙事元素的异同，了解不同文化之间的共通之处和不同之处，可以为实现本土化提供基础。一方面是借鉴西方叙事理论，将其应用到中国叙事文学中。例如，结构主义、后现代主义等理论可用来解析中国文学作品。另一方面是激活中国叙事学的资源，即在实现本土化的过程中，将中国文化元素包括中国传统价值观、历史事件等融入叙事中。

第三节　实例分析:《论语》中的叙事特征探究

在当前国内叙事学的文本分析中，针对中国古典作品的研究相对薄弱，而古典作品的分析正好回到文化原点，从而为建构中国叙事学提供资料。"中国文学确实有着悠久深厚、丰富多彩的叙事传统"①，"从叙事学角度来看中国文学史，确实不失为一个新鲜、很有意思的视角"②。从目前关注的中国古代作品来看，主要有《尚书》、《史记》、"二拍"、《三国演义》、汉乐府诗③等具有明显文学色彩的著作，较少见到对《论语》的研究。其实《论语》作为一本谈话录，包含大量微型叙事，其道德叙事成为儒家伦理不断发掘的原点，尤其是"谈"和"听"的叙事在场，因其朴素多元、注重体验阐发而蕴含着不断阐释的空间。故此对其叙事特征做如下分析。

一、《论语》中的叙事方法

(一)《论语》的叙事结构:"结构之道"的意蕴

毋庸置疑，任何叙事作品都必须"具有一个可资分析的结构……如果不依据一套潜在的单位和规则，谁也不能组织成（生产出）一部叙事作品"④。《论语》中的叙事结构不能简单地套用某一西方叙事学的模式，而用杨义先生的"结构之道"较易理解：针对"结构之技"而提出的"结构之道"认为结构本身就是一种功能和意义的标志。从中西方宇宙观、思维模式、文学取向的区别看，西方的叙事结构模式呈现"时间化"的特征，而中国叙事结构模式以"空间化"为特征，往往以"结构之技"呼应"结构之道"，以"结构之形"表现"结构之神"。《论语》看似杂乱无章，实则具有内在关联。"对整体结构而言，某句或者某段话语处在此位置，而不处在彼位置，本身就是一种功能和意义的标志，一种只凭其位置，不需用语言说明，而比起语言说明更为重要的功能和意义的标志"⑤。"叙事作品的众多片段……于无序中寻找有序，赋予紊乱的片段

---

① 董乃斌:《中国文学叙事传统研究》,第19页。

② 同上。

③ 分别见:于文哲对《尚书》、刘宁对《史记》、牟景姗对"二拍"、郑铁生对《三国演义》、宋卉对《汉乐府诗》等的叙事学研究。

④ 〔法〕罗兰·巴尔特:《叙事作品结构分析导论》,张裕禾译,《符号学美学》,沈阳,辽宁人民出版社,1987,第109页。

⑤ 杨义:《中国叙事学》,北京,人民出版社,2009,第36页。

以位置、层次和意义"①。

1.《论语》的各主题结构

在《论语》中，孔子探讨了不同的道德主题。这些主题的阐述运用了并列、递进、呼应、补充等手法。按此主题结构可归纳条理，如安德义②曾归纳出《论语》的层次系统、道德系统、人物系统、历史系统。以层次系统为例（参考黄玉顺先生分类）：人格修养的三个层次为圣人、君子、小人；心理修养的三个层次为仁、智、勇。由此叠加合并形成九类人格：仁圣、仁君子、仁小人、智圣、智君子、智小人、勇圣、勇君子、勇小人。按此阅读，可逐字逐句抓住用意，如"君子"一词就有差别："颜回系仁君子，子贡系智君子，子路系勇君子"③。还可不断归纳：如君子又可分为"有德无位之君子、有位有德之君子、无德有位之君子"④。"隐"分为"心隐形不隐，形隐心不隐，心形俱隐"；"辟"分为"辟世、辟地、辟色、辟言"⑤。在同一主题的表述中也有呈现，如递进的采用往往是由浅入深、由此及彼："子路问君子。子曰：'修己以敬。'曰：'如斯而已乎？'曰：'修己以安人。'曰：'如斯而已乎？'曰：'修己以安百姓。修己以安百姓，尧舜其犹病诸？'"（《论语·宪问》，以下只用篇名），这里使用"修己以敬""修己以安人""修己以安百姓"的三重境界，乃是由内向外的提升。

2.《论语》中的序位排列

《论语》以语录体和对话体为主，因而多以单人陈述或两人对话的形式出现，在为数不多的几个"大场面"中，孔子及弟子的出场顺序并非任意，而是有一定次序的。如《先进篇》的"子路、曾晳、冉有、公西华侍坐"一节中孔子看似赘述的一句话"以吾一日长乎尔，毋吾以也"，给理解弟子的出场顺序起到了关键作用，即孔子自谦中强调了长幼有序的主张。孔子当时大约为60多岁，子路小孔子9岁，曾晳小孔子20多岁，冉有小孔子29岁，公西华小孔子42岁，由此他们的顺序是依照年龄排列的，体现"礼"的主张。叙事中还有上下文提供的线索，如《论语》中孟懿子等人的先后问孝展示出对问题的不断深入。

---

① 杨义：《中国叙事学》，北京，人民出版社，2009，第61页。

② 安德义：《论语解读·自序》，北京，中华书局，2007，第14-23页。

③ 安德义：《论语解读》，北京，中华书局，2007，第16页。

④ 同上书，第18页。

⑤ 同上。

（二）《论语》的叙事声音："多声部"与"主旋律"

"Voice in narration is a question of who it is we 'hear' doing the narrating. The sensibility through which we hear the narrative, even when we are reading silently.（叙事声音指的是叙事作品中，以故事讲述所呈现的言语声音。通过作品中叙述者的讲述，人们可以听到出自其中的声音。即使当我们默默地阅读时，同样可以听到这样的叙述。）"[①]《论语》作为谈话集为汇集而成，不能简单地认为只有一个固定独立的故事外叙述者，而应具体到相应的对话叙事片段来考察文本内叙述者的位置和变化。借用巴赫金的理论，其对话体现出一定的复调特征，"带有深刻的多元性的世界"[②]。可以说，"巴赫金最有价值的……是对话"[③]。《论语》的对话方式在过程和策略上与巴赫金对话理论有诸多相似，但在对话结论的导向性上又与之不同。

1.叙述者不断变换的"杂语"

在《论语》中，大量的章节是以"曰"的形式表现的，在这些章节中我们可以明确地感受到叙述者的存在：对执政者的规劝、对世人的教导及美好期许。在这类叙述声音中，受述者有几种情形：一是确定对象如子路、颜渊等；二是不确定特殊对象，如"或曰"；三是抽象对象，如一般性的"君""民"等。仔细研究，《论语》中的叙述声音在一元主导的基础上往往具有对话、质疑、讨论的"杂语"特征，即叙述者和受述者的位置经常发生互换，在不断的发问中，原先的叙述者突然变成了受述者，体现出一种互相包含的叙述层次。"统一的真理在原则上不可能全部容纳在一个意识范围之中，它本质上就具有所谓情节性，是在不同意识的接触点上产生的"[④]。这种结构往往无意识地呈现话语裂痕，提供了"症候式阅读"的可能性，使《论语》成为不断"解蔽"之文本。这一点正如巴赫金分析的那样："陀思妥耶夫斯基……的对话性思想与意义本来乃是不可完结的。"[⑤]

---

① Abbott H. Porter, *The Cambridge Introduction to Narrative*（Cambridge University Press, 2002），p.197.

② 〔俄〕巴赫金:《陀思妥耶夫斯基诗学问题》，载《巴赫金全集》第五卷，石家庄，河北教育出版社，1998，第35页。

③ 〔俄〕扎哈罗夫:《当代学术范式中的陀思妥耶夫斯基和巴赫金》，《俄罗斯文艺》2009年第1期。

④ 〔俄〕巴赫金:《陀思妥耶夫斯基诗学问题》，载《巴赫金全集》第五卷，石家庄，河北教育出版社，1998，第105页。

⑤ 《论陀思妥耶夫斯基小说的复调性——巴赫金访谈录》，周启超译，《对话·狂欢·时空体》1998年第4期。

2.独白中的"双声"现象

在《论语》的叙事声音研究中，还发现一种叙述者在独白时同时发出的隐含性质的叙事声音，即弦外之音，这类似于巴赫金的"微型对话"。"微型对话，即巴赫金所说的'双声语'……如暗辩体、带辩论色彩的自白体、隐蔽的对话体等"①。如"子曰：'甚矣吾衰也！久矣吾不复梦见周公！'"（《述而篇》）一句，仔细挖掘，这里有两个孔子，一个乃是真实讲话的孔子，另一个则是隐含理想（梦）中的孔子，由此可以感觉到两个叙事声音。明确发出的叙事声音是"我昨夜没有梦见周公了"，而隐含的声音则是"我的理想是实现周公的理想啊"。正是这种方法，《论语》往往体现一种表层和深层含义的交叉融合。如"子曰：'觚不觚，觚哉！觚哉！'"（《雍也篇》），从表面上看，这是感叹觚已变得不像原来的觚了，隐含的则是感叹当时其"名"不符"实"。这两个声音均处于同一叙述者，但后一个更"真实"，作为读者，更能感受到的恰恰是隐藏的声音。

3.叙事声音的"在场化"效果

研究《论语》中叙述声音的语调语气很有必要，仔细分析其具有很强的"在场感"。不必用第一人称叙事，就善于将历史话语转化为现实话语，使读者马上获得叙事体验。如"厩焚，子退朝，曰：'伤人乎？'不问马"（《乡党篇》）一句，故事本身只用"厩焚"二字，用意则在后面"在场化"的讨论中，读者也能立即"参与"其中。为达此目的，在称呼上，孔子往往结合具体对象和时间地点变换语气，如"噫""回也""颜回"等。即使对同一人，随时间地点情景变化，都做恰当调整，均为"当下情景"的反应。还有一些诸如"焉×""何×""未若""如斯乎"等探讨而非陈述句式，措辞很有韵味，融"质问、疑问、反问、鞭策、鼓励"于一体，娓娓道来，毫无历史疏远感，可见《论语》中的叙事时间是被省略的。叙事空间也简略用"子在陈""子适卫""升车""入公门"等带出，无不体现出"现象学"特点。"按照在中国理解诗的现象的方法……世界并不对意识构成'对象'，而是在相互作用过程中充当意识的对话者"②。

---

① 王建刚：《后理论时代与文学批评转型：巴赫金对话批评理论研究》，北京，北京大学出版社，2012，第147页。
② 〔法〕弗朗索瓦·于连：《迂回与进入》，第141页。

（三）叙事视角：作为"客观化手段"的"流动视角"

叙事视角也称叙事聚焦，托多罗夫把叙事视角分为全知、内视角和外视角。申丹分为零视角（非聚焦型）、内视角、第一人称外视角和第三人称外视角（外聚焦）。杨义还提出"流动视角"："把从限知到达全知，看作一个过程，实现这个过程的方式就是视角的流动。"①《论语》在叙事视角的选择上正是流动视角的典型，并非稳定视角，运用灵活，这与前面分析《论语》的"杂语"特质相吻合。正如巴赫金认为陀思妥耶夫斯基艺术观察的一个基本范畴不是形成过程，而是同时共存和相互作用一样。《罪与罚》的叙述视角是流动性的②，视角游走在众多人物身上。"陀思妥耶夫斯基材料中互相极难调和的成分，是分为几个世界的，分属于几个充分平等的意识。这些成分不是安排在一个人的视野之中"③。值得说明的是，《论语》中叙事视角转换往往是为了"客观再现"道德人物形象，从而体现历史的真实性，增强道德说服力，这一点与巴赫金的理论有所区别。

1.叙事视角的不断切换

以《论语》中对孔子的评价为例：随着历史视角、孔子本人、弟子视角等不断转换，在互相对答、背后议论等过程中形成道德评价的张力。

如"太宰问于子贡曰：'夫子圣者与？何其多能也。'子贡曰：'固天纵之将圣，又多能也。'子闻之，曰：'太宰知我乎！吾少也贱，故多能鄙事。君子多乎哉？不多也。'牢曰：'子云：吾不试，故艺。'"（《子罕篇》），这里首先呈现太宰的视角认为孔子"圣与多能"，然后转换为子贡的视角，又马上变为孔子的自我视角即自评"少也贱"，最后又转换为子牢的视角。在流动的视角中，形成几个视角的巧妙印证，将弟子对老师的崇拜、孔子自谦和师生融洽关系跃然纸上。还如子贡与荷蓧丈人之间的对话（《微子篇》），先是通过子贡引出荷蓧丈人的视角，即"四体不勤，五谷不分，孰为夫子？"，接着转换为孔子的视角，用"隐者也"回答，于是让子路去见他，最后归结于子路视角，感叹"道之不行，已知之矣"。在简单切换中展现儒道之争。

---

① 杨义：《中国叙事学》，北京，人民出版社，2009，第221页。

② 阮永健：《论巴赫金关于陀思妥耶夫斯基小说对话性的叙事艺术特征》，《中山大学研究生学刊(社会科学版)》2004年第2期。

③ 〔俄〕巴赫金：《陀思妥耶夫斯基诗学问题》，载《巴赫金全集》第五卷，石家庄，河北教育出版社，1998，第18页。

2.特定叙事视角的凸显

《论语》中为了凸显某种具有特殊功能的叙事视角，配合叙事背景，设置悬念。如"仪封人请见，曰：'君子之至于斯也，吾未尝不得见也。'从者见之。出曰：'二三子何患于丧乎？天下无道也久矣，天将以夫子为木铎。'"（《八佾篇》），这是仪封人想去见孔子，叙事视角首先是仪封人，"孔子不见"这一悬念，使人马上联想并过渡到孔子的视角，到底为何不见，耐人寻味。仪封人肯定遭到了拒绝，因为其感叹"君子之至于斯也，吾未尝不得见也"，于是孔子的弟子将之引见于孔子，他出来后从自身视角做了评价："天意将把孔子作为警世木铎啊！"仅一次会见，连孔子未想见之人都能如此肯定孔子，可想而知孔子之为人。从叙事的角度，这里正是巧妙地通过凸显仪封人这一叙事视角的特殊身份，来达到突出孔子这一叙事目的。

（四）人物形象塑造：生动的道德情景

人物是叙事学的重要内容，申丹曾认为：人物性质与塑造手法包括直接与间接塑造法①。《论语》中塑造了众多生动饱满的形象，如性格外向、心直口快的子贡，仁笃厚道、不苟言辞的冉雍，耿直好勇、爽直刚强的子路等。直接塑造主要有动态和静态描写：

1.动态描写

将人物置于具体而动态的事件中，这是《论语》表现人物形象的重要方法。对具体语境稍作点染，形成了具有叙事意味的相对独立片段。例如："子畏于匡，曰：'文王既没，文不在兹乎？天之将丧斯文也，后死者不得与于斯文也；天之未丧斯文也，匡人其如予何？'"（《子罕篇》），表现的是孔子的执着坚毅；"颜渊死，子哭之恸。从者曰：'子恸矣！'曰：'有恸乎？非夫人之为恸而谁为？'"（《先进篇》），表现的是孔子的情真；"原壤夷俟。子曰：'幼而不孙弟，长而无述焉，老而不死，是为贼。'以杖叩其胫"（《宪问篇》），表现的是孔子之可爱；"孺悲欲见孔子，孔子辞以疾。将命者出户，取瑟而歌，使之闻之"（《阳货篇》），又展示出孔子如顽童之处。将每个故事组合在一起，便勾勒出一个完整立体的孔子形象。

2.静态描述

静态描写即对外貌、举止、衣饰和日常饮食的细心描摹，以弥补简约叙事的不足。《乡党篇》大量记载孔子的言行起居：如形态上，"恂恂

---

① 申丹、王丽亚：《西方叙事学：经典与后经典》，第59-69页。

如也、侃侃如也、訚訚如也、与与如也、色勃如也、鞠躬如也、翼如也"；行为上，"车中，不内顾，不疾言，不亲指"，"入太庙，每事问"；起居饮食上"食不厌精，脍不厌细"，"席不正，不坐"，"食不语，寝不言"；服饰上"不以绀缬饰，红紫不以为亵服"等。孔子生活在"礼崩乐坏"的时代，将恢复礼的精神贯穿在日常生活当中，读之尤为亲切。

除上述直接描写外，《论语》中不乏间接描写，通过他人的间接叙述而达到目的。《论语》在间接刻画时，往往以贬衬扬，前后对比，如"子路宿于石门"一段（《宪问篇》）。

（五）叙事修辞：有效的艺术加工

叙事修辞关注包括读者、作者等诸多方面，如布斯、查特曼、费伦等的研究。《论语》中的叙事修辞虽不明显，因为《论语》中的对话叙事经常"以淡求真"（"淡"在于连理解是一种中国文化的思维方式），但仍不乏必要的修辞。

1.比喻、映衬、对比等的运用

《论语》尽可能使用上述修辞。比喻使听者明白易懂、豁然开朗。明喻如"君子之过也，如日月之食焉"（《子张篇》）；"见善如不及，见不善如探汤"（《季氏篇》）；"逝者如斯夫"（《子罕篇》）。隐喻如"虎兕出于柙，龟玉毁于椟中"（《季氏篇》）；"苗而不秀者有矣夫！秀而不实者有矣夫！"（《子罕篇》）；等等。

映衬和对比的使用很频繁。映衬有正衬和反衬两种形式，对比可以强化印象。如"三军可夺帅也，匹夫不可夺志也"（《子罕篇》）；"鸟之将死，其鸣也哀；人之将死，其言也善"（《泰伯篇》）；"君子不可小知而可大受也，小人不可大受而可小知也"（《卫灵公篇》）。《论语》中还常以"君子与小人""古人与今人""先进与后进"等做对比。

2.反讽、春秋笔法、省略等的体现

巴赫金曾对讽拟体分析道："作者要赋予这个他人语言一种意向，并且同那人原来的意向完全相反……语言成了两种声音争斗的舞台。"[①]《论语》中的反讽主要用于儒道争论，使文本具有一定的互文性。如"微生亩谓孔子曰：'丘何为是栖栖者与？无乃为佞乎？'孔子曰：'非敢为佞也，疾固也。'"（《宪问篇》），微生亩讥讽孔子终日忙碌，孔子以"疾固"反唇相讥。再如长沮、桀溺嘲笑孔子，孔子反讥"鸟兽不可与同群"（《微子篇》）。

---

① 〔俄〕巴赫金：《陀思妥耶夫斯基诗学问题》，载《巴赫金全集》第五卷，石家庄，河北教育出版社，1998，第256–257页。

"春秋笔法"即"微言大义"，于连将这一微而显、志而晦的手法称为"迂回"，并作为理解中国文化的一种基本方式："'春秋笔法'的核心是一种暗示的叙述学或所谓'字里行间的意义'。"[①]《论语》不乏春秋笔法，如孔子在感叹时运不佳时说道："如有用我者，吾其为东周乎？"（《阳货篇》）；"凤鸟不至，河不出图，吾已矣夫！"（《子罕篇》）；"色斯举矣，翔而后集。曰：'山梁雌雉，时哉时哉！'子路共之，三嗅而作"（《乡党篇》）。在此句中，更以雌雉翱翔暗含自己不得天时。

《论语》中对省略的使用也很精当。"蘧蘧伯玉使人于孔子。孔子与之坐而问焉，曰：'夫子何为？'对曰：'夫子欲寡其过而未能也。'使者出。子曰：'使乎！使乎！'"（《宪问篇》），这里孔子赞扬使者只用了"使乎！使乎"四字，语言模糊而回味无穷。

二、《论语》中叙事的本土特色

《论语》看似杂乱，但用上述叙事学方法分析，则感觉富有条理，诸多叙事片段浑然天成。仔细研究，其叙事特征并非全部能用西方叙事学理论解释，而是需进入中国文化内部加以说明。这一点笔者深刻地体会到汉学家于连"迂回与进入"用意的价值所在。因为在中国和欧洲之间找不到共同的范围和框架，"它们两方面不是在'同一页纸'上写字"[②]。因此要独立"绘制中国的意义图表"[③]，展示中国文化"意义或情感的微妙性"[④]。

（一）后现代主义叙事：中国的非逻辑思维

中西方思维大致有"整体与分析""感性与理性""非逻辑与逻辑"等差异。相比而言，中国思维更近"直觉"，这与"得意而忘言"之心理机制相通。就中国哲学而言，从异质而同形、异事而同构出发，天人、阴阳、男女、君臣、父子、夫妻等很多关系非推理而是类比感悟得出，由此及彼，由近及远。中国的诗是有喻义的，因为中国诗看重隐意。"中国的知识世界被关联性思维——它不注重定义与逻辑次序，而以比喻意

---

① 〔法〕弗朗索瓦·于连：《迂回与进入》，第88页。
② 〔法〕弗朗索瓦·于连、狄爱里·马尔塞斯：《从外部反思欧洲—远西对话》，张放译，郑州，大象出版社，2005，第184页。
③ 〔法〕弗朗索瓦·于连：《迂回与进入》，第3页。
④ 同上。

义和类比关系来进行解释——所占据"①。因此,《论语》中的叙事片段就表现出浓厚的后现代主义色彩,信手拈来,呈现出多样性、随意性、跳跃性,适合中国非逻辑思维的特点。

（二）简约叙事：意义的无限与建构

"孔子相信伦理学不只是一种有待阐述和讨论的道论,而是一种可被实践和生活的洞见"②。《论语》中的叙事经常极为简约,甚至戛然而止,只提供叙事线索。不以"清晰的定义"和"严谨的论证"而以"模糊化、陌生化"为长,举一反三,反复玩味。《论语》之所以成为反复发掘的经典资源,就是因其叙事策略提供了意义的无限与建构之可能。正如于连所言："圣人头脑中不会先有一个观念'意',作为原则,作为基础,或者简单地说就是作为开始,然后再由此而演绎,或者至少是展开他的思想。"③中国没有哲学家只有圣人,圣人的不辩提供了辩的条件。《论语》中分散的言论都构建了一个框架型的版本或一个基本蓝图,它必须得以扩展、完善并补充细节。正是基于这一点,从"早期的叙事思维入手来论中国文学史的叙事传统,显示我们与西方经典叙事学不同,而与后经典叙事学相通"④。

（三）叙事美学：价值评价与审美合一

毋庸置疑,中国具有诗学传统,真善美统一乃是最高要求。康德提出"美是德行",海德格尔提出"思与诗的对话旨在唤醒语言的本性",二者均是这一思路。《论语》也体现出价值和审美的融合,将道德话语变为艺术话语。"诗的言语根据'风'的信码含而不露地影响接受者,使之活跃起来,并且由于诗的言语在这方面是间接活动,故更加深入地浸透到接受者之中"⑤。在儒家的教化路径中,"乐而达道,以乐教化"本身强调"美与善"的统一性,由形入神,由物会心。"中国人用'兴'来思考诗的'现象'"⑥,故"子在齐闻《韶》,三月不知肉味"（《述而篇》）。《论语》还存在着美与善通用的情况,如"五美"之说（《尧曰篇》）。在理想人格修养上,孔子提出"文质彬彬",乃是善美统一的

---

① 〔美〕余纪元:《德性之镜·孔子与亚里士多德的伦理学》,林航译,北京,中国人民大学出版社,2009,第14页。

② 〔美〕余纪元:《德性之镜·孔子与亚里士多德的伦理学》,第22页。

③ 〔法〕弗朗索瓦·于连:《圣人无意——或哲学的他者》,闫素伟译,北京,商务印书馆,2004,第7页。

④ 董乃斌:《中国文学叙事传统研究》,第21页。

⑤ 〔法〕弗朗索瓦·于连:《迂回与进入》,第58页。

⑥ 同上书,第157页。

要求。

上述思想还体现在《论语》中的叙事方法上。在语言使用方面，孔子强调"不学诗，无以言"，多次引用《诗经》中的话。在具体的叙事情景中，还注重美学意识的营造。如喜剧意识的使用，幽默谈笑中给人以启迪，"子畏于匡，颜渊后。子曰：'吾以汝为死矣。'曰：'子在，回何敢死？'"（《先进篇》），"子曰：'孟之反不伐，奔而殿，将入门，策其马，曰：'非敢后也，马不进也。'"（《雍也篇》）等。再如悲剧意识的使用，在一种特殊的情景中使人感动，"伯牛有疾，子问之，自牖执其手，曰：'亡之，命矣夫！斯人也而有斯疾也！斯人也而有斯疾也！'"（《雍也篇》）。

（四）空间叙事：穿越历史与现象还原

与共时性而非历时性相关，《论语》中的叙事突出的是空间，这和巴赫金认为陀思妥耶夫斯基主要在空间里，而不是在时间中思考世界有所相似。更有甚者，《论语》中的叙事没有确切的时间开始，但却有"时间作为当下"的阅读效果，"中国人对于时间的极度敏感而汉语动词并不显示时态……使人生通过'无时间'而得到永恒……使过去和未来都变成永恒的'现在'"[①]。读来毫无历史隔离感，这是对叙事时间的巧妙处理，从而超越了历史，还原于真实的"象"中。仔细分析，《论语》中的这一方法渗透着现象学还原的深刻思想："努力查看现象，并且在思考现象之前始终忠实于现象"[②]，"回到事物本身"可以放弃一切偏见、成见、常识，得到对亲身体验到的东西的本质直观。确实，意义并不在逻辑表达中，而在真实的直观中。

三、启发与思考

可以看出，《论语》既有叙事学的一般特点，又有本土化特色。用西方叙事学分析《论语》是必要的，但不可完全套用，这涉及中国叙事学的构建问题。西方叙事学自传入中国以来，其基本理论和方法已为中国学界所熟知，但需要进一步解决本土化问题。如有学者[③]指出，让中国叙

---

① 周策纵：《弃园文粹》，上海，上海文艺出版社，1997，第213页。
② 〔美〕赫伯特·施皮格伯格：《现象学运动》，王炳文、张金言译，北京，商务印书馆，1995，第964页。
③ 傅修延：《叙事学勃兴与中国叙事传统》，《江西社会科学》2007年第10期。

事艺术在其中获得应有的位置，应属叙事学研究的当务之急；有学者①提出，寻找中西叙事文学的路径；有学者②甚至指出，要努力超越东西方的新的具有普遍意义的叙事学理论体系。杨义、浦安迪、傅修延、丁乃通、谭君强、赵毅衡、高小康、张开焱、尚必武、董乃斌等为之进行了富有开拓性的研究。通过《论语》的叙事特征分析，我们可以看出，中国确实具有自身的叙事学传统，且一旦放在中国文化角度进行衡量，则中国叙事学深层思维的独特性显而易见。正如于连认为，中国智慧的根本是过程哲学、"圣人无意""大象无形"一样，凡是不能用西方叙事学解释之处，恰恰是中国叙事学的立足之点，切不可忽略。这是今后国内叙事学研究值得深思的问题。

---

① 高红、艾春明：《文化视野下的叙事和叙事学功能》，《东北师大学报（哲学社会科学版）》2008年第4期。

② 吴文薇：《寻求中西叙事理论的对话与沟通——关于建构中国当代叙事学的思考》，《安徽大学学报（哲学社会科学版）》2001年第2期。

第七章 透视分析:西方叙事学
中国本土化的发展趋势

本章将继续紧密围绕西方叙事学本土化这条主线,在更为宏观的层面研究西方叙事学中国本土化的发展前景。众所周知,叙事学从最初研究叙事结构、叙事方式和叙事效果的学科领域,逐步发展为涵盖文学、影视、传媒、心理学、社会学等学科多个领域,并进一步与神经科学、人工智能、社会心理学等学科相互融合。随着数字技术的不断发展,全球文化交流的次数增多,涌现出数字化叙事、交互式叙事、跨文化叙事等多个新领域,人工智能等技术应用也将为叙事研究提供更多可能性。在中国式现代化背景下,构建具有中国特色的哲学社会科学话语体系和知识体系,也为新时代叙事学的发展提出了深层次的要求。在这一时代境遇下,透视分析西方叙事学中国本土化的发展趋势很有必要。

第一节 叙事学研究的日益细化

近年来,叙事学研究正呈现出日益细化的趋势,主要体现在对一些关键问题进行更深入的探究。除了叙事结构、叙事视角、叙事声音等经典叙事学的重要命题得到更加细致的研究外,一些新的研究命题逐步形成并日益深入,这些分支的发展不仅丰富了叙事研究的内涵,而且增加了研究深度。下面就以空间叙事、图像叙事和媒介叙事为例加以说明。

一、空间叙事

叙事学研究的日趋细化首先体现为叙事学对空间维度的关注。长久以来,叙事学较为偏重时间维度的研究,而有意无意地忽视空间维度。20世纪以来,物理学对物质空间认知的巨大变化引发了一系列学科、领域对空间的重新认识和理解,随后在人文社科领域出现的大规模的"空间转向",使得空间成为叙事学研究聚焦的热点话题和具有可挖掘深度的概念。

"叙事是具体时空中的现象,任何叙事作品都必然涉及某一段具体的时间和某一个（或几个）具体的空间"①。空间对作者的创作心理、叙事作品的结构等具有巨大影响，成为构成叙事的必要条件。这里提到的空间不同于实体空间，更多关涉的是一种认识论范式转向，即从关注时间转向到关注空间，再到强调时空整体观。"空间"被有意识地应用在叙事中，不仅是作为故事发生的地点、场景，还被用以安排叙事结构、推进叙事进程。空间叙事学所讨论的正是与叙事文本有关的空间问题，以及空间在叙事上的建构功能。

空间叙事学的本土化研究始于20世纪末期，殷双喜②在论述城市版画时提到，城市作为某种空间在美术学中具有叙事学意义。随后空间叙事被广泛应用于文学叙事领域，张世君③讨论了《红楼梦》中的空间叙事以及我国明清小说评点叙事概念的空间性。而后，以龙迪勇④为代表的学者开启了对空间叙事学的专门系统研究，论述了现代小说中的空间形式、空间功能及空间内涵、作为空间艺术的图像的叙事问题等。国内学界主要从范畴内容和文本形式两方面展开研究。

在范畴内容方面，对于叙事空间概念的复杂性，龙迪勇⑤首先划定了"空间"的基本范畴，他认为空间叙事所指的并不是现实意义上的空间，而是虚幻的抽象的知觉的空间。这意味着就文本本身呈现出来的空间特点，研究者可以跳出其物理空间层面，从意象、人物、读者接受等方面进行分析，拓展心理、精神层面的想象空间等。王安⑥、陈德志⑦等学者也对"空间"这一概念进行了区分和反思，厘清了其理论语境、理论内涵和理论对象。在此基础上，凌逾⑧、龙迪勇⑨等学者进一步发展了叙事空间的范畴，认为其不仅包括小说、历史等传统上重视时间的文本，也包括绘画、雕塑、建筑等传统上偏重空间的艺术形式，还应包括电影、电视、动画等同时注重时间和空间的叙事媒体。空间叙事研究的涉及范

---

① 龙迪勇：《空间叙事学：叙事学研究的新领域》，《天津师范大学学报（社科版）》2008年第6期。

② 殷双喜：《李帆：城市考古与空间叙事》，《美术研究》1996年第3期。

③ 张世君：《〈红楼梦〉空间叙事的分节》，《暨南学报（哲学社会科学）》1999年第6期。

④ 龙迪勇：《空间叙事学》，博士学位论文，上海师范大学，2008。

⑤ 同上。

⑥ 王安：《论空间叙事学的发展》，《社会科学家》2008年第1期。

⑦ 陈德志：《隐喻与悖论：空间、空间形式与空间叙事学》，《江西社会科学版》2009年第9期。

⑧ 凌逾：《小说空间叙述创意——以西西与略萨的跨媒介思维为例》，《江西社会科学》2008年第4期。

⑨ 龙迪勇：《叙事学研究的空间转向》，《江西社会科学》2006年第10期。

围不断扩大，涵盖了文学艺术的多种表现形态，不仅探讨纯诗学意义的文本空间形式，还探讨文化、身份、意识形态等空间话语。此外，程锡麟[①]、江守义、龙迪勇[②]、颜志蓉、李思佳[③]等学者对叙事空间进行了更为细化的分类，如可分为故事空间、形式空间、心理空间和存在空间；从人物和空间的关系出发，可分为和谐性空间、背离性空间和中立性空间。

在形式结构方面，国内学者主要围绕文本结构和视角上所体现出的空间性探讨叙事空间的形式与结构。龙迪勇[④]具体分析了套盒式、圆圈式、链条式、橘瓣式、拼图式等现代小说中的主要空间形式类型，并依此建立了以小说空间形式为基础的叙事秩序。通过关注非线性叙事现象，他还开创性地提出空间叙事的两类模式——"主题—并置叙事"和"分形叙事"，并分析了两种模式的含义特征及呈现方式。龙波兰[⑤]、詹春娟[⑥]、周文娟[⑦]、赵媛霞[⑧]、齐虎、赵艺玲[⑨]等学者用空间叙事学理论剖析和解读文本，探析了空间形式的内涵、特点及其叙事建构功能，如龙波兰认为《呼兰河传》中的空间叙事呈现为橘瓣式结构，空间性因素被凸显而时间性因素则被藏匿。此外，吕燕[⑩]、刘荣、孝红波[⑪]、梁萌萌[⑫]郭先进[⑬]等学者从空间的角度考察叙事视角，结合其并置于转换行为拓展了视角的功能。如刘荣认为采用人物视角呈现空间不仅可以体现人物所处的具体场域和真实空间，更能投射出其深层次心理活动；梁萌萌提出

① 程锡麟：《论〈了不起的盖茨比〉的空间叙事》，《江西社会科学》2009年第11期。

② 龙迪勇：《空间叙事研究》，北京，三联书店，2014。

③ 颜志蓉、李思佳：《国内空间叙事理论研究知识图谱分析》，《湖南广播电视大学学报》2020年第2期。

④ 龙迪勇：《空间叙事学》，博士学位论文，上海师范大学，2008。

⑤ 龙波兰：《〈呼兰河传〉的空间叙事》，硕士学位论文，西南大学，2011。

⑥ 詹春娟：《地域·人物·文本：论〈祖先游戏〉的空间叙事艺术》，《世界文学评论》2012年第1期。

⑦ 周文娟：《福克纳作品异质空间叙事解读》，《当代外国文学》2013年第3期。

⑧ 赵媛霞：《东北作家群流亡小说空间叙事艺术研究》，硕士学位论文，山东师范大学，2013。

⑨ 齐虎、赵艺玲：《纪录片的空间叙事研究》，《电视研究》2017年第8期。

⑩ 吕燕：《当代中国小城镇电影的空间叙事转向》，《当代文坛》2012年第6期。

⑪ 刘荣、孝红波：《英国拜厄特小说〈占有〉的空间叙事解读》，《辽宁师范大学学报（社会科学版）》2012年第3期。

⑫ 梁萌萌：《〈我的名字叫红〉空间叙事研究》，硕士学位论文，南京师范大学，2013。

⑬ 郭先进：《伊恩·麦克尤恩小说的空间叙事艺术》，《中北大学学报（社会科学版）》2016年第1期。

"杂语化"和"散点透视"两个叙事视角，认为小说中的诸多视角可以使文本空间得以完整构成，而变化视角则能扩大和延伸空间。

当前，空间叙事学研究的发展空间逐步拓展。崔海妍[①]、傅钱余[②]、刘保庆[③]、孙蔚[④]等学者分析了空间叙事学发展的机遇和挑战问题。从目前的研究看，空间叙事学已经成为文化、人文和社会科学领域中一个重要的研究方向。空间叙事学开始更多地关注地理空间、社会空间、虚拟空间等在叙事中的作用以及叙事如何在空间中构建和表达，提出了城市和社会空间叙事、虚拟空间和数字文化、移民和流动性的空间叙事、环境和生态空间叙事等新领域。其中城市和社会空间是空间叙事学的重要领域之一，可以探讨城市中不同社会群体的空间实践、身份认同以及叙事建构。随着虚拟现实、增强现实和在线平台的发展，虚拟空间在叙事中的角色越来越重要，可以研究虚拟社区、数字游戏和网络空间中的叙事现象。由于环境和生态问题在当今社会中越来越重要，空间叙事学也可以应用于研究环境叙事，可以探讨环境叙事如何影响人们对自然和可持续发展的认知，以及环境问题如何在叙事中被呈现和传播。

二、图像叙事

图像叙事也是当前叙事学研究的热点，主要在图像叙事的功能、要素、意义生成以及与文字叙事的关系等解读上细致入微，取得了较为丰硕的成果。

第一，图像叙事的基本要素。关于"叙事者"，沈冠东[⑤]分别研究了图像作者、叙述者、隐含作者。关于"场域"，周子渊[⑥]研究了图像创作的场域、图像自身的场域、图像传播的场域。关于"叙事模式"，徐茵[⑦]根据空间维度分别研究了视觉轴线（二维空间的视点应用）、镜头式结构（三维空间的组接）、互动叙事（四维空间的交流）；程安霞[⑧]根据事象的

---

① 崔海妍：《国内空间叙事研究及其反思》，《江西社会科学》2009年第1期。
② 傅钱余：《纳西族作家和晓梅小说的空间叙事——兼论当前空间叙事学研究的局限》，《民族文学研究》2014年第5期。
③ 刘保庆：《空间叙事：空间与叙事的历史逻辑关系》，《云南社会科学》2017年第3期。
④ 孙蔚：《国内空间叙事研究述评》，硕士学位论文，湖北师范大学，2018。
⑤ 沈冠东：《图像叙事的叙事者与叙事视角探析》，《文化艺术研究》2017年第4期。
⑥ 周子渊：《模仿与场域：无字少儿绘本图像叙事方式探析》，《编辑之友》2018年第12期。
⑦ 徐茵：《多维空间的图像叙事——儿童绘本的叙事表现研究》，《装饰》2014年第5期。
⑧ 程安霞：《符号叙事学视域下民俗图像叙事模式探析》，《北方民族大学学报(哲学社会科学版)》2016年第5期。

多寡，区分了单一事象叙述模式与多事象叙述模式；龙迪勇[①]提出图像叙事中的"主题—并置叙事"，即一种因共同"主题"而把几条叙事线索联系在一起的叙事模式。关于"叙事视角"，沈冠东[②]根据图像作者与故事的位置关系、观察点，区分了全知视角、限知视角、复合视角。关于"叙事手法"，王南杰[③]具体研究了夸张化、隐喻化、借代化等手法。关于"叙事修辞"，张伟[④]研究了视觉隐喻、视觉借代、视觉顶针等图像修辞的现代图式；何潇娴[⑤]研究了图像叙事中的对偶布局，前后本互为镜像，图像单元对照呼应。邓依晴、程广云[⑥]还研究了图像符号的能指和所指、图像符号的生产者和观看者等问题。

第二，图像叙事的基本功能。图像叙事作为一种叙事方式，最直接的功能就是进行意义的表达与传播，如吕强、陶奕冰[⑦]就认为图像叙事能够进行政治表达。胡晓[⑧]认为图像叙事具有"再现"和"认同"的功能，能够再现中华传统节日仪式场景，构筑集体记忆，实现文化身份的生成与确认；在这一思路下，张杨格[⑨]具体研究了宗族图像叙事，认为其对宗族共同体的建构和乡村治理秩序的规范具有重要作用。李吉品、包崇庆[⑩]在美学视角下考察图像叙事，认为当代图像叙事的致思能够促进审美主体在"感知—体验—构建—转换"的环节中体认文化精神，实现获得审美体验、重构精神家园、达致生命胜境等更深层次的功能。

第三，图像叙事的意义生成。图像符号为何能够承载一定的思想？又如何将视觉符号转换为一定的意义？为此，杨向荣、周洪英[⑪]研究了组合、重复与命名等将不可见性思想转化为可见性图符的具体方式；杨向

①　龙迪勇：《图像叙事中的主题——并置叙事》，《艺术百家》2011年第1期。
②　沈冠东：《图像叙事的叙事者与叙事视角探析》，《文化艺术研究》2017年第4期。
③　王南杰：《抗疫新闻漫画的情感传导和叙事共鸣》，《传媒观察》2021年第12期。
④　张伟：《符号、辞格与语境——图像修辞的现代图式及其意指逻辑》，《社会科学》2020年第8期。
⑤　何潇娴：《图像叙事中的对偶——以漳州木版年画为例》，《装饰》2020年第7期。
⑥　邓依晴、程广云：《从"语言"到"图像"——主流价值观认同的视觉机制与文化反思》，《广东社会科学》2023年第1期。
⑦　吕强、陶奕冰：《图像叙事与政治表达：延安时期新闻漫画的革命话语建构——基于〈新中华报〉的考察》，《出版发行研究》2022年第4期。
⑧　胡晓：《记忆与认同：中国原创绘本的图像叙事功能》，《中国编辑》2020年第9期。
⑨　张杨格：《宗族图像叙事与乡村文化共同体构建——以江西婺源地区为例》，《江西社会科学》2021年第3期。
⑩　李吉品、包崇庆：《文化视域下图像叙事的美学省思》，《文艺争鸣》2022年第1期。
⑪　杨向荣、周洪英：《组合、重复与命名——马格利特的图像叙事及其话语隐喻》，《浙江社会科学》2021年第12期。

荣①研究了图像叙事中的"再现"，探究艺术与现实的关系；龙迪勇②认为图像叙事存在对语词叙事的"模仿"；周子渊③认为"再现"与"象征"是叙事图像意义表达的两种方式；孟令法④提出话语或文字的图像转译是"时间的空间化"，而图像之所以能叙事是由于"空间的时间化"；张振卿⑤研究了以图表意、时空隐喻、虚实一体、价值增殖等问题。还有学者认为图像叙事的意义生成依赖于一定的"语境"，如张辉刚⑥研究了互文、情境与文化三种语境各自特定的符号意义生成规则；李东红、魏金济⑦认为要在图像背后的社会历史情境与思想意识等语境下，将图像作为文化表达、文化传承和文化习得的"文本"进行解读；龚新琼⑧认为先行文本与周围文本构成图像叙事时空连接的互文链，这是图像叙事在文本层面的语境。

第四，图像叙事与文字叙事等的关系。这一问题较早受到关注，如龙迪勇在关于图像叙事与文字叙事的比较中指出了图像对文本的模仿或再现问题；邹广胜对插图本中的图像叙事与语言叙事的关系分析；毛凌滢对文字叙事到图像叙事的转换分析；刘方在图像叙事与文学叙事的比较中指出了图像叙事的独特性。还有学者结合作品具体地分析，如颜琪对小说《父亲进城》的电视剧改编的研究。近年来又有很多新进展，张欣⑨研究了"图文互释""图文互斥"两者的基本关系；孟令法⑩认为，"图"与"言"存在时空错位，不一定能在时间序列上呈现直接的对应

① 杨向荣：《图像叙事的"再现"考古论——基于福柯视域的考察》，《文学评论》2022年第5期。

② 龙迪勇：《模仿律与跨媒介叙事——试论图像叙事对语词叙事的模仿》，《学术论坛》2017年第2期。

③ 周子渊：《再现与象征：少儿绘本图像叙事的意义表达》，《编辑之友》2019年第6期。

④ 孟令法：《文本、话语及语象：民间故事画的时空叙事关系研究》，《民族文学研究》2021年第3期。

⑤ 张振卿：《儿童的图像生存、图像叙事与图像善用》，《教育研究与实验》2022年第2期。

⑥ 张辉刚：《图像叙事与修辞实践：裕固族传统仪式中视觉符号的意义生成》，《西北师大学报（社会科学版）》2022年第3期。

⑦ 李东红、魏金济：《"图像文本"研究范式的多学科讨论》，《思想战线》2022年第4期。

⑧ 龚新琼：《标志性照片的力量：图像叙事互文链的生成与传播——以"春运母亲"照片为例》，《传媒》2022年第12期。

⑨ 张欣：《论谭恩美回忆录中的图像叙事》，《外国文学动态研究》2022年第6期。

⑩ 孟令法：《口头传统与图像叙事的交互指涉——以浙南畲族长联和"功德歌"演述为例》，《民俗研究》2018年第5期。

性；在小说文本与插图的关系中，王逊佳[①]认为，插图是对源文的情节进行预叙、对源文的叙述视角进行转化、对译入语读者的观察位置进行具化的结果；毛凌滢[②]认为，从文字叙事到图像叙事的转换，是一种具有互文性的创造与对话；在语图互文中，龚举善[③]认为其中存在动态性的冲突、互补、转化和异质同构等；张伟[④]研究了"乐—图"互文实践的两种主要文本结构，即"图主乐从"和"乐主图从"。

第五，图像叙事的范例研究。除对图像叙事基础理论的研究外，学者们还对多主题、多类型的范例进行研究，极大地丰富了图像叙事研究的内容。已有的研究包括叶舒宪对殷周青铜器图像叙事的神话学解读；杨凡、张婷婷对克孜尔千佛洞壁画的图像叙事与古龟兹文化传播的分析；张梅对晚清到五四儿童期刊上的图像叙事的探究；陈平原对晚清教会读物的图像叙事分析；栾睿对西域石窟壁画阿阇世王题材的探讨；黄灯对"文化大革命"连环画中左翼叙事图像的本质分析；陆涛对中国古代小说插图的叙事学考察；贺莉对以白蛇故事为例的图像叙事研究；王克祥从图像传播的视觉特点角度分析民国画报中的"抗日战争"；陈康对《点石斋画报》的图像叙事研究。近年来不断深入，如王研霞[⑤]对苏区报刊宣传画中女性图像叙事的研究；王艳[⑥]对古代面具中反映的中华民族交往交流交融的研究；张倩倩（2016年）对嘉祥武氏祠历史故事类画像石的研究；张振卿[⑦]对公益寻人栏目《等着我》的叙事模式与道德旨趣的研究。除此之外，阮晋逸[⑧]还研究了分解并识读画面的分层图像考察系统，杨向荣[⑨]指出图像叙事中存在可见性与不可见性的交互叙事，等等，不再详述。

---

① 王逊佳：《图像叙事与小说话语层的偏离型重构——以插图版鲁迅小说英译本的考察为例》，《思想战线》2021年第2期。

② 毛凌滢：《互文与创造：从文字叙事到图像叙事》，《江西社会科学》2007年第4期。

③ 龚举善：《图像叙事的发生逻辑及语图互文诗学的运行机制》，《文学评论》2017年第1期。

④ 张伟：《"乐—图"互文与现代图像叙事的修辞向度》，《南京社会科学》2023年第2期。

⑤ 王研霞：《时空的记忆：苏区报刊宣传画中的女性图像叙事研究》，《编辑之友》2021年第1期。

⑥ 王艳：《面具之声：中华民族交往交流交融的图像叙事》，《西北民族大学学报（哲学社会科学版）》2021年第6期。

⑦ 张振卿：《图像叙事：从离析到统合的模式化建构——公益寻人栏目〈等着我〉的叙事模式与道德旨趣》，《上海文化》2022年第10期。

⑧ 阮晋逸：《规则与隐喻：高平开化寺报恩经变图像叙事新考》，《南京艺术学院学报（美术与设计）》2022年第5期。

⑨ 杨向荣：《委拉斯开兹与福柯：视觉凝视的话语深渊——跨媒介视域中的图像叙事解读》，《首都师范大学学报（社会科学版）》2022年第4期。

三、媒介叙事

媒介及媒介融合语境下的叙事学研究是叙事学研究日趋细化的重要体现之一。媒介叙事是一种系统概括媒介实践运作方式的叙事理论体系，由麻省理工学院教授亨利·詹金斯（Henry Jenkins）[1]于2003年首次提出。与传统叙事学理论不同，跨媒介叙事更强调跨平台、参与创作者的扩充、故事的延展等三大要素，是一种基于协同创作、集体智慧的叙事方式。2008年以来，国内学者针对跨媒介叙事展开了具体研究，主要集中于以下方面：

第一，媒介叙事的理论内涵。在媒介叙事学的理论内涵方面，国内学者从多重角度进行了论述。如杜昕[2]从历史性出场、思想渊源、理论透视及对叙事学的消解与超越等四个方面勾勒跨媒介叙事理论蓝图；龙迪勇[3]以"出位之思"定义空间叙事，认为空间叙事跨越或超出了自身作品及其构成媒介的本位，去创造出本非所长而是他种文艺作品特质的叙事形式，本质上是一种跨媒介叙事；陈先红、宋发枝[4]从互文性视角阐发跨媒介叙事，得出互文性是贯穿跨媒介叙事全过程的内在运行机理，并围绕媒介使用等要素构建全新的跨媒介互文叙事框架；于成、李丽萍[5]通过整合国内相关学者表述，廓清对跨媒介叙事的常见误解，从跨平台、参与创作者的扩充、故事的延展等角度展开概念分析。

在媒介叙事学理论的历史发展和基本走向方面，段枫等[6]集中总结和归纳了跨媒介叙事学理论的核心概念与范畴，梳理了西方跨媒介叙事学理论包含的不同叙事媒介研究；张新军[7]综述了跨媒介叙事的发展状况，通过追踪'故事世界'与'多模态'的理论渊源展望跨媒介叙事学的未来研究方向；张小荣[8]通过追述从经典叙事学到电影叙事学的理论谱系，

① Henry Jenkins, *Convergence Culture: Where Old and New Media Collide*(New York: New York UP, 2006).

② 杜昕：《"跨媒介叙事"理论研究》，硕士学位论文，河北师范大学，2019。

③ 龙迪勇：《"出位之思"与跨媒介叙事》，《文艺理论研究》2019年第3期。

④ 陈先红、宋发枝：《跨媒介叙事的互文机理研究》，《新闻界》2019年第5期。

⑤ 于成、李丽萍：《何谓跨媒介叙事》，《中国社会科学报》2021年11月16日。

⑥ 段枫、陈星、许娅等：《当代西方跨媒介叙事学研究述论》，《解放军外国语学院学报》2020年第1期。

⑦ 张新军：《叙事学的跨媒介转向》，《探索与批评》2020年第1期。

⑧ 张小荣：《叙事学视野下的跨媒介叙事论》，《艺术传播研究》2021年第2期。

探析跨媒介叙事学的现实性、理论性及其发生发展过程；程丽蓉①将跨媒介叙事与传统文史叙事进行比较，认为其二者在思维理念与特征、文本内容处理、媒体技术手段、受众传播策略等方面存在较大差异。

第二，媒介叙事的研究视角。中国本土化的媒介叙事学研究视角主要集中于新媒介技术与新闻叙事、新媒体语境与传统文化叙事、媒介与身体叙事、超媒介与影视叙事等几个方面。如刘永亮、钟大丰②利用跨媒介叙事视角下电影叙事的非线性叙事特征，试图构建电影生态与电影本体和谐共存的美学观念；舒静婷③认为，作为新闻叙事话语的新的叙事形式，数据、场景、游戏等使得叙事视角更能体现出全能性与在场亲历性，叙事时间与叙事空间得以重建，并呈现出互联网"时空一体"的高维媒介特征；张成良、刘祥平④从传统文化视角切入，从跨媒介叙事入手，试图构建跨媒介叙事的新传统文化形态、开发跨媒介叙事的核心文化资源，探求传统文化发展新路径；张云玲⑤通过分析IP的跨媒介叙事进程，认为网络IP是展开跨媒介叙事探索的首要资源；朱瑞娟⑥以融媒体时代新闻叙事研究为出发点，论述媒介形式对故事叙事方式的影响；陈晨⑦基于戏剧影像的跨媒介叙事研究角度，从扩展电影、跨媒介等相关理论出发，厘清戏剧影像跨媒介叙事的相关概念；蒋建华⑧将网络小说影视改编的跨媒介叙事作为切入点，以部分热门影视改编作品为例，探讨其在新媒体语境下呈现出的大众叙事、类游戏叙事、互文叙事等具体特征，总结网络小说影视改编的探索路径。

第三，媒介叙事的具体应用。经调查，目前针对媒介叙事的具体应用研究范围较广，相当一部分国内学者将媒介叙事广泛应用于网络IP运营、艺术、微电影、新闻、民间小说、国家形象、电子游戏等的分析。如赵鹏、米高峰⑨从跨媒介叙事视角对IP跨媒介运营进行研究，用以寻

① 程丽蓉：《跨媒体叙事：新媒体时代的叙事》，《编辑之友》2017年第2期。
② 刘永亮、钟大丰：《跨媒介叙事视角下电影生态美学研究》，《现代传播（中国传媒大学学报）》2017年第10期。
③ 舒静婷：《新媒介技术驱动下新闻叙事的嬗变》，硕士学位论文，湘潭大学，2017。
④ 张成良、刘祥平：《新媒体语境下传统文化的跨媒介叙事与传播》，《理论月刊》2017年第8期。
⑤ 张云玲：《网络IP的跨媒介叙事研究》，硕士学位论文，新疆大学，2017。
⑥ 朱瑞娟：《融媒体时代新闻叙事研究的路径衍变》，《青年记者》2017年第13期。
⑦ 陈晨：《延伸的电影：戏剧影像的跨媒介叙事研究》，《北京电影学院学报》2020年第11期。
⑧ 蒋建华：《新媒体语境下网络小说影视改编的跨媒介叙事研究》，《当代文坛》2017年第4期。
⑨ 赵鹏、米高峰：《跨媒介叙事视角下的IP运营及策略》，《电影文学》2017年第23期。

求适用于中国的IP运营策略；李宁[①]通过分析认为，互联网时代艺术作品的跨媒介叙事及跨门类改编是近些年来中国艺术创作中的显著潮流；曾雅恬[②]通过梳理媒体融合背景下微纪录片的兴起背景，从叙事话语和叙事故事等层面分析微纪录片的叙事策略；江莎莎[③]结合跨媒介叙事框架，对网络文学IP电影的跨媒介叙事进行思考，并从故事世界的建构、情节的互文设置、受众分层管理及IP版权的完善等方面为之后的IP开发提供参考；朱婧薇[④]以木兰传说为例，从《木兰诗》经典文本、Mulan影视及《花木兰》游戏探讨媒介变迁与媒介叙事的现代传承关系。

第二节　叙事学的本土化深层拓展

在日益细化的同时，叙事学发展还体现出本土化深度融合的特征。实际上，在许多国家和地区，已经涌现出大量以本土文化和社会为基础的叙事研究。中国拥有悠久的文化传统和丰富的叙事形式，如传统戏曲、民间故事、历史典故等，本土化深度融合将这些传统文化元素融入当代叙事学研究中。在这一过程中，后经典叙事学强调对叙事的批判性分析和多元视角，为中国叙事研究提供了一种新的范式和方法论，在中国本土化深度融合中发挥了重要的作用。

一、后经典叙事学的本土化契机

我国学者关于后经典叙事学研究的增多有其必然性。全球化和文化交流的加速是我国学者对后经典叙事学兴趣增长的主要原因之一。全球化带来的文化交流为学者提供了更多思考叙事的角度，激发了对后经典叙事学的研究热情。另外，我国社会正在经历深刻的变革，传统的叙事范式和文化观念不断转变。随着社会多元化程度的提高，人们开始关注非传统叙事形式和多元文化叙事，追求更具包容性和多样性的叙事方式。这与后经典叙事学的关注点相契合，因此学者对后经典叙事学产生了浓厚的兴趣。此外，技术的进步和数字化媒体的兴起为叙事研究提供了新的视角和方法，虚拟现实、交互式叙事、社交媒体等新媒体形式催生了

---

① 李宁：《互联网时代艺术的跨媒介叙事》，《民族艺术研究》2016年第3期。

② 曾雅恬：《媒介融合背景下的微纪录片叙事策略探析》，硕士学位论文，暨南大学，2016。

③ 江莎莎：《中国网络文学IP电影的跨媒介叙事研究》，硕士学位论文，西南大学，2017。

④ 朱婧薇：《媒介变迁与民间叙事的现代传承——以木兰传说为例》，《文化遗产》2019年第1期。

全新的叙事语言和叙事体验。学者们开始关注数字时代的叙事文化，探讨数字媒体如何影响和改变叙事方式，以及如何构建新的叙事身份，这有助于理解和解释当代叙事文化的复杂性和多样性，这与后经典叙事学的核心议题密切相关。

后经典叙事学的兴起与经典叙事学研究的衰落密切相关。经典叙事学诞生于20世纪60年代结构主义兴盛的法国，受结构主义的影响，经典叙事学十分注重对文本内容和结构关系的分析。在叙事学理论发展初期，经典叙事学在文学叙事研究中扮演着极其重要的角色，发挥了极其重要的作用。然而，经典叙事学忽略对文本之外的社会语境、读者等的研究，导致西方叙事学在起步之后迅速由热闹归于冷清①。正如结构主义奠定经典叙事学，后结构主义与解构主义思潮在西方的盛行也催生了后经典叙事学。作为对经典叙事学局限性的补充和超越，后经典叙事学突破文本限制，扩大叙事学理论外延，突出对文本之外的社会语境、读者等内容的研究。如申丹②认为，20世纪70年代的解构主义批评理论聚焦于意义的非确定性，对于结构主义批评理论采取了完全排斥的态度；谭君强③认为后经典叙事学研究所渗透与扩大的层面消解了传统经典叙事学所赖以存在的二元对立法则和人为限定；唐伟胜④认为，后经典叙事诗学体系的建构，实现了对经典叙事学体系的补充和超越。

由此可见，经典叙事学存在种种局限，无法有力解释文本之外的社会语境和关注读者需求，使得后经典叙事学兴起成为必然。因此，叙事学研究从注重文本分析和探讨作品结构规律转向关注读者和作品以外的语境，如女性主义叙事学将叙事形式分析与性别政治融为一体，实现叙事学的语境化与性别化；修辞性叙事学通过强调读者在叙事中的参与作用，将修辞效果与叙事结构相结合，注重结合语境来阐释具体作品中叙事的主题意义；认知叙事学探讨叙事与思维或心理的关系，重点研究读者理解叙事的认知过程。

另外，跨文化时代文化交融的影响导致叙事研究中的同一文本在不同国家之间具有不同语境，决定了我国学者在叙事学研究方面不得不借助于后经典叙事学理论解决跨文化交融过程中产生的文本语境差异等问

① 傅修延：《从西方叙事学到中国叙事学》，《中国比较文学》2014年第4期。
② 申丹：《叙事学研究在中国与西方》，《外国文学研究》2005年第4期。
③ 谭君强：《发展与共存：经典叙事学与后经典叙事学》，《江西社会科学》2007年第2期。
④ 唐伟胜：《阐释还是诗学，借鉴还是超越——再论后经典叙事学与经典叙事学的共存关系》，《外国语（上海外国语大学学报）》2008年第6期。

题。如曲方圆①认为叙事的研究本质是对文化的透视与思考，文化的殊异决定了其文学作品内容和叙事手段的差别；郭勇②认为，在不同的文化语境中，同一文本也可能具有不同的意味；孔梓、宁继鸣③认为，在跨文化传播的背景下，文化符号处于和不同文化语境的对话过程中，在不同语境中会存在不同的意义呈现，从而产生不同程度的"文化折射现象"。

随着叙事学研究的深入以及中西学界交流的日益频繁，国内叙事学界在后经典叙事学领域已实现与西方学者的同步对话。跨文化时代文化交融程度的不断加深，促使我国学者开始反思经典叙事学的局限性，并重视后经典叙事学。通过翻译西方后经典叙事学经典著作和撰写相关专著，他们开展了系统而深入的研究。

传统经典叙事学主要关注叙事结构、情节、角色等内在要素，强调文本本身的内部逻辑和意义。然而，在跨文化交流的环境下，同一叙事作品可能在不同文化背景中被理解和解读为截然不同的意义。经典叙事学难以全面分析不同文化环境下的语境及读者差异，这在跨文化研究中显得尤为局限。相反，后经典叙事学因其注重语境和读者分析，逐渐在中国的研究中崭露头角，并得到了越来越多的关注和应用。

后经典叙事学的兴起在很大程度上弥补了经典叙事学的不足。它强调将叙事视为与特定社会、历史和文化背景相互联系的现象，关注文本在特定语境中的意义生成过程，以及读者在自身文化背景基础上与文本互动的方式。后经典叙事学强调解构和重构叙事，呈现文本在不同文化环境中的多样性解读；它尊重不同文化对叙事的理解，避免将某一特定文化视角强加于叙事解读之上。综上所述，跨文化时代随着文化交融的加深，经典叙事学面临挑战，而后经典叙事学以其强调语境和读者分析的特点，在跨文化叙事研究中逐渐崭露头角，推动了叙事学研究的深化与创新。

二、中国叙事学与后经典叙事学的相互激发

叙事学研究进入后经典时期，由文本之内走向文本之外，由单纯的文本研究走向对作者、文本和读者的多元研究。而中国叙事学有着特殊

---

① 曲方圆：《跨文化背景下的中德文学叙事比较研究》，《文化创新比较研究》2023年第3期。

② 郭勇：《跨文化语境下文本意味的衍变及其意义——以〈聊斋志异·鸲鹆〉为中心》，《山东大学学报(哲学社会科学版)》2012年第5期。

③ 孔梓、宁继鸣：《跨文化语境下文化符号的意义建构》，《烟台大学学报(哲学社会科学版)》2014年第2期。

的发展模式，早在发端之初就重视对文本之外的语境、读者等的研究，并且随着社会的发展和文化的变迁，我国学界更关注非传统和当代叙事形式。后经典叙事学强调叙事的多样性、非线性结构、跨文化交流等，这些观点为我国学者提供了新的研究方向，促使他们重新审视传统叙事观念，并将其与现代和当代叙事实践相结合。从根本上讲，中国叙事学的特征与后经典叙事学的核心理念、研究内容等不谋而合，以下从接受视野、社会历史语境、意识形态等方面举例说明两者的共通之处。

从接受视野来看，读者是构成文学活动的必要因素，叙事文本的阐释、接受都是读者的主体性活动。后经典叙事学在接受导向下，一反文学批评囿于概念游戏的传统，开始重视读者的阅读行为、价值判断和伦理取向等，文本意义显示出多层次性与复杂性。如认知叙事学针对读者在叙事"进程"中的作用，具体研究了人的"认知假定、认知期待、认知模式、认知草案、认知框架"①。与后经典叙事学相类，中国叙事学的研究中始终显示出强烈的读者意识，文论家谈论作品时鲜有脱离读者。

具体而言，实用主义功能观是中国传统叙事学研究的特征之一，这一研究传统把文学的社会功能定位成"经夫妇、成孝敬、厚人伦、美教化、移风俗"，因此读者的接受乃至践行也是研究中的核心问题，更遑论忽略读者。另外，中国叙事学认为文本的阐释指向读者，"诗无达诂"就是说，对《诗经》的解释并非恒常不变，而是具有理解的多样性，意义的生成依赖于读者在"从变从义，而一以奉人"的前提下进行创造性阐发。清代更加重视读者参与文本创造，指出对文本的解释"而不必尽其合于作者也"②。最后，中国文学讲究意境，所谓"不着一字，尽得风流"。但从文学接受来看，意境的营造需要读者的创造性参与，意境中"言外之意"的理解需要读者的积极投入，读者充分运用审美体验、生活经验和文化修养等是理解意境的关键。

另外，从社会历史语境看，中国叙事学和后经典叙事学也有很多相似之处。所谓社会历史语境是指故事发生、生产和接受、阐释的特定语境，包括"在一定的历史社会中互相作用的种族、性别、阶级、民族、教育、性态以及婚姻状况"③。后经典叙事学的语境观是对经典叙事学"叙事作品的语境"概念的突破与拓展，避免了文本研究与社会现实的脱

---

① 申丹：《叙事结构与认知过程——认知叙事学评析》，《外语与外语教学》2004年第9期。

② 袁枚：《程锦庄〈说诗〉序》，载《袁枚全集》第二卷，南京，江苏古籍出版社，1993，第495页。

③ 苏珊·S. 兰瑟：《虚构的权威：女性作家与叙述声音》，黄必康译，北京，北京大学出版社，2002，第5页。

离，把对叙事文本的阐释与理解引向深入。对中国叙事学而言，在叙事文本的研究中关注文本产生、传播的历史背景与时代环境则是一以贯之的治学传统。

历史地看，早在先秦时期，孟子就提出"颂其诗""读其书"，必须"知其人""论其世"，将作品与作者、社会牢牢扣合。"知人论世"根本上指向一种语境观照的诉求。为准确把握作者意图与文本意义，需要将叙事文本与其所涵摄的社会条件、政治干预、个体经历等社会历史语境联系起来。具体而言，"知人论世"不外乎人、时、空三要素：所谓"人"，即关注作者的历史境遇、主观意图与思想、精神等，如龚自珍在《己亥杂诗》中点评陶潜曰："陶潜酷似卧龙豪，万古浔阳松菊高。"①所谓"时"，指的是文本产生的时代，在"文章合为时而著"的思想指导下，中国古代文学与历史的盛衰兴亡始终同频共振，这也为文本研究本身提供了参照。所谓"空"，即地理空间，如"山水田园诗""边塞诗"等的分野与作者所处的空间位置（边塞、山林）密不可分。总之，"知人论世"扎根于中国文化的土壤，是中国叙事学中语境观照的民族性表达，与后经典叙事学对社会历史语境的关注异曲同工，并注定还将进一步与西方文论进行互动、对话。

最后，中国叙事学对文本与意识形态相互关系的研究也为后经典叙事学在当代中国的发展和兴盛，提供了良好的研究基础。后经典叙事学通过文本之外的多元研究，开始发现并关注文本深层的意识形态。女性主义叙事学研究中的意识形态倾向尤为明显，苏珊·S.兰瑟等多从种族、阶级、性别、历史、教育、社会习俗、女性地位等方面解释叙事文本的形式结构问题，认为"这种意识形态张力是在文本的实际行为中显现出来的"②。后现代历史叙事学也暗示不同的历史修撰策略内蕴历史学家不同的意识形态倾向。

与之类似，中国传统历史叙事中的"春秋笔法"，体现的也是表层的文本与深层的意识形态之间的关系，褒贬、是非、微义都在只言片字间，甚至编排次序中。司马迁评价《春秋》曰："隐、桓之间则章，至定、哀之际则微，为其切当世之文而罔褒，忌讳之辞也。"中国传统历史叙事虽然与后经典叙事学研究的批判性视角不同，多是从建构性出发，但两者均重视文本与意识形态之间的关系。中国叙事学追求劝善抑恶的道德功利目的，也是一种道德叙事，即所谓"孔子作《春秋》而乱臣贼子惧"。

---

① 龚自珍：《龚自珍全集》，王佩诤校，上海，上海古籍出版社，1975，第521页。

② 苏珊·S.兰瑟：《虚构的权威》，黄必康译，北京，北京大学出版社，2002，第5页。

除此之外，中国叙事学和后经典叙事学中的非文字性叙事、叙事时间等方面也有共通之处。非文字性叙事如中国叙事学对音乐、格律等的研究。中国叙事学和后经典叙事学都扩展了叙事的范畴，认识到叙事不仅仅局限于书面文字，还可以通过其他形式来表达，如音乐、绘画、舞蹈等。中国叙事学对音乐、格律等的研究揭示了音乐作为一种非语言性的表达方式如何在叙事中传递情感、情节和意义。类似地，后经典叙事学也强调视觉、声音等多感官元素在叙事中的作用，研究影视作品、艺术品等如何通过图像、声音等来进行叙事。叙事时间如中国叙事学对时间标示的表现形态的研究。在这一点上，中国叙事学和后经典叙事学都关注叙事时间的表现形态以及时间在叙事中的作用。中国叙事学对时间标示的研究揭示了不同时间结构如线性时间、循环时间等在叙事中的应用，以及时间对情节推进、角色发展等方面的影响。类似地，后经典叙事学也研究了时间的非线性表现，例如回溯、闪回等手法如何影响叙事的节奏和叙述效果。叙事时间的研究帮助我们更好地理解叙事的层次结构、时间跳跃以及情节的发展。

三、后经典叙事学本土化的拓展空间

国内学者深刻认识到后经典叙事学的重要价值和深刻意义，展开了细致的研究。学者们肯定了后经典叙事学的社会性、历史性、包容性等特征，通过对这些特征的探讨，在丰富和发展后经典叙事学的学科理论和实践路径上取得了日益丰硕的研究成果。总体而言，国内学界对后经典叙事学的本土化研究持续深化，主要体现在下列九个方面。

一是叙事形式与技术。国内学者关注数字化媒体和虚拟现实等技术对叙事方式的影响，探讨新媒体环境下叙事的变化和创新。二是文化认同与跨文化叙事。后经典叙事学强调文化多样性和跨文化交流，国内学者积极研究中国叙事如何与其他文化相互影响、交织，以及如何塑造个体和群体的文化认同。三是权力、身份与叙事。学者探讨叙事如何反映和塑造社会权力结构、个体身份认同以及在社会变革中的作用。四是后现代叙事与文化批评。研究后现代叙事的特点，探讨叙事如何挑战传统的真实性和稳定性观念，以及如何与文化批评相互关联。五是叙事伦理学。关注叙事与伦理价值观之间的关系，探讨叙事如何涉及伦理挑战、社会责任和道德判断。六是教育与叙事。研究叙事在教育领域的应用，探讨叙事如何促进学习、价值观传递和思维发展。七是社会叙事与历史记忆。探讨叙事如何影响社会对历史事件和集体记忆的认知和解释，以

及如何通过叙事传递历史和社会信息。八是心理叙事学。研究叙事与心理健康、自我认知、情感体验之间的关系，探讨叙事在个体心理发展中的作用。九是文学与影视叙事。分析文学作品和影视作品中的叙事结构和主题，探讨文学、影视叙事与社会文化的互动关系。

上述九个方面的成果很多，从本土化的效果看，主要体现在"三个转向"上，即叙事学的语境转向、意识形态转向、接受转向。这是因为叙事学的语境转向、意识形态转向和接受转向在中国的本土化过程中具有重要的意义，这些转向有助于适应中国特定的文化和社会背景，通过关注中国特定的社会、文化和历史背景，将叙事与意识形态联系起来，以及深入了解受众的接受态度，可以使叙事研究更加适应中国的实际情况，从而推动叙事研究在本土的发展和应用。

第一，叙事学的语境转向。叙事学的语境转向意味着研究者开始关注叙事的社会、文化和历史语境，将叙事放置在更广泛的背景中进行分析。在中国的本土化过程中，这种转向具有三重意义：一是文化认同，关注语境有助于塑造中国叙事研究的文化认同，这使其更贴近中国的文化传统与价值观念；二是跨文化交流，分析不同语境下的叙事，可促进中国与其他文化之间的对话和交流，增进相互理解；三是社会问题研究，将叙事置于社会语境中研究，这可以更深入地理解叙事在社会问题、变革和发展中的作用。

具体来讲，在叙事学的研究过程中，学者们逐渐意识到"叙事是一种社会存在"，其形成"依赖于一种隐含的社会契约关系"[1]，因而出现了叙事研究的语境转向，即强调叙事发生的背景，将叙事视为社会、历史、文化语境中的产物。后结构主义认为"语境"直接指涉文本以外的社会符号系统[2]。基于此，叙事语境研究把"文本"的概念扩大到各种文化现象，考察处于特殊语境下的"文本"的叙事方式，并探索其与整个社会文化符号之间的运作关系。需要注意的是，语境并不是一个静态的、凝固的概念，而是动态发展的，因此，在某种程度上，后经典叙事学可以被视为对于社会历史文化语境的动态描述。

目前，国内学界分别从理论和实践两个层面展开了对叙事语境的研究。如刘毅、郭勇玉[3]系统地论述了叙事研究中的语境取向，提出叙事语

① Ross Chambers, *Story and Situation* (Minneapolis: University of Minnesota Press, 1984), p.4.
② 王丽亚：《分歧与对话——后结构主义批评下的叙事学研究》，《外国文学评论》1999年第4期。
③ 刘毅、郭永玉：《叙事研究中的语境取向》，《心理科学》2014年第4期。

境可大致分为当下语境和社会文化语境；王委艳①指出，后经典叙事学与经典叙事学的重要区别之一就是作者的重新发现，从而引起对于语境、规约的研究；申丹、杨莉②指出了语境叙事学与形式叙事学的相互依存关系，并区分了叙事结构的文类功能及其在语境中的意义；谭君强③探讨了广义的文化语境下叙事理论与文化研究的关系。在实践层面上，周庆安、刘勇亮④分析了中国式现代化语境下国际传播叙事体系的构建策略；蒋晓丽、夏晓菲⑤聚焦于策展新闻提出受众通过文本内外语境的"全读"能够从整体上把握文本主题的意义；龙其林⑥认为在全球化语境下，中国当代生态文学的乌托邦叙事反映了现代化发展过程中的社会文化问题。

第二，意识形态转向。意识形态转向强调叙事的意识形态性质，即叙事是如何受到和传递特定意识形态观点的。在本土化过程中，这种转向有以下意义：首先是文化政治分析，将叙事与意识形态关联，有助于揭示叙事在政治、社会和文化权力关系中的角色，为深入了解中国社会提供了途径；其次是历史观研究，分析叙事中的意识形态因素可以帮助揭示中国社会历史观的演变和变革，探讨历史事件的不同叙事解释；最后是价值观传递，意识形态转向有助于理解叙事如何传递价值观和道德观念，对于推动社会价值观的塑造和传承具有重要意义。

随着这一转向，叙事研究对历史、政治和伦理问题的关注逐渐增多，后经典叙事学吸收了马克思主义文学批评等理论成果，从意识形态的角度对叙事学进行重构。意识形态叙事旨在对叙事进行历史阐释和政治批判，突出文本的政治立场和意识形态倾向，力图挖掘叙事与社会历史、政治环境之间的深层关系。具体而言，意识形态叙事一方面关注叙事的历史语境和历史发展，对文本展开历时研究；另一方面聚焦于叙事所处的社会政治权力之中，考察文本体现出的主体立场、观点和情感态度等。近年来，国内学界对意识形态叙事研究成果丰硕，有学者探索了意识形

---

① 王委艳：《后经典叙事学的"作者"描述与建构交流叙事理论的可能性》，《兰州学刊》2011年第9期。

② 申丹、杨莉：《语境叙事学与形式叙事学缘何相互依存》，《江西社会科学》2006年第10期。

③ 谭君强：《文化研究语境下的叙事理论》，《文学评论》2003年第1期。

④ 周庆安、刘勇亮：《多元主体和创新策略：中国式现代化语境下的国际传播叙事体系构建》，《新闻与写作》2022年第12期。

⑤ 蒋晓丽、夏晓菲：《文本、语境与价值：策展新闻的融合叙事表达》，《新闻界》2022年第9期。

⑥ 龙其林：《全球化语境下中国当代生态文学的乌托邦叙事》，《湘潭大学学报（哲学社会科学版）》2022年第4期。

态叙事理论，如马忠①对意识形态叙事的核心概念、理论基础以及叙事话语的应用方法等进行了多视角的理论构建；王振军②探究了意识形态叙事的家族谱系；王哲、袁文彬③以詹姆逊的马克思主义语言批判为例分析了语言的深层结构是意识形态，即政治无意识。有学者研究意识形态叙事策略，如罗红杰④阐释了意识形态感性叙事的内涵、意义和实施途径等，还提出通过意识形态具象化推进新时代意识形态工作⑤；周俊成⑥探究了社会转型中意识形态叙事方式的转换。还有学者聚焦于意识形态叙事主题，其中"中国社会变革"相关主题受到最广泛的关注，如陈三宝⑦总结了中国共产党百年意识形态叙事的经验。值得关注的是，意识形态叙事主题还包括文明冲突等方面，如不同文化产生的意识形态碰撞对文化霸权主义的揭示。

第三，叙事学的接受转向。叙事学的接受转向强调受众对叙事的接受和反应，关注叙事的效果和影响。在中国本土化的过程中，这种转向的目的在于促进叙事应用、文化传播和社会变革。也就是说，这一转向关注受众接受程度有助于将叙事观念应用于实际领域，如教育、传媒和社会宣传，更好地引导受众理解和认同特定叙事。分析受众接受态度可以帮助优化叙事传播策略，这使得叙事更具吸引力和说服力，有助于推动文化传播和交流。了解受众对叙事的接受程度，这可以反映社会变革的态度和趋势，从而为社会变革提供参考。

这一转向的根本原因在于，后经典叙事学超越了封闭的文本中心论，将社会、作者、读者引入研究视野，认为叙事活动是一个动态、连续的过程，"叙事文本只有经过传播、消费和接受才能成为现实的作品"⑧，因而关注文本与接受者身份、接受语境和阅读过程之间的关联。叙事研究的接受之维受到了文学研究中的多元价值和差异的影响，"这种差异不

---

① 马忠：《思想政治教育叙事话语研究》，北京，人民出版社，2021。

② 王振军：《从形式主义到现在：意识形态叙事的谱系学》，《河南师范大学学报（哲学社会科学版）》2010年第2期。

③ 王哲、袁文彬：《从语言批判到意识形态批判——以詹明信的马克思主义语言批判为例》，《文艺争鸣》2010年第21期。

④ 罗红杰：《论意识形态感性叙事及其正向建构》，《思想教育研究》2022年第12期。

⑤ 罗红杰：《意识形态具象化：意识形态叙事实践的诠释与建构》，《大连理工大学学报（社会科学版）》2021年第2期。

⑥ 周俊成：《社会转型中意识形态叙事方式的转换》，《求索》2016年第8期。

⑦ 陈三宝：《中国共产党百年意识形态叙事的基本经验》，《中学政治教学参考》2022年第12期。

⑧ 石群山：《后经典叙事学的接受转向》，《广西大学学报（哲学社会科学版）》2009年第3期。

仅有文本之间的，还有读者之间的"①，也就是说，不仅文本本身是动态的、多元的，读者群体往往也并不是以单一身份存在的，不同读者的不同参与会对文本做出不同反应。因此，叙事学的接受研究提出了多样化、个性化的读者概念，凸显读者对文本阐释的积极参与，强调接受阐释语境和接受过程等问题。国内学者较早地关注到了后经典叙事学的接受转向，李昕②展示了文学的真实观念由作者的真实演变为读者的真实；韩益睿③认为后经典叙事学注重社会空间和心理空间的认知；李长中④把读者阅读界定为读者叙事，并对培养读者的"文本中心意识"予以界定；石群山⑤剖析了后经典叙事学接受转向的文化背景、表现域和意义等问题；王振军⑥阐述了读者复活给叙事学带来的深刻影响；潘璐、赵祖华⑦考察了小说叙事进程与读者叙事判断之间的互动；张万敏、刘旭彩⑧阐释了心理叙事学中"统计读者""读者群""读者建构"等概念及新型的"有血有肉的读者"理论；黄灿⑨分析了后经典叙事学的"实际的读者""作者的读者""叙事读者""理想的叙事读者"等概念。

第三节　在跨学科发展中构建中国叙事学知识体系

中国叙事学知识体系的构建，是中国叙事学提出之后在本土化进程中的必然结果。如前文所述，中国叙事学的学科自觉日趋强烈，但仍需夯实具有中国特色的自主知识体系。随着叙事学本土化的深入，叙事研究的范围和范式不断地扩张，呈现出鲜明的跨学科特征，这为构建中国叙事学知识体系提供了可能。同时，在跨学科发展中构建中国叙事学知识体系是一项复杂而有挑战性的任务，需要将叙事学与其他相关学科融合，例如文学与叙事、历史与叙事、社会学与叙事、心理学与叙事、传

---

① 马克·柯里：《后现代叙事理论》，宁一中译，北京，北京大学出版社，2003，第16页。
② 李昕：《从作者的真实到读者的真实——西方小说叙事技巧的嬗变》，《南京师大学报（社会科学版）》2001年第2期。
③ 韩益睿：《国内叙事学研究的后经典倾向》，《甘肃政法成人教育学院学报》2007年第6期。
④ 李长中：《后经典叙事学中的读者叙事》，《东方丛刊》2008年第2期。
⑤ 石群山：《后经典叙事学的接受转向》，《广西大学学报（哲学社会科学版）》2009年第3期。
⑥ 王振军：《后经典叙事学：读者的复活——以修辞叙事学为视点》，《河南师范大学学报（哲学社会科学版）》2011年第5期。
⑦ 潘璐、赵祖华：《消解叙述的读者叙事判断》，《外语与外语教学》2011年第2期。
⑧ 张万敏、刘旭彩：《心理叙事学的读者》，《社会科学战线》2013年第6期。
⑨ 黄灿：《走向后经典叙事研究的"我们"叙事学》，《河南社会科学》2015年第11期。

媒与叙事、文化研究与叙事、跨文化研究与叙事、技术与叙事、教育与叙事。以上不同学科的研究融合，可为中国叙事研究的发展奠定坚实的理论和实践基础，如此方能构建一个丰富多样、跨学科的中国叙事学知识体系。

一、跨学科的叙事学复数

跨学科发展和研究的多元性主要体现在叙事学的复数上。由于西方叙事学本身也处在跨学科发展中，加上西方叙事学在中国传播中出现了跨学科的应用，所以逐渐走向多元化。例如：将文学研究与叙事学融合，可以探讨中国古代和现代文学作品中的叙事结构、主题和风格，分析文学叙事对社会和文化的影响；将历史研究与叙事学相结合，可以研究历史事件的不同叙事解释、历史观的演变以及叙事如何影响历史记忆的塑造；将社会学观点引入叙事研究，可以探讨叙事如何反映社会结构、身份认同和社会变革；将心理学理论应用于叙事研究，可以揭示叙事对情感、认知和自我理解的影响；将传媒研究与叙事学相结合，可以分析媒体叙事的特点、影响和传播策略，探讨叙事在公共舆论和社会意识形态中的作用；将文化研究与叙事学结合，可以深入探讨叙事如何塑造和反映文化认同、价值观和社会观念；将跨文化研究与叙事学结合，可以推动中国叙事学在国际上的交流和合作；将技术研究与叙事学相结合，可以探讨数字化媒体、虚拟现实等技术如何影响叙事方式和叙事体验；将叙事学融入教育领域，可以探讨叙事如何促进学习、价值观传递和思维发展。

上述是跨学科发展的主要领域，不同领域有一些研究内容是相通的。梳理当前的研究态势，在西方叙事学中国本土化的研究中，以下几种跨学科的叙事学研究内容颇具代表性。

第一，翻译叙事学。翻译叙事学把翻译作为叙事学研究的有力工具，认为翻译中不可避免的不对等、变动与解释会对叙事产生影响，因此可以被用于重新审视和评估叙事。同时，翻译本身也被看作表征社会、建构社会的一种必不可少的叙事，可以通过改变或者重建原文叙事而改变作品的叙事重点和角度。翻译叙事学最早由翻译学界提出，英国翻译理论家赫斯曼（Hermans）[①]早在1996年就指出了译者在叙事中的话语存

---

① Theo Hermans, "The translator's voice in translated narrative," *Target: International Journal of Translation Studies*, no.1 (1996).

在；英国翻译家蒙娜·贝克（Mona Baker）①探讨了译文对叙事结构和传播的影响、翻译叙事的传播方法以及翻译、权力和冲突的关系等。此后，我国学者纷纷展开叙事理论与翻译结合的研究，一方面是抽象的基础性理论研究，如周晓梅、吕俊②将叙事学中的"隐含作者"与"隐含读者"概念作为判断原作和译作中叙述是否可靠的依据，为翻译批评确立了相对客观的文本规范和价值标准；申丹③提出了叙事的"隐性进程"对于翻译理论和实践带来的挑战；张倩④论述了叙事学对于自译研究的理论实用性及重要性。另一方面是具体的文本案例研究，主要以文学翻译尤其是小说翻译为主，如杜文彬（2013年）从叙事视角、叙事话语和叙事情节结构对《生死疲劳》葛浩文英译本展开研究。此外，叙事学理论还被用来诠释、分析如纪录片、政治演讲等应用文体的翻译，如韩子满、徐姗姗⑤分析了西方媒体对我国征兵宣传片《战斗宣言》编译报道的叙事技巧，以揭露其污名化行径并为我军外宣及翻译工作提供借鉴；李运博、卿学民⑥以习近平总书记"七一"重要讲话的日译本为例，探究翻译叙事理论对政治文献的翻译与研究的适用性。

第二，语料库叙事学。所谓语料库叙事学，是指运用语料库工具解决叙事学问题的方法，能够打破语料库语言学和叙事学之间的学科壁垒，使两者在方法上互补。尚必武的《叙事研究的新领域和新方法：语料库叙事学评析》是国内首篇系统介绍语料库叙事学的研究论文⑦，介绍了语料库叙事学的产生背景和前提条件，评述了国外两种具有开创性的语料库叙事学研究，展望了研究前景。当前对语料库叙事学的研究，集中于对特定叙事文本的语料库分析，如曾海芳⑧通过对《人民日报》1979年

---

① Baker M, *Translation and Conflict: A Narrative Account*(New York and London: Routledge, 2006).

② 周晓梅、吕俊：《翻译批评的叙事学视角》，《外语与外语教学》2009年第2期。

③ 申丹：《叙事"隐性进程"对翻译提出了何种挑战？如何应对这种挑战？》，《外语研究》2015年第1期。

④ 张倩：《从翻译叙事研究到自译叙事研究：借鉴与理据》，《外语教学》2022年第1期。

⑤ 韩子满、徐姗姗：《翻译中的叙事建构：西媒对〈战斗宣言〉的编译报道》，《外语研究》2018年第6期。

⑥ 李运博、卿学民：《叙事学视域下的政治文献翻译研究——以习近平总书记"七一"重要讲话日译本为例》，《日语学习与研究》2021年第6期。

⑦ 尚必武：《叙事研究的新领域和新方法：语料库叙事学评析》，《解放军外国语学院学报》2011年第2期。

⑧ 曾海芳：《新年话语与国家叙事——基于对〈人民日报〉(1979—2020)"元旦献词"的语料库分析》，《未来传播》2021年第4期。

至2020年的元旦献词展开主题词、词丛、语言型式、检索行等相关信息的分析，发现集体叙事、社会主义叙事和改革叙事三条主线相互交织。张立柱①综合运用MAT与Wmatrix工具，探讨了残雪小说独特的时空叙事模式与卡夫卡小说之间的关系。值得注意的是，双语平行语料库分析在语料库叙事的研究中应用广泛，如黄立波②以《骆驼祥子》两个英译本为例，通过应用双语平行语料库研究了其中的人称代词主语和叙事视角转换；刘泽权、田璐③借助语料库统计工具对《红楼梦》的章回叙事标记语及其在三个英译本的再现情况进行检索和对比分析；秦静、任晓霏④借助AntConc分析软件研究了《红楼梦》及其三个英译本的主述位结构差异。

第三，叙事医学。叙事医学是叙事学跨学科研究的典范，最初由美国哥伦比亚大学教授丽塔·卡伦（Rita Charon）提出，她将其定义为"由具有叙事能力的临床工作者所实践的医学"，叙事医学研究自2011年被引进国内，发展迅速。在叙事医学概念内涵的研究上，如张新军⑤对医学知识的叙事结构、医学叙事的基本类型、疾病意义的叙事阐释和医疗伦理的叙事视角的研究；郭莉萍⑥对叙事医学的源起、焦点、要素、工具的研究；王一方⑦对叙事医学在中国的发展历程的回顾。在叙事医学应用的研究上，如任腾飞、周荣新⑧研究了在皮肤科医疗工作中的应用；欧阳菁、王馨⑨研究了在医学类科技期刊健康科普中的应用；杨琦、顾洪安⑩研究了在社区糖尿病患者管理中的应用；等等。在叙事医学教育的研究

---

① 张立柱：《独特的时空叙事：基于语料库的残雪小说英译文体研究》，《解放军外国语学院学报》2022年第4期。

② 黄立波：《基于双语平行语料库的翻译文体学探讨——以〈骆驼祥子〉两个英译本中人称代词主语和叙事视角转换为例》，《中国外语》2011年第6期。

③ 刘泽权、田璐：《〈红楼梦〉叙事标记语及其英译——基于语料库的对比分析》，《外语学刊》2009年第1期。

④ 秦静、任晓霏：《基于语料库的《红楼梦》叙事翻译研究——以主述位理论为视角》，《明清小说研究》2015年第4期。

⑤ 张新军：《叙事医学——医学人文新视角》，《医学与哲学（人文社会医学版）》2011年第9期。

⑥ 郭莉萍：《什么是叙事医学》，《浙江大学学报（医学版）》2019年第5期。

⑦ 王一方：《步入深水区的叙事医学》，《医学与哲学（人文社会医学版）》2021年第23期。

⑧ 任腾飞、周荣新：《叙事医学在皮肤科医疗工作中的应用探讨》，《医学与哲学（人文社会医学版）》2022年第15期。

⑨ 欧阳菁、王馨：《医学类科技期刊健康科普的新视角——从叙事医学的人本主义角度》，《中国编辑》2021年第9期。

⑩ 杨琦、顾洪安、王书军：《叙事医学在社区糖尿病患者管理中的应用》，《医学与哲学（人文社会医学版）》2022年第10期。

上，如邹明明、刘利丹①对临床想象力的研究；李飞②对叙事医学课程"写作"主题教学的研究；于海容、姜安丽③对国外叙事医学教育发展的梳理。有学者还将叙事医学与中医相联系，推动叙事医学研究的本土化，如王子旭、王永炎④等对叙事医学的故事思维与中医学的象思维的研究；王安璐、徐浩⑤等对叙事医学与中医人文情怀的研究；刘刃、魏嘉纬⑥对叙事医学和中医辨证行为的研究；王一方、方洪鑫⑦对"医者意也"与叙事医学的研究。

第四，计算叙事学。计算叙事学是叙事学扩展到计算领域而形成的一个新的研究分支。王成军提到，计算叙事研究是计算传播学的一个重要分支，致力于采用人工智能等计算方法挖掘人类所创造的叙事元素、叙事网络、叙事扩散及其对真实人类行为的影响。目前国内在计算叙事方面的研究涉及领域主要包括人工智能、大数据、机器学习等方面，如约翰·劳顿（John Lawton）、宋颖⑧试图通过计算语词来探索文本和文本性，从而发现文本之间新的关系；周飞⑨认为随着人工智能的发展，基于智能计算、大数据、机器学习的人工智能算法正在挑战"讲述精彩故事"的艰巨任务，人工智能正在被广泛应用到影视和视频游戏等媒体娱乐行业中，挑战和协助"故事讲述者"；刘柏亨、王梓童⑩以在人工智能叙事领域无可替代且具有里程碑意义的作品——卡耐基梅隆大学的奥兹集团（OZ GROUP）制作的计算机互动戏剧《面孔》为引，以《面孔》为分界线分析人工智能叙事文本形态的发展，探讨互动性、计算性和沉浸式叙事媒介与人工智能叙事结合的可能性。

---

① 邹明明、刘利丹：《叙事医学临床想象力及其培养》，《医学与哲学》2021年第17期。

② 李飞：《叙事医学课程"写作"主题教学思路》，《医学与哲学》2021年第17期。

③ 于海容、姜安丽：《国外叙事医学教育发展及其对护理学的启示》，《中华护理杂志》2014年第1期。

④ 王子旭等：《叙事医学的故事思维与中医学的象思维》，《中医杂志》2020年第16期。

⑤ 王安璐、徐浩、陈可冀：《医学人文——谈叙事医学与中国传统医学》，《中国中西医结合杂志》2019年第1期。

⑥ 刘刃、魏嘉纬、孟月、李汇博、刘陆阳：《叙事医学实践对中医辨证行为的影响》，《中医杂志》2020年第17期。

⑦ 王一方、方洪鑫：《"医者意也"与叙事医学认知哲学的交集》，《中医杂志》2020年第16期。

⑧ 约翰·劳顿、宋颖：《故事计数：论计算方法在民间叙事研究中的应用》，《民间文化论坛》2014年第5期。

⑨ 周飞：《人工智能叙事在影视和游戏行业的应用模式》，《湖北经济学院学报（人文社会科学版）》2019年第6期。

⑩ 刘柏亨、王梓童：《计算机互动戏剧〈面孔〉：人工智能叙事的文本形态回溯与展望》，《电影评介》2022年第1期。

第五，音乐叙事学。音乐叙事学把音乐作为叙事学研究的对象和方法，认为音乐的隐喻特征使其本身具有叙事性，包含着叙述者（作曲家等）、叙述文本结构（各种音乐语言形态）、叙述话语方式等要素，为叙事研究提供了联想和想象的话语空间。音乐叙事学的研究始于20世纪80年代关于"音乐能否叙事"的讨论，安东尼·纽康（Anthony Newcomb）①、弗雷德·莫斯（Fred Maus）②等学者通过诉诸接受者的认知与想象，证实了音乐的叙事性。2010年前后，国内对于音乐叙事理论和应用的研究日趋增多。王旭青③是音乐叙事理论研究的代表学者，她梳理了音乐叙事学的由来、发展脉络，其著作《言说的艺术：音乐叙事理论导论》剖析了音乐语言特有的叙事话语方式，展现出音乐叙事理论在西方当代音乐研究中的重要价值④；陈德志、车文丽（2013年）就"音乐是如何叙事的"这一中心问题考察了近三十年的音乐叙事模型。此外，音乐叙事在不同领域的应用是国内研究的一大热点。有学者聚焦于音乐本身的叙事分析，如余御鸿⑤对20世纪筝乐艺术转型展开了叙事行为、叙事类型、叙事结构、叙事美学等主题的系统研究，阐述了筝乐叙事的人文内涵。还有学者着重研究了电影、文学作品（尤其是小说）、话剧等领域的音乐叙事。如孙作东⑥分析了音乐叙事在电影审美接受、人物心理、情感接受等方面的作用；龙迪勇⑦概括了西方小说中的音乐叙事类型，例如最低限度地缩减语词的表意性以追求纯粹的形式美；陆佳敏⑧探讨了舞剧《霸王别姬》中音乐叙事对传统文化的哲学思考以及对创作技法的探索；刘志宏⑨揭示了明清传奇的曲牌音乐叙事功能。

第六，教育叙事学。教育叙事的研究成果颇为丰硕，论文达到一千余篇，主要研究以下方面：一是对教育叙事内涵的研究。如张希希对教育叙事及其研究的基本分析；傅敏、田慧生对教育叙事本质、特征与方

---

① Anthony Newcomb, "Schumann and Late Eighteenth—Century Narrative Strategies," *19th—Century Music*, Vol.11, no.2 (1987).

② Fred Maus, "Music as Drama," *Music Theory Spectrum*, Vol.10, (1988).

③ 王旭青:《音乐叙事学的历史轨迹》,《黄钟(中国.武汉音乐学院学报)》2010年第2期。

④ 王旭青:《言说的艺术:音乐叙事理论导论》,北京,人民音乐出版社,2013。

⑤ 余御鸿:《20世纪中国筝乐艺术转型叙事》,上海,上海音乐出版社,2020。

⑥ 孙作东:《论音乐在电影中的叙事作用》,《东北师大学报(哲学社会科学版)》2012年第5期。

⑦ 龙迪勇:《"出位之思":试论西方小说的音乐叙事》,《外国文学研究》2018年第6期。

⑧ 陆佳敏:《论舞剧〈霸王别姬〉的音乐叙事艺术》,《北京舞蹈学院学报》2021年第4期。

⑨ 刘志宏:《论明清传奇的曲牌音乐叙事功能》,《戏剧艺术》2021年第6期。

法的研究；刘永福对教育叙事研究及其邻近概念的逻辑关系分析；马喜民对教育叙事的特点和内容进行了研究。二是对教育叙事理论的研究。如李醒关于元教育叙事的研究；宋霞霞、马德俊对教育叙事可视化问题的分析；张鲁宁对教育叙事中"假性叙事"成因的分析；刘阳科对教育叙事的存在主义与解释学视角的分析；蔡春、丁钢、刘晓红等从其他不同角度对教育叙事理论的分析；石亚兵研究了教育叙事中的"情节"理论。三是教育叙事研究的方法论。如丁钢、薛晓阳对教育叙事研究的方法论的总结和分析；董美英对教育叙事研究范式的思考；孙智慧和孙泽文对教育叙事研究过程的分析。四是教育叙事的实践层面的研究。如钟铧、徐东林、陈向明、宋时春、杨迎、范文艳、石娟、李萌等关于教育叙事与教师专业成长等方面的研究；李明汉、薛正斌、刘小红、郭萍等关于教育叙事的教研分析；王竹立、骆银、谷茂恒、王德毅等对教育叙事教学案例的分析。

二、跨学科的多元性方法

围绕以上跨学科的叙事学研究，呈现出多元性的研究方法，其中既有在跨学科研究的基础上对经典叙事研究方法的继承与创新，也有根据跨学科研究特性而形成的研究方法，主要有下述五种。

第一，话语分析法。话语分析是定性研究方法的一种，话语指的是"语言在特定社会情境下的使用和表达形式"①。话语分析旨在运用符号学、结构主义和语言学的分析方法来分析文本的形式特征和组织结构，挖掘文本意义的不同解读方式和文本中所隐藏的意识形态力量。话语分析方法与叙事学研究的融合始于结构主义的影响，作为结构主义思潮在文学领域结出的成果，叙事学研究中不可避免地渗入了索绪尔语言学的研究方法。在经典叙事学中，话语层面的研究就发挥着不可替代的作用。随着后现代叙事理论的跨学科发展，叙事学以一种充满批评意识的分析方式介入现实生活场域，呈现出对既定制度的批判性，这与话语分析的现实转向不谋而合，即通过语言分析思考话语与权力的关系、剖释社会生活中的实际问题。叙事学研究中的话语分析重点关注叙事者的认识、看法和立场，并将其置于社会文化语境中，结合叙事者的思维方式和知识结构等，深入剖析话语实践形成的本质原因。如在翻译叙事学的研究中，可以从叙事话语出发，通过篇章结构、互文性、社会环境等方面的

---

① 景怀斌、张善若：《作为文本分析方法论的"文史哲"：意图与框架》，《中国社会科学评价》2021年第1期。

比对，讨论译本是否较好地再现了原文叙事，或剖析译者在翻译实践中所隐含的叙事进程；在研究音乐叙事学时，将音乐语言特有的话语方式置于文化语境中思考其叙事策略对于情节矛盾、情感升华和主题表达的影响。

第二，定量分析法。定量分析是针对某一特定研究对象的数量特征、数量关系与数量变化进行分析的方法。定量分析方法最为关键的问题是确定分析单位、设定分析变量并予以赋值、选取合适的统计方法。将定量分析应用于叙事研究是把实证性研究与思辨性研究相结合的体现。例如，运用定量分析方法进行电影叙事研究是通过将"场景"作为基本分析单位，把场景数量、场景时长、核心场景功能、附属场景功能、场景关系等设定为分析变量，以频数统计、交叉分布统计及相关分析为主要统计方法，通过对某两部（或某两类）电影文本之间或者某一电影文本与其他同类电影文本之间的定量分析，描述出不同电影文本在叙事安排上的异同。作为文学叙事借用自然科学方法的典范，定量分析注重对文本中的词符、词形、核心词汇、句子、对话、单词词长等进行统计，对文本进行文体分析时重视选择频率突出或数量突出的方面，从而再现作品主题。如语料库叙事学通过确定理论假设并用语料库的数据来验证假设，或者在采集大量数据的基础上，通过分析数据现象，进而得出结论或总结出某种规律。实际上，将定量分析应用于叙事研究，这有助于把握叙事本质；对叙事对象进行量化处理不仅可以发现其中存在的问题，还可以使已有的正确结论得到进一步证实。

第三，案例研究法。案例研究法侧重对现实中某一复杂且具体的现象进行深入和全面的实地考察，是一种经验性的研究方法。通过案例分析进行叙事学研究的方法早在普罗普的《民间故事形态学》中就已得到应用，他正是通过对一百多个民间故事进行分析，从而提出故事的功能序列、叙事结构等观点。可见，案例研究法与叙事学研究存在天然联系：叙事是人类传达思想的一种基本的语言表述方式，叙述者通过对人、事、物的观察和描述，叙述事情的发生、发展和结果；而案例则标示着一个特定时间和空间范围内人、事、物之间的关系。叙事学研究中的案例分析法，就是对不同情境的叙事逐一研究，从经验事实中抽象、提炼出一定的叙事规则、理论等。在跨学科的叙事学研究中，案例研究法的重点在于对新的叙事学研究分支进行尝试性、示范性的应用。如翻译叙事学中，对小说《生死疲劳》、习近平总书记"七一"重要讲话等的译本的案例分析，被用于研究翻译叙事理论对小说翻译、政治文献翻译等的适用性研究；语料库叙事学研究以《骆驼祥子》《红楼梦》等经典小说为例，运用 MAT 与 Wmatrix 工具、Ant Conc 分析软件等，对文本中的人称代词主语、叙事视角、章回叙事标记语、主述位结构进行分析，进而探索语料库叙事学研究的研究范式与研究方法。

第四，视觉分析法。视觉分析方法重在分析叙事中包含的各种视觉材料，包括实物、空间和虚拟维度等多种形态的材料，其中既有原始影像，比如博物馆中的画作和历史照片，也有为了特定叙事研究所专门制作的合成影像，比如影像资料和艺术拼接作品。视觉分析以文学叙事理论作为参考，挖掘图形、绘画、影像、雕塑等文化艺术形态不同于文字的独特表述机制，去分析、理解和表现叙事研究对象，研究者因此对叙事者的个体经验产生直观的体验。这一过程呈现出明显的动态思维和开放性立场，把视觉符号看作具有连续性和发展性的事件符号，以获得更为广阔的叙事解读空间。如在教育叙事学的研究中，可以通过拍摄受访教师执教原有课程和新课程时与学生互动的影像，或者要求教师使用影像资料，比如画作和照片来反映自己对于不同课程的态度和看法。事实上，视觉分析与叙事研究的融合得益于其共同暗含的批判性和否定性，视觉分析法的应用诉诸研究者的主观能动性，即在符号元素中发掘原初阐释中出现的问题，并将其置入新的语境框架进行重新阐释，并最终指向意识形态的思考与批评。因此，叙事研究中的视觉分析不仅聚焦于视觉材料本身，更关注其背后的文化信息和精神意义建构，通过人文科学和社会科学的理论来处理符号形态在特定社会语境中的意义表达。如在研究电影叙事学时，可以将与主题相关的对象、时间、空间、情景、环境等单一符号语素或类比关系形成类似"语句"的表意功能，串联成语言文本后，再分析其在特定语境中的影像话语和概念隐喻。

第五，结构分析法。结构分析是经典叙事学研究的重要方法，认为叙事学研究的关键在于研究"叙"事过程中形成的故事结构。罗兰·巴特在《叙事作品结构分析导论》中就着重分析叙事文本的内部结构、结构的组织规则、意义的生产过程等。简言之，结构分析法重在解析整体叙事的结构，旨在发现讲述者如何运用故事中的文本单位来组织和传达特定的叙事信息。虽然后经典叙事学认为结构分析法忽视文本所处的社会现实，但从纯粹文本研究的视角看来，这一研究方法使叙事学研究者能够自觉分析叙事作品的语言、功能、行为、叙述、系统等。跨学科的叙事学研究也并未摒弃结构分析，而是对音乐、图像、数据等广义叙事文本中的结构进行充分研究。在音乐叙事学的研究中，使用结构分析法的叙事研究者通常把音乐作品从整体拆解成基础的音乐单位，从而深入分析其中暗含的语法规则与结构框架；叙事医学关注医学知识的叙事结构，研究如何将迥然不同的事件组织成一个可以整体理解的序列，并探索把握特例和规则之间、结果和原因之间的联系；语料库叙事学则借助统计分析工具，数据化地呈现文本与文本、文本与译本之间在叙事结构上的差别，如有学者分析了残雪小说在时空叙事模式上对卡夫卡小说的借鉴等。

三、中国叙事学知识体系的构建

中国叙事学知识体系覆盖领域广泛，需要在诸多方面进行理论阐释和体系构建解释和体系建构。其体系涵盖以下内容：如何挖掘并定位古代叙事传统，要关注中国古代文学、历史和哲学等领域的叙事传统，探讨古代叙事对后世叙事的影响和延续；如何分析现代与当代叙事的关系，要关注中国现代和当代文学、影视、新媒体等领域的叙事现象，研究现代叙事的变化、新兴叙事形式，以及叙事在当代社会和文化中的作用；如何分析叙事与社会的关系，要将叙事与社会、文化、政治、经济等因素联系起来，探讨叙事如何反映和塑造社会结构、身份认同和社会变革等问题；如何解释叙事与中国文化的关系，要关注叙事与中国文化、价值观、传统观念之间的关系，研究叙事如何传递文化信息、影响文化认同和塑造文化观念；如何看待跨文化叙事，要研究中国叙事与其他文化之间的联系和交流；如何分析叙事与身份的关系，要关注叙事如何塑造和表达个体和群体的身份认同，研究叙事在不同身份维度（如性别、种族、地域等）中的作用；如何剖析叙事与权力的关系，要研究叙事与社会权力结构的关系，探讨叙事如何反映和影响政治、社会和文化权力；如何分析叙事与心理的关联，要关注叙事与个体心理活动的关联，研究叙事如何影响情感体验、认知过程和自我理解。在此基础上，要确立中国叙事学的方法论，包括叙事分析的方法体系和基本原则。最后是叙事应用领域，目的是研究叙事在教育、传媒、医疗、社会宣传等领域的应用。

由此可见，中国叙事学知识体系已然远远超越了西方叙事学传入中国的原命题和学科使命，其知识体系涵盖了叙事在文化、社会、心理等多个维度的研究。构建中国叙事学知识体系意义深远，主要体现在下述几个方面。

一是传承与发展中国文化。中国拥有悠久的历史文化，其中包含了丰富多彩的叙事传统，如诗词、小说、戏曲等。构建中国叙事学知识体系有助于系统地总结、传承和发展这些传统，使其在当代社会得以传承和继续创新，从而保持文化的多样性和活力。二是认识社会与个体。叙事作为人类表达和理解经验的方式，对于认识社会和个体具有重要意义。中国叙事传统的研究，可以使人们深入了解不同历史时期的社会风貌、人们的生活方式、价值观念等。这有助于加深对中国社会与文化的理解，促进跨文化交流与理解。三是建构国家认同，增强社会凝聚力。叙事是国家认同和社会凝聚力的重要组成部分。构建中国叙事学知识体系，可以弘扬中华文化，凝聚国家认同，增强人们的社会凝聚力和归属感。通过共同的叙事，人们可以在情感上和认知上建立联系，形成共同的价值观和文化认同。四是助力文化创意与产业发展。叙事不仅存在于传统文学作品中，还广泛应用于影视、广告、游戏等文化创意产业。构建中国叙事学知识体系，有助于培养优秀的叙事人才，推动文化创意产业的发展，促进文化产品在国际市场上的传播与影响力。五是拓展学科研究领域。叙事研究涉及文学、社会学、心理学、人类学、哲学等多个学科领域，构建中国叙事学知识体系，将促进这些领域的交叉融合与创新。

前面已经谈到，由于文学、历史、社会学、心理学、人类学等跨学科的交叉融合，通过应用话语分析法、定量分析法、案例研究法、视觉分析法、结构分析法等多元方法，中国叙事学知识体系的构建已经具有良好基础。今后要进一步遵循科学路径，以确保其系统性、深度和广度，掌握四个关键步骤：首先，要对中国丰富的叙事传统进行全面的文献整理和研究，包括诗歌、小说、戏曲、传说、民间故事等。通过系统梳理和分析这些叙事作品，可以深入了解不同历史时期的叙事风格、主题、结构等特点，为构建知识体系提供基础数据。其次，基于文献整理和跨学科研究，对叙事作品进行分类与归纳。例如，按照时代、主题、风格、媒介等因素对叙事进行分类，以便更好地厘清不同类型叙事之间的联系和特点。再次，在分类与归纳的基础上，构建适用于中国叙事研究的理论框架，可以包括叙事分析方法、叙事结构理论、叙事心理学等内容。最后，进行案例研究与深度分析，即选择典型的叙事作品作为案例，进行深度研究和分析。其中蕴含的文化内涵、社会意义、情感表达等，可以通过细致地考察和分析具体作品来揭示。

在本书结尾，还有必要展望构建中国叙事学知识体系的未来潜力。可喜的是，在中国本土化语境中，中国叙事学已经在数字化时代的叙事、跨文化叙事比较、叙事与身份认同等更广泛的领域呈现出积极发展态势。

随着数字化技术的持续发展，文本挖掘、数据可视化、虚拟现实等技术为叙事研究提供了全新的工具和视角；中国叙事学在教育、传媒、广告等领域的应用正得到进一步拓展；国内叙事学研究在传承传统的同时，已经积极探索如何在现代语境中创新叙事形式，尤其更加关注社会问题和公共议程，通过分析和解读社会问题的叙事，更多地契合中国式现代化建设的时代需求。中国叙事学知识体系的构建指日可待。

参考文献

1.普通图书

[1] 列维-施特劳斯.结构人类学[M].谢维扬,俞宣孟,译.上海:上海译文出版社,1995.

[2] 茨维坦·托多罗夫.批评之批评[M].王东亮,译.上海:三联书店,1970.

[3] 热拉尔·热奈特.叙事话语、新叙事话语[M].王文融,译.北京:中国社会科学出版社,1990.

[4] 热拉尔·热奈特.转喻:从修辞格到虚构[M].桂林:漓江出版社,2013.

[5] 罗兰·巴特.写作的零度[M].李幼蒸,译.北京:中国人民大学出版社,2008.

[6] 罗兰·巴特.S/Z[M].屠友祥,译.上海:上海人民出版社,2000.

[7] 弗朗索瓦·于连.从外部反思欧洲——远西对话[M].张放,译.郑州:大象出版社,2005.

[8] 马克·柯里.后现代叙事理论[M].宁一中,译.北京:北京大学出版社,2003.

[9] 特里·伊格尔顿.现象学·阐释学·接受理论[M].王逢振,译.南京:江苏教育出版社,2006.

[10] 罗伯特·佩恩·沃伦.理解小说[M].北京:外语教学与研究出版社,2004.

[11] 詹姆斯·费伦.当代叙事理论指南[M].申丹,等译.北京:北京大学出版社,2007.

[12] 华莱士·马丁.当代叙事学[M].伍晓明,译.北京:北京大学出版社,1990.

[13] 赫尔曼.新叙事学[M].马海良,译.北京:北京大学出版社,2002.

[14] 苏珊·S.兰瑟.虚构的权威:女性作家与叙述声音[M].黄必康,译.北京:北京大学出版社,2002.

[15] 希利斯·米勒.解读叙事[M].申丹,译.北京:北京大学出版社,

2002.

[16]丁乃通.中西叙事文学比较研究[M].陈建宪,等译.武汉:华中师范大学出版社,1994.

[17]浦安迪.中国叙事学[M].陈珏,整理.北京:北京大学出版社,1996.

[18]浦安迪.明代小说四大奇书[M].沈亨寿,译.北京:中国和平出版社,1993.

[19]浦安迪.《红楼梦》的原型与寓意[M].夏薇,译.上海:生活·读书·新知三联书店,2018.

[20]费尔迪南·德·索绪尔.普通语言学教程[M].高名凯,译.北京:商务印书馆,1980.

[21]里蒙·凯南.叙事虚构作品[M].姚锦清,等译.上海:三联书店,1989.

[22]米克·巴尔.叙述学:叙事理论导论[M].谭君强,译.北京:中国社会科学出版社,1995.

[23]格雷马斯.结构语义学[M].蒋梓骅,译.天津:百花文艺出版社,2001.

[24]普罗普.民间故事形态学[M].贾放,译.北京:中华书局,2006.

[25]巴赫金.陀思妥耶夫斯基诗学问题[M].刘虎,译.北京:中央编译出版社,2010.

[26]赵毅衡.苦恼的叙述者[M].北京:北京十月文艺出版社,1994.

[27]赵毅衡.广义叙述学[M].成都:四川大学出版社,2013.

[28]朱立元.当代西方文艺理论[M].上海:华东师范大学出版社,1997:253.

[29]申丹.英美小说叙事理论研究[M].北京:北京大学出版社,2005.

[30]申丹,王丽亚.西方叙事学:经典与后经典[M].北京:北京大学出版社,2010.

[31]王岳川.本体反思与文化批评[M].沈阳:辽宁人民出版社,2001.

[32]陈平原.中国小说叙事模式的转变[M].北京:北京大学出版社,2003.

[33]张隆溪.中西文化十论[M].上海:复旦大学出版社,2005:123.

[34]谭君强.叙述学:叙事理论导论[M].张楠,等译.北京:北京师范大学出版社,2015.

[35]谭君强.审美文化叙事学:理论与实践[M].北京:中国社会科学

出版社,2011.

[36] 胡亚敏.叙事学[M].武汉:华中师范大学出版社,1994.

[37] 胡亚敏.文学批评与文化批判[M].武汉:华中师范大学出版社,2007.

[38] 张寅德.叙述学研究[M].北京:中国社会科学出版社,1989.

[39] 董小英.叙述学[M].北京:社会科学文献出版社,2001.

[40] 罗钢.叙事学导论[M].昆明:云南人民出版社,1994.

[41] 罗钢,刘象愚.文化研究读本[M].北京:中国社会科学出版社,2000.

[42] 董小英.叙事艺术逻辑引论[M].北京:社会科学文献出版社,1997.

[43] 格非.小说叙事研究[M].北京:清华大学出版社,2002.

[44] 徐岱.小说叙事学[M].北京:商务印书馆,2010.

[45] 耿占春.叙事美学[M].海口:南方出版社,2008.

[46] 罗小东.话本小说叙事研究[M].北京:学苑出版社,2002.

[47] 祖国颂.叙事的诗学[M].合肥:安徽大学出版社,2003.

[48] 杨义.杨义文存[M].北京:人民出版社,1997.

[49] 傅修延.中国叙事学[M].北京:北京大学出版社,2015.

[50] 傅修延.先秦叙事研究:关于中国叙事传统的形成[M].北京:东方出版社,1999.

[51] 张开焱.文化与叙事[M].北京:中国三峡出版社,1994.

[52] 高小康.中国古代叙事观念与意识形态[M].北京:北京大学出版社,2005.

[53] 董乃斌.中国文学叙事传统研究[M].北京:中华书局,2012.

[54] 郑铁生.中国古典小说叙事研究[M].兰州:甘肃人民出版社,2003.

[55] 赵炎秋.中国古代叙事思想研究[M].长沙:湖南师范大学出版社,2011.

[56] 王平.中国古代小说叙事研究[M].石家庄:河北人民出版社,2001.

[57] 罗书华.中国叙事之学:结构、历史与比较的维度[M].北京:中国社会科学出版社,2008.

[58] 伍茂国.现代小说叙事伦理[M].北京:新华出版社,2008.

[59] 郑铁生.《红楼梦》叙事结构[M].沈阳:白山出版社,2009.

［60］刘象愚.从比较文学到比较文化［M］.上海：复旦大学出版社，2011.

［61］伍茂国.从叙事走向伦理：叙事伦理理论与实践［M］.北京：新华出版社，2013.

［62］龙迪勇.空间叙事研究［M］.上海：三联书店，2014.

［63］张进.中国20世纪翻译文论史纲［M］.兰州：兰州大学出版社，2007.

［64］曹顺庆.中国比较诗学史［M］.成都：巴蜀书社，2008.

［65］王一川.西方文论中国化与中国文论建设［M］.北京：经济科学出版社，2012.

［66］徐扬尚.比较文学中国化［M］.北京：中央编译出版社，2013.

［67］杨莉馨.异域性与本土化：女性主义诗学在中国的流变与影响［M］.北京：北京大学出版社，2005.

［68］罗杰鹦.本土化视野下的"耶鲁学派"研究［M］.杭州：浙江大学出版社，2012.

［69］江腊生.后现代主义踪迹与文学本土化研究［M］.济南：齐鲁出版社，2009.

［70］叶立文."误读"的方法：新时期初西方现代主义文学的传播与接受［M］.北京：中国社会科学出版社，2009.

［71］陈新仁.当代中国语境下的英语使用及其本土化研究［M］.北京：北京大学出版社，2012.

［72］夏志清.中国古典小说［M］.何欣，等译.上海：上海人民出版社，2019.

［73］王瑛.叙事学本土化研究：1979—2015［M］.北京：北京大学出版社，2020.

［74］FLUDERNIK, MONIKA. Towards a Natural Narratology［M］. London：Routledge，1996.

［75］STANZEL, F.K. A Theory of Narrative［M］. Cambridge：Cambridge University Press，1984.

［76］CHATMAN, SEYMOUR. Story and Discourse：Narrative Structrue in Fiction and Film［M］.New York：Cornell University Press，1978.

［77］POWELL, MARK A. What is Narrative Criticism［M］. Minneapolis：Fortress Press，1990.

［78］HAYDEN WHITE. The Content of the Form：Narrative Discourse and Historical Representation [M]. Baltimore & London: The Johns Hopkins UP, 1987.

[79] GERALD PRINCE. A Dictionary of Narratology [M]. Lincoln: University of Nebraska Press, 1987.

[80] DAVID HERRNAN. Narratologies: New Perspectives on Narrative Analysis[M]. Columbus: Ohio University Press, 1999.

[81] SUSAN SNIADER LANSER. The Narrative Act: Point of View in Prose Fiction[M]. Princeton: Princeton University Press, 1981.

[82] ROBYN R WARHOL. Gendered Interventions: Narrative Discourse in the Victorian Novel [M]. New Brunswick and London: Rutgers University Press, 1989.

[83] PATRICK HANAN. The Chinese Vernacular Story [M]. Harvard University Press, 1981.

2.学位论文

[1] 王鹏. 中国文化叙事学发展历程与主要视角模式研究[D/OL]. 黄石: 湖北师范学院, 2011. https://kns. cnki. net/kcms2/article/abstract? v= m4MC-GHErButBLSvKQClCvHtyZdy1CXGV-T489EzDp9DUWp-jyDhed1HZ x0kQGT9V42kHGev4LRTVcAZ2DTXG6_DPmk1vn_e327lcwcrVSjM35WlJ9Z al1i5acotqOhwrkgsC0oWTH1HAREMfEU1w5_M4yCeFBsqs28c0BM-odAlYL klHbvpw8iRZXA7_EnDeq&uniplatform=NZKPT&language=CHS.

[2] 刘宁.《史记》叙事学研究[D/Ol]. 西安: 陕西师范大学, 2006. https://kns. cnki. net/kcms2/art-icle/abstract? v=m4MC-GHErBuLFRoOvYB 4tELrQt2-GXr59cj44P1iFITs6mzsWqQlJhj1Ur_a1qGahxDJhTXRvuy7lEbb7B LfRTnCEiAuzrbhFqLNeCH0I4Np6xI7CCYryoGDdWjEjBd_ZsnR0nqZ3-3aQ7 g0OyPymJHlTDKFyyOAWnBgMH_uz840sjCFYNM64OI3YBQ2LhaDr-F&uni platform=NZKPT&language=CHS.

[3] 李丽丹.18—20世纪中国异类婚恋故事的叙事学研究[D/OL].武汉: 华中师范大学, 2008.htt-ps://kns.cnki.net/kcms2/article/abstract?v=m4MC-GHErBuGDPV5oz8Rw-FH6cIYDeGv-HqpXCiLLRo7IgSIQa61jKqW4Yp_ NiNgD45KamX3LIj3Q3L-Ets8q8h1gGfRgwd_gCvIn-KmRZd6ye--_KebWpxx 5LMjKwtzX-IgwObogkclblwpdwQyUmmTwxLoe0wXOMwavfjg-Eq_HVW8UR nBllAg73PjCtVZWt&uniplatform=NZKPT&language=CHS.

[4] 唐洁.格雷马斯叙事学理论在童话创作中的运用[D/OL].南京:河

海大学，2007. https：//kns. c-nki. net/kcms2/article/abstract？v=m4MC-
GHErBvjRALB1zCS47FwD0hZzoQzl3FgZJk – Fk – BkRz9xZkxYZa1jy64GxlVg
VN_tbi3WcItCANOEm0Gd1mEP2JiXog4P80FzBbrTZEksV5U8FNLo_WxP30
MsdgVr_rVLEOHFcUCRWn_4hVljWr4t3Dm6DoUjRU7TC7rk_nOs7tX-m9wa
47wlCceUHR2Ii&uniplatform=NZKPT&language=CHS.

[5] 吴琪.叙事学视野下的小说情节[D/OL].成都:四川大学,2003.
https：//kns. cnki. net/kcms2/a-rticle/abstract？v=m4MC-GHErBtGO5f_uiOYhi
Ks7erfSjE8Au3t53n025KpBDSuUTU8Z-m-vUqW_EfN30a7FhVXwrrHuGOT
Hz5DmInAPf-eZe3NSVs_HQGp83jqO-aIicDDFhF8009-AIHmwm8RWu06n
Xl9_WeFDQlaf1LTG-HOGiVy8CruLUPRwwZfuMKY755ZpXEZa4D-HgrsxI&
uniplatform=NZKPT&language=CHS.

[6] 傅钱余.试论当代叙事学的"不可靠叙述"[D/OL].重庆:重庆大
学，2010. https：//kns. cnki. n-et/kcms2/article/abstract？ v=m4MC-
GHErBv8UmTpBQdzIwipoYpmI63jPM2lZcXwngAyB – pwfn-XUqEhrJ7ESzaIv
YPUeqxz2rYy0LTK – hMcIQoRI8cOftVhgcdCBd-KtOXgsMqUuOB-rChDMyvd
SfMvzpl3FtOjuSuNkgSmp2Rk6hHKyU4CyxhlauXMn7zGyuh91m2blNgWLw-G
cjhI-ZYKfzL&uniplatform=NZKPT&language=CHS.

[7] 上官儒烨.对弗朗索瓦·于连的汉学研究的研究[D].成都:四川大
学，2006. https：//kns. c-nki. net/kcms2/article/abstract？v=m4MC-GHErBvFu
U5ewXodbOEifDpDffyBhY1x3PKpfS – C342PuexbfYZdQFRGU96B2EUmz_m
ShSjD2ZgM8L – aUUrgmxKftb272VK3_c66sgYC91n5uZZ8exux5lqsoAxv0XBu
ZlK30KJKJgBDxiYX2S-iYuHdwyEpDpJx3PKQwDDRNgG0Arvp0crtvT656GX
WK&uniplatform=NZKPT&language=CHS.

[8] 韩益睿.西方叙事学在中国的传播与演变[D/OL].兰州:兰州大
学，2006. https：//kns. cnki. net/kcms2/article/abstract？v=m4MC-GHErBsa2
INf_lmxJt4NtNHl8lQ3YUmwroHodHvcEMjw-y9vFWWiaKY_y2S99BUDMoDr
xCubI86zw2vTwgEnWEjKRWEfIfpOm3blTaYQRuym7QRFhMnr2pqOkJbLjQF
PSKCsIeR8JubXoJ7_wM6X09mf6_6y3_ehL5OaC491PqVNVP2yP-
pYLKp_C17rc1&uniplatform=NZKPT&language=CHS.

[9] 陈静芳.本土化与经典化——王尔德1900—1940年在中国的译介
与接受研究[D/OL].上海:上海外国语大学,2018.https://kns.cnki.net/
kcms2/article/abstract？ v=m4MC-GHErBu1zau-KLbBGHD7Mn5-6lAGJAA
dG4L1uHnZK1jA5B5yVRFuT3hZZvfTexp1jaxAPois8mtpxBI-S – uEaAbW5jQ
Hvur4PTV9OqgDlBvJgDfEDu2Z1RuqreLDYssyttSBY6Xlwjx6gYrfant6M – OLd

GLyhdoqcLHeqlm19E-u-tOA5DYqdqa2s8cMOW_VWa5g7Mmey8= &uniplat
form=N-ZKPT&language=CHS.

[10]孙蔚.国内空间叙事研究述评[D/OL].黄石:湖北师范大学,2018.
https://kns.cnki.net/kcms2/article/abstract? v=m4MC-GHErBugXclRdQgOjgd
6P-CgU1TazUp7ASbr1JPjWP2RxHuqSr-ntotmRzuz3-HJNtywblG9JgF03BrD
UssCEO4lWz0h27vqIDW20Th2c3TQ8aqzYNR0IEKj-eTFESK0qEXElC5FKdd
UULOlciiadr0x7ObSNtdtWuXXKA0Ds1VTwrmJv6Dt4BCnBJxr - Vt9FzfPrMtR
_w=&uniplatform=NZKPT&language=CHS.

[11]胡莹.从后经典叙事学角度分析《少年派的奇幻漂流》[D/OL].呼
和浩特:内蒙古大学,2016.https://kns.cnki.net/kcms2/article/abstract? v=
m4MC-GHErBu6NKRVPO7aF9S4BK - yQ4-bLXFH2mJeCNKpHD1_jSPdrm
5dN7To2g2XmX25Qdmr0TjqbTYWgEYp _ 6xz65bkh6cLy4I_1w7vFGLsOeVrR
nahd7QqPppEiLW5dH2hBN2bg-xAbL6jxW1sjVJFRN8WUKJ5JXHZ16E-S_r
Jms0W89lm6bZmSEcktav3uB1Ll0Z_rYVg= &uniplatform=NZKPT&language=
CH-S.

[12]王肖华.叙事学理论观照下的中学小说教学研究[D/OL].郑州:
河南大学,2017.https://kns.cnki.net/kcms2/article/abstract? v=m4MC-
GHErBuSGXvDs2a_7dIGwh8N8MPiCwQL0gsZ-mmsiXN-NLqzAWTsAYy6RS
22O0wkD85F - Z88Fq-WdouerJPxJH0loVrg5x7p4FC2kAFar-qfp1nq4uCmVu
jZtQtofNBPJI4HySHHotUkKl9xMd-Zk-JR1x6WRpZiMdsjQ-ZAOnrfFsPA-vk
ikGpLLD9TdYSVRyUrRCHC5E=&uniplatform=NZKPT&language=CHS.

[13]胡嘉鹏.叙事学视野下的初中小说阅读教学研究[D/OL].重庆:
重庆师范大学,2018.https://kns.cnki.net/kcms2/article/abstract? v=m4MC-
GHErBvzsxzwB - k3f7QFYg6acakDRsYqZyb-V33c3pDOtBqIq3P_ELtOdQxTr
BjeREW6D_smBToyuY - TPnMwhXDiu5x23FNrMCQQhx-A3zZ54_z2mdtZHk
VOY_MenWvToUzG2jdkXSfJqWtemh3hINv6uxhtKUL - INq2B_MvPz-ksJf18w
_PnANKgh1IJ_fkBxFF53D-wI=&uniplatform=NZKPT&language=CHS.

[14]邓瑜.叙事理论在学术文本翻译中的应用[D/OL].兰州:兰州大
学,2017.https://kns.cnki.net/kcms2/article/abstract? v=m4MC-GHErBtIZwp
cj5w8EdAARRekq_7wg6TDfPwlmp-6eP34_Lb2zz6R-qDX4AvjbVT18HWWk
YtM7stnJr59bypM9qmOtCywWJ-vBrePezbGnUSKyxR2kY4IiBgBKIMNa5LfVc
EGayUdjruVygwuGoVYpF3FK29Bih0CEmJL - qfNdlcEoSRhlHH-uT1UcqggB
XJBxUSN-Wfo=&uniplatform=NZKPT&language=CHS.

[15]牛璐.文学叙事情节中时间性与因果性的关系研究[D/OL].上

海：华东师范大学，2015. htt-ps://kns. cnki. net/kcms2/article/abstract? v=
m4MC-GHErBsxgHfhAcWPJm29kB75UxsaQ1-CeHK4PjYOwnp3OYjjtcftuR2
q2jmA3po31P-VGefDY2qx8DTFmbI29u2GKLj3uQeufkZ7_NcTuKhgB3LQWo
73Kbcn41l7qvAVOL YRnmYMZdTUgKMBaBtqq78WK3a2gCqFpH-fQgwBf
NaVYMuL0EhuwOcBnHqly7P2uzo3CB4=   &uniplatform=NZKPT&language=
CHS.

3.专著中析出的文献

［1］雅各布逊.隐喻和换喻的两极［M］//朱立元,李钧.二十世纪西方文
论选：上册.北京：高等教育出版社,2002：192-196.

［2］布赖恩·麦克黑尔.关于建构诗歌叙事学的设想［M］//尚必武,汪筱
玲,译.叙事学：第二辑.广州：暨南大学出版社,2010.

［3］谢龙新.“叙事”溯源：柏拉图与亚里士多德［C］//叙事学研究：理
论、阐释、跨学科——第二届国际叙事学会议暨第四届全国叙事学研讨会
论文集.北京：外语教学与研究出版社,2013：30.

［4］周建渝.《三国演义》的平行式叙述结构［C］//明代文学研究国际学
术研讨会论文集.天津：南开大学出版社,2006：551.

4.期刊中析出的文献

［1］李哲沫.《三国演义》叙事结构新探［J］.明清小说研究,1998(2)：
44-54.

［2］古添洪.中西比较文学：范畴、方法、精神的初探［J］.中外文学,
1979(11)：74-79.

［3］乐黛云.后殖民主义时期的比较文学［J］.社会科学战线,
1997(1)：138-143.

［4］曹顺庆,谭佳.重建中国文论的又一有效途径：西方文论的中国化
［J］.外国文学研究,2004(5)：120-127+175.

［5］曹顺庆.文论失语症与文化病态［J］.文艺争鸣,1996(2)：50-58.

［6］傅修延.叙事学勃兴与中国叙事传统［J］.江西社会科学,
2007(10)：26-30.

［7］杨义.《水浒传》的叙事神理［J］.齐鲁学刊,1994(1)：16-28.

［8］尚必武.论后经典叙事学的排他性与互补性［J］.当代外国文学,
2008(2)：27-34.

［9］龙迪勇.事件：叙述与阐释——叙事学研究之三［J］.江西社会科

学,2001(10):15-24.

[10] 龙迪勇.空间形式:现代小说的叙事结构[J].思想战线,2005(6):109-116.

[11] 王锺陵.法国叙述学的叙事结构研究及建立叙述学的新思路[J].学术月刊,2010(3):117-127.

[12] 张新军.叙事学的跨学科线路[J].江西社会科学,2008(10):38-42.

[13] 王允道.评罗兰·巴特的结构主义[J].当代国外文学,1996(4):63-68.

[14] 韩蕾,张汉良.罗兰·巴尔特与中国:关于影响研究的对话[J].社会科学研究,2012(6):175-188.

[15] 康建伟.对"符号矩阵"在文学批评实践中的反思[J].中北大学学报,2008(1):68-71.

[16] 王瑛.西方叙事学本土化研究述评:1979—2013[J].华南农业大学学报(社会科学版),2014(3):137-145.

[17] 王委艳.后经典叙事学的"作者"描述与建构交流叙事理论的可能性[J].兰州学刊,2011(9):142-146+193.

[18] 王小盾.中国韵文的传播方式及其体制变迁[J].中国社会科学,1996(1):141-160.

[19] 赵奎英.从中国古代的宇宙模式看传统叙事结构的空间化倾向[J].文艺研究,2005(10):58-66+167.

[20] 李洲良.论"春秋笔法"在六大古典小说叙事结构中的作用[J].中华文史论丛,2010(1):169-207+392-393.

[21] 陈德志.隐喻与悖论:空间、空间形式与空间叙事学[J].江西社会科学,2009(9):63-67.

[22] 刘勇强.中国古代小说的叙事学研究反思[J].明清小说研究,2011(2):13-33.

[23] 何波.外国文学本土化的趋势与缺陷[J].淮北职业技术学院学报,2015(5):82-83.

[24] 翁菊芳.新时期"意识流小说"本土化启蒙主题探讨[J].湖北师范大学学报(哲学社会科学版),2019(1):48-52.

[25] 曹顺庆,曾诣.比较诗学如何开创新格局[J].西南民族大学学报(人文社会科学版),2016(8):163-168.

[26] 孙仁歌."中国式"小说叙事文本本土文化渊源释读[J].滁州学院

学报,2016(1):46-50.

[27]孔真.当代西方叙事理论的空间化转向[J].南京师范大学文学院学报,2016(1):73-79.

[28]尚必武.文学叙事中的非自然情感:基本类型与阐释选择[J].上海交通大学学报(哲学社会科学版),2016(4):5-16+2.

[29]王峰.寻找身份认同和自我的反叙事实验[J].长春大学学报,2016(5):59-63.

[30]黄灿.走向后经典叙事研究的"我们"叙事学[J].河南社会科学.2015(11):110-116+124.

[31]赵文国.中国电影叙事学研究三十年[J].电影文学,2018(12):12-16.

[32]王恩东.电影的叙事艺术探究:上[J].艺术评鉴,2019(6):147-149.

[33]狄野.舞美设计叙事研究的理论基础、方法及两种视角[J].四川戏剧,2018(5):57-59.

[34]刘玲.虚构在音乐中的叙述作用[J].黄河之声,2015(21):56-57.

[35]熊江梅.中西历史叙事结构思想比较[J].湖南师范大学社会科学学报,2018(5):88-93.

[36]孟婷.从新闻叙事学角度谈如何讲好中国故事[J].新闻研究导刊,2018(22):70-71.

[37]方新文,郭宁月,刘虹伯.论叙事医学的根基与价值[J].医学与哲学(A),2018(05):19-23.

[38]安玮娜.叙事医学在全科医学生人文教育中的应用与启示[J].中国医学伦理学,2019(2):164-168.

[39]傅修延.从西方叙事学到中国叙事学[J].中国比较文学,2014(4):1-24.

[40]周晶,任晓晋.非自然叙事学文学阐释手法研究[J].华侨大学学报(哲学社会科学版),2017(1):188-198.

[41]曾秦.近五年国内格雷马斯叙事理论及文学实践研究综述[J].语文学刊,2016(4):91-93.

[42]张蒙蒙.浅析约瑟夫·海勒《出事了》的叙事声音[J].中小企业管理与科技(上旬刊),2018(6):69-70.

[43]韩一睿.雪漠小说《无死的金刚心》的叙事学特征[J].甘肃广播电视大学学报,2017(6):23-25+30.

［44］张东芹,史岩林.美国后现代反叙事小说的政治寓意[J].社会科学家,2013(7):134-137.

［45］万晓蒙,李亚飞.对话前沿　回归本土——2017年中国叙事学研究述论[J].当代外语研究,2018(6):119-125.

［46］傅修延,易丽君.试论叙事中的偷听[J].江西师范大学学报(哲学社会科学版),2018(2):57-62.

［47］傅修延,刘碧珍.论叙述声音[J].江西师范大学学报(哲学社会科学版),2017(3):110-119.

［48］傅修延,邱宗珍.因声而听、因听而思和因听而悟——试论闻声之作的三重境界[J].江西师范大学学报(哲学社会科学版),2019,52(2):33-41.

5.报纸中析出的文献

［1］李桂奎."中国写人学":叙事学的并蒂之莲[N].中国社会科学报,2016-04-18(005).

［2］卓今.建构现代性中国叙事学的几个基本前提[N].文艺报,2016-05-27(002).

附录:叙事学文献目录

(按发表年限排列,本书文献分析使用)

[1] 茨维坦·托多罗夫.批评之批评[M].王东亮,译.上海:三联书店,1970.

[2] 费尔迪南·德·索绪尔.普通语言学教程[M].高名凯,译.北京:商务印书馆,1980.

[3] 特里·伊格尔顿.马克思主义与文学批评[M].文宝,译.北京:人民出版社,1980.

[4] 丁乃通.中国民间故事类型索引[M].北京:中国民间文艺出版社,1986.

[5] 弗雷德里克·詹姆逊.后现代主义与文化理论(讲演)[M].唐小兵,译.西安:陕西师范大学出版社,1986.

[6] 傅修延.文学批评方法论基础[M].南昌:江西人民出版社,1986.

[7] 罗钢.浪漫主义文艺思想研究[M].西安:陕西文艺出版社,1986.

[8] 列维-施特劳斯.野性的思维[M].李幼蒸,译.北京:商务印书馆,1987.

[9] 韦恩·布斯.小说修辞学[M].付礼军,译.南宁:广西人民出版社,1987.

[10] 特里·伊格尔顿.文学原理引论[M].北京:文化艺术出版社,1987.

[11] 高辛勇.形名学与叙事理论:结构主义的小说分析法[M].台北:联经出版事业公司,1987.

[12] 雷纳·韦勒克.批评的诸种概念[M].丁泓,余徵,译.成都:四川文艺出版社,1988.

[13] 汤普金斯,等.读者反应批评[M].刘峰,等译.北京:文化艺术出版社,1989.

[14] 托马斯·艾略特.艾略特诗学文集[M].王恩衷,编译.北京:国际文化出版公司,1989.

[15] 雷纳·韦勒克.文学思潮和文学运动的概念[M].刘象愚,选编.北

京:中国社会科学出版社,1989.

[16]里蒙·凯南.叙事虚构作品[M].姚锦清,等译.上海:三联书店, 1989.

[17]张寅德.叙述学研究[M].北京:中国社会科学出版社,1989.

[18]热拉尔·热奈特.叙事话语、新叙事话语[M].王文融,译.北京:中国社会科学出版社,1990.

[19]华莱士·马丁.当代叙事学[M].伍晓明,译.北京:北京大学出版社,1990.

[20]乔纳森·卡勒.结构主义诗学[M].盛宁,译.北京:中国社会科学出版社,1991.

[21]里蒙·凯南,施洛米丝.叙事虚构作品:当代诗学[M].赖干坚,译.厦门:厦门大学出版社,1991.

[22]巴赫金.文艺学中的形式方法[M].邓勇,陈松岩,译.北京:中国文联出版公司,1992.

[23]王岳川.后现代主义文化研究[M].北京:北京大学出版社,1992.

[24]徐岱.小说形态学[M].杭州:杭州大学出版社,1992.

[25]浦安迪.明代小说四大传奇[M].北京:中国和平出版社,1993.

[26]傅修延.讲故事的奥秘:文学叙述论[M].南昌:百花洲文艺出版社,1993.

[27]高小康.人与故事:文学文化批判[M].北京:东方出版社,1993.

[28]梅子涵.儿童小说叙事式论[M].武汉:湖北少年儿童出版社, 1993.

[29]周佳丽.学写叙事记人类记叙文[M].北京:知识出版社,1993.

[30]罗兰·巴特.符号帝国[M].孙乃修,译.北京:商务印书馆,1994.

[31]丁乃通.中西叙事文学比较研究[M].陈建宪,等译.武汉:华中师范大学出版社,1994.

[32]胡亚敏.叙事学[M].武汉:华中师范大学出版社,1994.

[33]罗钢.叙事学导论[M].昆明:云南人民出版社,1994.

[34]赵毅衡.苦恼的叙述者[M].北京:北京十月文艺出版社,1994.

[35]列维-施特劳斯.结构人类学[M].谢维扬,俞宣孟,译.上海:上海译文出版社,1995.

[36]米克·巴尔.叙述学:叙事理论导论[M].谭君强,译.北京:中国社会科学出版社,1995.

[37]弗雷德里克·詹姆逊.语言的牢笼[M].南昌:百花洲文艺出版社,

1995.

[38]陈顺.中国当代文学的叙事与性别[M].北京:北京大学出版社,
1995.

[39]胡平.叙事文学感染力研究[M].天津:百花文艺出版社,1995.

[40]巴赫金.巴赫金文论选[M].佟景韩,译.北京:中国社会科学出版
社,1996.

[41]克里斯蒂安·麦茨.电影语言——电影符号学导论[M].刘森尧,
译.台北:远流出版事业股份公司,1996.

[42]浦安迪.中国叙事学[M].陈珏,整理.北京:北京大学出版社,
1996.

[43]维克托·什克洛夫斯基.散文理论[M].刘宗次,译.南昌:百花洲
文艺出版社,1997.

[44]艾·阿·瑞恰慈.文学批评原理[M].杨自伍,译.南昌:百花洲文艺
出版社,1997.

[45]特里·伊格尔顿.美学意识形态[M].王杰等,译.桂林:广西师范
大学出版社,1997.

[46]董小英.叙事艺术逻辑引论[M].北京:社会科学文献出版社,
1997.

[47]高波.叙事的建构[M].厦门:厦门大学出版社,1997.

[48]王岳川.文化话语与意义踪迹[M].成都:四川人民出版社,1997.

[49]杨义.杨义文存[M].北京:人民出版社,1997.

[50]张柠.叙事的智慧[M].济南:山东友谊出版社,1997.

[51]巴赫金.巴赫金全集[M].钱中文,译.石家庄:河北教育出版社,
1998.

[52]巴赫金.小说理论[M].石家庄:河北教育出版社,1998.

[53]弗朗索瓦·于连.迂回与进入[M].杜小真,译.上海:三联书店,
1998.

[54]米歇尔·福柯.知识考古学[M].上海:三联书店,1998.

[55]弗雷德里克·詹姆逊.后现代主义或晚期资本主义的文化逻辑
[M].吴美真,译.台北:时报文化出版公司,1998.

[56]乔纳森·卡勒.论解构[M].陆扬,译.北京:中国社会科学出版社,
1998.

[57]傅修延.文学批评思维学[M].北京:文化艺术出版社,1998.

[58]王彬.《红楼梦》叙事[M].北京:中国工人出版社,1998.

[59] 赵毅衡.当说者被说的时候[M].北京:中国人民大学出版社,1998.

[60] 弗雷德里克·詹姆逊.政治无意识:作为社会象征行为的叙事[M].王逢振,等译.北京:中国社会科学出版社,1999.

[61] 余虹.中国文论与西方诗学[M].上海:三联书店,1999.

[62] 傅修延.先秦叙事研究:关于中国叙事传统的形成[M].北京:东方出版社,1999.

[63] 傅修延.叙事:意义与策略[M].南昌:江西高校出版社,1999.

[64] 胡日佳.俄国文学与西方审美叙事模式比较研究[M].上海:学林出版社,1999.

[65] 马云.中国现代小说的叙事个性[M].北京:中央广播电视大学出版社,1999.

[66] 潘晓龙.叙事大全[M].延吉:延边人民出版社,1999.

[67] 沈贻炜.电影的叙事[M].北京:华语教学出版社,1999.

[68] 王铁.小说的模式与叙事艺术[M].乌鲁木齐:新疆大学出版社,1999.

[69] 张世君.《红楼梦》的空间叙事[M].北京:中国社会科学出版社,1999.

[70] 罗兰·巴特.S/Z[M].屠友祥,译.上海:上海人民出版社,2000.

[71] 佛瑞德门.叙事治疗:解构并重写生命的故事[M].易之新,译.台北:张老师文化事业公司,2000.

[72] 略萨.叙事人[M].孙家孟,译.长春:时代文艺出版社,2000.

[73] 弗兰克·克默德.叙述与话语符号学[M].刘建华,译.沈阳:辽宁教育出版社,2000.

[74] 蔡琰.电视剧:戏剧传播的叙事理论[M].台北:三民书局,2000.

[75] 黎活仁.鲁迅、阿城和马原的叙事技巧[M].大安:大安出版社,2000.

[76] 廖卓成.叙事论集:传记、故事与儿童文学[M].大安:大安出版社,2000.

[77] 罗钢,刘象愚.文化研究读本[M].北京:中国社会科学出版社,2000.

[78] 夏忠宪.巴赫金狂欢化诗学研究[M].北京:北京师范大学出版社,2000.

[79] 郑铁生.《三国演义》叙事艺术[M].北京:新华出版社,2000.

[80] 周靖波.电视虚构叙事导论[M].北京:大众文艺出版社,2000.

[81] 茨维坦·托多罗夫.巴赫金、对话理论及其他[M].蒋子华,张萍,译.天津:百花文艺出版社,2001.

[82] 热拉尔·热奈特.热奈特论文集[M].史忠义,译.北京:中国发展出版社,2001.

[83] 格雷马斯.结构语义学[M].蒋梓骅,译.天津:百花文艺出版社,2001.

[84] 程正民.巴赫金的文化诗学[M].北京:北京师范大学出版社,2001.

[85] 董小英.叙述学[M].北京:社会科学文献出版社,2001.

[86] 高小康.市民、士人与故事:中国近古文化中的叙事[M].北京:人民出版社,2001.

[87] 高小康.文艺概论[M].苏州:苏州大学出版社,2001.

[88] 何超群.叙事的魅力[M].广州:花城出版社,2001.

[89] 贾越.中国小说叙事艺术论[M].杭州:浙江大学出版社,2001.

[90] 李纪祥.时间·历史·叙事:史学传统与历史理论再思[M].麦田出版社,2001.

[91] 王平.中国古代小说叙事研究[M].石家庄:河北人民出版社,2001.

[92] 王岳川.本体反思与文化批评[M].沈阳:辽宁人民出版社,2001.

[93] 赵孝思.影视剧作的叙事艺术[M].上海:上海大学出版社,2001.

[94] 列维-施特劳斯.图腾制度[M].渠东,译.上海:上海人民出版社,2002.

[95] 赫尔曼.新叙事学[M].马海良,译.北京:北京大学出版社,2002.

[96] 苏珊·S.兰瑟.虚构的权威:女性作家与叙述声音[M].黄必康,译.北京:北京大学出版社,2002.

[97] 希利斯·米勒.解读叙事[M].申丹,译.北京:北京大学出版社,2002.

[98] 詹姆斯·费伦.作为修辞的叙事:技巧、读者、伦理、意识形态[M].陈永国,译.北京:北京大学出版社,2002.

[99] 北冈诚司.巴赫金——对话与狂欢[M].石家庄:河北教育出版社,2002.

[100] 丁琴海.中国史传叙事研究[M].北京:国际文化出版公司,2002.

[101] 格非.小说叙事研究[M].北京:清华大学出版社,2002.

[102] 耿占春.叙事美学:探索一种百科全书式的小说[M].郑州:郑州大学出版社,2002.

[103] 罗小东.话本小说叙事研究[M].北京:学苑出版社,2002.

[104] 谭君强.文艺美学与文化[M].昆明:云南大学出版社,2002.

[105] 谭君强.叙事理论与审美文化[M].北京:中国社会科学出版社,2002.

[106] 王昕.话本小说的历史与叙事[M].北京:中华书局,2002.

[107] 徐岱.边缘叙事:20世纪中国女性小说个案批评[M].上海:学林出版社,2002.

[108] 里克尔.虚构叙事中时间的塑形:时间与叙事卷二[M].王文融,译.上海:三联书店,2003.

[109] 马克·柯里.后现代叙事理论[M].宁一中,译.北京:北京大学出版社,2003.

[110] 陈平原.中国小说叙事模式的转变[M].北京:北京大学出版社,2003.

[111] 江帆.民间口承叙事论[M].哈尔滨:黑龙江人民出版社,2003.

[112] 梁工.律法书·叙事著作解读[M].北京:宗教文化出版社,2003.

[113] 刘进.弗雷德里克·詹姆逊文化诗学研究[M].成都:巴蜀书社,2003.

[114] 刘象愚.现代主义文学作品选[M].北京:高等教育出版社,2003.

[115] 刘小枫.圣灵降临的叙事[M].上海:三联书店,2003.

[116] 申丹.新叙事理论译丛[M].北京:北京大学出版社,2003.

[117] 吴培显.当代小说叙事话语范式初探[M].长沙:湖南师范大学出版社,2003.

[118] 谢芳群.文字和图画中的叙事[M].武汉:湖北少年儿童出版社,2003.

[119] 徐葆耕.瑞恰慈:科学与诗[M].北京:清华大学出版社,2003.

[120] 许江.非线性叙事:新媒体艺术与媒体文化[M].杭州:中国美术学院出版社,2003.

[121] 杨新敏.电视剧叙事研究[M].北京:文化艺术出版社,2003.

[122] 郑铁生.中国古典小说叙事研究[M].兰州:甘肃人民出版社,2003.

[123] 朱其.新艺术史与视觉叙事[M].长沙:湖南美术出版社,2003.

[124] 祖国颂.叙事的诗学[M].合肥:安徽大学出版社,2003.

[125] 卢蓉.电视剧叙事艺术[M].北京:中国广播电视出版社,2004.

[126] 茨维坦·托多罗夫.象征理论[M].王国卿,译.北京:商务印书馆,2004.

[127] 罗伯特·佩恩·沃伦.理解小说[M].北京:外语教学与研究出版社,2004.

[128] 罗伯特·佩恩·沃伦,布鲁克斯.理解诗歌[M].北京:外语教学与研究出版社,2004.

[129] 傅修延.文本学:文本主义文论系统研究[M].北京:北京大学出版社,2004.

[130] 李纪祥.时间·历史·叙事[M].兰州:兰州大学出版社,2004.

[131] 梅家玲.世说新语的语言与叙事[M].里仁书局,2004.

[132] 纳钦.口头叙事与村落传统[M].台北:秀威资讯科技股份有限公司,2004.

[133] 秦弓.二十世纪三四十年代中国小说叙事[M].台北:秀威资讯科技股份有限公司,2004.

[134] 申丹.叙述学与小说学文体研究[M].北京:北京大学出版社,2004.

[135] 王爱松.当代作家的文化立场与叙事艺术[M].南京:南京大学出版社,2004.

[136] 王建科.元明家庭家族叙事文学研究[M].北京:中国社会科学出版社,2004.

[137] 王荣.中国现代叙事诗史[M].北京:中国社会科学出版社,2004.

[138] 王志敏.理论与批评:影像传播中的身份政治与历史叙事[M].北京:中国电影出版社,2004.

[139] 吴海勇.中古汉译佛经叙事文学研究[M].北京:学苑出版社,2004.

[140] 禹建湘.徘徊在边缘的女性主义叙事[M].九州岛出版社,2004.

[141] 弗朗索瓦·于连.从外部反思欧洲——远西对话[M].张放,译.郑州:大象出版社,2005.

[142] 克里斯蒂安·麦茨.电影的意义[M].刘森尧,译.南京:江苏教育出版社,2005.

[143] 格雷马斯.论意义[M].冯学俊,吴泓缈,译.天津:百花文艺出版社,2005.

[144] 怀特.形式的内容:叙事话语与历史再现[M].董立河,译.北京:文津出版社,2005.

[145] 查振科.对话时代的叙事话语:论京派文学[M].沈阳:春风文艺出版社,2005.

[146] 程文超.新时期文学的叙事转型与文学思潮[M].广州:中山大学出版社,2005.

[147] 董乃斌.近世名家与古典文学研究[M].上海:上海大学出版社,2005.

[148] 高鸿.跨文化的中国叙事[M].上海:三联书店,2005.

[149] 高小康.中国古代叙事观念与意识形态[M].北京:北京大学出版社,2005.

[150] 耿占春.叙事与抒情[M].北京:中国社会科学出版社,2005.

[151] 郭小东.中国叙事:中国知青文学[M].广州:花城出版社,2005.

[152] 康韵梅.唐代小说承衍的叙事研究[M].里仁书局,2005.

[153] 李明.叙事心理治疗导论[M].济南:山东人民出版社,2005.

[154] 列小慧.叙事从家庭开始:叙事治疗的寻索历程[M].突破出版社,2005.

[155] 刘守华.民间叙事文学研究[M].武汉:华中师范大学出版社,2005.

[156] 邱江宁.清初才子佳人小说叙事模式研究[M].上海:三联书店,2005.

[157] 曲春景,耿占春.叙事与价值[M].上海:学林出版社,2005.

[158] 申丹.英美小说叙事理论研究[M].北京:北京大学出版社,2005.

[159] 沈红芳.女性叙事的共性与个性:王安忆、铁凝小说比较[M].郑州:河南大学出版社,2005.

[160] 王昊.敦煌小说及其叙事艺术[M].合肥:安徽人民出版社,2005.

[161] 王宏图.都市叙事与欲望书写[M].桂林:广西师范大学出版社,2005.

[162] 王烨.二十年代革命小说的叙事形式[M].昆明:云南人民出版社,2005.

[163] 杨静.中国电视剧叙事文化研究[M].昆明:云南大学出版社,2005.

[164] 张德礼.二月河历史叙事的文化审美建构[M].北京:人民出版社,2005.

[165] 张介明.唯美叙事:王尔德新论[M].上海:上海社会科学院出版社,2005.

[166] 张薇.海明威小说的叙事艺术[M].上海:上海社会科学院出版社,2005.

[167] 郑土有.吴语叙事山歌演唱传统研究[M].上海:上海辞书出版社,2005.

[168] 普罗普.故事形态学[M].贾放,译.北京:中华书局,2006.

[169] 普罗普.神奇故事的历史根源[M].贾放,译.北京:中华书局,2006.

[170] 克里斯蒂安·麦茨.想象的能指[M].王志敏,译.北京:中国广播电视出版社,2006.

[171] 列维-施特劳斯.种族与历史,种族与文化[M].于秀英,译.北京:中国人民大学出版社,2006.

[172] 伯格.通俗文化、媒介和日常生活中的叙事[M].姚媛,译.南京:南京大学出版社,2006.

[173] 哈罗德·布鲁姆.影响的焦虑:一种诗歌理论[M].徐文博,译.南京:凤凰出版传媒集团,2006.

[174] 特里·伊格尔顿.现象学·阐释学·接受理论[M].王逢振,译.南京:江苏教育出版社,2006.

[175] 特里·伊格尔顿.文化的观念[M].方杰,译.南京:南京大学出版社,2006.

[176] 陈民.西方文学死亡叙事研究[M].南京:江苏文艺出版社,2006.

[177] 程文超.中国当代小说叙事演变史[M].北京:中国社会科学出版社,2006.

[178] 董迎春.后现代叙事[M].贵阳:贵州人民出版社,2006.

[179] 黄淑祺.王安忆的小说及其叙事美学[M].台北:秀威资讯科技股份公司,2006.

[180] 纪蔚然.现代戏剧叙事观:建构与解构[M].台北:书林出版有限公司,2006.

[181]江守义.唐传奇叙事[M].合肥:安徽人民出版社,2006.

[182]梁工.《圣经》叙事艺术研究[M].北京:商务印书馆,2006.

[183]刘良华.教育叙事研究丛书[M].成都:四川教育出版社,2006.

[184]刘婷.影像叙事[M].北京:中国传媒大学出版社,2006.

[185]罗一平.历史与叙事:中国美术史中的人物图像[M].广州:岭南美术出版社,2006.

[186]吕微.民间叙事的多样性[M].北京:学苑出版社,2006.

[187]毛金霞.《史记》叙事研究 [M].西安:陕西人民教育出版社,2006.

[188]石惠新.福山教育叙事[M].桂林:广西师范大学出版社,2006.

[189]汪建达.在叙事中成就德行:哈弗罗斯思想导论[M].北京:宗教文化出版社,2006.

[190]王荣.诗性叙事与叙事的诗:中国现代叙事诗史简编[M].台北:秀威资讯科技股份公司,2006.

[191]吴庆军.尤利西斯叙事艺术研究[M].北京:北京理工大学出版社,2006.

[192]徐彦利.先锋叙事新探[M].济南:山东大学出版社,2006.

[193]尤娜.象征与叙事:现象学心理治疗[M].济南:山东人民出版社,2006.

[194]于君.电视剧叙事话语[M].北京:中国广播电视出版社,2006.

[195]张康之.社会治理的历史叙事[M].北京:北京大学出版社,2006.

[196]张文红.伦理叙事与叙事伦理:90年代小说的文本实践[M].北京:社会科学文献出版社,2006.

[197]张勇.中国近世白话短篇小说叙事发展研究[M].昆明:云南大学出版社,2006.

[198]周志雄.中国当代小说情爱叙事研究[M].济南:齐鲁书社,2006.

[199]朱德发.现代中国文学英雄叙事论稿[M].济南:山东教育出版社,2006.

[200]祖国颂.叙事学的中国之路:全国首届叙事学研讨论文集[M].北京:中国社会科学出版社,2006.

[201]列维-施特劳斯.人类学讲演集[M].张毅声,等译.北京:中国人民大学出版社,2007.

[202] 米歇尔·福柯.疯癫与文明[M].刘北成,杨远婴,译.上海:三联书店,2007.

[203] 米歇尔·福柯.规训与惩罚[M].刘北成,译.上海:三联书店,2007.

[204] 邓新华.古代文论的多维透视[M].武汉:华中师范大学出版社,2007.

[205] 希利斯·米勒.小说与重复[M].王宏图,译.天津:天津人民出版社,2007.

[206] 詹姆斯·费伦.当代叙事理论指南[M].申丹,等译.北京:北京大学出版社,2007.

[207] 伯杰.另一种影像叙事[M].张世伦,译.三言社,2007.

[208] 瑞琪.以教师叙事进行质疑性探索:重写剧本[M].台北:文景书局有限公司,2007.

[209] 特里·伊格尔顿.20世纪西方文学理论[M].北京:北京大学出版社,2007.

[210] 陈良梅.当代德语叙事理论研究[M].南京:河海大学出版社,2007.

[211] 陈林侠.文化视阈中的影像叙事[M].武汉:武汉大学出版社,2007.

[212] 陈顺馨.中国当代文学的叙事与性别[M].北京:北京大学出版社,2007.

[213] 陈伟华.基督教文化与中国小说叙事新质[M].北京:中国社会科学出版社,2007.

[214] 丁钢.中国教育叙事研究丛书[M].北京:教育科学出版社,2007.

[215] 高名潞.美学叙事与抽象艺术[M].成都:四川美术出版社,2007.

[216] 管宁.消费文化与文学叙事[M].厦门:鹭江出版社,2007.

[217] 郭冰茹.十七年(1949—1966)小说的叙事张力[M].长沙:岳麓书社,2007.

[218] 郭冰茹.革命叙事与现代性:中国大陆十七年文学研究[M].济南:文史哲出版社,2007.

[219] 郝朴宁.影像叙事论[M].昆明:云南大学出版社,2007.

[220] 胡亚敏.文学批评与文化批判[M].武汉:华中师范大学出版社,

2007.

[221] 金一虹.女性叙事与记忆[M].九州岛出版社,2007.

[222] 廖昌胤.悖论叙事:乔治·爱略特后期三部小说中的政治现代化悖论[M].北京:中国社会科学出版社,2007.

[223] 凌建侯.巴赫金哲学思想与文本分析法[M].北京:北京大学出版社,2007.

[224] 罗晓明.山崖上的图像叙事:贵州古代岩画的文化释读[M].贵阳:贵州人民出版社,2007.

[225] 吕乐平.中国家庭伦理题材电视剧的叙事艺术[M].北京:中央民族大学出版社,2007.

[226] 马春花.叙事中国:文化研究视野中的王安忆小说[M].青岛:中国海洋大学出版社,2007.

[227] 施津菊.中国当代文学的死亡叙事与审美[M].北京:中国社会科学出版社,2007.

[228] 施军.叙事的诗意:中国现代小说与象征[M].北京:人民出版社,2007.

[229] 王爱松.政治书写与历史叙事[M].北京:中国广播电视出版社,2007.

[230] 王涧.家族叙事与文化转型:中国现代家族小说研究[M].北京:中国文联出版社,2007.

[231] 王丽娟.三国故事演变中的文人叙事与民间叙事[M].济南:齐鲁书社,2007.

[232] 王青.性别与叙事:中国五四女作家创作论[M].徐州:中国矿业大学出版社,2007.

[233] 王岳川.审美现代性与文学现代性丛书[M].北京:中国社会科学出版社,2007.

[234] 吴士余.中国古典小说的文学叙事[M].上海:上海古籍出版社,2007.

[235] 吴仪凤.咏物与叙事:汉唐禽鸟赋研究[M].新北:花木兰文化出版社,2007.

[236] 萧净宇.超越语言学:巴赫金语言哲学研究[M].上海:上海人民出版社,2007.

[237] 杨世真.重估线性叙事的价值:以小说与影视剧为例[M].杭州:浙江大学出版社,2007.

[238] 姚国军.小说叙事艺术[M].北京:群众出版社,2007.

[239] 张世君.明清小说评点叙事概念研究[M].北京:中国社会科学出版社,2007.

[240] 郑敏宇.叙事类型视角下的小说翻译研究[M].上海:上海外语教育出版社,2007.

[241] 周卫忠.双重性·对话·存在:巴赫金狂欢诗学存在论解读[M].西安:陕西人民出版社,2007.

[242] 朱迪光.信仰·母题·叙事:中国古典小说新探索[M].北京:中国社会科学出版社,2007.

[243] 朱水涌.叙事与对话:比较视野下的中国现当代文学[M].南京:南京大学出版社,2007.

[244] 罗兰·巴特.写作的零度[M].李幼蒸,译.北京:中国人民大学出版社,2008.

[245] 克兰迪宁.叙事探究:质的研究中的经验和故事[M].张园,译.北京:北京大学出版社,2008.

[246] 包斯华.控诉虚伪的影像叙事者——黛安·阿巴斯[M].陈雅汝,译.台北:商周出版社,2008.

[247] 保尔·德·曼.阅读的寓言[M].沈勇,译.天津:天津人民出版社,2008.

[248] 格伦农.黑色叙事[M].余吉孝,等译.北京:中国友谊出版公司,2008.

[249] 杰弗里·哈特曼.荒野中的批评[M].张德兴,译.天津:天津人民出版社,2008.

[250] 利布里奇.叙事研究:阅读、分析和诠释[M].王红艳,译.重庆:重庆大学出版社,2008.

[251] 白春香.赵树理小说叙事研究[M].北京:中国社会科学出版社,2008.

[252] 蔡华.巴赫金诗学视野中的陶渊明诗歌英译[M].苏州:苏州大学出版社,2008.

[253] 陈惠馨.法律叙事、性别与婚姻[M].台北:元照出版有限公司,2008.

[254] 陈开勇.宋元俗文学叙事与佛教[M].上海:上海古籍出版社,2008.

[255] 陈乐.现代性的文学叙事[M].杭州:浙江大学出版社,2008.

[256] 程予诚.电影叙事影像美学:剪接理论与实证[M].台北:五南图书出版股份公司,2008.

[257] 董乃斌.文学史学原理研究[M].石家庄:河北人民出版社,2008.

[258] 傅修延.叙事丛刊[M].北京:中国社会科学出版社,2008.

[259] 耿占春.叙事美学[M].海口:南方出版社,2008.

[260] 龚刚.儒家伦理与现代叙事[M].济南:文史哲出版社,2008.

[261] 何静.多元语境下的叙事变奏:胡辛笔墨声画创作论[M].南昌:江西教育出版社,2008.

[262] 胡少卿.中国当代文学中的"性"叙事[M].合肥:安徽教育出版社,2008.

[263] 胡绍嘉.叙事、自我与认同:从文本考察到课程探究[M].台北:秀威资讯科技股份公司,2008.

[264] 黄敬家.赞宁宋高僧传叙事研究[M].台北:台湾学生书局有限公司,2008.

[265] 黄新生.侦探与间谍叙事:从小说到电影[M].台北:五南图书出版股份有限公司,2008.

[266] 李桂奎.元明小说叙事形态与物欲世态[M].上海:上海古籍出版社,2008.

[267] 李茂增.现代性与小说形式:以卢卡奇、本雅明和巴赫金为中心[M].上海:东方出版中心,2008.

[268] 李志宏.明末清初才子佳人小说叙事研究[M].大安:大安出版社,2008.

[269] 梁晓萍.明清家族小说的文化与叙事[M].天津:南开大学出版社,2008.

[270] 梁英.大众叙事与文化家园[M].北京:华夏出版社,2008.

[271] 林德全.教育叙事论纲[M].北京:中国社会科学出版社,2008.

[272] 林风云.中国帝王电视剧叙事研究[M].北京:中国电影出版社,2008.

[273] 林华瑜."革命与爱情"的现代性叙事图景:中国现代小说的题材叙事研究[M].武汉:湖北人民出版社,2008.

[274] 罗书华.中国叙事之学:结构、历史与比较的维度[M].北京:中国社会科学出版社,2008.

[275] 孟繁华.坚韧的叙事:新世纪文学真相[M].福州:福建教育出版

社,2008.

[276] 申丹.西方文体学的新发展[M].上海:上海外语教育出版社,
2008.

[277] 孙鸿亮.佛经叙事文学与唐代小说研究[M].北京:人民出版社,
2008.

[278] 谭君强.叙事学导论:从经典叙事学到后经典叙事学[M].北京:
高等教育出版社,2008.

[279] 吴效刚.现代小说:叙事形态与人本价值思想[M].北京:中国社
会科学出版社,2008.

[280] 伍茂国.现代小说叙事伦理[M].北京:新华出版社,2008.

[281] 项家庆.新课程背景下中小学教师如何开展行动与叙事研究
[M].武汉:华中科技大学出版社,2008.

[282] 肖佩华.中国现代小说的市井叙事[M].北京:学苑出版社,
2008.

[283] 徐德明.中国现代小说叙事的诗学践行[M].北京:社会科学文
献出版社,2008.

[284] 杨琴.新闻叙事与文化记忆:史态类新闻研究[M].北京:华夏出
版社,2008.

[285] 岳国法.类型修辞与伦理叙事:艾丽丝·默多克小说研究[M].哈
尔滨:黑龙江人民出版社,2008.

[286] 翟红.叙事的冒险:中国先锋小说语言实验探微[M].北京:中国
社会科学出版社,2008.

[287] 张树国.春秋贵族社会衰亡期的历史叙事:以左传为例[M].北
京:中国社会科学出版社,2008.

[288] 张素卿.叙事与解释——《左传》经解研究[M].新北:花木兰文
化出版社,2008.

[289] 张园.20世纪30年代小说的都市叙事[M].北京:光明日报出版
社,2008.

[290] 赵晖.史诗性电视剧画面叙事的艺术追求[M].北京:中国电影
出版社,2008.

[291] 赵炎秋.明清叙事思想研究[M].长沙:湖南师范大学出版社,
2008.

[292] 钟海波.敦煌讲唱文学叙事研究[M].西安:陕西人民出版社,
2008.

［293］周远斌.儒家伦理与春秋叙事[M].济南:齐鲁书社,2008.

［294］祝亚峰.性别视阈与当代文学叙事[M].合肥:安徽大学出版社,2008.

［295］热拉尔·热奈特.热奈特论文选·批评译文选[M].史忠义,译.郑州:河南大学出版社,2009.

［296］金明求.宋元明话本小说"入话"之叙事研究[M].大安:大安出版社,2009.

［297］韦恩·布斯.修辞的复兴[M].穆雷,等译.南京:译林出版社,2009.

［298］雷纳·韦勒克.近代文学批评史[M].杨自伍,译.上海:上海译文出版社,2009.

［299］陈亚平.生命感伤与诗性叙事:中国现代小说的感伤倾向[M].西安:陕西人民教育出版社,2009.

［300］程小娟.《圣经》叙事艺术探索[M].北京:宗教文化出版社,2009.

［301］傅敏.课堂教学叙事研究:理论与实践[M].北京:教育科学出版社,2009.

［302］傅逸尘.重建英雄叙事:评论集[M].北京:作家出版社,2009.

［303］黄光.语文教育叙事研究理论与实践[M].北京:中国轻工业出版社,2009.

［304］黄霖.中国古代小说叙事三维论[M].上海:上海书店出版社,2009.

［305］黄曙光.当代小说中的乡村叙事:关于农民、革命与现代性之关系的文学[M].成都:巴蜀书社,2009.

［306］黄永林.中西通俗小说叙事:比较与阐释[M].武汉:华中师范大学出版社,2009.

［307］荆亚平.当代中国小说的信仰叙事[M].上海:学林出版社,2009.

［308］赖骞宇.18世纪英国小说的叙事艺术[M].北京:中国社会科学出版社,2009.

［309］李向阳.青春叙事:知青油画家作品40年[M].长春:吉林美术出版社,2009.

［310］李志雄.亚里士多德古典叙事理论[M].湘潭:湘潭大学出版社,2009.

［311］李志艳.中国古典小说叙事话语的诗性特征:以四大名著叙事

话语中的诗歌为例[M].成都:巴蜀书社,2009.

[312] 林德全.教育叙事价值研究[M].郑州:河南大学出版社,2009.

[313] 林以衡.日治时期台湾汉文侠叙事的阶段性发展及其文化意涵[M].南京:国立编译馆,2009.

[314] 凌逾.跨媒介叙事:论西西小说新生态[M].北京:人民出版社,2009.

[315] 刘玲.后现代欲望叙事:从拉康理论视角出发[M].西安:陕西人民出版社,2009.

[316] 马藜.视觉文化下的女性身体叙事[M].成都:四川大学出版社,2009.

[317] 彭刚.叙事的转向:当代西方史学理论的考察[M].北京:北京大学出版社,2009.

[318] 申丹.叙事、文体与潜文本[M].北京:北京大学出版社,2009.

[319] 宋春香.巴赫金思想与中国当代文论[M].北京:知识产权出版社,2009.

[320] 孙惠欣.冥梦世界中的奇幻叙事:朝鲜朝梦游录小说及其与中国文化的关系[M].北京:北京大学出版社,2009.

[321] 谭佳.叙事的神话:晚明叙事的现代性话语建构[M].北京:中国社会科学出版社,2009.

[322] 汪丁丁.串接的叙事:自由、秩序、知识[M].上海:三联书店,2009.

[323] 王瑷玲.经典转化与明清叙事文学[M].新北:联经出版事业股份公司,2009.

[324] 王侃.叙事门与修辞术:中国当代小说的诗学谱系[M].桂林:广西师范大学出版社,2009.

[325] 王长才.阿兰·罗伯-格里耶小说叙事话语研究[M].成都:巴蜀书社,2009.

[326] 吴爱芳.电视剧音乐叙事研究[M].北京:中国电影出版社,2009.

[327] 吴承笃.巴赫金诗学理论概观[M].济南:齐鲁书社,2009.

[328] 夏荔.中国涉案电视剧叙事审美研究[M].北京:中国电影出版社,2009.

[329] 谢雪梅.虚构叙事中时间的分形[M].杭州:浙江大学出版社,2009.

[330]薛晓阳.学校道德生活的教育叙事[M].镇江:江苏大学出版社,2009.

[331]颜琳.中国红色叙事生成阐释[M].长沙:湖南人民出版社,2009.

[332]杨中举.奈保尔:跨界生存与多重叙事[M].上海:东方出版中心,2009.

[333]叶诚生.现代叙事与文学想象[M].北京:人民文学出版社,2009.

[334]叶永胜.家族叙事流变研究:中国文学古今演变个案考察[M].合肥:安徽人民出版社,2009.

[335]张兵娟.电视剧叙事:传播与性别[M].郑州:河南大学出版社,2009.

[336]张宏.新时期小说中的苦难叙事[M].北京:中国传媒大学出版社,2009.

[337]赵录旺.白鹿原写作中的文化叙事研究[M].西安:陕西人民出版社,2009.

[338]赵敏.教育叙事研究与案例[M].天津:天津教育出版社,2009.

[339]郑铁生.《红楼梦》叙事结构[M].沈阳:白山出版社,2009.

[340]巴赫金.陀思妥耶夫斯基诗学问题[M].刘虎,译.北京:中央编译出版社,2010.

[341]列维-施特劳斯.神话与意义[M].杨德睿,译.麦田出版社,2010.

[342]奥尔特.《圣经》叙事的艺术[M].章智源,译.北京:商务印书馆,2010.

[343]布尔克.小说的语言和叙事:从塞万提斯到卡尔维诺[M].汪洪章等,译.上海:上海人民出版社,2010.

[344]查尔尼娅维斯卡.社会科学研究中的叙事[M].鞠玉翠,等译.北京:北京师范大学出版社,2010.

[345]白臻贤.语言与存在的后现代叙事[M].长沙:湖南人民出版社,2010.

[346]博玫.紫罗兰(1925—1930)的"时尚叙事"[M].南昌:江西教育出版社,2010.

[347]蔡海龙.电视新闻叙事研究:传媒生态视阈下的现实观照[M].北京:中国传媒大学出版社,2010.

[348] 杜娟.亨利·菲尔丁小说的伦理叙事[M].武汉:华中师范大学出版社,2010.

[349] 郭剑敏.中国当代红色叙事的生成机制研究[M].北京:中国社会科学出版社,2010.

[350] 胡西宛.先锋作家的死亡叙事[M].长沙:湖南人民出版社,2010.

[351] 黄晖.流散叙事与身份追寻:奈保尔研究[M].杭州:浙江大学出版社,2010.

[352] 黄悦.神话叙事与集体记忆:《淮南子》的文化阐释[M].广州:南方日报出版社,2010.

[353] 江玉娇.诗化哲学:T. S.艾略特研究[M].上海:复旦大学出版社,2010.

[354] 荆云波.文化记忆与仪式叙事:仪礼的文化阐释[M].广州:南方日报出版社,2010.

[355] 柯倩婷.光影之间的性别叙事[M].九州岛出版社,2010.

[356] 李桂荣.创伤叙事:安东尼·伯吉斯创伤文学作品研究[M].北京:知识产权出版社,2010.

[357] 李述平.教育叙事集[M].武汉:武汉出版社,2010.

[358] 李炜.中国大众文化叙事研究[M].武汉:华中师范大学出版社,2010.

[359] 林子淳.叙事·传统·信仰:对汉语神学社群性身份寻索[M].香港:道风书社,2010.

[360] 刘慧芳.元杂剧叙事艺术[M].沈阳:辽宁大学出版社,2010.

[361] 刘魁立.民间叙事的生命树[M].北京:中国社会出版社,2010.

[362] 刘世风.索玛花的叙事:四川凉山彝族女性研究[M].九州岛出版社,2010.

[363] 刘云春.历史叙事传统语境下的中国古典小说审美研究[M].北京:中国社会科学出版社,2010.

[364] 柳中权."城市与人"的社会学叙事[M].大连:大连理工大学出版社,2010.

[365] 罗莞翎.物体系的艳异叙事:灯草和尚传新论[M].大安:大安出版社,2010.

[366] 罗小东."三言""二拍"叙事艺术研究[M].北京:中国社会科学出版社,2010.

[367] 申丹.西方叙事学:经典与后经典[M].北京:北京大学出版社,2010.

[368] 施铁如.叙事心理学与叙事心理辅导[M].广州:广东高等教育出版社,2010.

[369] 苏友芬.走出传统婚姻叙事模式的樊篱[M].北京:国防大学出版社,2010.

[370] 唐克龙.中国现当代文学动物叙事研究[M].天津:南开大学出版社,2010.

[371] 汪新建.心理咨询与治疗的叙事转向研究[M].天津:天津社会科学院出版社,2010.

[372] 王建仓.中国现代乡土文学的叙事诗学[M].北京:中国社会科学出版社,2010.

[373] 王礼岚.文字叙事与镜头叙事:英国小说与电影改编[M].沈阳:辽宁教育出版社,2010.

[374] 吴炜华.视觉叙事的文化笔记[M].北京:中国广播电视出版社,2010.

[375] 徐岱.小说叙事学[M].北京:商务印书馆,2010.

[376] 阎伟.萨特的叙事之旅:从伦理叙事到意识形态叙事?[M].广州:世界图书出版广东公司,2010.

[377] 杨海鸥.辛克莱·刘易斯小说的文化叙事研究[M].西安:陕西师范大学出版社,2010.

[378] 张春梅.中国后现代语境下的文学叙事[M].哈尔滨:黑龙江人民出版社,2010.

[379] 赵庭辉.叙事电影与性别论述[M].中国台北:Airiti Press Inc,2010.

[380] 怀特.叙事疗法实践地图[M].李明,等译.重庆:重庆大学出版社,2011.

[381] 弗雷德里克·詹姆逊.科幻文学的批评与建构[M].王逢振,等译.合肥:安徽文艺出版社,2011.

[382] 卢特.小说与电影中的叙事[M].徐强,译.北京:北京大学出版社,2011.

[383] 西村真志叶.日常叙事的体裁研究:以京西燕家台村的"拉家"为个案[M].朝戈金,编.北京:中国社会科学出版社,2011.

[384] 巴埃弗拉特.《圣经》的叙事艺术[M].李锋,译.上海:华东师范

大学出版社,2011.

[385] 董上德.古代戏曲小说叙事研究[M].广州:广东高等教育出版社,2011.

[386] 董务刚.巴赫金的美学思想与译学建构[M].九州岛出版社,2011.

[387] 额鲁特·珊丹.郭尔罗斯英雄史诗及叙事民歌[M].长春:吉林人民出版社,2011.

[388] 傅承洲.中国古代叙事文学国际学术研讨会论文集[M].北京:中央民族大学出版社,2011.

[389] 傅其林.宏大叙事批判与多元美学建构[M].哈尔滨:黑龙江大学出版社,2011.

[390] 韩君倩.电影叙事:理论与创作[M].北京:中国戏剧出版社,2011.

[391] 韩颖琦.中国传统小说叙事模式化的"红色经典"?[M].北京:人民出版社,2011.

[392] 冀运鲁.《聊斋志异》叙事艺术之渊源研究[M].合肥:黄山书社,2011.

[393] 李会君.生态意识与叙事精神[M].武汉:长江出版社,2011.

[394] 李庆信.《红楼梦》叙事论稿[M].北京:社会科学文献出版社,2011.

[395] 李月红.汉族民间长篇叙事歌的音乐类型及文化属性[M].上海:上海音乐出版社,2011.

[396] 李志宏.演义——明代四大奇书叙事研究[M].大安:大安出版社,2011.

[397] 李作霖.魏晋至宋元叙事思想[M].长沙:湖南师范大学出版社,2011.

[398] 刘洪一.《圣经》叙事研究[M].上海:华东师范大学出版社,2011.

[399] 刘良华.叙事教育学[M].上海:华东师范大学出版社,2011.

[400] 刘湘兰.中古叙事文学研究[M].北京:北京大学出版社,2011.

[401] 刘象愚.从比较文学到比较文化[M].上海:复旦大学出版社,2011.

[402] 刘象愚.文本研究读本[M].北京:中国社会科学出版社,2011.

[403] 罗维.百年文学匪类叙事研究[M].北京:知识产权出版社,2011.

[404] 吕敏宏.葛浩文小说翻译叙事研究[M].北京:中国社会科学出版社,2011.

[405] 吕素端.《西游记》叙事研究[M].新北:花木兰文化出版社,2011.

[406] 马军英.媒介变化与叙事转换:以陈凯歌电影改编为例[M].上海:上海世界图书出版公司,2011.

[407] 纳·布和哈达.乌珠穆沁长调叙事民歌研究[M].呼和浩特:内蒙古教育出版社,2011.

[408] 宁稼雨.先唐叙事文学故事主题类型索引[M].天津:南开大学出版社,2011.

[409] 齐明皓.日本私小说文学叙事研究[M].大连:大连理工大学出版社,2011.

[410] 申霞艳.消费、记忆与叙事:新世纪文学研究[M].北京:中国社会科学出版社,2011.

[411] 宋永琴.电视剧视像叙事美学[M].北京:中国广播电视出版社,2011.

[412] 孙志伟.新闻叙事技巧[M].哈尔滨:黑龙江人民出版社,2011.

[413] 谭君强.审美文化叙事学:理论与实践[M].北京:中国社会科学出版社,2011.

[414] 王玲.孽海花叙事研究[M].海口:南海出版公司,2011.

[415] 王群.电影叙事范式与文化语境[M].北京:中国电影出版社,2011.

[416] 王岳川.后现代殖民主义在中国[M].北京:首都师范大学出版社,2011.

[417] 吴家荣.中西叙事精神之比较[M].合肥:安徽大学出版社,2011.

[418] 熊江梅.先秦两汉叙事思想[M].长沙:湖南师范大学出版社,2011.

[419] 杨建兵.浩然与当代农村叙事[M].北京:中国社会科学出版社,2011.

[420] 杨金才.叙事与历史:当代外国文学研究论丛[M].南京:南京大学出版社,2011.

[421] 杨世真.叙事道德的危机:解码影视传播中的失德现象[M].北京:中国广播电视出版社,2011.

[422] 张春泉.叙事对话与语用逻辑[M].北京:中国社会科学出版社,

2011.

［423］张海榕.辛克莱·刘易斯小说的叙事空间研究［M］.北京:外语教学与研究出版社,2011.

［424］赵炎秋.明清近代叙事思想［M］.长沙:湖南师范大学出版社,2011.

［425］赵炎秋.中国古代叙事思想研究［M］.长沙:湖南师范大学出版社,2011.

［426］郑恩兵.二十世纪中国乡村小说叙事［M］.石家庄:河北教育出版社,2011.

［427］郑铁生.《红楼梦》叙事艺术［M］.北京:新华出版社,2011.

［428］周淼龙.非虚构叙事艺术:报告文学研究［M］.北京:知识产权出版社,2011.

［429］怀特.叙事治疗的实践:与麦克持续对话［M］.丁凡,译.文化事业股份有限公司,2012.

［430］瓦努瓦.书面叙事·电影叙事［M］.王融文,译.北京:北京大学出版社,2012.

［431］克兰迪宁.叙事探究:焦点话题与应用领域［M］.鞠玉翠,等译.北京:北京师范大学出版社,2012.

［432］范胡泽.保罗·利科哲学中的圣经叙事:诠释学与神学研究［M］.杨慧,译.北京:中国人民大学出版社,2012.

［433］克兰迪宁.叙事探究:原理、技术与实例［M］.鞠玉翠,等译.北京:北京师范大学出版社,2012.

［434］鲁晓鹏.从史实性到虚构性:中国叙事诗学［M］.王玮,译.北京:北京大学出版社,2012.

［435］托马斯·艾略特.批评批评家［M］.李赋宁,译.上海:上海译文出版社,2012.

［436］佩恩.叙事疗法［M］.曾立芳,译.北京:中国轻工业出版社,2012.

［437］陈广宏.文学史的文化叙事:中国文学演变论集［M］.上海:复旦大学出版社,2012.

［438］陈娇华.当代文化转型中的"断裂"历史叙事:新历史小说创作研究［M］.北京:中国社会科学出版社,2012.

［439］陈文娟.跨文化交际叙事研究［M］.北京:国防工业出版社,2012.

[440] 陈致宏.《左传》之叙事与历史解释[M].新北:花木兰文化出版社,2012.

[441] 成伯清.情感、叙事与修辞:社会理论的探索[M].北京:中国社会科学出版社,2012.

[442] 程德培.魂系彼岸的此岸叙事:论当代中国作家与作品[M].新北:INK印刻文学生活出版公司,2012.

[443] 邓寒梅.中国现当代文学中的疾病叙事研究[M].南昌:江西人民出版社,2012.

[444] 董乃斌.李商隐的心灵世界[M].上海:上海古籍出版社,2012.

[445] 董乃斌.文衡:2010卷[M].上海:上海大学出版社,2012.

[446] 董乃斌.中国文学叙事传统研究[M].北京:中华书局,2012.

[447] 窦丽梅.宋词中的身体叙事:经济因素的渗透与反映[M].郑州:河南人民出版社,2012.

[448] 宫英瑞.叙事语篇人物塑造的认知文体研究[M].北京:中国社会科学出版社,2012.

[449] 关萍萍.互动媒介论:电子游戏多重互动与叙事模式[M].杭州:浙江大学出版社,2012.

[450] 郝琳.唯美与纪实性别与叙事:弗吉尼亚·伍尔夫创作研究[M].北京:科学出版社,2012.

[451] 胡妮.托妮·莫里森小说的空间叙事研究[M].南昌:江西高校出版社,2012.

[452] 胡亚敏.中西之间:批评的历程[M].武汉:华中师范大学出版社,2012.

[453] 黄云霞."苦难"叙事的精神系谱:中国当代小说中的"文革"叙事研究[M].北京:中国社会科学出版社,2012.

[454] 姜辉.革命想象与叙事传统:"红色经典"的模式化叙事研究[M].北京:人民出版社,2012.

[455] 蒋翃遐.戴维·洛奇"校园小说"的空间化叙事研究[M].北京:中国社会科学出版社,2012.

[456] 黎子鹏.晚清基督教叙事文学选粹[M].香港:橄榄出版有限公司,2012.

[457] 李莉.中国小说叙事研究[M].北京:中国商务出版社,2012.

[458] 李鹏飞.中国历史电视剧叙事艺术[M].上海:上海文化出版社,2012.

[459] 李征.都市空间的叙事形态:日本近代小说文体研究[M].上海:复旦大学出版社,2012.

[460] 林继富.民间叙事与非物质文化遗产[M].北京:中国社会出版社,2012.

[461] 林继富.民间叙事传统与村落文化共同体建构[M].北京:中国社会出版社,2012.

[462] 刘绍信.《聊斋志异》叙事研究[M].北京:中国社会科学出版社,2012.

[463] 罗兴萍.民间英雄叙事与"十七年"英雄叙事小说[M].桂林:广西师范大学出版社,2012.

[464] 梅子涵.梅子涵儿童小说叙事式论[M].武汉:湖北少年儿童出版社,2012.

[465] 容新芳.I.A.瑞恰慈与中国文化[M].北京:商务印书馆,2012.

[466] 沈其旺.中国连环画叙事研究[M].镇江:江苏大学出版社,2012.

[467] 宋铮.国产涉案影视片的法律叙事[M].沈阳:辽宁人民出版社,2012.

[468] 谭君强.叙事的年轮及其他[M].北京:中国文联出版社,2012.

[469] 万杰.现代革命语境中的复仇叙事研究[M].南昌:江西高校出版社,2012.

[470] 王贞子.数字媒体叙事研究[M].北京:中国传媒大学出版社,2012.

[471] 文学武.革命时代的文学叙事和话语:以1937—1949年的中国文学为中心[M].上海:上海交通大学出版社,2012.

[472] 吴光正.神道设教:明清章回小说叙事的民族传统[M].武汉:武汉大学出版社,2012.

[473] 肖锋.媒介融合与叙事修辞[M].北京:中国传媒大学出版社,2012.

[474] 徐仲佳.中国现代性爱叙事论集[M].北京:中国社会科学出版社,2012.

[475] 叶志良.现代中国传记写作的历史与叙事[M].北京:清华大学出版社,2012.

[476] 应凤凰.文学史叙事与文学生态:戒严时期台湾作家的文学史位[M].台北:前卫出版社,2012.

[477] 张清华.中国当代文学中的历史叙事:海德堡讲稿[M].北京:北京大学出版社,2012.

[478] 张曙光.叙事文学评点理论的现代阐释[M].济南:山东人民出版社,2012.

[479] 张晏.茨威格中短篇小说叙事研究[M].北京:人民文学出版社,2012.

[480] 赵亮.当代影视剧叙事十讲[M].北京:中国戏剧出版社,2012.

[481] 赵牧.后革命:作为一种类型叙事[M].上海:上海大学出版社,2012.

[482] 郑柏彦.元杂剧叙事研究[M].新北:花木兰文化出版社,2012.

[483] 郑茜.边缘叙事:2006—2011年中国少数民族文化现象评析[M].北京:中国社会科学出版社,2012.

[484] 周水涛.新时期小城镇叙事小说研究[M].北京:社会科学文献出版社,2012.

[485] 怀特.故事、知识、权力:叙事治疗的力量[M].廖世德,译.上海:华东理工大学出版社,2013.

[486] 吴刚.达斡尔族英雄叙事[M].北京:民族出版社,2013.

[487] 施林洛甫.叙事和图画:欧洲和印度艺术中的情节展现[M].刘震,孟瑜,译.兰州:兰州大学出版社,2013.

[488] 热拉尔·热奈特.转喻:从修辞格到虚构[M].吴康茹,译.桂林:漓江出版社,2013.

[489] 蔡翔.空间、媒介和上海叙事[M].上海:上海大学出版社,2013.

[490] 曾小霞.《史记》《汉书》叙事比较研究[M].北京:世界图书出版公司,2013.

[491] 陈德才.汪曾祺小说诗化叙事美学研究[M].北京:中国戏剧出版社,2013.

[492] 陈然兴.叙事与意识形态[M].北京:人民出版社,2013.

[493] 陈瑜.电影悬念的叙事分析[M].北京:中国电影出版社,2013.

[494] 陈振华.小说反讽叙事:基于中国新时期的研究[M].北京:中国书籍出版社,2013.

[495] 邓天中.当代英语小说中老年叙事研究[M].北京:中国社会科学出版社,2013.

[496] 董迎春.走向反讽叙事:20世纪80年代诗歌的符号学研究[M].苏州:苏州大学出版社,2013.

[497] 方国武.近代小说政治叙事研究[M].北京:中国农业出版社,2013.

[498] 傅逸尘.叙事的嬗变:新世纪军旅小说的写作伦理[M].昆明:云南人民出版社,2013.

[499] 戈士国.重构中的功能叙事:意识形态概念变迁及其实践意蕴研究[M].北京:人民出版社,2013.

[500] 龚刚.现代性伦理叙事研究[M].杭州:浙江大学出版社,2013.

[501] 黄筱慧.哲学、符号、叙事[M].台北:书林出版有限公司,2013.

[502] 黄长华.巴金小说叙事研究[M].天津:天津社会科学院出版社,2013.

[503] 黄宗贤.视觉研究与思想史叙事[M].桂林:广西师范大学出版社,2013.

[504] 赖玉钗.图像叙事与美感传播:从虚构绘本到纪实照片[M].台北:华品文创出版股份公司,2013.

[505] 劳马.巴赫金的狂欢[M].北京:中国人民大学出版社,2013.

[506] 李桂奎.传奇小说与话本小说叙事比较[M].上海:复旦大学出版社,2013.

[507] 李凌燕.新闻叙事的主观性研究[M].上海:东方出版中心,2013.

[508] 李哲.论普罗文学中的政治启蒙叙事[M].新北:花木兰文化出版社,2013.

[509] 梁竞男.茅盾小说历史叙事研究[M].北京:中国社会科学出版社,2013.

[510] 林洪桐.电影化叙事技巧与手段:经典名片优秀手法剖析[M].北京:中国电影出版社,2013.

[511] 刘惠明.作为中介的叙事:保罗·利科叙事理论研究[M].广州:世界图书出版广东有限公司,2013.

[512] 刘勤.性别文化视域下的神话叙事研究之一:女神论[M].北京:中国社会科学出版社,2013.

[513] 刘秀峰.俗神叙事:传承、流变与展演[M].北京:中国社会科学出版社,2013.

[514] 刘旭.底层叙事:从代言到自我表述[M].上海:上海人民出版社,2013.

[515] 鲁明军.书写与视觉叙事:历史与理论的视野[M].桂林:广西师

范大学出版社,2013.

[516] 热拉尔·热奈特.转喻:从修辞格到虚构[M].桂林:漓江出版社,2013.

[517] 倪寿鹏.詹姆逊的文化批评理论[M].北京:中国政法大学出版社,2013.

[518] 邱飞廉.明代传奇历史剧叙事艺术流变论[M].武汉:湖北人民出版社,2013.

[519] 邱茂泽.中国叙事通义[M].广州:中山大学出版社,2013.

[520] 沈静.詹姆逊的马克思主义阐释学美学[M].北京:人民出版社,2013.

[521] 孙斐娟.后革命氛围中的革命历史再叙事[M].武汉:湖北人民出版社,2013.

[522] 孙志刚.金瓶梅叙事形态研究[M].北京:中国社会科学出版社,2013.

[523] 万晴川.宗教信仰与中国古代小说叙事[M].杭州:浙江大学出版社,2013.

[524] 王安.空间叙事理论视阈中的纳博科夫小说研究[M].成都:四川大学出版社,2013.

[525] 吴德义.政局变迁与历史叙事:明代建文史编撰研究[M].北京:中国社会科学出版社,2013.

[526] 伍茂国.从叙事走向伦理:叙事伦理理论与实践[M].北京:新华出版社,2013.

[527] 许志强.布尔加科夫魔幻叙事传统探析[M].北京:人民文学出版社,2013.

[528] 余素青.法庭审判中事实构建的叙事理论研究[M].北京:北京大学出版社,2013.

[529] 袁国兴.非文本中心叙事:京剧的"述演"研究[M].广州:广东人民出版社,2013.

[530] 张慧敏.想象与叙事:童话·史诗·寓言[M].北京:社会科学文献出版社,2013.

[531] 张菁.未完成的叙事:中国当代电影叙事风格研究[M].北京:中国传媒大学出版社,2013.

[532] 张丽琴.乡村社会纠纷处理过程的叙事与反思[M].北京:中国社会科学出版社,2013.

[533] 张文娟.五四文学中的女子问题叙事研究:以同期女性思潮和史实为参照[M].济南:山东人民出版社,2013.

[534] 张兴龙.《西游记》诗性文化叙事[M].北京:光明日报出版社,2013.

[535] 张玉莲.古小说中的墓葬叙事研究[M].北京:人民出版社,2013.

[536] 张泽兵.谶纬叙事研究[M].北京:社会科学文献出版社,2013.

[537] 张智华.电视剧叙事艺术研究[M].北京:中国电影出版社,2013.

[538] 赵毅衡.广义叙述学[M].成都:四川大学出版社,2013.

[539] 周剑之.宋诗叙事性研究[M].北京:中国社会科学出版社,2013.

[540] 特里·伊格尔顿.后现代主义的幻象[M].华明,译.北京:商务印书馆,2014.

[541] 温斯雷德.学校里的叙事治疗[M].曾立芳,译.北京:中国轻工业出版社,2014.

[542] 曹金合.十七年合作化小说的叙事伦理研究[M].北京:中国社会科学出版社,2014.

[543] 衷瑞松.明清易代之际话本小说叙事话语的反思[M].新北:花木兰文化出版社,2014.

[544] 代晓丽.福克纳小说叙事修辞艺术[M].北京:中国社会科学出版社,2014.

[545] 丁建新.叙事的批评话语分析:社会符号学模式[M].重庆:重庆大学出版社,2014.

[546] 方毅华.新闻叙事导论[M].北京:中国广播电视出版社,2014.

[547] 冯剑辉.徽州家谱宗族史叙事冲突研究[M].合肥:合肥工业大学出版社,2014.

[548] 韩永进.中国文化体制改革35年历史叙事与理论反思[M].北京:人民出版社,2014.

[549] 杭春晓.方法论与美术史个案叙事[M].天津:天津人民美术出版社,2014.

[550] 何红艳.科尔沁蒙古族叙事民歌挖掘与传承研究[M].合肥:合肥工业大学出版社,2014.

[551] 胡健生.元杂剧与古希腊戏剧叙事技巧比较研究[M].北京:中

国社会出版社,2014.

[552] 胡颖峰.性别、叙事与江西文学论集[M].北京:解放军文艺出版社,2014.

[553] 户晓辉.民间文学的自由叙事[M].北京:社会科学文献出版社,2014.

[554] 黄春燕.李渔戏曲叙事观念研究[M].北京:人民文学出版社,2014.

[555] 江腊生.新时期文学的焦虑叙事研究[M].北京:中国社会科学出版社,2014.

[556] 李传江.边际文化影响下的海州叙事文学[M].北京:中国社会科学出版社,2014.

[557] 李梅.张爱玲日常叙事的现代性[M].北京:世界图书出版公司,2014.

[558] 李祝喜.《红楼梦》生命叙事论[M].西安:陕西人民出版社,2014.

[559] 林霆.被规训的叙事:十七年农业合作化题材小说研究[M].太原:北岳文艺,2014.

[560] 刘卫英.欧美生态伦理思想与中国传统生态叙事[M].北京:北京师范大学出版社,2014.

[561] 刘喆.文学叙事的功能文体学研究:以凯瑟琳·曼斯菲尔德短篇小说为例[M].郑州:河南大学出版社,2014.

[562] 龙迪勇.空间叙事研究[M].上海:三联书店,2014.

[563] 罗文敏.堂吉诃德与小说叙事[M].北京:中国社会科学出版社,2014.

[564] 邵颖涛.唐代叙事文学与冥界书写研究[M].北京:中国社会科学出版社,2014.

[565] 申丹.叙事学理论探赜[M].台北:秀威资讯科技股份有限公司,2014.

[566] 孙显军.扬州学派教育叙事:以汪中汪喜孙父子为例[M].南京:南京大学出版社,2014.

[567] 谭君强.叙述的力量:鲁迅小说叙事研究[M].昆明:云南大学出版社,2014.

[568] 汤黎.后现代理论视阈下的后经典叙事:以现当代英美小说批评为例[M].成都:四川大学出版社,2014.

[569] 王珏.叶芝中期抒情诗中的戏剧化叙事策略[M].上海:上海外

语教育出版社,2014.

[570] 王先霈,胡亚敏.文学批评导引[M].北京:高等教育出版社,2014.

[571] 王志明.广西文学的哲学叙事研究[M].桂林:广西师范大学出版社,2014.

[572] 温彩云.新时期中国电影的叙事艺术[M].长春:吉林人民出版社,2014.

[573] 温玉霞.索罗金小说的后现代叙事模式研究[M].北京:人民文学出版社,2014.

[574] 文红霞.后经典时代的文学叙事研究[M].郑州:郑州大学出版社,2014.

[575] 吴学丽.当代文化转型与日常生活叙事[M].北京:知识产权出版社,2014.

[576] 徐培亮.新闻叙事的故事化技巧[M].南京:南京师范大学出版社,2014.

[577] 徐习文.宋代叙事画研究[M].南京:东南大学出版社,2014.

[578] 许建平.意图叙事论:以明清小说为分析中心[M].上海:上海财经大学出版社,2014.

[579] 杨芳.《红楼梦》与《源氏物语》时空叙事比较研究[M].广州:世界图书出版广东有限公司,2014.

[580] 姚朝文.黄飞鸿叙事的民俗电影诗学研究[M].广州:暨南大学出版社,2014.

[581] 姚国军.广东新时期三十年小说叙事艺术研究[M].北京:中国文史出版社,2014.

[582] 叶志良.跨界叙事:戏剧与影视的文化阐释[M].北京:清华大学出版社,2014.

[583] 翟杨莉.当代中文小说叙事中的第二人称[M].西安:陕西人民出版社,2014.

[584] 张芳馨.中国电影的对比叙事研究[M].长春:吉林大学出版社,2014.

[585] 郑剑虹.生命叙事与心理传记学[M].北京:中央编译出版社,2014.

[586] 宗俊伟.电视剧叙事的时间之维[M].北京:中国传媒大学出版社,2014.

[587]邹涛.叙事、记忆与自我[M].成都:电子科技大学出版社,2014.

[588]登伯勒.集体叙事实践:以叙事的方式回应创伤[M].冰舒,译.北京:机械工业出版社,2015.

[589]谭君强.叙述学:叙事理论导论[M].张楠等,译.北京:北京师范大学出版社,2015.

[590]范茜秋.电影化叙事:电影人必须了解的100个最有力的电影手法[M].王旭锋,译.桂林:广西师范大学出版社,2015.

[591]克兰迪宁.进行叙事探究[M].徐泉,译.重庆:重庆大学出版社,2015.

[592]克利克.电影叙事节奏[M].张敬华,译.北京:人民邮电出版社,2015.

[593]肖尔斯.叙事的本质[M].于雷,译.南京:南京大学出版社,2015.

[594]特里·伊格尔顿.文学阅读指南[M].范浩,译.郑州:河南大学出版社,2015.

[595]曹霞.文化研究与叙事阐释:当代小说史观察的若干视角[M].天津:南开大学出版社,2015.

[596]曹诣珍.《红楼梦》情感讲述语词的叙事功能[M].杭州:浙江大学出版社,2015.

[597]陈晓辉.红柯小说的叙事维度[M].北京:人民出版社,2015.

[598]董乃斌.古代城市生活与文学叙事[M].上海:上海大学出版社,2015.

[599]范湘萍.后经典叙事语境下的美国新现实主义小说研究[M].上海:上海交通大学出版社,2015.

[600]傅修延.中国叙事学[M].北京:北京大学出版社,2015.

[601]胡亚敏.西方文论关键词与当代中国[M].北京:中国社会科学出版社,2015.

[602]兰立亮.大江健三郎小说叙事研究[M].北京:科学出版社,2015.

[603]李广仓.叙事与文化:公安小说多维阐释[M].北京:中国社会科学出版社,2015.

[604]刘军.多元叙事与中原写作[M].北京:社会科学文献出版社,2015.

[605]刘士林.中国丝绸之路城市群叙事[M].上海:东方出版中心,

2015.

[606]刘旭.赵树理文学的叙事模式研究[M].太原:北岳文艺出版社,
2015.

[607]邱小轻.叙事策略与女性成长:安吉拉·卡特作品研究[M].北京:人民出版社,2015.

[608]佘向军.小说叙事理论与文本研究[M].北京:光明日报出版社,
2015.

[609]夏德靠.国语叙事研究[M].北京:知识产权出版社,2015.

[610]谢琼.君特·格拉斯叙事作品中的历史书写研究[M].北京:中国人民大学出版社,2015.

[611]薛凌.翻译与叙事:理雅各《春秋左传》英译本的"具象化"解读[M].郑州:河南大学出版社,2015.

[612]颜水生.现代中国文学的叙事诗学[M].北京:中国社会科学出版社,2015.

[613]赵玉荣.日常自发性会话中叙事活动的三维分析[M].北京:中国社会科学出版社,2015.

[614]马瑞芳.中国古代小说构思学[M].济南:山东教育出版社,
2016.

[615]严前海.影视文学批评学[M].广州:花城出版社,2016.

[616]赵宇霞.认知叙事视域下小说指称研究:以意识流小说为例[M].北京:北京理工大学出版社,2016.

[617]方小莉.叙述理论与实践 从经典叙述学到符号叙述学[M].成都:四川大学出版社,2016.

[618]杨淑华.翻译文学对中国先锋小说的叙事影响[M].北京:知识产权出版社,2016.

[619]李珍慧.中国叙事学 历史叙事诗文[M].北京:国立清华大学出版社,2016.

[620]杨春.叙事学理论视角下的张爱玲小说研究[M].北京:中国社会科学出版社,2016.

[621]黄继刚.空间的迷误与反思 爱德华·索雅的空间思想研究[M].武汉:武汉大学出版社,2016.

[622]周启超.外国文论在中国1949—2009[M].郑州:河南大学出版社,2016.

[623]罗怀宇.中西叙事诗学比较研究:以西方经典叙事学和中国明

清叙事思想为对象[M].广州:世界图书出版广东有限公司,2017.

[624]邹涛.叙事记忆与自我[M].西安:西安电子科技大学出版社,2017.

[625]聂宝玉.英美文学叙事理论研究[M].西安:西安交通大学出版社,2017.

[626]李晋山、宋红军.小说叙事简析[M].长春:东北师范大学出版社,2017.

[627]储双月.电影与叙事[M].北京:北京时代华文书局,2017.

[628]赵炎秋.文学批评实践教程[M].北京:高等教育出版社,2017.

[629]梁工.经典叙事学视域中的《圣经》叙事文本[M].上海:华东师范大学出版社,2017.

[630]孙鹏程.时空体叙事学概论[M].北京:中国社会科学出版社,2017.

[631]田然.西方叙事学研究[M].长春:吉林大学出版社,2017.

[632]罗君强.叙事学研究:回顾与发展[M].上海:上海外语教育出版社,2017.

[633]王瑛.叙事的秘境与诗意[M].广州:暨南大学出版社,2018.

[634]江守义.叙事形式与主体评价[M].芜湖:安徽师范大学出版社,2018.

[635]谭君强.叙事学研究:多重视角[M].北京:中国社会科学出版社,2018.

[636]华莱士·马丁.当代叙事学[M].伍晓明,译.北京:中国人民大学出版社,2018.

[637]张立新.外交话语隐喻认知叙事研究[M].南京:东南大学出版社,2018.

[638]裴争.文化传播视阈下的文学与影视[M].长春:吉林人民出版社,2018.

[639]若埃尔·罗尔.现代小说的视角与声音 叙事学入门[M].上海:上海译文出版社,2018.

[640]孟君.中国当代电影的空间叙事研究[M].北京:商务印书馆国际有限公司,2018.

[641]李勇忠.话语叙事中的喻性思维[M].北京:中国社会科学出版社,2018.

[642]卢苇.叙事转换[M].西安:陕西人民出版社,2019.

[643] 董晓萍.跨文化民间叙事学[M].北京:中国大百科全书出版社,2019.

[644] 胡兴文.叙事学视域下的外宣翻译研究[M].上海:上海交通大学出版社,2019.

[645] 丁钢.声音与经验:教育叙事探究[M].北京:教育科学出版社,2020.

[646] 刘思."事"与"情":中国电影叙事意境研究[M].北京:中国书籍出版社,2020.

[647] 吴琪.张爱玲小说苦难叙事研究[M].广州:华南理工大学出版社,2020.

[648] 唐海龙,孙娜.微电影叙事类型研究[M].长春:吉林大学出版社,2020.

[649] 孙为.交互式媒体叙事[M].北京:中国传媒大学出版社,2020.

[650] 张勇锋.新中国连环画政治叙事研究[M].北京:人民出版社,2020.

[651] 张晓峰.新时期以来小说叙事策略的演变[M].北京:中国戏剧出版社,2020.

[652] 徐有志,贾晓庆,徐涛.叙述文体学与文学叙事阐释[M].上海:上海外语教育出版社,2020.

[653] 李新.新世纪底层叙事研究[M].北京:中国社会科学出版社,2020.

[654] 林洁,唐雪莲.影像叙事的时空建构[M].贵阳:贵州人民出版社,2020.

[655] 王琦.汤显祖戏曲文本叙事研究[M].北京:中国社会科学出版社,2020.

[656] 王静.自媒体微叙事[M].北京:中国传媒大学出版社,2020.

[657] 理查森.叙事开端:理论与实践[M].北京:外语教学与研究出版社,2020.

[658] 彼得·菲尔斯特拉腾.电影叙事学[M].王浩,译.北京:北京师范大学出版社,2020.

[659] 巴特·维瓦克.叙事分析手册[M].徐强,主译.北京:中国人民大学出版社,2020.

[660] 赵玉荣,朱冬怡.基于互动叙事话语的社会认知语言学研究[M].沈阳:东北大学出版社,2020.

[661] 郁振华.中国叙事与世界历史[M].北京:商务印书馆,2020.

[662] 金莉莉.文学叙事与儿童阅读研究[M].北京:光明日报出版社,2020.

[663] 颜水生,段惠芳,林岚.新时期小说空间叙事研究[M].北京:科学出版社,2020.

[664] 黄立华.当代英国后现代戏剧非自然叙事研究[M].合肥:中国科学技术大学出版社,2020.

[665] 王瑛.叙事学本土化研究(1979—2015)[M].北京:北京大学出版社,2020.

[666] 伍婷.中国动画电影叙事研究[M].武汉:武汉大学出版社,2021.

[667] 珍妮特·伯罗薇,等.小说写作:叙事技巧指南[M].赵俊海,译.北京:中国人民大学出版社,2021.

[668] 傅修延.听觉叙事研究[M].北京:北京大学出版社,2021.

[669] 刘志宏.明清传奇叙事艺术研究[M].北京:中国社会科学出版社,2021.

[670] 刘玲华.明代曲论叙事观研究[M].北京:中国社会科学出版社,2021.

[671] 卢婧.多丽丝·莱辛小说的叙事艺术[M].北京:中国社会科学出版社,2021.

[672] 吕茹.话本小说与戏曲叙事的互动研究[M].北京:中国社会科学出版社,2021.

[673] 周芳林.教育电视新闻的叙事策略与技巧[M].北京:中国广播影视出版社,2021.

[674] 孙迪.中国动画民族性表达策略的转型研究[M].杭州:中国美术学院出版社,2021.

[675] 宋薇.麦金泰尔伦理叙事研究[M].北京:中国社会科学出版社,2021.

[676] 张宏.世纪之交电影伦理文化叙事分析[M].南京:凤凰文艺出版社,2021.

[677] 张宝君.技术赋能教育叙事研究[M].长春:东北师范大学出版社,2021.

[678] 张开焱.叙事中的政治[M].北京:中国社会科学出版社,2021.

[679] 张继红,郭文元."城乡中国"的交往叙事[M].北京:中国社会科

学出版社,2021.

[680] 徐忠明.众声喧哗:明清法律文化的复调叙事[M].北京:商务印书馆,2021.

[681] 曹霞.性别叙事的嬗变与"70后"女作家论[M].北京:人民出版社,2021.

[682] 李雅.教育叙事的力量[M].广州:暨南大学出版社,2021.

[683] 杨华丽.中国小说家庭伦理叙事的现代转型[M].北京:中国社会科学出版社,2021.

[684] 杨红梅.时空视域下的福克纳和莫言的叙事研究[M].北京:九州出版社,2021.

[685] 森冈正芳.叙事取向实践解析[M].吉沅洪等,译.重庆:重庆出版社,2021.

[686] 汤晓颖.数字化背景下博物馆交互叙事美学研究[M].武汉:武汉大学出版社,2021.

[687] 王晓阳.叙事文本的语用学研究[M].长春:吉林大学出版社,2021.

[688] 布莱恩·理查森.非自然叙事:理论、历史与实践[M].舒凌鸿,译,北京:北京师范大学出版社,2021.

[689] 田俊武.美国20世纪小说中的旅行叙事与文化隐喻研究[M].北京:中国社会科学出版社,2021.

[690] 申丹.双重叙事进程研究[M].北京:北京大学出版社,2021.

[691] 范果.儿童文学理论与叙事研究[M].长春:吉林出版集团股份有限公司,2021.

[692] 谭志强.约翰·厄普代克小说叙事艺术研究[M].北京:中国社会科学出版社,2021.

[693] 赵胜杰.朱利安·巴恩斯新历史小说叙事艺术[M].北京:中国社会科学出版社,2021.

[694] 金莉莉.儿童文学叙事研究[M].北京:作家出版社,2021.

[695] 陈昊姝.中韩电影的叙事美学研究[M].郑州:郑州大学出版社,2021.

[696] 凯利·麦克莱恩.交互叙事与跨媒体叙事[M].孙斌等,译.北京:中国传媒大学出版社,2021.

[697] 浦安迪.中国叙事:批评与理论[M].吴文权,译.上海:上海远东出版社,2021.

［698］龚金平.消费社会视野下的影像叙事[M].上海:复旦大学出版社,2021.

［699］冯勤.视觉文化与小说的影像化叙事[M].北京:中国社会科学出版社,2022.

［700］刘碧珍.叙述声音研究[M].北京:中国社会科学出版社,2022.

［701］史光辉.经典叙事学叙事模式理论与实践[M].杭州:浙江大学出版社,2022.

［702］吴光正.原型与母题——中国古代小说叙事的重要元素[M].武汉:武汉大学出版社,2022.

［703］周剑之.事象与事境:中国古典诗歌叙事传统研究[M].北京:商务印书馆,2022.

［704］朱露川.中国古代史书叙事的风格[M].北京:社会科学文献出版社,2022.

［705］李金泽,周景.论中国当代乡村叙事的主题变迁[M].武汉:华中科技大学出版社,2022.

［706］李金秋.类型、空间、叙事:影视批评的视角[M].哈尔滨:黑龙江教育出版社,2022.

［707］王丽欣.文学"解冻"后苏联乡村小说叙事转型研究[M].北京:中国社会科学出版社,2022.

［708］葛永海.中国城市叙事的古典传统及其现代变革研究[M].北京:商务印书馆,2022.

［709］蓝岚.《源氏物语》图像叙事研究[M].杭州:西泠印社出版社,2022.

［710］谭君强.比较叙事学[M].北京:中国社会科学出版社,2022.

［711］赵世佳.电影·叙事·修辞[M].北京:光明日报出版社,2022.

［712］陈琳琳,等.新媒体时代传统媒体新闻叙事变革研究[M].哈尔滨:黑龙江教育出版社,2022.

［713］谭帆,等.中国古代小说文体史[M].上海:上海古籍出版社,2023.

后 记

此刻，我心中充满了完成作品的喜悦与满足。回首从构想的萌芽到作品的收尾，每一个思考的瞬间、每一次笔尖的跃动，都编织成这部作品的肌理。这段历程充满了挑战，也满载着收获，它已成为我人生中无可替代的宝贵财富。

这部著作是在博士论文基础上深入探索的成果。我首先要向导师张进教授表达最深的敬意和感激。张老师，您不仅是我学海航路上的灯塔，而且是生活中的挚友，您不厌其烦地帮助我选题，指引思路脉络，没有您的悉心教诲，我的博士论文将无从谈起。张老师学养深厚、思想独到，始终以不懈的探索精神引领着文学理论的前沿。在您的光芒下，我备感不足，自己在学术上还需更加努力。

本书是我的兰大岁月的见证。尽管我已离开，但那里的十八年，从求学到任教，已成为我生命中无法割舍的篇章。文学院老师们的亲切面容时常浮现在眼前：程金城、古世仓、王喜绒、肖锦龙、赵学勇、樊得生、李利芳、庆振轩、赵建新、赵小刚、冯欣……每一位老师都垂范我辈，教我如何做人与进学。还有办公室的老师们和许多同事都曾给予我支持和帮助。那么多所念之人、那么多所感之事，点点滴滴俱在心头！感谢兰州大学，感谢兰州这片土地，权以此书作为纪念吧！

本书稿作为国家社科基金后期资助项目的结题成果，其项目申报与完成，得益于西安科技大学及人文与外国语学院的大力支持。还要特别感谢科技处的李彩虹老师和宋振宇老师，他们在申报和结题阶段给予了热忱帮助。

当然，我要深深感谢父母和兄长，是你们的爱、付出和包容，赋予我前行的力量。愿我未来的努力，能回报你们的无私与期待！感谢我的先生和两个可爱的孩子，家庭的温暖如同阳光照亮了写作之路，带给我无尽的幸福！

在书稿的完善阶段，几位研究生也提供协助，参与了相关内容的撰写，分别是西安科技大学的张敏（第四章第一节部分内容）；西安交通大学的周维国（第七章第一节）、郝星宇（第七章第二节）、张思思（第七章第三节）。对你们深表感谢！

衷心感谢兰州大学出版社的锁晓梅老师。是您的慧眼和鼓励，使得国家社科基金后期资助项目申报成功。您在写作和出版的各个环节都倾尽全力，提出了许多专业的建议。您的敬业精神着实令人敬佩！

当前，中国的叙事学研究正在蓬勃发展，已取得显著的成就，呈现出勃勃生机。随着中国在全球舞台上的崛起，叙事建构在未来塑造国家形象和国际传播中发挥着至关重要的作用。叙事不仅是传递信息的工具，更是构建意义和传达价值观的媒介。我们亟需跨越文化差异，加强跨文化对话，建设具有中国特色的叙事学体系。中国丰富的文学传统和文化资源为我们提供了坚实的基础。期待中国学者能够创新性地融合现代叙事理论，打造独具特色的理论框架，从而让中国叙事学在世界舞台上崭露头角，展现中国学术的魅力，推动叙事学的繁荣发展！